I0639618

L'OMÉGA PERDUE

AUTEURE À SUCCÈS USA Today

LEXI C. FOSS

L'Oméga perdue

Titre original : *Their Lethal Pet*

Copyright © 2024 Lexi C. Foss

Tous droits réservés.

Traduit de l'anglais (US) par Jean-Marc Ligny

Photographie de couverture : CJC Photographie

Modèles de couverture : Lauren Skeoch & Keith Manecke

Traitements de photos supplémentaires (modèles/stock) et conception de la couverture : Covers by Sanja

Ornement de la page de titre : Sanja Gombar

Ornement d'arrière-plan des chapitres : Alan Rex

Illustration du crâne : Susan Gerardi

Icône Rose & Lune : Anna Spies

Publié par : Ninja Newt Publishing, LLC

Édition imprimée

ISBN : 978-1-68530-359-4

Avertissement concernant l'IA : ce livre ne contient aucun élément généré par une IA. Toutes les illustrations ont été conçues par de vrais artistes, et tous les mots ont été écrits par l'autrice.

L'OMÉGA PERDUE

UN ROMAN INDÉPENDANT
DE LA SÉRIE
« LA NUIT DES MONSTRES »

L'OMÉGA PERDUE

Fuis. Cache-toi. *Lutte*.

C'est la Nuit des Monstres, l'événement annuel au cours duquel
s'ouvrent les portails vers d'autres royaumes et réalités,
et les monstres envahissent les rues en quête de compagnes
potentielles.

Et je suis l'une des candidates.

Pourquoi ?

Parce que j'ai enfreint toutes les règles. Je me suis battue
contre ce système élitiste
déterminé à réduire l'humanité en esclavage. Et putain, je
ne vais pas laisser
l'un de ces monstres me prendre. Et encore moins *trois*
d'entre eux.

Orcus.

Flamme.

Faucheur.

Ils m'ont sauvé d'une situation compromettante, juste
parce qu'ils croient
que je suis une Oméga rare. Une déesse. *La compagne qu'ils
ont choisie.*

Tu peux toujours fuir et te cacher, petite.
Mais nous sommes les monstres de la nuit.
Et tu es l'épouse que nous avons choisie.
Alors sois une bonne fille et laisse-nous t'adorer.

Note de l'autrice : *L'Oméga perdue* est une sombre
romance paranormale indépendante qui met en scène trois
Faë du Cauchemar et la compagne qu'ils ont choisie.

BIENVENUE À LA NUIT DES MONSTRES

Cela a commencé par une malédiction. Une rumeur. Un soupçon de superstition.

Mais ensuite, c'est devenu *très* réel.

Des monstres se déversaient des portails, d'origines inconnues mais aux intentions claires. Une nuit par an, ils parcouraient la terre, choisissaient leurs épouses réticentes et les entraînaient chez eux de force.

Sauf que tous les monstres ne retournaient pas dans leur monde. Certains restaient sur place.

Le pouvoir a commencé à changer de mains.

Des villes ont été détruites. L'humanité a régressé.

Des villages ont été créés, tous les mortels se cachant des êtres dangereux qui prétendaient que notre royaume était *chez eux*.

Et toujours, ces portails s'ouvrent. Tous les ans. Laissant davantage de monstres envahir notre royaume, trouver leurs compagnes mortelles et les revendiquer contre leur volonté.

C'est du moins l'histoire que l'on nous a racontée.

Sois gentille ou subis les conséquences. Respecte les règles ou tes inscriptions au pool de sélection augmenteront.

Chaque année, des sacrifiées sont choisies. Des *sacrifiées* qui sont ensuite jetées dans des villes abandonnées juste avant le début de la Nuit des Monstres. Ces sacrifiées sont appelées des *Offrandes*. Des *Offrandes* destinées à tenter les créatures de la nuit. Des *Offrandes* déposées là pour que l'humanité survive à cet enfer.

C'est notre réalité aujourd'hui : un monde rempli de créatures meurtrières et de mortels survivants.

Et demain, c'est le Jour du Choix…

Survivrons-nous une année de plus ? Ou deviendrons-nous l'une des Offrandes de la Nuit des Monstres de cette année ?

Seul le destin peut nous sauver maintenant…

PROLOGUE
ORCUS

— C'est quoi cette foutue Nuit des Monstres ?

Dans tous les royaumes et réalités où je me suis aventuré au cours de ma très longue existence, je n'ai jamais entendu parler d'un tel concept.

— C'est comme Halloween, marmonne mon frère. Sauf que personne ne se déguise ni ne distribue de bonbons.

— Alors c'est un jour de fête ? traduis-je, ne suivant pas son raisonnement.

— Ça dépend pour qui, grimace-t-il.

Je le dévisage.

— Il me faut une meilleure explication, Hadès.

Mon frère soupire, et ses yeux noirs – comme les miens – croisent enfin mon regard.

— En gros, ces portails s'ouvrent et libèrent des créatures de divers royaumes et réalités dans le monde des mortels. Mais ça n'arrive qu'une nuit par an.

— Ça ne ressemble pas du tout à Halloween, grogné-je.

Il hausse les épaules.

— Les monstres qui rôdent dans la nuit me rappellent Halloween. (Il frotte sa barbe d'un jour sur sa mâchoire carrée.) Mais je suppose que c'est plutôt un jeu d'accouplement, puisque ces créatures s'infiltrent dans le royaume des humains pour trouver des épouses été époux compatibles.

J'arque un sourcil.

— Et tu crois que notre mère vit dans ce royaume de la *Nuit des Monstres* ?

C'est ainsi que cette conversation a commencé : mon frère m'a dit qu'il pensait avoir repéré quelque chose en rapport avec notre mère oméga disparue.

Hadès esquisse une moue et plisse légèrement les yeux.

— Je n'en suis pas sûr, mais je sens une présence là-bas. Qui pourrait bien être elle.

— Hmm.

Je tambourine des doigts sur le fauteuil en cuir, et ce tapotement rythmique résonne dans l'antre de mon frère. Il pousse l'ambiance *Au-delà* à l'extrême à certains moments, le mobilier sombre et les recoins ombreux m'évoquant plus une crypte qu'un bureau.

— C'est suffisant pour qu'on doive enquêter, reprend-il. Mais il y a trop de contraintes et de complications actuellement pour que je puisse y arriver seul. D'où…

Il m'adresse un signe de la main.

— D'où la raison pour laquelle tu me parles de cette piste.

— Exactement.

Je hausse une épaule et me lève.

— Bon. Donne-moi les détails et je vais vérifier.

Quelques heures de déambulation dans cette réalité alternative me diront si l'instinct de mon frère est juste ou non.

Il secoue la tête.

— Ce n'est pas si simple.

— Pourtant ça m'a l'air assez simple, rétorqué-je en fronçant les sourcils.

— Leur réalité est dirigée par des êtres surnaturels, pas par des humains. Elle est très différente du royaume humain que l'on connaît. (Son regard d'obsidienne scintille en se posant sur moi.) Ils ont senti la fenêtre que j'ai ouverte pour jeter un œil dans leur monde, Orcus. S'ils peuvent capter ça, ils sentiront forcément que tu pénètres dans leur royaume par un vrai portail.

— OK, donc je dois être prêt à me battre ? avancé-je, me demandant à quel genre d'êtres *surnaturels* j'aurai affaire dans ce royaume alternatif.

Il secoue de nouveau la tête.

— Je veux que tu ailles dans leur monde pendant la Nuit des Monstres. Ton portail sera parmi les centaines à s'ouvrir pour l'événement. Tu devrais pouvoir aller et venir sans te faire remarquer.

J'étudie un instant sa grande silhouette à moitié cachée par la monstruosité en bois qu'il appelle un bureau.

— D'accord. Et c'est quand, la Nuit des Monstres ?

— Dans deux semaines, répond-il. Mais il y a autre chose.

Évidemment. Grommelant dans ma barbe, je m'affale dans le fauteuil en cuir géant et lui fais signe de continuer.

— Vas-y, frangin. Explique-moi tout.

— Si tu étais moins impulsif, petit frère, tu verrais que c'est ce que je fais.

Je lui lance un regard de travers. *Petit frère.* Putain, je suis de la même taille et de la même corpulence que lui. Même notre envergure est identique.

— Je n'ai rien de *petit.*

Son regard noir danse sur moi avec amusement.

— Je peux facilement te surpasser, *petit frère.*

Je lève les yeux au ciel. À l'entendre, j'ai l'impression d'être un bambin, pas d'avoir quatre mille ans.

— Arrête de m'inciter à te botter le cul et finis ton explication, *mon vieux*.

Au lieu de se vexer, il esquisse un sourire narquois. Puis il se racle la gorge, reprend son sérieux et revient au sujet qui nous occupe.

— La Nuit des Monstres te servira de couverture pour te glisser dans leur réalité et en ressortir. Elle fournira également une diversion parfaite pour couvrir tout ça de notre côté.

— Couvrir tout ça ? répété-je.

— La dernière chose dont j'ai envie, c'est que Typhos Lucifer me colle au cul et pose des questions, crache Hadès. Je préfère qu'il ne découvre pas ce qu'on prépare. Sinon…

Il s'interrompt, son regard soutenant le mien.

Sinon, il pourrait découvrir ce qui est arrivé aux Omégas Faë du Mythe, complété-je mentalement, bien conscient de ce qu'Hadès insinue.

Jusqu'à présent, notre espèce a réussi à garder secrète la disparition de nos dieux et déesses omégas. Mais si cette nouvelle s'ébruitait, notre existence même serait mise en péril.

— Je comprends, dis-je d'un ton grave. (Mon humeur badine a bien disparu. Rien de tel qu'évoquer l'extinction potentielle des Faë du Mythe pour casser l'ambiance.) Raconte-moi ton plan, mon frère.

Il acquiesce, et dès lors la conversation devient de plus en plus intense.

Lorsqu'il a fini d'expliquer les nuances du portail et la façon dont il compte brouiller les pistes, je suis à la fois méfiant et impressionné.

— Tu demandes beaucoup à Maliki, lui fais-je doucement remarquer.

Hadès déglutit.

— Je sais. Mais il a déjà accepté.

— Bien sûr, réponds-je. Il te vénère.

— Ils le font tous.

Hadès parle des Faë de l'Au-delà qui le considèrent tous comme leur dieu.

Tous les Faë dotés d'une magie de mort, comme les Faë des Cadavres et les Faë de la Mort, résident dans le royaume de l'Au-delà et sont donc collectivement appelés les Faë de l'Au-delà. Et mon cher grand frère est la divinité qu'ils ont choisie.

Sans doute parce que son âme est morte quand il a perdu son Oméga...

— Quoi qu'il en soit, poursuit-il, inconscient de mes sombres divagations intérieures, Maliki est le choix idéal. Lucifer ne le tuera pas.

— En théorie, nuancé-je.

— Il ne le tuera pas, répète Hadès, paraissant plus se persuader lui-même que moi.

Car même si mon frère ne l'admettrait jamais de vive voix, il tient beaucoup à Maliki. Plus qu'à la plupart de ses *jouets*.

— D'accord, donc Maliki sera la couverture, dis-je en revenant au plan. Il dira à Lucifer qu'il aidait simplement ses congénères à trouver à manger ou des compagnes. Pendant ce temps, je profiterai de la diversion pour traquer cette mystérieuse aura que tu as sentie.

— C'est ça, acquiesce-t-il.

— Parfait. (J'essuie mes paumes sur mon jean foncé et je me lève.) Alors j'ai deux semaines pour me préparer mentalement. (Non pas que j'en ai besoin. Traverser les royaumes et les réalités n'a rien de nouveau pour moi.) Si c'est tout…

Je m'interromps et désigne la grande porte en bois chargée de chaînes en argent.

Mon frère me congédie d'un geste du menton. Mais j'ai à peine fait un pas vers la sortie qu'il reprend :

— Oh, une dernière chose.

Je m'arrête et lui jette un regard par-dessus mon épaule, haussant un sourcil en guise de question muette : *Oui ?*

— Flamme et Faucheur t'accompagneront.

Je le dévisage.

— Pourquoi ?

— Protection.

Je lâche un rire.

— Tu crains que je me dégote une compagne pendant cette infâme *Nuit des Monstres* et que je massacre mes concurrents, hein ? taquiné-je. Et tu penses qu'une paire de Faë de l'Au-delà me gardera dans le droit chemin ?

Car si c'est le cas, alors j'ai des nouvelles pour mon cher vieux frère : Flamme et Faucheur sont mes meilleurs amis pour une bonne raison. Aucun d'eux ne tentera de m'empêcher de faire quoi que ce soit. Putain, ils m'*encourageront* plutôt à m'amuser.

— Non, je pense qu'une paire de Faë de l'Au-delà peut t'aider à rester indemne dans cette réalité inconnue, qui peut ou non donner asile à notre mère. (Me voyant bouche bée, il ajoute :) La protection est pour toi, Orcus. Pas pour les humains ou les créatures de la Nuit des Monstres, mais pour *toi*.

— Ça va aller, mais merci de t'en préoccuper, grogné-je.

— Faucheur et Flamme t'accompagneront, rétorque-t-il. Fin de la discussion.

Normalement, ce genre de connerie cavalière inciterait mon côté querelleur à tenter de dominer mon adversaire. Mais ça ne vaut pas la peine que j'en débatte.

Emmener Faucheur et Flamme avec moi dans un monde rempli de poupées humaines – toutes préparées pour devenir des partenaires potentielles de monstres de toutes sortes – ressemble plus à des vacances qu'à une tâche ardue.

La Nuit des Monstres, me dis-je. *Ça ressemble bien à une fête.*

Je ne peux pas prendre une partenaire potentielle – j'aurais besoin d'une vraie Oméga pour ça. Mais pour m'amuser ? Oui, je peux m'amuser. Goûter. Mordre. *Baiser.* En supposant que je trouve une humaine capable de s'occuper de mon nœud. Ce qui est peu probable, mais une réalité alternative offre de nombreuses possibilités agréables.

— N'oublie pas ton objectif, frangin, me rappelle Hadès, devinant sans doute la lueur d'excitation dans mon regard. Cherche cette présence éventuelle. S'il n'y a rien de probant, alors fais ce que tu veux. Sinon, souviens-toi de ce qui est important.

— J'ai peut-être mille ans de moins que toi, Hadès, mais je ne suis pas un enfant, ricané-je. Je sais ce qui est en jeu.

Ses yeux sombres brillent de compréhension tandis qu'il baisse de nouveau le menton, un petit sourire au coin des lèvres.

— Alors bonne chasse, mon frère.

— Bonne chasse en effet, souris-je.

CHAPITRE UN
ALINA

LE JOUR DU CHOIX

ROBE BLANCHE. Sandales plates. Cheveux brossés.

J'étudie mon reflet dans le miroir : la femme qui me regarde, je la reconnais à peine. Elle a l'air innocente. Pure. *Nuptiale.*

Il ne manque plus que le voile, cette fine saleté vaporeuse censée masquer mon visage.

Peut-être que je devrais le laisser tomber par terre et marcher un peu dessus ? songé-je. *Ce qui serait enfreindre une autre règle ?*

Mon total s'élève à près de quarante pour ce seul trimestre, ce qui me garantit, je l'espère, d'être sélectionnée pour la Nuit des Monstres de cette année.

Tout le monde pense que je suis folle. Personne ne veut monter dans ce train fatidique qui sème des étincelles dans le vent en filant vers Monster City.

Mais je sais quelque chose qu'ils ignorent. Un secret que ma sœur m'a confié sur une note qu'elle est parvenue à glisser sous ma porte pendant la cérémonie du Choix de l'année dernière.

Il y a une cité des Élites, avait-elle griffonné. *Trouve une ancienne carte, Lina. Cherche Chicago. Je t'attendrai.*

Ça pourrait être une ruse. Un mensonge. Un moyen de me séduire pour que je me porte volontaire pour la Nuit des Monstres. Mais quel choix ai-je ? Serapina est ma sœur. Elle est tout ce qu'il me reste en ce monde. Et elle est là, quelque part, à m'attendre.

J'ai supposé à tort qu'elle avait été capturée. Revendiquée. Qu'elle n'était plus de ce monde. Je me suis apitoyée sur mon sort. J'ai pleuré. J'ai déploré la perte de ma sœur cadette, le dernier membre de ma famille.

Puis sa note est apparue, m'inspirant un regain d'espoir. Elle m'a également laissé un goût de culpabilité : je l'avais abandonnée. Comment avais-je pu ? Je savais pourtant que si quelqu'un peut survivre dans ce monde cruel, c'est bien Serapina.

Je dois la retrouver.

Et si tout cela s'avère être un canular, alors je me battrai jusqu'à mon dernier souffle. Je tuerai toutes les bêtes qui croiseront mon chemin. Je *refuserai* de me soumettre.

Cette robe sera magnifique couverte de sang de monstre, me dis-je en m'examinant une fois de plus. *Des taches noires et rouges maculant ce tissu trop blanc. Hmm.*

Chaque année apparaissent de nouvelles robes pour les femmes. Toujours blanches. Toujours nuptiales. Les hommes reçoivent des smokings. C'est comme un putain de mariage, sauf qu'aucun d'entre nous n'avance de son plein gré dans l'allée.

Bon, presque aucun d'entre nous.

Je suis volontaire, songé-je sombrement. *Emmenez-moi à Monster City. Que ces créatures essaient de m'accoupler. Elles apprendront vite que je n'en vaux pas la peine.*

C'est mon plan, du moins : lutter ; fuir ; me cacher ; *chercher une ancienne carte.*

Je survivrai. Et je retrouverai ma sœur. Il n'y a pas d'autre solution.

Parce que je ne peux pas rester ici. Les hommes commencent à me mater avec un peu trop d'intérêt. J'ai deux-et-vingt ans maintenant, l'âge parfait pour la *reproduction.*

Je n'ai pas de parents pour veiller sur ma vertu. Pas de grand frère pour empêcher que je sois prise contre ma volonté. Et les Protecteurs du village – un titre bidon pour les humains chargés de maintenir l'ordre dans notre colonie de montagne – n'interviendront pas.

Je suis seule. Vulnérable. Et malheureusement, mon comportement rebelle de l'année dernière semble en avoir intrigué encore plus.

Les hommes de plus de cinq-et-trente ans ont le droit de fonder une famille, et la plupart choisissent comme épouses des femmes d'à peu près mon âge. Il y a tout un processus à suivre, qui a pour effet de retirer la femme du pool de sélection du Jour du Choix – si la proposition est approuvée, du moins. Et étant donné que toutes les personnes âgées de huit-et-dix à cinq-et-trente ans sont tenues d'y participer, un éventuel accord matrimonial est prometteur pour certaines.

Mais cela ne m'attire pas, car je ne veux pas de mari.

Or, pour je ne sais quelle raison, cela paraît me rendre plus attirante aux yeux de certains de ces hommes plus âgés.

Tout comme Sage, me dis-je en grimaçant. Elle est tout aussi vulnérable que moi, voire davantage. Je ferme les yeux et mon corps vibre de nervosité tandis que j'imagine Sage dans la maison voisine. *Elle prend soin de sa mère. Elle se prépare pour la cérémonie d'aujourd'hui. Espérant et priant pour qu'elle survive au Choix de cette année.* Sa mère n'a plus qu'elle. Si elle est sélectionnée…

Je serre les lèvres, mon envie de la protéger faisant battre mon cœur plus vite. Sage est comme une sœur pour moi. Nous avons grandi en voisines. Elle a le même âge que Serapina, donc elles étaient de bonnes amies autrefois. Mais depuis que Serapina est partie, Sage et moi nous sommes rapprochées.

Une grande partie de mes inscriptions supplémentaires au cours des quatre derniers trimestres était due au fait que j'avais fait don de ressources à elle et à sa mère « paria ». Et quelques-unes de mes autres inscriptions étaient dues au fait que j'avais été surprise dehors après le couvre-feu.

Si seulement les Protecteurs du village connaissaient la vraie raison pour laquelle je suis restée dehors toutes ces nuits…

Sage devra se charger de cette tâche une fois que je serai partie. J'ai essayé de la préparer, mais la sécurité du village change chaque semaine. Malheureusement, cela implique que le risque qu'elle se fasse prendre est élevé. Tout comme ça l'a été pour moi.

Espérons que quelques inscriptions supplémentaires ne la feront pas devenir une Offrande pour la Nuit des Monstres, car cette jeune fille aux cheveux argentés n'est pas faite pour une telle destinée. Elle est trop petite. Trop *innocente.*

Bien que l'on puisse dire la même chose de Serapina. *Et de moi*, réalisé-je, considérant mon mètre soixante.

Secouant la tête, je m'éloigne du miroir quand les cloches commencent à sonner.

— Merde, grommelé-je. *Je vais être en retard.*

Des frissons me parcourent l'échine, me faisant pivoter vers la porte, mon voile serré dans ma main. Plus de vingt ans d'entraînement ont inculqué cette réaction à mon être. Peu importe le nombre de fois où je me suis rebellée au cours des douze derniers mois, je n'arrive pas à me débarrasser du besoin d'*obéir*.

Surtout aujourd'hui.

Si les épouses et époux participent obligatoirement à la cérémonie, toutes les familles sont tenues de se présenter sur la place centrale afin d'observer. Ou plutôt de *célébrer*, comme l'exige notre vicomte.

Mon sang se glace dans mes veines quand je pense à notre infâme chef du village de Nightingale. Il a pris trois épouses ces dix dernières années, prétextant avoir besoin de procréer pour assurer la survie de notre peuple. Grâce à son *sacrifice*, il s'est vu accorder plus de ressources pour l'aider à élever sa progéniture croissante.

Trois hommes ont suivi son exemple, et plusieurs autres envisagent d'emprunter le même chemin.

Cela ne me dérangerait pas tant que ça s'ils choisissaient des femmes proches de leur âge. Mais les trois femmes de notre vicomte sont assez jeunes pour être ses filles. Bon sang, la dernière qu'il a choisie pourrait même être sa petite-fille.

Ce n'est pas mon problème, me dis-je en prenant le chemin de terre qui mène à l'unique route de notre village. Mais de légers bruits de pas derrière moi me font m'arrêter et jeter un œil par-dessus mon épaule – sur la tête baissée de Sage.

Je grimace à l'idée qu'elle puisse tomber dans un piège avec ces hommes. Ses cheveux uniques, ses yeux bleu vif et ses traits de porcelaine ont fait tourner bien des têtes au cours des six derniers mois. Elle vient d'avoir vingt ans, ce qui la rend plus qu'éligible aux yeux de ces hommes âgés.

— On va être en retard, me chuchote-t-elle en arrivant à mes côtés.

D'un coup de coude, elle m'incite à reprendre ma marche.

— Je me suis dit ça il y a une minute, lui réponds-je avec un sourire en coin. Qu'est-ce que tu crois qu'ils vont faire ? M'emprisonner ? Ajouter une autre inscription dans ce chaudron glauque à souhait ?

Le *Calice*, comme l'appelle notre vicomte, est un emblème sacré dans notre village. Il recueille toutes les inscriptions dans son sinistre ventre d'obsidienne.

— *Lina,* me réprimande Sage.

Je me contente de sourire plus largement.

— Quoi, petite S ? Tu as peur qu'ils me sautent dessus ?

Petite S est le surnom que je lui donne, bien que nous n'ayons que deux ans d'écart et à peu près la même taille. Quelque chose en elle me paraît bien plus jeune, peut-être parce que je la vois encore comme la fillette qui s'est liée d'amitié avec ma sœur des années plus tôt.

— Oui. (Ses yeux brillants sont sérieux tandis qu'elle répond à ma question plutôt sarcastique.) J'ai peur... peur que tu... (Elle déglutit.) Et si... ? Et si c'était à nouveau une douzaine ? Comme quand... ?

Elle s'interrompt, et j'achève automatiquement ses propos dans mon esprit : *comme quand Serapina a été sélectionnée.*

Le quota d'Offrandes change tous les ans, et ce nombre ne sera pas annoncé avant que notre vicomte lance la cérémonie. Une douzaine d'Offrandes ont été requises l'année où Serapina a été choisie. Son nom avait été le dernier tiré de ce sinistre Calice.

La plupart du temps ne sont exigées que cinq ou six Offrandes, mais pas ce jour fatidique du Choix.

Je m'éclaircis la gorge.

— Tu n'as pas à t'inquiéter, Sage. Ça ira pour moi.

— Et s'ils te choisissent ? demande-t-elle avec empressement. (Ses pieds nus glissent sans bruit sur le sol alors que mes sandales claquent avec agacement.) Tu nous as donné tant de repas, tant d'eau, tout ça à tes frais. S'ils te choisissent…

— Ce sera parce que je l'aurai voulu, la coupai-je. Ne t'avise pas de te sentir coupable, Sage. Je me suis servi de toi et de ta mère comme d'une couverture pour mes propres désirs.

Je lui ai déjà dit que je *voulais* être une Offrande. Mais elle croit que je mens, que je ne lui dis ça que pour qu'elle se sente mieux.

— Lina, souffle-t-elle. (Elle me prend la main et me force à m'arrêter.) Je sais ce que tu as fait pour nous. Je t'en suis reconnaissante. Mais tu n'as pas besoin de me mentir.

—Je ne mens pas, affirmé-je.

Elle secoue la tête.

— Si. Personne ne veut être choisi. Personne ne veut subir la Nuit des Monstres.

— Moi si, insisté-je.

Ses yeux bleus se durcissent, sa douceur caractéristique fond pour révéler la femme féroce sous son air de poupée de porcelaine.

— Arrête de chercher à apaiser ma culpabilité, Lina. Je suis loin d'être aussi naïve que tu le crois.

En soupirant, je retire ma main de la sienne et glisse mon bras autour de ses épaules.

—Je n'essaie pas d'apaiser quoi que ce soit, Sage. Je dis la vérité.

Elle prend la mouche, visiblement prête à me repousser.

Et je réalise que c'est peut-être la dernière fois que je la vois. Car si je suis sélectionnée aujourd'hui, je serai aussitôt escortée au *Tracelumière* – encore un nom stupide inventé par notre vicomte. *Ce n'est qu'un train*, ai-je voulu le corriger plusieurs fois. *Un putain de train*. Mais c'est vrai qu'il roule très vite.

Peu importe son nom ou sa destination, la réalité est que je pars. Ou plutôt, j'espère partir. C'est donc l'occasion de dire au revoir à Sage, et je n'ai vraiment pas envie de la laisser comme ça.

— Sage, lui dis-je d'une voix douce.

Je la retiens tandis qu'elle se tortille pour se dégager. Son geste me fait aussitôt penser à Serapina et à mon habitude de faire la même chose chaque fois que nous nous disputions pour des broutilles. Le fait d'avoir deux ans de plus me procurait une force supplémentaire. Ou du moins, je plaisantais à ce sujet.

Mais comme Sage le prouve aujourd'hui, l'âge n'est qu'un chiffre.

— Allons-y, dit-elle d'un ton brusque, manifestant pleinement sa fougue.

Elle le fait rarement en public, surtout parce que ce n'est pas *autorisé*. Les femmes sont censées être soumises. Des épouses parfaites. C'est ce que nos études nous enseignent, en tout cas. Parce que nous serons accouplées soit à un monstre, soit à un homme du village. Quoi qu'il en soit, nous sommes destinées à être *possédées*.

À moins qu'on s'enfuie, pensé-je en grinçant des dents.

— Il y a une ville des Élites, marmonné-je.

Sage se fige et me fixe en battant des paupières.

— Quoi ?

— Serapina…

Je regarde autour de moi pour m'assurer que nous ne sommes pas près d'un bâtiment où des enregistreurs pourraient épier notre conversation. Ce sont de petits appareils sournois utilisés par les Protecteurs du village pour nous espionner. Je ne sais pas trop comment ils fonctionnent, ni même à quoi ils ressemblent, mais j'ai entendu des rumeurs sur leur existence.

Toutefois nous sommes presque sur la route maintenant. Les étals qui la bordent ne contiennent que des bacs vides destinés aux fruits et légumes.

— Serapina m'a laissé un mot l'année dernière.

Sage écarquille les yeux.

— Un mot ?

— Pendant la cérémonie, acquiescé-je.

— Comment ?

— Je ne sais pas, avoué-je. Mais c'était bien son écriture.

Je dois donc croire que c'était réel. Rien d'autre n'est envisageable. *Elle est vivante. Je vais la retrouver. Nous serons à nouveau ensemble. Un jour. Quelque part. D'une façon ou d'une autre.*

— Pourquoi tu me dis ça seulement maintenant ?

— Parce que je *veux* être choisie, souligné-je. Je… je dois trouver Sera.

C'est un surnom que je ne réserve à ma sœur qu'en privé, mais Sage fait pratiquement partie de la famille. C'est pourquoi j'ai eu du mal à taire cette information. Mais je voulais la protéger. Et, pour être honnête avec moi-même, je voulais aussi protéger mon secret.

La confiance a toujours été un concept difficile à accepter. Mais si je pouvais faire confiance à quelqu'un dans ce village, ce serait Sage. Peut-être que dans une autre vie ou dans une réalité alternative, ç'aurait pu être possible.

Or Sage doit comprendre qu'elle n'est pas à blâmer pour mes choix.

— Sera m'attend quelque part. Tout ce que je sais, c'est que je dois chercher la ville des Élites qu'elle a mentionnée dans sa note. *Chicago*, comme elle l'a appelée. C'est pour ça que j'ai accepté toutes ces inscriptions supplémentaires. Toi et Paulina ne me devez rien.

Paulina est la mère de Sage. Elle quitte rarement leur maison, son statut de paria l'exemptant des événements d'aujourd'hui. C'est pourquoi sa fille est seule ici.

— Ne t'en veux pas si je suis choisie, poursuis-je. S'il te plaît, comprends-moi et crois-moi quand je te dis que c'est ce que je *veux*.

Elle me regarde les yeux ronds sans ciller pendant un long moment. Les échos des cloches deviennent de plus en plus insistants.

— Elle a survécu à la Nuit des Monstres.

— Elle a survécu à la Nuit des Monstres, affirmé-je en hochant la tête. Et moi aussi.

— En trouvant la cité des Élites ?

— Oui.

— Chicago, répète-t-elle, ce qui me fait hocher de nouveau la tête.

— Ça va aller, lui dis-je. Et pour toi aussi. Garde juste la tête baissée. Évite le vicomte et ses barons.

C'est le titre qu'ont pris les hommes de son entourage, leur statut exigeant le respect des autres villageois.

— Je ne sais pas comment, m'avoue Sage. Ils... ils n'arrêtent pas de se montrer dans les jardins, Alina.

— Ne fais rien qui puisse attirer l'attention sur toi. (Je la prends dans mes bras et lui chuchote à l'oreille :) N'échange des inscriptions que contre des ressources dont tu as vraiment besoin. Et n'enfreins aucune règle. Si j'ai appris quelque chose cette année, c'est qu'être une rebelle fait de toi une cible plus importante.

Pour des offres indécentes. Des promesses de fausse protection. Un intérêt un peu trop personnel.

Je ne lui dis pas ces choses-là, je les laisse informulées. Parce qu'elle sait mieux que quiconque ce qui arrive lorsqu'une femme est considérée comme faible ou comme une proie facile. Sa mère est la preuve vivante de la façon dont les femmes sont punies pour les péchés des hommes.

— Rappelle-toi ce que je t'ai dit, poursuis-je doucement. Les mercredis. Dix heures du soir. Rue sud, près du champ de maïs. Il aura une lampe de poche dans la main gauche, pas dans la droite. Et il n'accepte que les viandes fumées.

Je le lui ai bien dit cent fois, et pourtant je ne peux pas m'empêcher de le répéter encore.

— Reste à l'abri, ajouté-je, les larmes me piquant les yeux. Et si jamais tu es choisie, cherche une ancienne carte. Trouve Chicago.

Je la lâche avant qu'elle réponde. Le carillon des cloches devient assourdissant.

Ça ne me dérange pas d'attirer l'attention sur moi en étant en retard, mais Sage doit se cacher. Du mieux qu'elle peut en tout cas, avec ses cheveux argentés.

Je déglutis et rejoins la route principale avec Sage juste derrière moi. Elle ne dit rien, elle attrape juste ma main et la serre. Je la lâche quand nous approchons des festivités, le voile toujours serré dans mon autre main.

Poussant un profond soupir, je glisse les barrettes dans mes cheveux bruns. Et prie sincèrement pour la première fois de ma très courte vie.

Appelle mon nom, s'il te plaît.

Appelle mon nom, s'il te plaît.

Appelle mon nom, s'il te plaît…

CHAPITRE DEUX
ALINA

L<small>A PLACE</small> du village baigne dans un silence mortel. Pas un mot n'est émis. Je suis convaincue que certains d'entre nous ne respirent même pas.

C'est la période d'attente, l'attente redoutée pendant que notre vicomte se prépare à prononcer son sermon annuel.

Nous adresserons une prière aux monstres pour qu'ils nous permettent de survivre parmi eux, nous bénirons le sacrifice à venir et nous supplierons les Parques de choisir les bonnes Offrandes. Car fournir de mauvaises Offrandes pourrait entraîner l'extermination de l'humanité. C'est en tout cas ce que dit toujours notre vicomte.

Je déglutis. L'air chaud fait coller ma robe blanche à ma peau moite. L'été est bien là, comme en témoigne le soleil ardent au-dessus de nos têtes, mais cela n'empêche pas notre vicomte de faire durer la cérémonie. Il se tient là-haut, dans l'ombre fournie par le porte-à-faux qui surplombe la scène, à quelques pas derrière son estrade. Un ventilateur souffle une brise sur sa grande et imposante carcasse vêtue d'un costume. Je le n'entends pas et ne le vois que parce qu'il fait danser les mèches de ses longs cheveux blonds autour de ses larges épaules.

Il est l'un des hommes les plus vieux de l'assistance, ses barons étant les seuls proches de son âge. Il est rare que les hommes dépassent la cinquantaine dans notre village. Trop d'accidents agricoles. Des horaires de travail trop durs. Des denrées de base trop limitées.

Je serre les poings. Plusieurs personnes autour de moi chancèlent, mal à l'aise. Nous avons faim et soif. Nous avons trop chaud. Nous avons *peur*.

Sauf que ma peur est différente cette année. Je n'ai plus peur d'être choisie, j'ai peur de *ne pas* l'être.

La mâchoire crispée, je scrute notre vicomte. *Au diable tout ça.* J'en ai assez de cette démonstration de pouvoir. Tout le monde autour de moi a la tête baissée en un respect dévot. Mais je ne peux me résoudre à incliner le menton. Je veux le fixer, le *voir*. Et je veux qu'il me voie aussi.

C'est une envie bizarre. Un désir interdit. Une réaction de *colère*.

Cet homme a l'audace de rester là avec ses *fans* pendant que nous autres brûlons. Le voile sur mon visage me paraît lourd, le tissu vaporeux colle à ma peau surchauffée. Je plisse les yeux. *J'en ai marre.*

Bientôt, mon nom sera appelé et je serai libérée. Je dois y croire, sinon je vais hurler. *Il n'y a pas d'autre solution. Le destin doit être de mon côté.* Si ce n'est pas le cas, je pourrais faire quelque chose pour le garantir. Pousser ce vicomte un peu plus, lui forcer la main, faire en sorte qu'il me *choisisse*. Parce qu'une villageoise rebelle fait une excellente Offrande. N'est-ce pas pour cela qu'enfreindre les règles rapporte plus d'inscriptions ?

Testant cette théorie, j'enlève le voile de mon visage et en couvre mes cheveux. Les hommes n'ont pas besoin de se cacher derrière un rideau de fibres blanches, alors pourquoi moi ?

— *Lina*, siffle Sage à voix basse. Qu'est-ce que tu fais ?

— Je défie l'ordre, réponds-je, bougeant à peine les lèvres.

Quelques-uns autour de nous remuent, ayant manifestement entendu nos paroles. Ils n'ont peut-être pas compris les mots, mais même des chuchotements résonnent fort sur cette place trop silencieuse.

Le vicomte me repère aussitôt parmi la foule, sans doute pas à cause de ma voix, mais grâce à mon geste. Il est trop loin pour que je puisse discerner correctement ses traits âgés, mais son attention est très nettement tournée vers moi maintenant.

Qu'est-ce que tu vas faire ? l'interrogé-je du regard, bien que mon échine me picote du besoin de me soumettre. Je n'ai jamais été aussi audacieuse. C'est téméraire. Libérateur. Terrifiant.

Il est entouré de Protecteurs, tous des hommes sans visage, masqué par leurs capuches. En fait, certains pourraient venir du train qui attend derrière la scène.

Le Tracelumière. C'est un train massif au revêtement métallique trop blanc, dont la couleur immaculée me rappelle ma robe. *Comment peut-il rester aussi propre ?* m'étonné-je. Cela fait à peine trois heures que je porte cette robe et elle est déjà sale. Or ce train est incroyablement brillant malgré les milliers de kilomètres qu'il a parcourus.

Un malaise me picote la nuque à l'idée de monter à bord du Tracelumière. C'est mon but. Mon désir. Mais ce n'est pas réconfortant pour autant.

Je me concentre à nouveau sur le vicomte et constate qu'il me fixe toujours. Du moins c'est l'impression que j'ai d'ici. Il y a plus d'un millier de personnes sur cette place et plusieurs milliers d'autres alentour. Le village paraît petit jusqu'à ce que nous soyons tous réunis. Nous sommes très dispersés, certains vivant près du centre – comme Sage et moi – et d'autres éparpillés dans les montagnes. Ce matin, nombre d'entre eux ont parcouru six à huit kilomètres à pied pour se rendre à la cérémonie. Sans boire ni manger.

Pourtant, tu continues à nous toiser du haut de ton pouvoir, pensé-je en fusillant le vicomte du regard. *Finissons-en.*

Je jurerais qu'il plisse les yeux en réponse. C'est peut-être mon imagination. Peut-être que je délire à cause de la chaleur et de cette attente forcée. Ou peut-être que je le vois clairement pour la première fois.

Cet homme ne mérite pas mon respect.

Cette prise de conscience brutale me fait tressaillir.

Pendant deux-et-vingt ans, j'ai craint et vénéré ce type. Mais maintenant ? Maintenant, je veux juste qu'il appelle mon nom et me laisse monter dans ce train.

Et s'il ne me choisit pas dans le Calice ? m'inquiété-je. *Et si je reste coincée ici pendant douze mois encore ? Et s'il n'y a pas d'Offrandes cette année ?*

Merde. Si je ne monte pas dans ce train aujourd'hui, je…

Le vicomte s'avance, provoquant un arrêt brutal et crissant de mes pensées.

Euh, non. Ce ne sont pas mes pensées qui crissent… C'est son microphone.

Tout le monde dans la foule réfrène une grimace, moi y compris. Mais ce n'est pas tant le son qui me fait grimacer que le fait que le vicomte me regarde encore.

Il presse sa main sur son oreille en un geste étrange et porte son regard sur la gare située à quelques mètres derrière lui, tandis que sa mâchoire bouge visiblement. Un écho ténu de sa voix passe dans le haut-parleur, un baryton grave et inintelligible. Il est juste hors de portée du micro.

Mais ce son suffit à faire courir un frisson dans tout mon corps.

Ai-je commis une erreur ? J'ai été audacieuse. Trop audacieuse. Et s'il pouvait me faire quelque chose de pire ?

Je ne suis plus une brebis. Je me suis éloignée du troupeau. Je me fiche qu'ils mettent mon nom dans le Calice. Bon sang, je *veux* qu'ils ajoutent mes inscriptions. Est-ce que cela fait de moi une cible pour une autre sorte de punition ?

La façon dont le vicomte sourit en se tournant de nouveau vers moi me fait murmurer *oui* mentalement. *Oui, Lina, il y a des punitions pires. Bien pires.* Je peux le voir dans la façon dont le vicomte nous évalue tous maintenant d'un air quasi sinistre.

Comment se fait-il que je n'aie pas remarqué ça avant ? m'étonné-je, clignant des yeux comme un cerf perdu au milieu d'une meute de loups. *Parce que je ne l'ai jamais vraiment* regardé.

On nous a appris à nous incliner dès notre plus jeune âge. À nous soumettre. À traiter nos *anciens* avec respect. « Ils ont vécu aussi longtemps pour une bonne raison, disait doucement ma mère. Souviens-t'en. Respecte ça. »

Hélas, j'ai perdu mon respect pour notre vicomte et ses barons lorsque j'ai reçu ce mot de ma sœur. Ou plutôt, j'ai cessé de montrer du respect. Je me suis concentrée uniquement sur le fait d'être sélectionnée comme Offrande. Mon nom doit figurer près de trois cents fois dans ce Calice.

Mais il y a un millier d'hommes et de femmes sur cette place qui sont tous éligibles. Chacun a mis son nom dans le pool de sélection au moins une fois. Beaucoup ont plus d'une inscription. C'est le seul moyen de survivre ici : échanger des inscriptions contre des ressources.

— Bienvenue au Jour du Choix, déclare le vicomte. (Il

écarte ses bras malgré tous les regards qui restent fixés sur le sol.) Aujourd'hui, nous célébrons la communauté des monstres et lui rendons hommage en choisissant nos Offrandes.

Il dit cela comme si nous devions tous applaudir. Mais personne ne le fait. Personne ne bouge. C'est comme s'il parlait à un fichu mur. Pourtant, il sourit quand même, appréciant manifestement son estrade et sa place sur cette scène. Je n'avais jamais *regardé* cette partie auparavant. Jamais vraiment prêté attention. Mais les barons derrière lui sourient aussi.

— Depuis plus de trois siècles, les monstres ont eu la gentillesse de nous laisser vivre en harmonie avec leur présence sur cette grande terre. Ils nous ont fourni les nombreuses ressources dont nous avons besoin pour survivre, nous ont assuré une bonne santé et nous ont donné la longévité. Pour les remercier, nous leur faisons des Offrandes. C'est ce qui rend cette cérémonie de la plus haute importance : nous devons nous assurer que nous envoyons les *bonnes* Offrandes.

Il me regarde en prononçant ces deux derniers mots.

Ou peut-être que c'est simplement l'impression que j'ai puisque je suis la seule à le fixer directement. Mais je n'arrive pas à baisser la tête, même si mes nerfs dansent le long de mes membres et de mon dos. Nous sommes engagés dans une sorte de bataille de volonté que je ne peux pas me permettre de perdre. Quoique je ne sois pas sûre de pouvoir me permettre de la gagner non plus.

— Avant de commencer, j'aimerais prendre le temps de remercier la communauté des monstres avec une prière. Si vous voulez bien fermer les yeux et vous joindre à moi dans ce moment de grâces…

Il s'interrompt, son regard toujours posé sur moi.

Je ne ferme pas les yeux. Je ne bouge pas d'un cil.

Et je jure que je peux entendre ses dents grincer depuis tout à l'heure.

Qu'est-ce que tu fais ? me dis-je. *C'est un tout autre niveau de défi.*

Au cours de l'année, je me suis enhardie dans ma rébellion, uniquement dans le but d'être sélectionnée comme Offrande. Or cette fois, c'est différent. Nécessaire. Et complètement fou.

Le vicomte commence sa prière, des mots que j'ai entendu prononcer chaque année sur cette même place. Sauf que ce n'est plus pareil maintenant, parce qu'il les prononce en me fixant. Sa voix semble... plus grave. Plus irritée. Plus intense.

Est-ce que je l'imagine ?

Des frissons me parcourent, me donnant la chair de poule malgré la chaleur. Mon estomac se serre en réaction, mes entrailles sont froides tandis que la sueur perle sur mon front. Ce conflit de températures me donne le vertige, ce qui me fait cligner des yeux et presque détourner mon regard du vicomte. Mais ses derniers mots m'ancrent sur place.

— Nous prions les Parques pour que nos Offrandes soient de la meilleure qualité, que la communauté des monstres soit apaisée par notre sacrifice, et qu'aucune et aucun de nos mariés ne nous déçoive de quelque manière que ce soit.

C'est toujours de cette façon qu'il termine son sermon. Sauf que cette fois, il ajoute :

— Et si, pour une raison ou une autre, les monstres ne sont pas satisfaits, nous ferons un exemple de l'Offrande fautive afin qu'ils ne soient plus jamais mécontents.

Ces paroles agitent un peu quelques membres de la foule, leur surprise se manifestant par des hoquets guère subtils.

Mais qu'est-ce que ça veut dire ? m'étonné-je en fixant le vicomte.

Il se contente de sourire et frappe dans ses mains.

— Commençons, voulez-vous ?

Il rayonne carrément, ce qui fait sonner toutes les alarmes dans mon esprit. Pas seulement parce qu'il a enfin détourné son regard de moi, mais parce que sa dernière déclaration ressemblait à une menace. Qui me visait directement.

Mon cœur bat la chamade, un *boum boum* qui résonne dans mes oreilles.

C'est fort. Violent. Accablant.

Ce son m'empêche de penser. Tout ce que je peux faire, c'est voir. Observer. Regarder le Calice être apporté sur sa plate-forme de cérémonie. Il est si lourd qu'il faut trois Protecteurs pour le faire rouler sur la scène.

Boum, boum.

La bouche du vicomte bouge de nouveau, mais sa voix paraît très lointaine. Comme si j'étais à trois mètres sous l'eau et qu'il grognait à la surface.

Boum, boum.

Je suis toujours la seule à le regarder. Personne n'ose lui manquer de respect de cette façon. Personne à part moi.

Boum, boum.

Les dents serrées, il tend la main vers le Calice et fouille dedans pour sortir le nom de la première Offrande. *A-t-il dit combien il y en aura ?* me demandé-je, la gorge sèche. *Est-ce que j'ai une chance ? Bon sang, est-ce que je* veux avoir une chance ?

Ses paroles persistent dans ma tête : *Nous ferons un exemple de l'Offrande fautive. Un exemple. Un exemple. Un exemple.*

Qu'est-ce que ça veut dire ? C'est moi l'exemple ? Parce que je le fixe ? Ou parce que j'ai trop attiré l'attention sur moi ?

Je me force à fermer les yeux, et mon besoin de

prendre une grande respiration balaie l'instinct rebelle qui s'est emparé de mes sens. *Concentre-toi,* m'exhorté-je. *Concentre-toi sur la cérémonie.*

À ce régime, je n'entendrais même pas mon propre nom par-dessus les battements de mon cœur.

S'il m'appelle, me dis-je en déglutissant. Mon cœur cogne désagréablement dans ma poitrine à cette idée, mes motivations de toute une année se figent. *Je dois aller à la Nuit des Monstres. Je dois trouver Serapina.*

Mais il y a quelque chose qui cloche vraiment dans tout ça. Comme si j'étais tombée dans un piège.

C'est impossible. C'était l'écriture de Serapina. J'en suis sûre. Sauf que…

— Notre première Offrande, annonce le vicomte, sa voix perçant enfin les battements de mon cœur et me faisant écarquiller les yeux. Bartholomew Monroe.

Tout le monde reste immobile un moment, puis la foule commence à s'ouvrir sur un grand type aux cheveux blond cendré qui se dirige vers la scène. Je ne le reconnais pas, ce qui n'est pas surprenant. Je ne connais vraiment que ceux qui vivent dans mon quartier.

Il y a tellement de fermes par ici dont les cahutes s'étendent sur près de quinze kilomètres dans les montagnes de part et d'autre du village, qu'il est impossible de tous nous fréquenter régulièrement. Le Jour du Choix est le seul moment où nous sommes tous réunis.

Des doigts effleurent les miens, ce qui me fait sursauter. Je me souviens alors que Sage est à côté de moi. Elle a été là tout le temps. Je l'ai perdue de vue après avoir ôté mon voile, ma concentration étant si résolue que je ne voyais plus que le vicomte.

Sa main plonge à nouveau dans le Calice tandis que Bartholomew le rejoint sur la scène. Je ne distingue pas l'expression de l'homme blond, mais je soupçonne qu'il doit paraître ennuyé. Étaler ses émotions n'est pas acceptable. De même pour la défiance.

Le vicomte lit un deuxième nom, celui d'une femme plus proche de la scène. Je ne vois que ses cheveux noirs car son voile et sa robe couvrent tout le reste.

Je plante mes ongles dans ma paume lorsqu'un troisième nom est appelé – un nom qui n'est *pas* le mien.

Si je pouvais me porter volontaire, je le ferais. Mais ça ne se passe pas comme ça.

Lorsqu'un cinquième nom est prononcé, je me mets à transpirer pour des raisons qui n'ont rien à voir avec le soleil oppressant.

Combien va-t-il en appeler ?

Merde, pourquoi je n'écoutais pas ?

Que se passe-t-il s'il ne prononce pas mon nom ?

Un sixième nom est choisi. Un septième. Un huitième.

Mon estomac se noue, mes membres commencent à trembler.

Il ne va pas annoncer mon nom.

Est-ce une bonne ou une mauvaise chose ?

C'est mauvais. Je dois trouver Serapina, me dis-je alors qu'une autre partie de moi affirme : *C'est bien. Je ne veux pas être un exemple.*

— Et notre dernière Offrande, conclut le vicomte.

Sage saisit ma main quand il tire un dernier nom du Calice. Je sais qu'elle espère que j'ai été épargnée. Mais ce n'est pas le cas. Ou je le suis. Un peu. Je… je suis tiraillée.

Le vicomte embrouille mes priorités. Je…

— Alina Everheart.

Mon nom résonne sur la place et le vicomte me regarde droit dans les yeux. Et cette fois, ce n'est pas parce que je suis la seule à le fixer ; c'est parce qu'il connaît mon nom.

Merde. Je n'aurais pas dû enlever mon voile…

CHAPITRE TROIS

FLAMME

— Mettons les choses au clair. (Je pose mes pieds sur la table basse d'Orcus et m'affale dans le canapé en cuir.) Tu veux qu'on s'aventure dans une réalité alternative où un truc appelé *Nuit des Monstres* est célébré dans un royaume humain ?

— C'est grossier, marmonne Faucheur. « Nuit d'accouplement » serait une expression plus sympa.

— Ou fête de la baise, proposé-je avec désinvolture.

Faucheur se penche en avant.

— J'assisterai bien à ça. Quand partons-nous ?

Orcus grogne, son irritation est palpable.

— Nous nous téléportons dans un royaume inconnu pour rechercher ma mère, pas pour jouer avec des humains fragiles.

— Qui te dit qu'ils sont tous fragiles ? demande Faucheur en penchant la tête sur le côté. Il y a sûrement une raison pour laquelle ces majestueuses créatures d'un autre monde ont choisi de visiter ce royaume en quête de partenaires ?

— Ces majestueuses créatures, relève Orcus avec un

ricanement sarcastique. Ils pourraient être de vrais monstres, tu sais.

Faucheur se redresse et pose une main sur sa poitrine, l'air manifestement indigné.

— Tu vas te mettre à appeler les Faë de la Mort des « zombies » maintenant ?

Orcus soupire et lève les yeux au ciel.

— Vous pourriez être sérieux une minute, vous deux ?

— Non, répondons-nous à l'unisson, Faucheur et moi.

Faucheur glousse et s'affale dans le fauteuil de bureau d'Orcus comme si la pièce lui appartenait. Je croise mes chevilles, porte mes mains derrière la nuque et adresse un sourire nonchalant à Orcus en train de déambuler. Il fait les cent pas dans son bureau comme une sorte de grand chat rival. C'est d'autant plus drôle qu'il ne peut pas se transformer.

Ma bête intérieure ronronne de contentement, tout à fait en paix parmi les deux hommes que j'appelle mes meilleurs amis.

Mes seuls amis, en fait. Sans eux, je vivrais volontiers en solitaire. Hélas, mon jaguar aime bien Orcus et Faucheur. Peut-être parce qu'ils sont utiles.

Orcus est pratiquement un dieu. Et Faucheur a tous ces jouets brillants.

Il y a tellement de potentiel. Tellement de *mort*.

— Nous allons pénétrer dans un monde inconnu par un portail illégal. Je veux que vous deux soyez concentrés et prêts à faire face à tout ce qui pourrait mal tourner. (Il s'arrête un instant pour me regarder.) Maliki va laisser passer plusieurs Goules en guise de couverture. Tu seras trop occupé à les protéger pour tremper ta nouille.

J'arque un sourcil.

— Tu sous-estimes gravement ma capacité à faire plusieurs choses à la fois, mon ami.

— Je surestime aussi ta capacité d'attention, rétorque-t-il, ce qui me fait sourire de nouveau.

— En effet, opiné-je en étirant mes bras au-dessus de ma tête.

Ce n'est qu'une plaisanterie. Je suis *très* doué pour les détails et il le sait. Et remarquer les détails exige un certain degré d'attention, que j'ai perfectionné depuis longtemps.

— Flamme ne laissera personne faire du mal aux Goules, et je ne laisserai personne te faire du mal, lance Faucheur. (Une lame apparaît dans sa main, qu'il se met à faire tourner entre ses longs doigts.) Si tout ça est réglé, parlons de ce que tu sais. La *Nuit des Monstres* mise à part, cette réalité dans laquelle nous nous rendons est plus… dystopique ? En ce qui concerne les royaumes humains, je veux dire.

Orcus passe ses doigts dans ses cheveux noirs et s'effondre sur la place libre à côté de moi.

— Ouais, dystopique est un bon adjectif. J'ai profité de la petite fenêtre créée par Hadès pour jeter un coup d'œil en divers coins du royaume au cours de la semaine dernière, et d'après ce que j'ai pu voir, les humains sont des connards.

— Ce n'est pas nouveau, grogné-je.

— Ils ont mis en place un système élitiste où certaines familles de la haute société possèdent des villages et traitent pratiquement tous leurs habitants comme du bétail, poursuit-il, ignorant mon aparté. Ils les accouplent littéralement dans le but de créer des épouses et maris parfaits pour les monstres. C'est dégueulasse.

Faucheur arrête de faire tourner son couteau.

— Accouplent ?

— Bien sûr, c'est le seul mot que tu as retenu de mon explication, grommelle Orcus.

— J'ai entendu tous tes mots, mais un seul m'a

intéressé, réplique Faucheur en posant sa dague sur le bureau. Comment font-ils au juste pour *accoupler* ces humains ?

Orcus lui lance un regard ironique.

— Tu veux que j'ouvre une fenêtre pour que tu puisses regarder ?

Faucheur retrousse ses lèvres en un sourire intrigué.

— En fait, oui, j'aimerais bien. (Il penche la tête.) Mais en vérité, je me demandais comment ils font pour rendre ces humains plus dignes des monstres. Est-ce qu'ils leur instillent des gènes spéciaux ? Genre… des gènes qui permettraient à une humaine de prendre un nœud ?

— Ou un ardillon ? interviens-je, mon prédateur intérieur étant soudain *très* intéressé par cette conversation.

— Je ne sais pas.

Orcus se tait, suivant peut-être le fil de nos pensées quant à la possibilité que les humains soient génétiquement modifiés pour être plus compatibles. C'était sans doute l'intention de Faucheur lorsqu'il a parlé d'un *nœud*. Car lui-même n'en a pas. Seul Orcus en a un. Et ça le gêne considérablement quand il cherche des partenaires de lit appropriées.

Au bout d'un moment, Orcus secoue la tête.

— Peu importe. Ce que j'essaie de dire, c'est que les humains de l'élite traitent les autres comme des marchandises plus que comme des personnes. C'est dégoûtant.

— Ça m'a l'air plus archaïque que dégoûtant, dis-je en repensant à l'histoire des mortels et à l'époque où les royaux régnaient en maîtres sur le royaume des humains.

Mais je suppose qu'il s'agissait plutôt d'une répartition inégale des richesses et des ressources, pas nécessairement de traiter les humains comme du bétail.

— Je me suis penché sur une ville des Élites, reprend

Orcus. Surtout parce que des surnaturels y vivent parmi ces élites humaines. J'essaie de mieux comprendre leurs protocoles de sécurité. Néanmoins, ils continuent à ressentir les portails, comme Hadès m'en avait averti.

Je repose mes pieds au sol et j'appuie mes avant-bras sur mes cuisses.

— Est-ce qu'ils sont hostiles à cet égard ?

Orcus secoue la tête.

— Non, juste intéressés.

— Est-ce qu'ils ont tenté de communiquer ?

Il secoue de nouveau la tête.

— Pas encore. Mais je ne suis pas resté assez longtemps pour qu'ils essaient.

— Alors ils ne suivent pas efficacement les mouvements de ton portail, traduis-je.

— Non. C'est plutôt parce que je fais des apparitions sporadiques en différents lieux, ou bien ils sont simplement habitués à ce que des portails apparaissent et disparaissent de façon aléatoire. C'est difficile à dire.

— Eh bien, si c'est vrai, nous pourrions nous éclipser maintenant au lieu de forcer Maliki à mettre sa tête en jeu avec Lucifer, remarque Faucheur après avoir écouté mes échanges avec Orcus.

— Si nous créons un portail maintenant, ils nous pisteront sans peine, et je préfère ne pas avoir affaire à la politique d'un autre monde, répond Orcus.

— Tu veux dire qu'Hadès préférerait éviter la politique d'un autre monde, mais qu'il n'a aucun problème à exposer Maliki à la colère de Lucifer.

Faucheur ne sourit plus, son irritation face au futur sacrifice de Maliki est évidente. Ces deux-là sont bons amis, donc Faucheur fera tout pour protéger Maliki, tout comme il ferait tout pour nous protéger, Orcus et moi. Il peut être sadique et à la limite de la folie, mais c'est un bon allié.

— Maliki s'est porté volontaire, soupire Orcus.

— Bien sûr, réplique Faucheur. Maliki fait tout ce que Hadès lui demande.

— On pourrait dire la même chose de nous pour Orcus, murmuré-je en haussant les épaules. Maliki n'est pas le seul à prendre des risques, Fauch'. On le fait tous.

— Non. (Faucheur tend un doigt vers moi, ce qui m'arrache un sourire en coin.) Pas de ça entre nous.

— Pourquoi pas ? lancé-je, feignant l'innocence. Trop intime pour toi ?

— Je ne sais pas, *chaton*. Qu'en penses-tu ?

Je plisse les paupières.

— C'est un surnom terrible.

— On peut en dire autant de *Fauch'*.

— C'est littéralement ton nom.

— Et tu es littéralement un chat, me rétorque-t-il.

— Je suis un putain de jaguar, *Faë de la Mort*. Pas un *chaton*.

Il hausse une épaule comme s'il ne venait pas de m'insulter, moi et mon héritage.

— C'est pareil.

Je me lève.

— Tu veux jouer avec mon *chaton ?* le défié-je.

Orcus soupire fortement dans le canapé.

— Vous deux allez nous faire tuer pendant la Nuit des Monstres.

Il dit ça comme s'il était agacé, mais je perçois l'amusement tapi dans son ton. Il sait exactement ce qui vient de se passer : j'ai fait exprès de distraire Faucheur.

Il est impossible de faire changer d'avis Maliki. Tout comme il n'y aurait aucun moyen de faire changer d'avis Faucheur ou moi sur le fait de partir en mission avec

Orcus. Nous savons tous deux qu'il est important de retrouver sa mère. Tout comme nous savons ce qui est en jeu si quelqu'un découvre ce que nous cherchons réellement dans cet autre royaume.

Cela fait bien plus de mille ans que nous formons ce trio. Nous ne sommes peut-être pas liés par le sang, mais nous nous considérons comme des frères.

Faucheur ignore mon cabotinage et exhibe simplement une autre de ses armes infâmes, une longue dague de jet cette fois. Mais il ne la lance pas. Il se contente de me narguer en jouant avec la lame argentée, qu'il fait tourner entre ses doigts d'une manière que bien peu pourraient reproduire.

Tous les Faë de la Mort ont leurs talents. Celui de Faucheur, ce sont les armes. Il peut créer tout ce qu'il désire par magie, puis frapper avec une précision absolue. Il est littéralement l'assassin parfait.

— Je veux visiter cet autre royaume, déclare-t-il.

Ses yeux bleu argenté braqués sur moi scintillent sous le faible éclairage du bureau, tout comme ses cheveux argent. Aujourd'hui les longues mèches épaisses dansent autour de ses larges épaules et lui confèrent un air sauvage. D'habitude, il attache ses cheveux dans sa nuque.

On dirait qu'il se sent un peu déséquilibré en ce moment. Je me demande s'il n'est pas au bord d'un épisode psychotique, provoqué par toutes les âmes qu'il doit manger pour survivre. Malheureusement, un tel régime comporte un inconvénient : il mène souvent à… eh bien, à la folie.

— On ne pourra pas regarder longtemps, explique Orcus à Faucheur, me ramenant à la discussion sur l'autre royaume. Mais je peux faire apparaître une petite fenêtre. Il y a quelque chose que je voulais observer aujourd'hui de toute façon.

Ça attire mon attention.

— Qu'est-ce que tu voulais observer ?

— Un Jour du Choix, répond-il. En gros, le processus de sélection pour les sacrifices de la Nuit des Monstres. J'ai entendu l'un de ces connards d'élitistes en parler et j'ai envie de voir en quoi ça consiste.

— Tu vas aller dans ce royaume pour assassiner un tas de mortels, pas vrai ? badine Faucheur tandis que je me rassois à côté d'Orcus.

— Sans doute, admet notre ami divin.

— Hmm. (Faucheur se lève et s'approche du canapé, mais au lieu de s'asseoir avec nous, il se positionne derrière, comme pour couvrir nos arrières.) Ça a l'air trop bien.

— Il n'y a que toi pour penser ça, lui balance Orcus.

Je ne commente pas. Surtout parce que je n'ai pas besoin de beaucoup de motivation pour débarrasser le monde des âmes noires. Si Faucheur veut les grignoter pendant ce temps, je les découperai en dés pour lui offrir un bon repas sanglant.

L'énergie chaotique de Faucheur s'échappe de sa peau en formant des torons sombres qui tourbillonnent autour de nous, de longs rubans d'apparence cendreuse. Quoique ces mèches d'obsidienne ne laissent pas d'essence derrière elles, le pouvoir appartenant entièrement à Faucheur. Chaque jour, il semble perdre un peu plus le contrôle de ses fils d'encre. Je ne sais pas trop quelle en est la cause. L'âge, peut-être. Ou cela a plutôt à voir avec le fait qu'il manque d'une compagne. Il a besoin d'une âme qui puisse lui apporter l'équilibre, l'*ancrer* dans le présent plutôt que dans le passé.

Hélas, Faucheur n'a aucun intérêt pour un tel concept : il a accepté son côté psychotique. Bientôt, il ne sera plus possible de le ramener à notre réalité.

Des mots anciens murmurent dans la brise tandis

qu'Orcus fait appel à un pouvoir qui lui est propre. *Faë du Mythe*, m'émerveillé-je, toujours impressionné par le niveau de vitalité qu'Orcus peut commander. C'est un dieu plus qu'un Faë. Un être d'une force et d'un talent immenses, capable de traverser les royaumes et les réalités à l'aide d'une simple incantation.

Putain, c'est admirable, pensé-je, jaloux de son aptitude à se déplacer dans le temps et l'espace avec une telle facilité.

Je suis mi-Faë Métamorphe, mi-Faë des Cadavres. Bien que j'aie mes propres talents, la téléportation n'en fait pas du tout partie.

Une voix grave résonne dans la pièce, me faisant froncer les sourcils.

— Everheart, prononce-t-elle.

— C'est quoi un Everheart ? me demandé-je à voix haute.

Orcus hausse les épaules et se met à faire un panoramique sur l'image pour la dévier d'un ciel bleu clair et la faire descendre vers un champ rempli de gens.

Non, pas un champ. C'est... c'est un peu comme un centre-ville. Il y a plein de rues et de sentiers défoncés qui y mènent, et les abords sont occupés par des brouettes et des stands alimentaires à l'ancienne.

— J'ai l'impression qu'on vient de remonter le temps, remarque Faucheur d'un ton tranquille. Est-ce qu'on est dans les années 1800 ou quelque chose comme ça ?

— Non, mais les habitants de ce monde ont l'air de préférer ce mode de vie, grommelle Orcus.

La veste en cuir de Faucheur crisse derrière ma tête, suggérant qu'il vient de croiser les bras.

— Bizarre.

Je suis sur le point d'ajouter mon grain de sel à propos de l'image quand un mouvement au milieu de l'écran attire mon attention. Une femme avec un voile translucide recouvrant ses cheveux noirs se met à traverser la foule, qui s'écarte autour d'elle comme si elle parcourait l'allée d'un mariage.

Sauf que c'est toute l'assistance qui porte une robe de mariée ou un smoking.

Et contrairement à toutes les autres femmes, celle-ci a remonté son voile pour révéler son visage.

— Tu peux zoomer sur elle ? demandé-je sans réfléchir.

Mon jaguar s'agite en moi. Il y a quelque chose chez cette femelle qui doit l'attirer. Son expression déterminée ? Ses yeux féroces ? Des yeux qui ont la couleur de minuit. Scintillants. *Stupéfiants*.

Elle est encore plus expressive maintenant qu'Orcus a braqué la fenêtre sur elle.

Elle ne semble pas nous voir, probablement à cause de la magie qu'Orcus utilise pour jeter un œil dans cette réalité. C'est une aptitude au voyeurisme qui pourrait avoir de nombreuses utilisations. Mais pour l'instant, je me contente de… suivre cette femme à travers la foule.

— Putain, elle est magnifique, murmure Faucheur derrière moi.

— Ouais, acquiescé-je en déglutissant. Une panthère racée au milieu d'un troupeau de moutons.

— Je ne dirais pas que c'est la bonne expression. (Faucheur prononce cette phrase d'un ton distrait, comme s'il commentait juste mon expression incorrecte en restant entièrement captivé par l'écran.) Mais je commence à saisir l'attrait de cette histoire de nuit de l'accouplement.

La fenêtre la suit tandis qu'elle atteint la scène, et j'esquisse une moue en découvrant que toutes les femmes dessus ont encore leurs voiles baissés. *Pourquoi celle-ci montre-t-elle son visage alors que les autres se cachent ?*

— Cela fait neuf Offrandes pour le Jour du Choix de cette année, annonce un humain âgé sur une estrade.

Personne n'applaudit. Personne ne paraît même respirer.

— C'est tordu, remarque Faucheur. Je suppose que les *Offrandes* sont les humains qui vont à la… fête de l'accouplement ?

— La Nuit des Monstres, corrige Orcus. Oui, c'est ce que j'ai compris.

— Merde, soufflé-je en regardant toujours cette dénommée *Everheart*.

Je devine que c'est son nom, en tout cas. Elle a bougé juste après que ce vieux type l'a appelée. C'est donc une supposition sûre et pertinente.

Parce que son magnifique visage est en forme de cœur.

Everheart.

Le responsable dit quelque chose qui m'échappe, mais qui lui fait écarquiller légèrement les yeux tandis qu'elle soutient son regard intense. Car il la fixe droit dans les yeux, et elle lui retourne son regard avec audace.

Tout le monde a la tête baissée, même les autres personnes sur la scène. Mais pas elle. Elle lui tient la dragée haute avec son expression assurée et sa posture effrontée.

Une panthère qui défie un autre prédateur, reconnais-je. *Putain, c'est chaud.*

Mais avant que je puisse voir comment la scène se termine, la vision disparaît.

— Hé ! J'étais en train d'apprécier ça, protesté-je.

— Moi aussi, râle Faucheur.

— Je ne peux pas garder la fenêtre ouverte plus de quelques minutes sans qu'on la repère, grogne Orcus. Mais je suis content de voir que votre intérêt est piqué. Alors est-ce qu'on va discuter de notre stratégie pour la Nuit des Monstres ?

— Stratégie ? répété-je, mon cœur battant un peu trop vite dans ma poitrine.

Ma bête intérieure est intriguée. Elle veut sortir. Être libre. Rôder. *Chasser.*

Cette délicieuse petite brune a coché toutes nos cases.

Cette mission pourrait avoir deux objectifs : premièrement, retrouver la mère d'Orcus ; deuxièmement, pister cette féline aux cheveux noirs.

Everheart.

C'est un nom que je ne suis pas près d'oublier.

À bientôt, petite panthère.

CHAPITRE QUATRE
ALINA

MA PEAU me pique encore là où Sage a enfoncé ses ongles dans ma paume. Ça a été un au revoir rapide et émouvant, que je n'ai pas pu rendre parce que le vicomte me jetait des regards noirs depuis l'estrade. Je ne voulais pas risquer qu'il me voie parler à Sage, et encore moins la serrer dans mes bras.

Je l'ai donc simplement laissée partir. Puis je suis montée sur la scène, j'ai franchi le cordon de Protecteurs et rejoint les autres Offrandes.

Mais la cérémonie ne s'est pas arrêtée là – pas comme elle aurait dû, en tout cas. Car le vicomte a ajouté :

— Comme je l'ai mentionné, notre quota pour la Nuit des Monstres de cette année est de neuf Offrandes. Mais je crains que l'une d'elles soit un choix inapproprié. Je vais donc en sélectionner une dixième, juste au cas où.

Son regard s'est posé sur moi pendant tout le temps qu'il a parlé, bien que je sois sur le côté de la scène.

Puis il a choisi un dixième nom :

— Amberly Honeycutt.

Son nom tourne en écho dans ma tête tandis qu'elle

nous rejoint sur la scène, la tête consciencieusement baissée, ses cheveux noirs brillant au soleil.

Je déglutis lorsque le vicomte lui adresse un sourire. Ce n'est pas un sourire aimable. C'est un sourire entendu. Un sourire *lascif.*

— Oui, un beau remplacement en effet, murmure-t-il loin du micro.

Il se tourne de nouveau vers la foule et se lance dans une dernière prière, bénissant les Offrandes du village de Nightingale.

Mon estomac vide se tord. Son invocation – une promesse de satisfaire les monstres – ressemble plus à une menace qu'à une prière selon moi. Je me demande si d'autres entendent son ton sinistre ou si tout cela est dans ma tête.

Je cherche Sage dans la foule, et ses cheveux argentés me sautent aux yeux presque aussitôt. Cela m'aide de savoir où elle se trouve sur la place. Sauf que... ses cheveux paraissent un peu violets sous le soleil.

Un violet argenté. Je cligne des yeux. *C'est... étrange.*

Est-ce un jeu de lumière ? Mon épuisement qui me rattrape enfin ? Mon esprit qui me lâche pour de bon ? Toutes les options sont possibles.

Un raclement de gorge me remet face à face avec le vicomte, dont le sermon est apparemment terminé. Son sourcil blond pâle levé me fait instantanément regretter mon voile mal placé. Surtout parce que je ne peux pas m'empêcher de hausser les sourcils en retour.

Sa mâchoire se crispe. Mes sourcils restent arqués.

Je commence à me demander si le village prendra la peine d'organiser des funérailles pour moi.

Mais... je suis une Offrande maintenant, me rappelé-je. *Ça doit bien vouloir dire quelque chose, non ?*

Toutefois, il a menacé de faire un exemple de l'*Offrande*

fautive. Il ne fait aucun doute dans mon esprit qu'il parle de moi. Et son expression en ce moment le confirme.

— *Bouge*, ordonne-t-il avec un geste du menton vers les autres qui quittent déjà la scène.

J'ai dû manquer une sorte de commande. Ou peut-être que les Protecteurs du village ont émis une instruction silencieuse que tout le monde doit suivre. Quoi qu'il en soit, je m'efforce d'obéir. Pour *bouger*, je dois tourner le dos au vicomte. Or je n'ai aucune envie qu'il soit derrière moi.

Mais peut-être serait-il préférable que je me comporte bien maintenant, que je sois l'Offrande *parfaite* plutôt qu'une Offrande *fautive*. Peut-être qu'ainsi, il aura plus de mal à me punir.

À moins qu'il soit déjà trop tard. Auquel cas je suis foutue.

— *Mademoiselle Everheart*, me lance le vicomte d'un ton autoritaire.

Ouaip. Il connaît assurément mon nom.

Je ne lui ai jamais parlé. Et bien que j'aie été rebelle toute cette année, mes infractions ont surtout été mineures. Des choses comme être en retard pour mon service aux jardins, ou jeter une tomate pourrie sur un Protecteur qui a refusé de s'écarter de mon chemin alors que je poussais une brouette. Rien qui mérite vraiment l'attention de notre vicomte. Jusqu'à aujourd'hui. Jusqu'à *maintenant*.

Je ne lui laisse pas l'occasion de répéter son ordre. Je me retourne simplement, mon voile flottant derrière moi comme une raillerie. Ou peut-être qu'il le voit comme un drapeau blanc. Techniquement, je lui ai obéi. *Enfin*.

Quoique je n'ai pas l'impression d'obéir. Je regarde droit devant moi, mes yeux ne sont pas baissés. Mes épaules sont droites et mes pas sont assurés.

Pendant tout ce temps, mon cœur menace à nouveau de m'assourdir.

Respire à fond, m'exhorté-je alors que le train prend vie devant moi en grondant. *Monte à bord et va à Monster City. Ensuite, cherche Sera.*

Une bonne douzaine de Protecteurs bordent le quai de la gare, tous masqués par leurs sinistres capuches. Ils ont l'air de statues silencieuses et imposantes, mais je sais qu'ils m'observent, attendant de voir si je vais m'enfuir. C'est leur rôle.

C'est déjà arrivé quand j'étais jeune fille. L'Offrande est parvenue jusqu'à une ruelle partant de la place avant d'être rattrapée et traînée par les cheveux jusqu'au train.

Serapina était désemparée après cette violente démonstration, son esprit de sept ans ayant du mal à comprendre une telle cruauté. Nos parents n'étaient pas là pour la consoler, et c'est moi qui ai dû la calmer. Si seulement j'avais su à ce moment-là à quel point cela deviendrait courant : moi jouant le rôle de mère pour Serapina.

Car nous avons perdu nos parents un an plus tard, nous laissant orphelins. Heureusement, ils avaient mis de côté suffisamment de ressources pour que nous puissions vivre en leur absence. Je ne sais toujours pas comment ça a été possible, surtout maintenant que je comprends comment les produits de base sont gérés dans notre village. Cependant, ce n'est pas comme si j'avais pu demander des éclaircissements à qui que ce soit. J'ai simplement accepté ce dont nous avions besoin pour survivre, j'ai gardé ma sœur du mieux que j'ai pu et…

J'ai fini sur ce quai de gare, pensé-je en voyant la porte extralarge ouverte devant moi.

Avec les Protecteurs de chaque côté et le Vicomte dans mon dos, je n'ai pas d'autre choix que d'avancer. Non que je veuille m'arrêter maintenant. Je dois aller jusqu'au bout, même si le vicomte a l'intention de faire de moi un exemple.

Mon dos se raidit en réaction à la menace qui couve. *Je ne céderai pas à l'envie de me soumettre.* D'ailleurs, il est trop tard maintenant pour même essayer. Donc je ne le fais pas, je monte simplement dans le train.

Un autre Protecteur attend à l'intérieur, qui lève son bras pour indiquer sa gauche. Pas de mots, juste un ordre silencieux.

La chair de poule me picote les bras, non seulement à cause de sa présence inquiétante, mais aussi à cause de la bouffée d'air froid qui me frappe.

Il fait *froid* ici. Un frisson me parcourt, ma peau moite se refroidit instantanément.

Qu'est-ce que c'est ? Un congélateur ?

Il y en a quelques-uns au village, qui servent généralement à stocker de la viande. Mais je n'en ai jamais vu d'assez grand pour y entrer.

Est-ce que c'est… la climatisation ? m'étonné-je, promenant mon regard dans le wagon trop propre. Tout est blanc et argent, le couloir paraît interminable.

J'ai lu des articles sur la climatisation, mais je n'en ai jamais fait l'expérience. Ce doit être la source de cette température glaciale. C'est… *accablant.* Trop froid. Trop étranger.

Ma peau continue de picoter, pas habituée à cette sensation glacée. Mais lorsque j'entre dans une cabine opulente décorée d'or et de rouge velouté, le climatiseur devient le cadet de mes soucis.

Toutes les Offrandes sont alignées, tête basse, immobiles comme des statues, tandis qu'un homme élégamment vêtu les étudie attentivement. Contrairement aux Protecteurs qui se tiennent derrière lui, sa tête est découverte et révèle une chevelure sombre et des traits quelque peu âgés. Ses yeux bruns croisent les miens à mon entrée, une ride bien marquée sur son front semble se plisser encore plus tandis qu'il sort une montre à gousset dorée pour consulter l'heure.

— Nous avons pris du retard, lance-t-il à l'assemblée avec un accent bien à lui. C'est inacceptable.

Le vicomte grogne derrière moi.

— Il y avait beaucoup de noms à appeler cette année. Cela prend du temps, *Votre Grâce.*

Ces deux derniers mots sont lourdement teintés de sarcasme, ce qui amène celui appelé *Votre Grâce* à froncer les sourcils.

— Oui, dix, apparemment.

L'homme glisse sa montre ornée dans une poche de son gilet brodé, puis pose sa main dessus, comme s'il ne pouvait pas tout à fait lâcher cette pièce d'horlogerie. C'est bizarre, vu qu'elle est attachée par une chaîne à l'un de ses boutons incrustés d'or.

— Vous vous êtes considérablement écarté du scénario.

— Je suis sûr que vous comprenez pourquoi, répond le vicomte en me poussant en avant. Votre algorithme est inexact. Celle-ci ne convient manifestement pas.

L'homme élégant arque un seul sourcil arrogant.

— Vous estimez que c'est à vous de remettre en question *mon* algorithme ?

— Je le fais quand cela a clairement provoqué une erreur. (Le vicomte fait le tour pour se placer près de moi.) Ce n'est pas grave, Greg. En tant que vicomte du village, j'ai opéré un remplacement adéquat. Après tout, je connais ces gens bien mieux que vous.

Les yeux de *Greg* se rétrécissent encore plus. Mais le vicomte n'a pas fini :

— En guise de remerciement, je vais garder

Mlle Everheart. Même si, honnêtement, ce sera plus un avantage pour vous que pour moi.

— Quel avantage ? demande lentement la Grâce, son ton et son expression m'indiquant que cette discussion ne lui plaît pas du tout.

Mais le vicomte semble ignorer la tension croissante qui règne dans la pièce. Ou peut-être s'en moque-t-il tout bonnement.

Je ne sais pas trop qui est ce Greg, mais sa stature et son apparence dispendieuse suggèrent qu'il s'agit de quelqu'un d'important. Toutefois, le vicomte est le plus haut fonctionnaire de notre village. *Peut-être que ce type est un chef d'un autre village ?*

— Son comportement doit être corrigé devant les villageois pour montrer que ce niveau de défi est inacceptable et ne sera pas toléré. La peur est toujours un bon facteur de motivation, n'est-ce pas ?

— Je n'ai toujours pas entendu en quoi c'est un avantage pour moi, relève la Grâce, caressant sa montre du pouce à travers son gilet texturé.

— La peur maintient les villageois dans le rang, Greg. (Le vicomte prononce ces mots d'un ton laissant entendre qu'il est irrité par cet homme.) C'est quelque chose que votre père apprécierait beaucoup et verrait comme une faveur.

— Je ne suis pas mon père.

— Oh, j'en suis tout à fait conscient, lui crache le vicomte en retour. Alors, en tant que votre aîné, je vous recommande…

— Vous n'êtes pas mon aîné, l'interrompt la Grâce. Vous êtes vicomte, je suis duc. Et il me paraît assez clair que vous avez grand besoin d'une leçon sur ce que cela signifie.

Il écarte finalement la main de son gilet et redresse ses épaules avec arrogance.

Un duc ? me répété-je en les regardant tour à tour. *Qu'est-ce que ça veut dire ?*

— Greg…

— *Duc* Nightingale, corrige l'homme, son ton cultivé résonnant avec autorité dans le wagon. Protecteur Jeffries, je veux que vous emmeniez les Offrandes une, trois et *neuf* à leur rendez-vous de toilettage. Elles iront à Monster City pour la Nuit des Monstres.

Le vicomte ouvre la bouche mais le duc lève la main. Son air sévère me glace d'effroi, et ce n'est même pas moi qui reçois ce regard.

— Protecteur Jordan, emmenez les Offrandes deux, quatre à huit *et* dix dans la soute. Je vous y rejoindrai pour vous donner d'autres détails sur la distribution. (Il dit tout cela en fixant le vicomte dans les yeux.) Quant à vous, vous pouvez partir. Il n'y aura pas de cadeau cette année. Pas de rations supplémentaires. *Rien.* Maintenant, partez.

— Vous ne pouvez pas faire ça ! s'emporte le vicomte. (Il serre mon biceps et me secoue violemment.) Pas pour *ça*. Elle n'est pas une candidate idéale. Vous avez vu ce qu'elle a fait dehors.

— Ce que je *vois*, David, c'est un vieil homme qui a besoin de prendre sa retraite avant de dépasser les bornes et de perdre tout ce qui lui a été *accordé* dans cette vie, lui assène le duc Nightingale. Je vous suggère de prendre congé avant que je donne au Protecteur Xavier l'ordre de vous dégager du train.

Le vicomte bafouille tandis que le duc Nightingale se tourne vers les Protecteurs derrière lui.

— J'ai donné un ordre à deux d'entre vous, lance-t-il d'un ton plein d'irritation. Pourquoi vous ne bougez pas ?

— Mes excuses, Votre Grâce, dit l'un d'eux en

s'inclinant bien bas avant de se mettre au garde-à-vous. Offrandes une, trois et neuf, suivez-moi.

Le dénommé Bartholomew s'avance, suivi d'une petite femme blonde. *Le premier et le troisième candidat appelés par le vicomte.* Ce qui fait de moi l'Offrande *neuf.*

Je tente de bouger, mais je suis retenue par le vicomte qui me serre toujours le bras.

— *Vicomte O'Michaels,* siffle le duc.

Mais l'homme n'écoute pas, sa poigne douloureuse ne fait que se resserrer, m'arrachant une grimace. *Ça va laisser une trace*, pensé-je étourdiment, confuse et déconcertée par la véhémence qui émane de lui.

— Ce n'est pas fini, grogne le vicomte à mon oreille.

J'ignore si ces paroles s'adressent au duc ou à moi, mais je soupçonne qu'elles me concernent.

Comme pour confirmer mes soupçons, il serre une dernière fois mon biceps et me relâche d'une poussée. Je retiens un glapissement en trébuchant vers le Protecteur qui m'attend et les autres Offrandes, mes jambes s'emmêlant dans mon affreuse robe de mariée. Bartholomew me rattrape avant que je tombe, sa poigne est plus douce que je m'y serais attendue de la part d'un homme aussi costaud. De près, je devine qu'il a certainement travaillé dans les fermes de notre village, sans doute à garder le bétail ou à manipuler des machines lourdes.

Il ne me regarde pas, il m'aide juste à me remettre debout avant de me lâcher.

Le temps que je me ressaisisse suffisamment pour faire face au vicomte, il est parti. Je me retrouve devant un duc bouillonnant.

— Nettoyez-la et faites ses analyses, ordonne-t-il. Nous n'avons qu'une semaine.

— Oui, Votre Grâce, répond consciencieusement le Protecteur.

Il se dirige vers une porte avec un « Suivez-moi » clipsé sur sa large épaule.

— Oh, Jeffries ? le rappelle le duc. Les bleus sont une imperfection. Assurez-vous qu'on la soigne correctement.

— Bien sûr, votre Grâce, dit le Protecteur en inclinant la tête. Elle sera une parfaite épouse pour les monstres.

—Je sais, répond le duc en croisant mon regard. Notre meilleure jusqu'à présent.

CHAPITRE CINQ

ORCUS

Ne fais pas ça, me dis-je. *Ce n'est qu'une fille. Elle n'est rien. Juste une Offrande.*

Il y a des choses plus importantes en jeu ici. Des tâches qui doivent être accomplies. D'autres points sur lesquels il faut se concentrer. Et pourtant… je n'arrive pas à me débarrasser de la vision de cette beauté brune. Ces étonnants yeux presque noirs sont gravés dans ma mémoire.

Putain.

Je ferme les yeux, déterminé à l'oublier. Mais cela ne fait qu'aggraver cette envie. C'est comme si elle me hantait. Ses traits ressemblent tellement à ceux d'une déesse que je doute de ma santé mentale.

C'est une humaine. Pas une Oméga.

C'est peut-être sa petite taille qui a fait palpiter mon nœud de ce désir étranger. Et cette peau trop pâle – un contraste alarmant avec le soleil qui illumine sa silhouette séduisante.

Je me frotte la tempe, souhaitant pouvoir effacer cette

femme de mon esprit. Mais c'est impossible. Elle s'est attardée dans mes pensées toute cette foutue semaine. Elle se montre dans mes rêves. Elle danse dans mon esprit pendant mes heures d'éveil.

C'est une obsession. Une *malédiction*. Je serre les poings en grimaçant.

Qu'est-ce qui se passe avec cette femme ? me demandé-je. C'est comme si je sentais déjà ses doigts délicats caresser ma queue, ses lèvres s'imprimer sur mon cou, ses dents s'enfoncer dans ma peau.

C'est de la folie furieuse.

— Elle n'est pas à moi, dis-je à mon reflet dans le miroir. En aucune façon. C'est impossible.

Mes yeux rougeoient en réaction, submergeant les teintes noires et laissant transparaître mes traits d'Alpha. Je peux presque entendre monter un ronronnement, mes plus bas instincts menaçant de prendre le dessus.

Chasser. Enfourcher. Revendiquer. Forniquer.

Je grince des dents en luttant contre l'envie et me répète qu'elle est *humaine*.

Je ne l'ai même pas encore flairée. Seulement vue. Pourtant, cela semble suffire à éparpiller mes instincts et à me plonger dans une frénésie d'accouplement.

— C'est ridicule, marmonné-je, m'écartant du miroir de la salle de bains en secouant la tête.

Je suis nu. Évidemment, je suis à poil. Car il fait bien trop chaud pour porter des vêtements, et tout ce dont j'ai envie, c'est me branler à fond. *En pensant à cette femme qui me fixe de ses profonds yeux noirs. Prend ma bite entre ses lèvres pulpeuses. Me suce jusqu'au nœud.*

Étouffant un gémissement dans ma gorge, je pose la main sur le mur en marbre.

— *Ça suffit.*

Je dois me convaincre que cette fille n'est qu'humaine. *Et qu'elle n'est pas à moi.*

Cette voix dans ma tête – celle qui me demandait il y a quelques minutes de ne pas faire ça – est instantanément noyée par l'incantation du portail que je murmure. Mais j'ajoute à l'invocation une touche subtile, qui permet à ma magie de chercher la femme qui tourmente mes pensées.

Le fait que je puisse l'avoir en vue aussi facilement est… accablant. Parce que je ne devrais pas pouvoir faire ça. J'aurais dû avoir à fouiller le village à sa recherche et remonter jusqu'à son essence, où qu'elle se trouve maintenant.

Cependant, mon ancien pouvoir la repère facilement. Et maintenant, cette vitalité palpite furieusement. Car elle est *nue* et entourée d'hommes en blouse blanche.

Sa lèvre inférieure pulpeuse est coincée entre ses dents, son regard révèle un mélange de gêne et d'irritation tandis que ces hommes parlent d'elle comme si elle était un animal de laboratoire et non d'un être humain. Heureusement que ces connards ne peuvent pas me voir, sinon ils s'enfuiraient tous en hurlant de cette satanée pièce.

En fait, je devrais peut-être les laisser me voir, pensé-je sombrement. *Tomber le voile, leur donner un aperçu de ce qui les attend.*

Parce qu'ils scrutent mon Oméga avec un peu trop d'intérêt.

Pas mon *Oméga,* chuchote une petite voix au fond de mon esprit. Mais je l'ignore, mes instincts possessifs étant bien trop forts pour que ce rappel sans conséquence prenne racine. Tout ce que je veux, c'est passer la main par la petite fenêtre et arracher une de leurs blouses pour la lui donner.

— Assurément fertile, dit l'un des médecins, ce qui me fait grogner. C'est dommage qu'elle ne soit pas plutôt dirigée vers le complexe. Elle ferait une bonne reproductrice.

— Le duc Nightingale a fait une déclaration claire : c'est une Offrande, répond un autre, remontant d'un long doigt une paire de lunettes sur son nez.

Le premier émet un long et bruyant soupir.

— C'est vraiment dommage. Le duc est tellement accaparé par ses pensées à propos du Secteur de l'Immortalité qu'il a perdu de vue le long terme.

— Et quel serait ce *long terme* ? demande une voix grave.

Son accent anglais me rappelle le mien. Un ton royal. Cassant. Limite arrogant.

La source de la voix pousse une porte. C'est un homme portant une version étrangement modernisée des vêtements de l'époque de la Régence. Ou du moins, je suppose que c'est vers là qu'il tend avec son pantalon au pli impeccable, sa chemise bouffante et son gilet sur mesure.

Il sort une montre à gousset et grimace.

— Peu importe. Je n'ai pas de temps à perdre sur un sujet sans intérêt. Les résultats de cette Offrande sont excellents. Les monstres seront ravis.

— Oui, Votre Grâce, opinent deux des hommes en s'inclinant légèrement.

Ce doit être le duc Nightingale, en déduis-je.

Il ignore tout le monde et continue comme si les autres n'avaient rien dit.

— Il faut que Mlle Everheart soit correctement reposée, toilettée et habillée, et nous n'avons que deux jours avant la Nuit des Monstres. Alors donnez-lui quelque chose pour l'aider à dormir et passez à l'étape suivante.

Le duc quitte la pièce sans même attendre qu'on lui obéisse.

Quelques hommes en blouse blanche échangent un regard tandis qu'un autre fixe un peu trop longuement les seins nus de ma femelle.

— Je vais m'occuper de son sommeil, dit-il, les pupilles en feu. Vous autres pouvez passer à la prochaine série d'Offrandes.

Nul n'est en désaccord, on hoche la tête et on laisse ce sale type avec mon Oméga.

Elle plisse les yeux sur lui, les lèvres serrées. Mais elle ne dit rien, elle se contente de l'observer avec méfiance quand il se penche pour presser ses lèvres contre son oreille.

— Tu ne sais vraiment pas du tout quelle est ta place dans ce monde, n'est-ce pas, Alina ? murmure-t-il d'une voix audible à mon ouïe de prédateur. Ne t'inquiète pas. Tu l'apprendras bientôt.

Elle frémit pour toute réponse.

— Le vicomte est impatient de te revoir, ajoute-t-il avant de se redresser.

Les yeux de la femelle s'écarquillent.

— Quoi ?

Mais l'homme ne dit rien de plus, il se tourne vers un plateau d'instruments. Lorsqu'il ramasse une seringue, mon Oméga se redresse.

— Qu'est-ce que tu as dit à propos du vicomte ?

Il ne répond pas, attrape une perfusion reliée à son bras et plante la seringue dans une section transversale.

Elle fait un geste pour l'arrêter, mais il saisit son poignet sans mal et finit d'injecter le contenu dans sa perfusion. Avec un claquement de langue, il pose sa main le long de son flanc, un geste trompeur car je vois bien à quel point il la tient fermement.

Je serre les poings, l'envie de créer un portail me frappe en plein cœur.

Ce type doit mourir.

Cette pensée ne fait que s'amplifier dans mon esprit tandis qu'il repose son corps frémissant sur le lit, sa poitrine bien trop proche de celle de la fille.

— Fais de beaux rêves, Alina, dit-il, ses lèvres effleurant son oreille. Je doute que tu dormes aussi profondément une fois que le vicomte t'aura récupérée.

Qui est ce foutu vicomte ? me demandé-je. *Le connard de l'autre jour ? Celui qui l'a appelée par son nom sur cette scène ?*

Mais avant que je puisse décider quoi faire, la fenêtre commence à se refermer. Et la dernière chose que je vois, c'est les yeux d'Alina qui se ferment, son doux visage sombrant dans un sommeil immédiat.

— Merde, grogné-je, désirant désespérément rouvrir la fenêtre.

Mais je ne peux pas sans attirer l'attention sur notre royaume et peut-être révéler mon identité par la même occasion.

J'ai complètement perdu de vue ce que j'avais l'intention de faire. Prouver qu'elle n'est pas une Oméga ? Qu'elle n'est pas à moi ? Eh bien, j'ai échoué dans cette mission. Ma volonté de la protéger a pris le pas sur mon objectif.

C'est absurde. C'est une humaine. J'en suis certain. Pourtant, tous mes instincts s'allument d'une manière que je n'ai jamais connue. Or je suis suffisamment alpha pour savoir ce que cela signifie.

Chasse. Morsure. Rut.

Lâchant un soupir, je quitte la salle de bains et me rends directement à la console de communication encastrée dans le mur.

— Appel Faucheur, ordonné-je.

— Faucheur appelé, confirme le système.

Le mâle en question apparaît un instant plus tard, ses yeux bleu argenté cinglés dansant sur moi avec intérêt.

— Tu m'as invité pour une partie de jambes en l'air ?

— Est-ce que j'ai l'air d'avoir une foutue femelle à partager avec toi ? grogné-je.

Il hausse les épaules.

— Elle pourrait déjà se prélasser dans ton lit.

Il se redresse, révélant son propre lit derrière lui.

— Ce ne serait pas une brunette, par hasard ? J'en ai désiré une toute la semaine. Plus précisément une aux yeux noirs étourdissants et aux lèvres pleines et pulpeuses.

Son regard devient rêveur, chassant presque les ombres chaotiques qui tourbillonnent dans ses iris hypnotiques.

— Je veux m'entraîner, lui dis-je, coupant court à son fantasme. J'ai besoin de tuer quelque chose.

— Tu veux dire quelqu'un, murmure-t-il. Moi, peut-être ?

— Tu m'as l'air bien mort.

— Merci, Orcus, sourit-il. C'est ce que je pense aussi. Mais tu sais, Flamme est à moitié Faë des Cadavres. Il fait un zombie plutôt sexy.

— Je vais l'appeler pour que tu lui dises ça en face.

— Bon, si tu fais ça, c'est lui qui me tuera, pas toi. Ça va à l'encontre de l'objectif de ton entraînement, hein ?

Il n'a pas tort, mais…

— J'aurai du plaisir à regarder quelqu'un mourir presque autant que j'en aurai à tuer quelqu'un moi-même.

Il hausse les sourcils.

— On t'a bel et bien mis en colère. Tu veux me donner les détails ? Je dévorerais volontiers une âme pour toi, mon frère.

Frère est un terme que Faucheur utilise

affectueusement. D'habitude, j'aime ça. Là, j'ai juste envie qu'il la ferme et ramène son cul tatoué ici.

— Passe ici et on causera. Je crois que notre mission dans le royaume humain vient de se compliquer.

Parce que ce n'est plus seulement ma mère que nous devons trouver maintenant, mais aussi ma potentielle compagne oméga.

CHAPITRE SIX
ALINA

La Nuit des Monstres

Mes cils sont recouverts de mascara noir. Mes lèvres sont d'un rouge éclatant. Et mes cheveux… je… je ne sais même pas…

Non. Il n'y a pas de mots pour décrire la monstruosité à plumes que j'ai sur la tête. Je la déteste presque autant que le vêtement qui oppresse ma cage thoracique. *Un corset*, l'a appelé la dame. *C'est la mode actuelle.*

Comme si j'avais quelque chose à foutre de la *mode*.

Mais apparemment, les monstres sont à fond dedans. Ils veulent que leurs partis potentiels se pomponnent pour la soirée, comme si nous étions courtisés et non chassés.

Je glisse mes mains le long de ma jupe lisse, dont le soyeux tissu bleu ne ressemble à rien de ce que j'ai déjà touché.

— Qu'est-ce que c'est ? ai-je demandé à l'une des dames qui m'aidaient à m'habiller.

— De la soie, a-t-elle répondu en fronçant les sourcils.

Son expression suggérait que ç'aurait dû être évident

pour moi. Mais étant donné que les vêtements de mon village sont toujours en coton, comment aurais-je pu savoir qu'un tel tissu existait ? C'est beaucoup plus doux que la robe de mariée diaphane du Jour du Choix. Bien que je connaisse aussi maintenant le nom de ce tissu : la *mousseline*.

Une information inutile, vraiment, pensé-je en jetant un coup d'œil à la dame derrière moi. Elle apporte les dernières touches au nid d'oiseau qu'elle a créé avec mes cheveux. Le ruban qu'elle tisse à travers toutes les plumes est assorti à ma jupe. Mais tout ce truc est... atroce. Je mourrais littéralement si je devais porter ça au village. Rien que la chaleur me tuerait. *Espérons qu'il fera plus frais à Monster City.* Quel que soit l'endroit où ça se trouve.

Tout ce que je sais, c'est que nous sommes dans ce train depuis au moins une semaine. Il s'arrête régulièrement pendant des heures, puis roule un certain temps durant la nuit, d'après ce que j'ai vu par les fenêtres de mes quartiers. C'est mon seul aperçu de l'extérieur.

Le paysage a radicalement changé depuis la verdure des montagnes. On a traversé des terres plus plates. Des villages à l'allure industrielle couverts de suie et d'étranges bâtiments en briques. Un autre village de bord de mer, que j'ai particulièrement apprécié jusqu'à ce que les infâmes *blouses de labo* viennent me chercher pour une nouvelle série de tests.

Heureusement, cela a été ma dernière séance médicale, car j'ai dormi pendant un temps indéterminé par la suite, grâce à ce que *M. Menace en blouse de labo* – Menace en abrégé – m'a donné.

Ce n'est pas vraiment le surnom le plus créatif, mais il convenait à l'homme inquiétant qui m'a parlé du vicomte. Menace a hérissé mes nerfs la première fois qu'il est entré dans la pièce, son regard étant un peu trop lascif à mon goût. Cependant, il est resté discret au début, se contentant de m'observer et de commenter comme si j'étais une sorte d'expérience, à l'instar de tous les autres.

Jusqu'à la dernière séance. Lorsqu'il m'a finalement laissée seule, après m'avoir dit que le vicomte *me verrait bientôt.* Il y avait quelque chose de très alarmant dans cette déclaration. Peut-être était-ce son ton ou la façon dont le vicomte est parti la semaine dernière. Mais cela sonnait beaucoup comme une menace.

Laquelle m'a malheureusement suivie dans mes rêves.

Quand je me suis réveillée dans cette chambre, j'étais tellement désorientée que j'ai vomi. Puis le petit déjeuner est arrivé avec une équipe de femmes, et la dame qui portait le plateau m'a dit de m'hydrater car « la journée va être longue ».

Elle ne mentait pas.

Trois des femmes m'ont donné un bain. M'ont coupé et verni les ongles. Ont mis des produits bizarres dans mes cheveux. Les ont taillés, puis séchés. M'ont littéralement emballée dans cette robe. Et ont peint mon visage, ce qui a été une drôle d'expérience. Maintenant, heureusement, elles ont presque terminé. C'est une bonne chose car les quatre femmes semblent devenir nerveuses.

Le train s'est arrêté il y a une heure environ, les fenêtres donnent sur un mur et rien d'autre. C'est un mur semblable à celui que j'ai vu à mon réveil plus tôt dans la journée, ce qui m'a empêché de connaître l'heure exacte.

Je grimace quand la pointe d'une plume érafle la peau délicate de mon cuir chevelu. Je n'avais aucune idée de sa sensibilité jusqu'à aujourd'hui. *Jusqu'à ce que ces femmes commencent à me traiter comme une fichue poupée.*

La dame ne s'excuse pas. Elle creuse juste un peu plus jusqu'à ce que la plume soit exactement là où elle le souhaite.

Je serre les dents. J'en ai *vraiment* marre de jouer à me déguiser. J'ai l'air ridicule. Rien dans cette tenue n'est logique. J'aurai de la chance si je peux même marcher.

Au moins, elles ont assorti cette robe hideuse à des chaussures plates, remarqué-je, reconnaissante pour cette partie de ma garde-robe.

Lorsque la porte s'ouvre, la femme me donne un coup de coude si fort qu'un sifflement s'échappe de mes lèvres.

— Pourquoi l'Offrande neuf n'est-elle pas prête ? lance une voix grave dont la familiarité me fait déglutir.

Le duc Nightingale.

Je l'ai vu plusieurs fois depuis que je suis montée dans ce train, mais il ne me parle jamais à moi, juste de moi. Pourtant, cette fois, il croise mon regard dans le miroir et se fige comme s'il était aussi effaré que moi par mon apparence.

— Je suis désolée, Votre Grâce, répond timidement la femme derrière moi. Ses cheveux sont… hirsutes.

Je retiens un ricanement. *Ils ne sont pas hirsutes. C'est juste qu'ils ne sont pas faits pour ce que tu essaies de faire avec.*

Le duc bat des paupières, son air perturbé se dissout aussitôt en un masque agacé.

— On n'a plus le temps, l'informe-t-il. Et les monstres ne vont pas se soucier qu'il lui manque quelques plumes.

— Bien sûr, Votre Grâce.

Elle s'écarte de moi et lui adresse une petite révérence. Mais il ne lui prête aucune attention, car il a reporté son regard sur moi. Elle saisit l'allusion et s'en va, les autres dames la suivant à la hâte. Leur nervosité laisse un froid persistant dans l'air, qui hérisse les poils de mes bras.

C'est la Nuit des Monstres.

Je savais que ça allait arriver, mais quelque part, en avoir conscience la rend encore plus réelle. Car c'est le moment.

Je me lève, la gorge serrée, mais le duc me tend la main.

— Viens, dit-il d'un ton beaucoup plus doux. Permets-moi de t'escorter.

Je cille en regardant sa main, troublée par son geste. Mais ce n'est pas comme si je pouvais lui dire non. Et il ne me donne pas la même impression que Menace. Le duc a l'air plutôt *paternel*. C'est une description un peu dingue, mais étrangement exacte.

Sa paume est bizarre contre la mienne. Pas *effrayante*, mais *différente*. Cependant, sa poigne vigoureuse m'apporte la force et la stabilité dont j'ai besoin pour me lever et me retient quand je manque de trébucher sur les jupons volumineux qui s'emmêlent dans mes jambes.

— Cette robe est…

Je m'interromps, réalisant que ce n'est vraiment pas à lui que je dois me plaindre. Or il a dû saisir ce que j'avais l'intention de dire parce qu'il glousse en réponse, produisant un son presque rouillé.

— Étouffante ? devine-t-il. Incommode ? Oppressante ?

Je le fixe bouche bée, choquée qu'il ait tiré toutes ces descriptions de mon esprit. Mais s'il décide d'être sincère, alors moi aussi.

— Elle est horrible.

Il rit franchement, basculant légèrement sa tête en arrière. Ses traits s'éclairent pour révéler un homme bien plus jeune en dessous.

— Tu me rappelles ma fille.

Cela me fait le regarder sous un tout nouveau jour.

— Votre… fille ?

Son amusement s'estompe en un instant, il redevient sérieux en me dévisageant de ses yeux presque noirs.

— Oui. Je pense qu'elle t'apprécierait, si elle pouvait te rencontrer. Hélas…

Il se racle la gorge et se dirige vers la porte, mais s'arrête à mi-chemin et me regarde une nouvelle fois.

— Je me rends compte que tout cela te paraît… intense. Effrayant, même. Mais crois-moi quand je te dis que ton destin avec les monstres sera beaucoup plus doux que ton destin dans ce village. Ils te vénéreront, Mlle Everheart. Ils feront de toi leur reine.

— C'est pour ça que je porte cette robe hideuse ? m'étonné-je.

Son amusement revient en partie, les coins de ses yeux se plissent un peu.

— Tu portes les tissus les plus raffinés que l'on puisse s'offrir, Mlle Everheart. Tu peux trouver la mode étrange, mais les monstres l'adorent. Et si j'ai raison à ton sujet, tu vas tous les impressionner.

Je me racle la gorge.

— Et si je ne veux pas les impressionner ?

Il sourit simplement, mais ce n'est plus le même sourire. Celui-ci semble presque empreint de pitié.

— Tu les as déjà impressionnés, Mlle Everheart. Rien qu'en étant toi-même.

Je fronce les sourcils, je ne le suis pas.

— Ça ne peut pas être vrai. Je n'en ai rencontré aucun.

— Tu n'as pas besoin de les rencontrer pour les impressionner. (Il glisse son bras sous le mien et repart vers la porte.) Mais tu es le prix de ce soir. Alors merci, Mlle Everheart. Tu n'as pas idée de ce que ton sacrifice représente pour moi. J'espère qu'en retour, ton ou tes futurs compagnons te donneront tout ce que tu as toujours voulu et plus encore.

Sur cette déclaration bizarre, il ouvre la porte et nous

sommes rejoints par deux Protecteurs coiffés de leur capuche caractéristique.

Le sourire et l'amusement ont disparu de l'expression du duc, ses traits durs sont figés d'une manière suggérant que tout autre commentaire sera accueilli par une réponse cinglante. C'est presque comme s'il était deux personnes. *Un père et un duc*, songé-je, fronçant de nouveau les sourcils. *Et qu'est-ce qu'il entend par* compagnons *? Genre plus d'un monstre ?*

Bien qu'il les ait décrits comme, euh, plutôt séduisants, je suppose, je… je ne veux pas d'un compagnon, et encore moins de *plusieurs*.

— Votre Grâce, intervient l'un des Protecteurs, dont la voix me fait aussitôt frissonner. Voulez-vous que nous l'emmenions sur le quai ?

C'est Menace. Après avoir entendu ses déclarations se répéter dans mes rêves pendant des heures, je ne connais son ton que trop bien.

Sauf qu'il était l'un des hommes en blouse blanche, non un Protecteur.

Alors pourquoi en est-il un maintenant ?

Tous ces hommes en blanc étaient-ils en fait des Protecteurs ? Difficile de le savoir avec certitude puisqu'ils masquent toujours leurs traits lorsqu'ils sont en uniforme. Mais ce Protecteur est *Menace*, aucun doute là-dessus.

— Non, je vais l'accompagner, Timothy, répond le duc. Ensuite, le Protecteur Edvard et toi pourrez prendre le relais.

Le duc Nightingale m'escorte en silence dans le long couloir du train, passant devant de nombreuses portes et rangées de sièges, jusqu'à ce que nous entrions enfin dans la cabine où je l'ai rencontré la première fois. Mais il ne s'arrête pas là. Il la traverse jusqu'à la porte que j'ai franchie il y a une semaine. Elle est ouverte et révèle un quai au sol de marbre et un autre train en face du nôtre.

Tout est blanc. Trop blanc. Trop propre. Trop immaculé. Y compris les murs et le plafond. C'est comme si nous avions été téléportés dans une autre dimension ne comportant qu'une seule couleur.

Les deux autres Offrandes de mon village m'attendent, leur tenue similaire à la mienne. Celle de Bartholomew ressemble à celle du Duc, sauf qu'il porte une veste.

Miranda − le nom d'Offrande trois, que j'ai appris lors de notre premier jour à bord − est vêtue d'une robe comme la mienne, sauf que la sienne est bordeaux.

C'est la première fois que je les revois depuis ce fatidique Jour du Choix. J'imagine qu'ils ont vécu des expériences sembables aux miennes au cours de cette dernière semaine.

Les yeux bleu clair de Bartholomew croisent les miens quand je les rejoins sur le quai en marbre, juste devant le train. Tout dans son regard et son expression indique qu'il s'ennuie, mais je remarque la légère crispation de sa mâchoire en voyant mon bras passé dans celui du duc. Je ne sais pas trop ce que cela signifie. Peut-être pense-t-il que je bénéficie d'une sorte de traitement de faveur ?

— Vous représentez tous les trois la famille Nightingale à présent, déclare le duc avec son étrange accent, un peu plus prononcé. C'est à vous de remplir les exigences de l'Offrande au mieux de vos capacités. (Il dégage son bras du mien et incline légèrement la tête vers nous.) Merci pour votre sacrifice, conclut-il en se redressant. Puissiez-vous prendre des partenaires de haut niveau et faire la fierté de notre famille.

Il se retourne face à une équipe de Protecteurs qui s'est rassemblée devant le train.

— Conduisez-les à leur position de départ, leur

ordonne-t-il avant de consulter sa montre à gousset. Les portails s'ouvriront dans six-et-trente minutes. (Il croise à nouveau mon regard.) Ou, comme les monstres préfèrent le dire, dans trente-six minutes. Bonne chance.

Sur ce, il remonte dans le train et nous quitte sans un regard en arrière.

On y est. La Nuit des Monstres.

Il est temps de fuir.

CHAPITRE SEPT
ALINA

Oh, bien. Encore du blanc. Pourquoi y aurait-il d'autres couleurs ici ?

Quand je pense aux monstres, j'imagine des ténèbres, du sang, des destins cruels. Pas du *blanc*. Et pourtant, cette boîte dans laquelle nous nous trouvons – un *ascenseur*, je crois – est aussi immaculée que le quai que nous venons de quitter.

Un Protecteur appuie sa main sur la paroi, faisant apparaître un panneau.

— Rez-de-chaussée, dit-il d'une voix grave.

Pas Timothy, me dis-je. Mais cette pensée n'apporte aucun soulagement, car il y a trois autres Protecteurs dans cet engin avec nous, et l'un d'eux est Timothy.

Ou plutôt, on aurait dit que c'était lui tout à l'heure.

D'accord, mais en ce cas, que peut-il faire au juste ? me demandé-je. *Les portails vont bientôt s'ouvrir, et je deviendrai un appât à monstres.*

Peut-être qu'il essaie juste de me faire peur ? Une dernière punition de la part du vicomte avant que je sois lâchée dans Monster City ?

Mes genoux se bloquent lorsque la pièce – l'*ascenseur* – commence à bouger, me procurant une étrange sensation d'instabilité. Je manque tendre la main vers Bartholomew pour me soutenir, mais je serre plutôt le poing en retrouvant mon équilibre.

Je sens une pression dans les oreilles, suggérant que nous montons rapidement.

Ça explique tous ces murs blancs, me dis-je, un peu hébétée. Le paysage s'est fondu dans le béton pendant que je dormais, ce qui laisse penser que nous nous sommes aventurés sous terre. Mais la pression sur ma tête m'indique maintenant qu'on est bien plus profond que je l'aurais cru.

Je n'ai éprouvé cette sensation qu'une seule fois, lorsqu'on m'a emmenée dans les montagnes pour la cérémonie funéraire de mes parents. Plusieurs familles étaient réunies, qui avaient perdu des êtres chers dans le même accident.

Je fronce le nez, l'odeur de la fumée chatouille mes sens. C'est un souvenir sensoriel, je sais qu'il n'est pas réel. Mais je jure que la puanteur âcre de la chair brûlée est à jamais gravée dans mes narines.

Ce n'est pas le moment d'évoquer des souvenirs, Lina, me dis-je alors que l'ascenseur tinte et que le monde cesse de bouger. *Concentre toi sur la fuite.* Car si je me fais attraper par un monstre, je ne pourrai pas retrouver ma sœur.

Je me fiche de ce que m'a dit le duc à propos d'accouplements potentiels et des monstres qui seraient plus gentils que ceux de mon village. Tout ce que je veux, c'est repérer Serapina.

Je la revois dans mon esprit, ses cheveux blonds dorés et ses yeux bleus cristallins contrastant fortement avec mes traits plus sombres. Nous ne nous ressemblons pas du tout, hormis notre petite taille et notre peau pâle. Toutefois les apparences peuvent être trompeuses. Nos âmes connaissent la vérité. Elle a toujours été mon autre moitié. Cela m'a presque détruit lorsqu'elle a été choisie.

Mais sa note a tout changé.

Je suis là, voudrais-je lui dire. *Je serai bientôt avec toi.*

Rien que penser à mon objectif me fait redresser le dos. Je relève la tête et me concentre aussitôt sur l'environnement tandis que nous sortons de l'ascenseur et entrons dans une vaste pièce entièrement en verre. Des murs en verre. Un plafond en verre à plusieurs étages au-dessus de ma tête. Des portes en verre. *Tout* en verre.

Et au-delà, je vois… une scène que j'ai du mal à comprendre.

Des arbres s'entremêlent à du métal, créant un design architectural si unique que je ne parviens même pas à définir les structures à l'extérieur. Il fait nuit, je crois. Parce que des réverbères éclairent les rues et les bâtiments remarquables qui nous attendent au-delà des parois de verre.

Bartholomew et Miranda paraissent tout aussi captivés que moi lorsqu'on nous fait franchir les portes. Nos regards sont attirés par les spirales qui s'élèvent vers le ciel. J'ai lu des trucs sur les *gratte-ciel*. Mais ceux-là… c'est tout à fait autre chose. Ils me font penser à des arbres massifs aux troncs et aux branches métalliques, décorés de feuilles vertes. C'est irréel.

Monstrueux, corrigé-je en me rappelant où nous sommes. *Monster City.*

Bien sûr, l'architecture ici ne peut qu'être différente de celle de mon village. Cette soudaine prise de conscience atténue mon étonnement, ce qui me permet de reporter mon regard dans la rue. Il y a une douzaine d'autres personnes ici, portant toutes des tenues similaires à la mienne.

Pendant ce temps, les Protecteurs ont formé une haie devant le bâtiment tout en verre que je viens de quitter, leurs postures défensives indiquant clairement leur ordre silencieux : *tu ne passeras pas.*

Très bien. J'ai l'intention de trouver une carte, pas de faire du train-stop.

« Vingt-cinq minutes », annonce une voix féminine.

Je scrute la foule à sa recherche, mais ne vois personne avec un micro. Pourtant, cette voix m'a paru tomber du ciel. Elle a dit aussi *vingt-cinq* et non pas *cinq-et-vingt. Parce que les monstres préfèrent ce style de lecture de l'heure,* me rappelé-je les paroles du duc juste avant de sortir.

Je lève de nouveau les yeux, me demandant si le monstre n'est pas suspendu à un bâtiment quelque part. Ou peut-être même qu'il vole au-dessus de nous. Cependant, un flot de bavardages enthousiastes me distrait de ma recherche. Un trio de filles franchit l'une des portes vitrées pour se joindre à nous. Elles se taquinent les unes les autres tout en jetant des coups d'œil intrigués autour d'elles. Elles sont vêtues d'une robe et d'un corset, comme moi. Mais leurs cheveux sont tressés avec goût sur une épaule, pas empilés sur leur tête comme un nid d'abeilles sauvages. *Bien plus pratique.*

Ce qui est futile, en revanche, ce sont leurs gloussements. Elles ont l'air… excitées. Par ailleurs, tous les autres semblent un peu perdus.

— Ce sont toutes des Offrandes ? murmure Miranda, s'adressant à Bartholomew, non à moi.

Il lui retourne un bref signe de tête.

— Des autres villages.

— Oh. (Elle déglutit, ses yeux bleu-vert dansant d'un bout à l'autre de la rue.) Est-ce qu'on… ?

Elle s'interrompt et mordille sa lèvre inférieure en jetant un regard à la rangée de Protecteurs. Mais ils n'ont pas l'air de se soucier qu'elle parle. Tout comme ils ne font aucun geste pour arrêter le joyeux trio qui marche dans notre direction.

— Deux pâtés de maisons, dit l'une des filles quand le groupe passe en valsant devant nous. C'est là que s'ouvre le portail Ozamique.

— Je sais, Gretch, réplique l'autre. On a étudié les mêmes cartes que toi.

Des cartes ? relevé-je, soudain très intéressée par leur conversation.

— Ouais, ouais, rétorque la dénommée Gretch. Mais tu espères séduire un Ombremare et être emmenée au royaume des Ruines. (La femme élancée frissonne à ce dernier mot.) Bonne chance pour respirer sous l'eau.

— Ils ont des vaisseaux, murmure la fille en rabattant sa longue tresse noire sur son épaule. Ou quelque chose comme ça.

— Tu espères juste vivre dans un genre de palais d'eau, grogne Gretch.

— Je ne crois pas que les monstres nous choisissent en fonction de nos préférences, les informe la troisième de leur groupe. On est censées répondre à leurs besoins, pas l'inverse.

— Oh, pas encore ça, gémit Gretch, sa voix s'éloignant à chaque pas. J'en ai assez de ces leçons de morale, Playa. C'est un arrangement mutuellement bénéfique…

Je tends l'oreille pour en entendre davantage, mais le trio a tourné dans une rue transversale. Fronçant les sourcils, je lance un coup d'œil aux Protecteurs, me demandant s'ils vont s'en prendre à elles. Mais non.

En fait, un autre groupe marche dans la direction opposée et gagne une autre rue, et les Protecteurs ne bronchent pas davantage.

Bartholomew et Miranda sont engagés dans une sorte

de conversation à voix basse sur leurs attentes, inconscients des mouvements alentour. Ils ne remarquent même pas qu'un autre trio quitte le bâtiment de verre. Celui-ci est composé de deux hommes et d'une femme. Ils échangent un regard, hochent la tête et partent chacun de leur côté. Ma moue s'accentue en les voyant s'éloigner avec détermination, et personne ne les arrête ou ne dit mot.

As-tu aussi observé ce comportement toi aussi ? songé-je à propos de ma sœur. *As-tu suivi l'un d'eux ? Trouvé une carte ? Fui vers la ville des Élites ?*

Ça me paraît probable. Ça me paraît aussi un plan solide.

Je m'écarte d'un pas de Miranda et Bartholomew, puis j'observe de nouveau les Protecteurs. Nul ne me remarque. Ou s'ils le font, ils ne semblent pas s'en soucier.

Je fais encore quelques pas en arrière.

Pas de commentaires. Pas de représailles. Pas de réaction d'aucune sorte.

D'accord…

Je me retourne et je marche vers la rue dans laquelle les trois filles ont tourné. *Je pourrai peut-être les rattraper et leur demander leur carte.*

La tête haute, je fais semblant de savoir ce que je fais et me lance à la poursuite du trio étrangement enthousiaste.

Ce n'est qu'après m'être engagée dans la rue – où je ne vois pas les filles qui gloussent – que je me rends compte que Miranda et Bartholomew m'ont suivie. Mais aucun signe de la poursuite d'un quelconque Protecteur. *Bien.*

Bartholomew arque un sourcil, l'air de demander en silence : *Et maintenant ?*

Haussant les épaules, je continue à marcher, décidant de tester les limites de ce qui est autorisé ou pas.

Comme il ne se passe rien, je continue d'avancer.

Et j'avance.

Et j'avance.

Tous les bâtiments se ressemblent avec leurs façades métalliques se mêlant à la végétation, mais ils ont également des fenêtres. Beaucoup de fenêtres. Curieuse, je m'arrête pour jeter un œil à l'intérieur, mais il fait trop sombre pour distinguer quoi que ce soit.

— Qu'est-ce qu'on cherche ? demande Bartholomew à voix basse à mon oreille.

Je n'avais pas remarqué qu'il essayait aussi de regarder à travers la vitre, ses mouvements étant bien silencieux pour un type aussi balèze. Je m'attendais presque à ce que le sol tremble sous ses pas. Au contraire, tous ses muscles sont emballés dans un ensemble élégant et furtif.

— Alina ? insiste-t-il en me lançant un regard de ses yeux clairs. Est-ce qu'on cherche un endroit où se cacher ? Ou autre chose ?

— J'aime bien l'idée de me cacher, dit doucement Miranda.

Il l'ignore, focalisé sur moi. Je me racle la gorge.

— Je…

Je m'interromps. J'allais admettre que je n'ai aucune idée de ce que je fais, mais à cet instant, une idée me frappe en pleine figure.

— Hum, ces filles ont parlé d'une carte…

J'observe les traits de Bartholomew et de Miranda pour voir si ça leur évoque quelque chose. Car peut-être qu'ils auraient aussi connaissance d'une carte.

Hélas, tout ce qu'ils font, c'est me fixer et attendre que je continue à parler. *Hmm.*

— Je pense que trouver une carte pourrait être utile, conclus-je en haussant les épaules. Ces filles avaient l'air de savoir où aller, et de toute évidence, les Protecteurs ne vont pas nous guider. Alors…

Miranda et Bartholomew continuent de me dévisager

pendant une seconde, puis le grand hoche légèrement la tête.

— C'est une bonne idée.

— Oui, acquiesce Miranda.

Je respire, soulagée. Sans doute parce que c'est agréable d'avoir de l'aide. Et je suis contente de ne pas devoir expliquer la vraie raison pour laquelle je veux trouver une carte.

— Bon, ce n'est pas là-dedans, constate Bartholomew. Tout ce que je vois, c'est une bande d'hommes à la peau verte et aux cornes épaisses qui boivent dans un bar.

Je cligne des yeux.

— Quoi ? (Il a indiqué la fenêtre en parlant, ce qui me fait jeter un nouveau coup d'œil à travers la vitre.) Je ne vois rien.

Miranda fait de même, sourcils froncés.

— Moi non plus.

Bartholomew nous dévisage, puis reporte son regard sur le bâtiment.

— Vous ne voyez pas les monstres ?

Miranda et moi échangeons un regard, puis secouons la tête.

— Et ceux qui sont dans le restaurant là-bas ? demande-t-il en montrant un autre bâtiment aux fenêtres sombres.

— Le restaurant ? répète Miranda.

— Ouais. Avec l'enseigne au néon, précise-t-il.

— Quel néon ? demandons-nous en même temps, Miranda et moi.

Il plisse le front.

— Le néon géant qui affiche *Diner* de l'autre côté de la…

« Quinze minutes », coupe la voix féminine au-dessus de nos têtes, me faisant froid dans le dos.

— Merde, marmonne Bartholomew. Il faut qu'on bouge.

Il ne s'attarde pas à débattre de ce qu'on peut voir ou non, il tourne simplement dans une ruelle sombre et commence à marcher. Cette direction n'aurait pas été mon premier choix, mais sa vision ici semble plus nette que la mienne, alors je le laisse prendre les devants.

Il s'arrête de temps en temps pour mater à travers les fenêtres, grimaçant à chaque fois. Mais quand je scrute à mon tour, je ne vois rien.

Mon estomac se noue à mesure que le temps passe, les poils de mes bras se hérissent à chaque fois que cette voix féminine tombe du ciel.

« Dix minutes. »

« Cinq minutes. »

« Une minute. »

« Cinquante-cinq secondes. »

« Cinquante secondes. »

Bartholomew ouvre une porte sur sa gauche et entre. Miranda hésite. Pas moi. Être dans un bâtiment me paraît mieux que de rester dans cette ruelle. Toutefois, l'intérieur laisse beaucoup à désirer. C'est juste… vide. Et bien trop propre, comme tout le reste dans cette ville. Pas de poussière. Pas de toiles d'araignées. Pas de saleté. Juste des sols et des murs impeccables.

Au moins, ce n'est pas blanc.

« Quarante-cinq secondes », résonne la voix dans la pièce, ce qui me fait grimacer.

Bartholomew promène tout autour de lui un regard un peu effaré, comme s'il en cherchait la source.

« Quarante secondes. »

Les yeux de Miranda se remplissent de larmes, elle reste indécise dans l'embrasure de la porte.

— Ils arrivent. Ils arrivent. Ils…

« Trente-cinq secondes. »

Miranda s'effondre sur ses genoux, et Bartholomew accourt vers elle.

Je recule lentement tandis qu'il la soulève et la transporte à l'intérieur en murmurant à son oreille. Ces deux-là devaient se connaître avant le Jour du Choix. C'est inscrit dans leur langage corporel, et dans la façon dont il la calme à présent.

Dans une autre vie, j'aurais peut-être posé des questions. Mais pas ici. Pas avec cette voix qui compte à rebours au-dessus de nos têtes. Elle va maintenant de seconde en seconde, transperçant mes pensées et tissant une énergie inquiétante dans mes veines.

« Vingt. Dix-neuf. Dix-huit. »

Je secoue la tête, souhaitant qu'elle s'*arrête*. Il n'y a absolument nulle part où se cacher dans cette grande pièce, mais je ne suis pas tout à fait convaincue qu'elle soit vraiment aussi vide qu'elle en a l'air. Bartholomew est trop occupé avec Miranda pour m'éclairer. Ses lèvres murmurent sur sa joue jusqu'à sa bouche, et leur baiser est curieusement doux dans cet environnement dangereux.

« Dix, annonce la voix. Neuf. Huit… »

Bartholomew prend Miranda dans ses bras et la serre contre lui, tous deux perdus dans une étreinte qui me fait me sentir *très* déplacée. C'est leur moment, pas le mien.

Je… je dois…

« Cinq. »

Fuis, m'exhorté-je. *Cache-toi. Aucun d'eux ne doit t'attraper.*

« Trois. »

Merde !

Je me précipite vers un couloir à l'intérieur du bâtiment, espérant trouver une pièce plus petite avec des meubles ou quelque chose derrière lequel me tapir.

« Deux. »

Il n'y a rien.

« *Un.* »

L'électricité statique rampe sur mes bras, me figeant tandis qu'un bourdonnement roule sur mes sens. Puis…

Le silence.

Je respire à peine, les oreilles tendues pour en capter davantage. Des grognements. Des hurlements. Des cris de colère. Je m'attends à être inondée par tout cela, et pourtant… il n'y a rien.

Le front bas, je glisse lentement un œil par-dessus mon épaule, craignant à moitié qu'un monstre baveux soit planté juste derrière moi.

Mais je suis seule. Aucun signe de Bartholomew ni de Miranda. Pas le moindre son.

Suis-je devenue sourde ? m'inquiété-je, hébétée. *Qu'est-ce qui se passe ?*

Je recule prudemment dans le couloir et retrouve la grande pièce totalement vide.

Est-ce qu'ils ont fui ? m'étonné-je, en jetant alentour des regards frénétiques. *Est-ce qu'ils ont trouvé un endroit où se cacher ?*

J'écarte mes lèvres, leurs noms s'échappent presque de ma bouche. Mais je ravale aussitôt ce réflexe. *Ils se débrouillent tout seuls. Je dois faire de même.*

Je retourne dans le couloir à pas comptés, en essayant au maximum de ne pas faire de bruit. C'est trop calme ici. C'est étrange. Comme si j'étais perdue dans une sorte de séquence ou de compte à rebours que je ne peux ni entendre ni sentir.

De l'énergie circule dans mon corps, son baiser m'est bizarrement familier.

Quelque chose se prépare. Non, pas quelque chose. Quelqu'un.

Je ne sais pas trop comment je le sais, mais cette connaissance me fige à nouveau.

Un parfum masculin effleure mon nez, exigeant que j'inspire.

Des sapins par une chaude nuit d'été. Félicité. Ohhh… J'aime ça.

Mes paupières se ferment, une part de moi se sent instantanément à l'aise. Confortable. *Heureuse.*

Désir, me dis-je. Non. *Besoin.*

J'ai *besoin* de plus. De trouver la source. De me perdre dans…

Une main me serre la gorge, m'arrachant à mon délire. Un cri de surprise se bloque dans ma poitrine, le manque d'air m'empêchant de l'expulser.

Et je fixe une paire d'yeux bruns familiers.

Menace.

— Merci de me rendre les choses si faciles, Alina, dit-il en me plaquant le dos contre le mur.

Je ne peux pas répondre, mes oreilles bourdonnent suite au choc de ma tête contre le mur derrière moi. Mes poumons protestent aussi contre le manque d'oxygène.

Tout s'est passé si vite. *Trop* vite.

Et maintenant, des taches nagent dans ma vision.

Qu'est-ce qui vient de se passer ?

Il y a une seconde, j'étais perdue dans une senteur étrange et maintenant… maintenant je suis…

— Ne la tue pas, intime une voix grave. Le vicomte la veut intacte.

— Elle va bien, lance Menace – *Timothy.*

— Elle devient violette, T, grogne l'autre gars. *Lâche-la.*

Timothy grommelle quelque chose dans sa barbe que je n'arrive pas à saisir, et le monde bascule soudain. Mes genoux protestent et la douleur fulgure dans mon dos lorsqu'ils s'écrasent contre quelque chose de dur. *Le sol ?* Je m'affale sur le flanc, la respiration sifflante, la main sur ma gorge douloureuse. Je me love en boule mais on m'attrape à nouveau et je glapis, car on me tire en l'air par les cheveux.

— Mec, c'est quoi ton putain de problème ? aboie l'autre type. Qu'est-ce que tu ne piges pas dans le mot *intacte ?*

— Il veut sa virginité, Mark. Sinon, il se fout royalement de son état de santé, répond Timothy en me prenant brutalement dans ses bras. Cesse de t'inquiéter pour moi et préoccupe-toi plutôt de nous emmener sous terre. On doit monter dans le train.

Le train ? relevé-je, à moitié sonnée. *Non. Non merci. Je ne reviendrai* pas *en arrière.*

Cette pensée doit remettre mes réflexes en marche car soudain je me tortille et me débats pour que ce type me relâche.

Il siffle des mots que je comprends à peine, mon instinct de fuite l'emportant sur toute pensée et toute compréhension. Je ne pense qu'à la liberté. Je dois retrouver ma sœur. Trouver une carte. *Fuir.*

Timothy grogne quand je plante mon genou dans son aine, mes pieds à peine à terre.

Je me jette loin de lui et m'élance, mes chaussures claquant sur le sol.

Mais une fois de plus, un poing saisit mes cheveux.

Je hurle, *furieuse* contre cette tenue ridicule et si peu pratique. *Furieuse* contre l'homme qui m'empoigne. *Furieuse* contre ce monde et le sombre destin qui me nargue à chaque respiration.

— Lâche-moi ! crié-je d'une voix rauque.

Mes mains volent sans but. *Imprudemment.* Je suis une boule de membres fougueux et de fureur nouvellement libérée. Or tout ce que j'arrive à faire, c'est m'arracher les cheveux. Mon cuir chevelu me brûle, ainsi que ma joue quand je suis plaquée contre le mur une fois de plus. Des doigts s'enfoncent dans ma hanche, une paume serre ma gorge douloureuse et des larmes coulent sur mes joues.

— Assomme-la ! crie un homme.

J'ignore lequel. Je suis trop occupée à essayer de me libérer de cette prise impossible.

Je ne me laisserai pas abattre facilement. Je ne les laisserai pas faire. Je ne…

Je cligne des yeux, les ténèbres envahissant ma dernière… dernière pensée.

Abandonne, me dis-je.

Seulement… seulement on dirait la voix d'un homme. Soufflée contre mon oreille. Qui entache mon esprit. Ruine mon combat. Vainc ma… résistance.

— Tu vas le regretter, *sale pute,* dit-il d'un ton sinistre.

Un grognement féroce répond à ce commentaire, faisant vibrer tous mes nerfs.

Mais ce n'est pas moi qui ai émis ce son. C'est quelque chose d'autre. *Quelqu'un* d'autre.

Il est ici, pensé-je, étourdie par une prise de conscience que je ne comprends pas tout à fait. Mais quelque part en moi, je… *sais.* Parce que je le *sens.*

Non. Pas juste lui, mais *eux.*

Qu'est-ce que… ?

Je cligne des yeux.

Et soudain, mon monde noircissant se teinte de rouge.

Du sang. Des grondements.

La mort.

CHAPITRE HUIT

FAUCHEUR

— C'EST CARRÉMENT INCROYABLE, m'émerveillé-je en admirant les bâtiments qui m'entourent. Je déteste New York. Mais ça…

— C'est Monster City, me dit Flamme, énonçant l'évidence.

— En effet.

Il y a des portails partout, mais je n'ai rien à foutre des créatures qui vont et viennent à travers leurs spirales magiques. Je suis trop fasciné par la version de Times Square de ce royaume. Ça m'a captivé dès notre arrivée, il y a quelques minutes à peine, et pourtant j'ai l'impression que des heures se sont écoulées.

Ici n'existe aucun gratte-ciel traditionnel. Tout n'est que métal et verdure avec quelques fenêtres. Pas de panneaux publicitaires. Pas de piétons humains odieux. Pas de taxis. Pas de voitures du tout. Juste de l'air libre, de grands bâtiments respectueux de l'environnement et des bouts de parcs à chaque coin de rue.

— Je sens l'océan, remarqué-je, ignorant de quoi discutent Orcus et Flamme. Pas de puanteur suffocante d'ordures ni de ruines humaines. Juste… la vie. (C'est trop bizarre.) Ça me donne envie de détruire un truc.

Parce que je ne peux pas me nourrir de la *vie*.

Hmm. Je tourne sur moi-même en quête d'un repas potentiel.

Les humains se dispersent, leur peur est un aphrodisiaque qui fait grogner mon estomac de faim. Là où il y a de la peur, il y a une raison. Et ces raisons font généralement un bon repas. Or tout ce que je vois, ce sont des créatures surnaturelles qui rôdent, leurs bonnes intentions entachant leurs odeurs. *Trop douces. Trop bonnes.*

Je fronce les sourcils.

— Il n'y a pas une seule âme noire ici, signalé-je à Orcus, plus choqué par ça que par l'impressionnante architecture. Pas un seul être qui vaille la peine d'être tué.

Mais apparemment, Orcus ne m'écoute pas. Ses yeux sont de couleur rubis, ses orbes sombres sont complètement envahis par l'Alpha en lui, tandis qu'il scrute la foule, les narines dilatées.

— Qu'est-ce qu'il y a ? s'enquiert Flamme à mi-voix.

— *Oméga*, répond Orcus dans un grondement que je n'ai jamais entendu chez lui.

Flamme et moi échangeons un regard.

La mère d'Orcus est une Oméga. Cependant, son expression et son comportement suggèrent que ce n'est pas sa mère qu'il flaire maintenant, mais une autre femme.

Il fait un pas en avant, puis s'arrête et tourne brusquement à droite. Son grondement s'intensifie.

Flamme et moi prenons aussitôt position dans son dos, nos siècles d'amitié activant nos natures protectrices.

Orcus accélère à chaque pas, son Alpha interne ayant désormais le contrôle total. Je ne l'ai jamais vu comme ça.

Quoique ces derniers jours, il s'est comporté de façon incongrue. J'ai mis ça sur le compte de cette mission, mais maintenant je me demande si ce n'est pas autre chose. Quelque chose en rapport avec l'*Oméga* qu'il semble être en train de chasser.

Une compagne potentielle ? me questionné-je, trottinant derrière Orcus qui s'engage dans une rue transversale.

— Lui qui pensait que c'est nous qui serions distraits de notre objectif ici, me dit Flamme d'un ton égal.

— On ne le laissera jamais oublier ça, grogné-je.

—Jamais, opine Flamme.

Si Orcus nous entend, il ne répond pas, trop occupé à sprinter dans la ruelle entre les bâtiments.

Flamme et moi prenons de la vitesse, fouillant les alentours du regard tandis qu'Orcus reste bien décidé à poursuivre l'Oméga qui appelle son âme d'Alpha.

Des vitres curieusement teintées, me dis-je, remarquant les diverses créatures qui se tiennent derrière, observant notre course avec intérêt. *Pourquoi vous traînez tous là-dedans plutôt que dehors ?* ai-je envie de leur demander. Mais on n'a pas le temps.

Orcus est pratiquement en train de voler maintenant, ses ailes menaçant clairement de se déployer dans son dos. Je le sens à la façon dont il se propulse en avant, son être éthéré apparaissant et disparaissant par à-coups.

— Merde, marmonné-je, réalisant que je vais perdre mes meilleurs amis.

Car s'il passe en mode ange, alors Flamme va laisser sortir son jaguar, et je serai le seul à courir sur deux jambes. Je peux faire beaucoup de choses. Hélas, voler et se transformer sont deux aptitudes qui sortent du champ de mes possibilités.

J'ouvre la bouche pour appeler Orcus quand un délicieux parfum manque de me faire tomber sur le cul.

Des âmes sombres. Trois. Immorales. Décadentes. Comme des fraises enrobées de chocolat.

Je cligne des yeux. *Ça* c'est nouveau. Les âmes sombres m'évoquent généralement de la fumée, pas un dessert.

Je fronce le nez et mes sens s'enflamment, et j'entends Flamme grogner près de moi. Mais je suis trop perdu dans mes pensées d'un repas appétissant pour me pencher sur la cause de son irritation.

Concentre-toi, m'enjoins-je. *Tu pourras manger* après *avoir aidé Orcus.*

Mais chaque pas me rapproche du doux parfum d'une mort imminente, faisant saliver ma bouche de désir. L'énergie tourbillonne le long de mes bras, mes tatouages se déroulent lentement pour goûter l'air alentour. Des vrilles et volutes virevoltent, le pouvoir se déploie hors de moi pour caresser tout ce qui se trouve sur notre chemin.

Orcus s'engouffre par une porte et s'arrête brusquement. Je lui percute le dos en grognant. Ma faim atteint un paroxysme. *Cherche. Détruis. Dévore.*

Flamme me saisit par la nuque et me jette contre un mur, son jaguar très présent dans son regard. Je bondis en avant, le chope par le col de sa veste en cuir.

— *Qu'est-ce que...*

— Lâche-moi !

Je tourne lentement la tête en battant des paupières tandis que mes oreilles tentent de localiser la source de ces deux mots. Malgré la raucité de la voix, je sais qu'elle appartient à une femme. Une femme qui semble se débattre à proximité.

Ce qui fait gronder sourdement Orcus. Sa fureur est un fouet tangible qui me fait lâcher Flamme et reculer d'un pas.

Mes vrilles d'un noir d'encre reviennent lentement à

moi, la pensée d'un repas remplacée *illico* par le besoin de trouver la femme qui a proféré cette demande.

— Assomme-la ! crie quelqu'un au fond d'un long couloir sombre.

Un couloir vers lequel Orcus se dirige déjà à grands pas.

Flamme me jette un coup d'œil, ses iris me laissant voir son jaguar. Il est livide, et je doute que ce soit parce que je l'ai bousculé.

Non. Cela a tout à voir avec le *gémissement* qui a suivi la suggestion de l'*assommer*.

— Abandonne, prononce une autre voix avec un ricanement qui me fait plisser les yeux.

Suit un autre gémissement.

Les ailes d'Orcus jaillissent de son dos, et son grondement fait vibrer les murs autour de nous.

Cependant, l'âme bientôt morte devant nous ne doit pas l'entendre car elle dit :

— Tu vas le regretter, *sale pute*.

Je grogne devant le spectacle qui s'offre à nous : un homme dont la main serre la gorge d'une belle femme. Une femme que je reconnais aussitôt, parce qu'elle a hanté mes rêves toute la semaine.

La femme aux cheveux noirs du village.

Je n'oublierai jamais la détermination et la force qui illuminent ses yeux étonnants.

Sauf qu'à cet instant, elle exsude la *douleur* et la *peur*. Et ce n'est pas acceptable.

Flamme bondit autour d'Orcus pour saisir le type qui serre la gorge de notre femme. Un craquement, puis l'humain est projeté contre un mur et s'affale, le corps inerte.

Il y a deux autres hommes dans la pièce. Deux âmes noires. *Deux humains qui ne méritent pas de vivre.* Je les rejoins à grands pas tandis qu'Orcus s'accroupit pour recueillir la femelle dans ses bras. Son ronronnement est un son inconnu qui me distrait presque de ma tâche. *Presque.*

La peur inonde les hommes que je chasse. Et ces lâches se retournent pour s'enfuir. Mais mes vrilles mortelles les attendent, mes tatouages se déploient en un instant pour libérer chaque once de ma force létale. Je les enveloppe dans mes cordons et je *serre.*

Des hurlements s'ensuivent. *Des putains de cris délicieux.*

Et je bois chaque parcelle de vitalité que ces connards me donnent, me délectant de leur douce mort alors que j'engloutis leurs âmes… encore… encore… *encore.*

Ce ne sont plus que des coquilles vides quand j'ai fini, leur noirceur n'est plus un fardeau pour ce monde. Ce privilège m'appartient désormais, car je les sens en moi. Je vois tous les actes sordides qu'ils ont commis. Et je les enferme dans une boîte où ils resteront jusqu'à mon dernier souffle.

Profitez du purgatoire, pensé-je, heureux d'être leur punisseur et leur bourreau. *Puissiez-vous croupir en enfer.*

Puis je me retourne, bien décidé à en finir avec le troisième homme, celui qui a *osé* toucher à *notre* femme.

Mais elle n'est pas à nous, *n'est-ce pas ?* réalisé-je, l'esprit un peu plus clair à présent que j'ai mangé.

Je cille en voyant la femme et en remarquant la façon dont Orcus la berce sur ses genoux et ronronne à son oreille, ses ailes n'étant plus visibles. La seule preuve qu'il les a déployées est sa chemise en lambeaux.

Est-ce qu'elle est sa compagne ? m'étonné-je, vu comme il la contemple avec une vénération très atypique chez lui. *Son Oméga ?* Je serre les dents. *Pourquoi a-t-il le droit de l'avoir et pas moi ?*

Wow, attends. Non. C'est quoi, ça ? Depuis quand j'ai envie d'une compagne ?

Le sexe ? Oui. Toujours.

Une compagne ? Non. Mon âme est bien trop détruite pour envisager la possibilité d'une *compagne*.

Et pourtant…

Je penche la tête sur le côté. *Elle est très jolie.* Je hume l'air. *Et elle sent la fraise.*

Mes yeux s'écarquillent. *Attends…*

Je jette un œil à l'homme que Flamme a soulevé contre le mur du couloir et maintient d'une poigne implacable tandis qu'il gronde après lui. Il attend que je vienne me nourrir. Mettre fin à la vie de cet homme et dévorer son âme.

Mais la saveur… le *parfum*… ça vient de la fille.

Seulement, son âme n'est pas du tout noire. Elle est pure. Blanche. *Belle.*

Et j'ai envie de la souiller par mon contact. La *lécher.* La *mordre.*

Je secoue la tête pour tenter de recouvrer la raison. Ça ne me ressemble pas du tout. Du bondage tout en baisant ? Oui, putain, volontiers. Mordre ? Non. Mordre, c'est s'accoupler. Lécher n'est pas un problème. Grignoter est autorisé. Mordre… non. C'est inacceptable.

Et pourtant, je salive à l'envie d'enfoncer mes dents dans sa douce chair et de goûter à son sang délectable. Lier nos âmes. *L'épouser* pour l'éternité.

Je recule d'un pas et me frotte la nuque. *Ce royaume me fait perdre la tête.*

— Faucheur ? grogne Flamme. Tu as cinq secondes avant que je tue ce connard moi-même.

— Non, intervient Orcus d'une voix douce malgré le ronronnement qui vibre dans sa poitrine. Alina a le droit de le tuer la première. Il l'a blessée. Elle choisit sa mort.

J'entends les paroles d'Orcus et je les comprends. Je

suis même *d'accord* avec elles. Mais ce sur quoi je bute, c'est le fait qu'il connaisse son nom.

Alina.

Il est magnifique, tout comme elle. Doux, mais fort. Court, mais qui a du punch.

Je distingue les traces de sa lutte, les griffures quasiment gravées sur le visage de son agresseur.

— Tu as raison, acquiesce Flamme sans relâcher l'humain qu'il a épinglé au mur. Comment veux-tu qu'il meure, petite panthère ?

Je cligne des yeux. D'abord, Orcus connaît son nom. Ensuite, Flamme a déjà donné un surnom à la jeune femme.

Et moi… je n'ai rien.

Non, ce n'est pas vrai. J'ai des armes. Des *milliers d'*armes.

Je souris, mes tatouages se déploient de nouveau alors que je rejoins Orcus. Il ne quitte pas la femme des yeux. Je ne peux pas lui en vouloir. Elle est hypnotisante.

Elle le regarde également bouche bée. Et ensuite moi.

Je ne ressens pas de peur chez elle, juste de la confusion.

— Vous êtes qui ? demande-t-elle en nous regardant tour à tour. (Puis elle se focalise sur mes vrilles couleur d'encre.) Vous êtes *quoi* ? (Elle reporte son attention sur Flamme.) Et qu'est-ce que… Qu'est-ce que tu veux dire par… comment je voudrais qu'il *meure ?*

— Il t'a fait du mal, petite panthère. Il ne mérite pas de vivre, explique Flamme en haussant les épaules.

— Non, il mérite de souffrir, ajouté-je.

— De souffrir beaucoup, renchérit Orcus d'un ton bourru. Mais c'est à toi de choisir, Alina. Veux-tu le tuer ?

— Et si c'est le cas, est-ce que je peux te montrer quelques armes ? lui proposé-je, en formant déjà plusieurs à l'aide de mes vrilles dans l'espoir de l'impressionner. Un couteau pour lui trancher la gorge, peut-être ? Ou une épée pour lui couper complètement la tête ? (Ses yeux s'écarquillent.) Je peux aussi créer un pistolet, si tu préfères une méthode à plus longue portée.

— Trop rapide, grommelle Flamme.

— Je suis d'accord, mais c'est sa décision, réponds-je en souriant à Alina. Alors, qu'est-ce que ce sera, chérie ? Quelle est ton arme de prédilection ?

CHAPITRE NEUF
ALINA

Je… je dois être morte. C'est la seule explication.

Cet homme – d'une beauté envoûtante – est trempé de sang et m'offre des *armes*.

Non, ce n'est pas tout à fait ça. J'ai cru que c'était du sang, mais c'est… c'est… trop foncé pour en être.

Est-ce de la fumée ? Des rubans noirs ? Des volutes ? Je n'arrive pas à les définir. C'est clairement attaché à cet homme, or mon esprit ne parvient pas à saisir comment. Je ne comprends pas non plus de quelle façon ces appendices éthérés ont créé par magie le couteau et l'épée. Tous deux brillent dans la faible lumière tandis que ce bel homme attend ma réponse.

En fait, ils attendent tous les trois.

Et ils sont tous les trois incroyablement beaux, découvré-je en déglutissant. *Pourquoi ça a soudain de l'importance ? Depuis quand je fais attention à l'apparence ? Et puis, pourquoi je suis sur les genoux de ce grand gaillard ? Et est-ce qu'il… vibre ?*

Tellement de questions. Trop de pensées.

Je me touche la gorge, grimace de souffrance, essaie d'avaler. J'ai réussi à exprimer mes questions tout à l'heure, mais maintenant… maintenant, je suis juste fatiguée. Troublée. *Mais bizarrement, je n'ai pas peur.* En vérité, je me sens plutôt en sécurité.

C'est ridicule. Mais quelque chose chez le gars qui me tient me fait me sentir protégée d'une manière que je ne peux pas expliquer. C'est peut-être sa taille ? Il est massif. Il mesure au moins deux mètres. Et je suis presque sûre qu'il a des ailes. Ou du moins, il en avait, mais plus maintenant. Elles ont disparu.

Est-il une sorte d'ange de la mort ? songé-je. *Est-ce que je me sens en sécurité parce que je suis morte et qu'il est mon escorte vers l'au-delà ?* Si c'est le cas, alors pourquoi suis-je encore dans ce bâtiment bizarre ? Et pourquoi ces créatures de la mort auraient-elles plaqué mon meurtrier contre un mur ?

Je regarde Timothy en battant des paupières. Il est terrifié. Le gars qui le tient, lui, a l'air de s'ennuyer. Il se contente de m'observer et d'attendre un verdict. *Sur la façon dont je veux que Timothy meure.*

Est-ce que je veux que Timothy meure ?

Je lance un regard aux deux autres morts, leurs yeux à jamais figés dans l'horreur. L'horreur de ce que leur a fait l'homme à la beauté envoûtante et aux volutes de fumée.

Pourquoi je suis si calme ? m'étonné-je. *Est-ce que je ne devrais pas avoir peur ? Crier ? M'inquiéter de ce que peuvent faire ces hommes — surtout celui qui est armé ?*

Peut-être que je me suis cogné la tête un peu trop fort quand Timothy m'a plaquée contre le mur tout à l'heure. Cela expliquerait mon absence de réaction face à ces trois hommes manifestement intimidants, le fait que l'un d'eux connaisse mon nom, et aussi les sensations étranges que j'éprouve en réaction à la *vibration* du grand gaillard.

L'homme envoûtant penche la tête sur le côté, ses yeux bleu argenté m'évaluent.

— Je peux te montrer d'autres options, si tu veux ? propose-t-il, ce qui me fait froncer les sourcils.

Puis je comprends ce qu'il veut dire : des *options d'armes*. Parce qu'il m'a proposé de me donner de quoi *tuer* Timothy. Et je suis de nouveau en train de m'interroger sur ce que je ressens à ce propos. Mes doigts caressent distraitement ma gorge tandis que je considère l'homme qui m'a menacée.

Les mots qu'il a prononcés à propos du vicomte me reviennent en mémoire, ses intentions sont assez claires. Mais il n'a pas tenté de me tuer. Il voulait juste m'emmener auprès du Vicomte. Bien qu'il ait mentionné que ma condition physique n'aurait pas d'importance, que le vicomte voulait juste ma…

Je frémis, ne voulant pas penser à ce terme. Car ce n'est pas quelque chose que je veux donner à *lui* ni à qui que ce soit.

Bon… Je regarde les beaux hommes qui m'entourent. *Eh bien, peut-être pas qui que ce soit. Mais…*

Je secoue la tête, essayant d'en chasser cette pensée inepte, et regrette aussitôt mon geste. Un gémissement s'échappe de mes lèvres, je perds mon sens de l'équilibre.

Je me suis certainement cogné la tête trop fort… Argh.

Je me couvre les yeux de mes paumes, mon estomac se tordant soudain du besoin de purger tout ce qu'il peut. Sauf que je n'ai pas mangé depuis… je ne sais combien de temps. Et après tous les préparatifs, la marche et tout le reste, j'en ai juste *marre*.

Je suis fatiguée. Je suis perdue. Je suis troublée. Tout ce que je veux, c'est me rouler en boule contre la chaleur vibrante à côté de moi et tout oublier. Oublier le vicomte. Oublier le train. Oublier le Choix. Oublier la Nuit des Monstres. Oublier…

J'écarquille les yeux. *La Nuit des Monstres.*

Apparemment, je l'avais déjà oubliée, trop absorbée par cette situation pour y penser, mais maintenant… *maintenant* je comprends.

— Des monstres, soufflé-je, mon regard oscillant entre celui qui m'envoûte, celui qui vibre et celui qui s'ennuie. Vous êtes des monstres.

Je cligne des yeux. *Oh, merde.*

Qu'est-ce qui ne va pas chez moi ? Je savais qu'ils n'étaient pas humains. L'un a des tatouages qui fondent sur son corps en rubans fumants. L'autre a des ailes et *vibre*. Et le troisième, en fait, a l'air plutôt normal. Mais il soulève Timothy comme s'il ne pesait rien du tout.

— Tu sais, ça m'offusque, m'informe l'homme envoûtant, dont les armes disparaissent. Si quelqu'un est un *monstre* ici, c'est bien cette âme sombre-là. (Il désigne Timothy.) Je peux pratiquement goûter à tous ses péchés, et crois-moi, il est la définition même du *monstre*.

— Dans ce royaume, les humains appellent les êtres surnaturels des « monstres », Faucheur, explique celui qui vibre d'une voix douce. Je suis sûr qu'elle n'a pas cherché à t'insulter. N'est-ce pas, Alina ?

Je tourne mon regard vers lui, ses yeux noirs sont bordés d'une teinte rougeâtre nettement inhumaine.

— Comment connais-tu mon nom ?

Je suis bien consciente que ma question est assez anodine par rapport aux nombreuses autres que je pourrais poser. Mais c'est la deuxième fois qu'il le prononce, et j'aimerais vraiment savoir comment il l'a appris.

Ces yeux rouge-noir m'étudient pendant un long moment avant qu'il réponde :

— Je t'ai vue à travers une fenêtre de portail et j'ai entendu quelqu'un prononcer ton nom.

— Une fenêtre de portail ? répété-je en cillant.

— C'est exactement ce à quoi ça ressemble, me dit l'homme envoûtant – *Faucheur*. Orcus l'utilisait pour vérifier cette réalité avant qu'on s'y aventure. Quoiqu'il me semble qu'il ne faisait pas que ça.

Il lance un regard entendu à l'homme qui me tient. *Orcus*, me dis-je, mémorisant ce nom en même temps que celui de *Faucheur*.

— C'est une Oméga, dit Orcus, ce qui me fait de nouveau froncer les sourcils.

Une quoi ?

— Oui, c'est ce que j'ai compris d'après ton ronronnement, lance Faucheur.

Ses vrilles couleur d'encre tourbillonnent autour de lui comme si elles dansaient avec ses paroles. Mais la fumée commence lentement à être résorbée par sa peau, gravant des tourbillons sombres sur ses bras.

Wow, me dis-je, mystifiée par le phénomène. *C'est… très joli.* J'ai l'envie bizarre de toucher les tatouages. *Sont-ils lisses ? Chauds ? Bougeront-ils sous mes doigts ?*

Mais la source de mon admiration s'éloigne vers les deux cadavres, me ramenant brusquement à l'instant présent.

Il les a tués. C'est un monstre. Ce sont tous *des monstres.*

— Voyons voir, songe Faucheur en s'accroupissant près des corps. Vous aviez prévu de lui attacher les poignets avec un serre-câble et de lui enfoncer un bâillon dans la bouche. Quel manque d'originalité !

— Qu'est-ce qu'ils comptaient faire d'elle ensuite ? demande Orcus, ses vibrations virant à un grondement qui suscite un frisson au plus profond de moi.

Et ce n'est pas un frisson de peur, mais de tout autre chose.

Qu'est-ce qui m'arrive ? m'étonné-je, de nouveau prise de

vertige. *Pourquoi j'aime ce son ? Il devrait être terrifiant, pas* attirant.

— La mettre dans le train et la donner à quelqu'un… (Faucheur s'interrompt et paraît pêcher quelque chose chez les morts, la tête penchée sur le côté.) Le vicomte ?

Orcus émet un autre grondement sourd, qui me fait me tortiller. Il se calme immédiatement, et son ronronnement reprend de plus belle tandis qu'il me dit :

— Désolé, ma petite. Je n'essaie pas de t'exciter, juste de te réconforter.

M'exciter ? Je le regarde bouche bée. *Qu'est-ce qu'il veut dire ?* Et qu'est-ce qu'il entend par *ma petite ?* Je suis petite, oui. Bien plus que lui. Mais je ne suis pas *sa petite.*

Je m'apprête à le lui dire quand Faucheur jette quelque chose par-dessus ma tête.

— Attrape, lance-t-il avec son geste. (Celui près du mur tend aussitôt la main pour attraper ce qui vole vers lui.) Autant faire à lui ce qu'ils avaient prévu de faire à elle.

— J'ai toujours apprécié ta façon de punir, dit le brun d'un ton légèrement amusé.

Son accent, similaire à celui de Faucheur, les rend tous deux faciles à comprendre. Toutefois, Orcus… ses inflexions me rappellent le Duc. Mais c'est leur seule ressemblance. Orcus est bien plus grand et plus large, et il est vêtu d'un jean et d'une veste en cuir au lieu d'un gilet brodé et d'un pantalon chic.

Parce que c'est un monstre, pas un homme, me rappelé-je une fois de plus. *Pourtant il ressemble certainement à un homme,* soutient une autre partie de moi. *Il sent bon aussi.* Comme de l'air pur et frais. J'inspire profondément, et j'ai l'impression de pouvoir vraiment respirer pour la première fois de ma vie.

C'est… étrange. Alarmant. Curieusement apaisant. Et tellement *déroutant.*

J'ai envie de me blottir contre sa large poitrine et de le supplier d'approfondir son ronronnement, pendant que je le respire et me perds dans son étreinte.

Il doit m'hypnotiser, réalisé-je. *Il me séduit avec son monstre… quelque chose. Son talent ?*

J'essaie de m'écarter de lui, mais mon corps refuse carrément. Pour la première fois de ma vie, je me sens en sécurité, et on dirait que je m'accroche à cette sensation.

C'est un mensonge, me dis-je alors que Faucheur traverse la pièce, son maillot noir sans manches me permettant de voir tous les magnifiques tatouages tourbillonnant le long de ses bras musclés. *C'est… c'est une ruse. Je dois m'enfuir. Je dois…*

— N'oublie pas les serre-câbles, dit-il, m'arrachant à mes pensées. (Il tend à son ami des sortes de cordons en plastique.) Et serre-les bien. Parce que c'était leur plan pour Alina.

Avec un grognement, le brun tire les bras de Timothy dans son dos et lui attache les poignets. Timothy tressaille de tout son corps et son glapissement est étouffé par le bâillon.

— Les chevilles aussi, dit Faucheur, les yeux plissés.

— C'est tout ce qu'ils ont prévu ? demande son ami. L'attacher et l'emmener chez le vicomte ?

— Non, ils avaient l'intention de se la faire une fois que le vicomte en aurait fini avec elle, gronde Faucheur, reportant son regard sur les deux morts. J'aurais dû les faire souffrir, mais leurs âmes noires étaient trop tentantes pour faire traîner le repas. (Il se retourne vers Timothy.) Je ne referai pas cette erreur. Une fois qu'Alina aura décidé comment te tuer, je lui montrerai comment faire durer le plaisir.

Je sursaute à ses paroles. Le rappel que ces hommes

veulent que je *tue* Timothy m'ancre à nouveau dans le présent.

—Je ne… (Je déglutis.) Je ne…

Je ne veux pas le tuer, dis-je mentalement. Mais pour je ne sais quelle raison, je n'arrive pas à prononcer les mots à voix haute. Peut-être parce que j'ai mal à la gorge. Ou peut-être parce qu'une partie de moi – une toute petite partie très sombre de moi – veut lui faire du mal comme il m'en a fait. Peut-être pas le *tuer*, mais l'effrayer un peu.

Ce qui est dépravé et mauvais. Et ça ne me ressemble pas du tout.

Peut-être que toute ma rébellion de l'année dernière m'a embrouillé le cerveau.

Ou, plus probablement, ces *monstres* ont altéré ma perception de la réalité.

Pourquoi je suis encore assise ici ? Je me relève, réalisant un peu tard que j'ai appuyé ma main contre un solide muscle d'homme pour me hisser. *Wow, il est dur. Et chaud. Troooop chaud.*

Arrête, m'exhorté-je. *Lève-toi. Cours.*

Ces ordres me raidissent l'échine, mais mes jambes ne bougent pas. Pendant ce temps, ma main… reste posée sur le mur masculin derrière moi.

Fermant les yeux, je prends une grande inspiration. Que je regrette aussitôt car elle est pleine de cette odeur d'air frais qui détend mes membres automatiquement. Ajouté à son ronronnement apaisant, et je me sens étourdie, comme si j'avais besoin de me blottir et de dormir.

En sûreté. Au chaud. Revendiquée.

Mes yeux s'écarquillent à cette dernière pensée. *Il faut que j'y aille. Ces monstres sont…*

Eh bien, ils sont…

Je ne sais pas ce qu'ils sont, mais quoi que ce soit, c'est dangereux.

— Je dois y aller, dis-je, exprimant enfin à haute voix une pensée sensée.

Mes mains et mes jambes en prennent note finalement, je m'éloigne du mur vibrant de chair musclée et je rampe sur plusieurs mètres. Mais je suis arrêtée par une paire d'yeux vifs à l'éclat violet dans la lumière. Je déglutis lorsque l'homme incline la tête, envoyant tous ses cheveux noirs tomber sur un côté de son front.

Je n'avais guère vu les traits de celui-ci jusqu'à présent, car il me tournait le dos en plaquant Timothy contre le mur. Mais il ne le tient plus désormais. Maintenant le brun est accroupi sur le sol devant moi, m'offrant une vue parfaite de son visage magnifique. Il est aussi beau que les deux autres, mais quelque chose en lui est encore plus intimidant. Plus… *sauvage.*

Il est trop parfait. Trop beau. Trop symétrique.

Ses pommettes sont saillantes, sa mâchoire intense, et ses yeux sont bordés d'épais cils noirs. Ils me rappellent l'aspect des miens dans le miroir tout à l'heure, avec tout ce mascara qui les couvrait. Sauf que les siens paraissent naturels.

Je trouvais Faucheur beau, mais cet homme… cet homme est la beauté incarnée. Quant à Orcus, il est plus viril avec ses lignes dures et sa force brute. Et Faucheur… Faucheur est toujours envoûtant d'une manière indéniablement attirante.

Arrête ça, Lina, me dis-je. *Tu dois partir.*

— Où veux-tu aller ? demande le bel homme devant moi, qui a dû capter ma pensée, ou répond peut-être à quelque chose que j'ai dit.

Est-ce que j'ai parlé à voix haute ? Est-ce que… Est-ce que j'ai dit que je voulais partir ?

Je ne m'en souviens plus. Je n'arrive plus du tout à fonctionner correctement.

Pourtant, je m'entends murmurer « Chicago ». C'est une réponse très étrange, que je ne comprends pas tout à fait jusqu'à ce que le nom de la ville me frappe en pleine figure.

— *Chicago.* (Pour trouver Sera.) J'ai besoin d'une carte.

C'est ce que je suis censée faire. Ne pas reluquer ces monstres. Ne pas frapper Timothy. Mais me cacher jusqu'à la fin de la Nuit des Monstres et chercher une carte.

Bon, je ne me suis pas très bien cachée, réalisé-je en grimaçant.

— Chicago ? répète Faucheur. Tu as envie d'une pizza, mon chou ? Parce que je serais d'accord pour une brève halte à Chicago pour une bonne pizza.

Je cille et lève les yeux sur lui, derrière son ami aux cheveux bruns.

— Quoi ?

Rien de ce qu'il vient de dire n'a de sens.

Il me fixe en retour et il esquisse une moue avant de gémir et de regarder Orcus derrière moi.

— Putain, dis-moi qu'il y a des pizzas dans ce royaume. J'ai beau préférer cette version de New York, sans pizza, ce serait un fiasco total.

— Tu viens de manger, relève le brun en jetant un coup d'œil par-dessus son épaule. Ce n'est pas possible que tu aies faim.

Faucheur lui lance un regard contrarié.

— J'ai *toujours* faim de pizza.

— Tu sais où se trouve Chicago ? interviens-je, me focalisant sur le fait qu'il me l'a répété avec une certaine familiarité et ignorant tout ce qui concerne… les *pizzas.*

— Bien sûr que je sais où se trouve Chicago, me répond-il, penchant la tête de côté d'une manière qui lui semble coutumière. Mais si tu ne veux pas de pizza, pourquoi t'intéresses-tu à Chicago ?

J'écarte mes lèvres et la vérité sort presque de ma bouche. Mais je n'émets qu'un glapissement quand le monde bascule brusquement autour de moi.

Je me retrouve soudain dans les airs, serrée dans les bras du brun, avec Faucheur et Orcus debout devant moi, me tournant le dos.

— Chicago est la cité des Élites, dit d'un ton cultivé un nouveau venu que je ne peux pas voir. J'imagine que votre humaine la recherche, ou peut-être quelqu'un qui y vit.

Orcus et Faucheur se raidissent lorsqu'il sort de l'ombre. Leurs corps me bouchent sa vue, je ne peux donc discerner ses traits, mais la voix était masculine à l'évidence.

— Ce qui est intéressant, reprend le nouveau venu. En général, les villageois ne connaissent pas la cité des Élites, et encore moins son ancien nom.

Orcus croise les bras, ce qui étire sa veste en cuir sur ses larges épaules. Les vibrations qu'il émettait ont disparu, mais celui qui me tient semble avoir pris le relais côté ronronnement. Sauf que le sien est… différent. Plus doux en quelque sorte. Plus silencieux.

Je lui lance un regard curieux. Or ses yeux sont rivés sur ses amis, ou peut-être sur l'autre type. Je ne vois que des dos musclés et le beau visage de l'homme qui me tient.

Comment j'ai pu atterrir ici ?

— Qui es-tu ? lance Orcus d'un ton qui me fait frissonner.

Il y a quelque chose de très puissant dans sa voix. Quelque chose de mortel. Elle me fait trembler. Pourtant, une partie tordue de moi *aime* cette voix.

— Un émissaire de Monster City, répond l'homme cultivé. Vous pouvez m'appeler Jones.

— Je n'ai guère envie de t'appeler du tout, rétorque Faucheur.

— C'est votre prérogative, monsieur, murmure Jones. Quoi qu'il en soit, je suis venu vous transmettre un message de notre reine.

— Reine ? relève Orcus. Reine de quoi ?

— La reine de Monster City, monsieur. (Jones marque une pause, puis ajoute :) Elle m'a envoyé ici pour vous souhaiter personnellement la bienvenue à Monster City.

CHAPITRE DIX
FLAMME

MA BÊTE grogne au fond de moi, elle n'aime pas du tout cet *émissaire*. C'est un étranger. Un intrus. Une créature d'origine inconnue. Et tout en lui sent *mauvais*.

Alina bouge un peu dans mes bras, ses yeux noirs affichent une myriade d'émotions. Elle n'a pas peur, mais elle n'est pas à l'aise non plus.

L'ecchymose sur sa gorge devient plus apparente lorsqu'elle tend le cou pour essayer de voir autour d'Orcus et de Faucheur. Je gronde presque à cette vue, prêt à me retourner pour arracher la tête de son assaillant. Mais pour cela, il faudrait poser ma petite panthère et la laisser temporairement sans surveillance.

Ce n'est pas une option. Pas avec la menace potentielle qui se tient à trois mètres à peine.

Il cligne de ses yeux verts, exhibant une paire de doubles paupières nettement inhumaines. Cependant, son corps est tout à fait celui d'un mortel. Deux jambes. Deux bras. Un torse standard. Mais les yeux verts associés à sa peau mate forment une combinaison frappante. Tout comme les cheveux blancs au sommet de son crâne.

— Notre reine souhaite vous rencontrer, reprend l'émissaire Jones. (Son regard étrange glisse sur moi avant de revenir sur Orcus.) Elle a prévu une suite pour vous dans sa tour, si vous choisissez de rester dans notre royaume pour une visite plus longue.

Ma mâchoire se crispe à cette demande. Surtout parce que cela ne ressemble pas du tout à une demande. C'est une offre voilée de jouer les gentils avec la politique locale. Une façon de dire : *Oui, nous savons que vous êtes ici. Nous savons aussi que votre place n'est pas ici. Mais nous vous laisserons y demeurer si vous acceptez nos conditions.*

— Et si nous choisissons de ne pas prolonger notre visite ? demande Orcus d'un ton ennuyé.

Mais je sens son pouvoir tourbillonner autour de lui, prêt à frapper si nécessaire.

Jones ne répond pas tout de suite, porte plutôt son regard sur le couloir – sur les deux cadavres et l'humain ligoté qui pleure à quelques mètres sur ma droite.

— En fait, il est illégal de tuer des humains à Monster City, déclare Jones d'un ton neutre en fixant Faucheur.

Le Faë de la Mort se contente de hausser les épaules.

— Les âmes noires sont des proies rêvées dans notre royaume.

Jones hoche brièvement la tête.

— Oui, eh bien, vous êtes en train de visiter le nôtre. Les règles sont différentes ici.

— Donc la reine souhaite nous prononcer son jugement ? intervient Orcus.

Son ton m'indique qu'il arque un sourcil devant le surnaturel inconnu. C'est un défi. *Et quoi ? Tu crois qu'on va simplement… coopérer ?* veut-il dire en réalité.

Mais Jones répond par un rire.

— Océans, non ! Les circonstances sont compréhensibles.

Océans ? C'est nouveau. Peut-être que ce type est une sorte de créature aquatique.

— Cela dit, la compréhension nécessite souvent une conversation, poursuit-il d'un ton plus sérieux. Ainsi, si votre royaume souhaite conserver un bon statut en vue de futurs retours, je vous recommande vivement d'accepter l'offre de la reine.

Et voilà la raison politique de cette « demande ».

Orcus doit être en train de serrer la mâchoire, ce que je ne peux pas voir étant derrière lui, mais je sais qu'il le fait. Parce qu'il *déteste* la politique. C'est pour cela qu'il a quitté Hadès pour régner sur l'Au-delà. Son frère possède un don naturel pour gérer des conversations comme celle-ci. Orcus, lui, est plutôt du genre exécuteur. Tout comme Faucheur et moi. Nous ne jouons pas avec des mots compliqués et des *conversations* à la con. Nous agissons. Nous nous battons. Nous *tuons*. D'où la raison pour laquelle Faucheur a rendu justice à ces connards sans même sourciller. Et j'aurais fait de même avec cet enfoiré à terre si Orcus n'avait pas souligné le droit d'Alina à choisir la mort de son agresseur.

— Où est la tour de la reine ? s'enquiert Orcus d'une voix soigneusement contrôlée.

— Vers le centre-ville, répond Jones en souriant. Je serais ravi de vous y conduire.

Une autre demande voilée sous une offre, pensé-je, n'aimant pas du tout ce type.

Mais si notre royaume veut *conserver un bon statut*, nous devons accepter son offre. Et comme notre tâche ici n'a pas encore commencé, nous devons nous montrer gentils. De plus, il faut tenir compte d'Alina maintenant. Bien qu'elle soit actuellement à l'aise dans mes bras, je sais que ce sont les phéromones qui atténuent ses réactions. Elle était pratiquement ivre de l'odeur d'Alpha d'Orcus, et maintenant elle inhale avidement la mienne.

La pauvre chérie n'a aucune idée de ce qui lui arrive.

Je ne peux rien contre la réaction de mon animal à son égard, tout comme elle ne peut rien contre sa réaction à mon égard, mais au moins je comprends cette attirance qui s'épanouit entre nous. C'est une réaction naturelle à un partenaire compatible, quelque chose que je n'ai jamais connu jusqu'ici. Toutefois, j'ai grandi en étant témoin de ce phénomène entre d'autres personnes et j'ai passé plus d'un millénaire à chercher quelqu'un qui appelle ma bête comme Alina le fait en ce moment.

Orcus est à la fois différent et similaire. Son âme d'Alpha a besoin d'une Oméga, et apparemment, il l'a trouvée chez cette petite humaine.

Comment c'est possible, ça je l'ignore.

Car les Omégas de son espèce ont toutes disparu. En dénicher une dans ce royaume ne fait que renforcer l'importance de suivre les règles de ce monde.

— Nous serions honorés d'être les invités de la reine, déclare Orcus, qui vient sans doute d'arriver à la même conclusion que moi.

Jones sourit comme s'il avait gagné un prix.

— Je me disais bien que vous accepteriez.

Faucheur ricane, ne prenant pas la peine de cacher sa méfiance ou son aversion pour cette créature. Si cela offense l'autre homme, il ne le montre pas.

— Si vous laissez l'humain ici, je veillerai à ce qu'il soit correctement détenu. Vous pourrez discuter de vos souhaits à son sujet avec la reine Hélia. Encore une fois, étant donné les circonstances, je suis sûr qu'elle comprendra votre désir de débarrasser notre monde de son *âme noire*.

Ces deux derniers mots semblent s'adresser à Faucheur.

Le Faë de la Mort ricane encore, visiblement peu impressionné.

— Très bien, accepte Orcus. Après vous, émissaire Jones.

Je cale Alina dans mes bras, me préparant à la porter jusqu'où nous allons. Son corset me paraît un peu serré, ce qui me fait craindre pour son confort. Ses jupes sont aussi plutôt volumineuses, mais elle a l'air trop perdue dans ses pensées pour se soucier de sa condition physique.

Si je devais deviner, je dirais qu'elle essaie de s'éclaircir l'esprit. Une part d'elle doit savoir qu'elle acquiesce avec un peu trop d'empressement. Cela ne ressemble pas du tout à la femme que j'ai observée à travers la fenêtre, celle qui gardait la tête haute en s'approchant de la scène. Elle avait pratiquement mis le destin au défi de se moquer d'elle. Or aujourd'hui, elle se soumet simplement à son avenir.

Malheureusement, les phéromones ne se dissiperont pas. Au contraire, elles ne feront que s'intensifier.

Mais il y a des moyens de l'aider à reprendre le contrôle de son esprit. Une fois que nous serons seuls, nous l'aiderons à exprimer ses pensées. Le consentement est vital dans un accouplement. Et bien que son corps soit pratiquement en train de se rouler dans l'acceptation en ce moment, je suis certaine que la femme qui est en elle crie de protestation.

C'est trop rapide. Trop étranger. Trop accablant.

Elle n'est pas comme Orcus et moi. Elle n'a pas passé toute sa vie à chercher une âme compatible. La patience sera la clé du succès. La patience et la compréhension. Ainsi qu'un soupçon de séduction. Et peut-être quelques caresses légères.

Mon jaguar intérieur ronronne de plaisir à cette dernière pensée, et son envie dévorante de lécher et caresser me fait resserrer ma prise sur Alina. Ses yeux croisent les miens en réaction, orbes sombres pleins de confusion.

— Je sais que ça n'a aucun sens pour toi, lui dis-je doucement tandis que nous sortons du bâtiment. Mais je vais essayer de t'aider à comprendre.

Son regard glisse vers ma bouche avant de remonter lentement vers mes yeux.

— Co-Comment ? Comment vas-tu m'aider ?

— En répondant à toutes les questions que tu poses. Et en te donnant le temps de t'adapter.

Parce que maintenant que nous l'avons, nous n'allons plus la laisser partir. Elle est trop unique. Trop parfaite. Trop *à nous*. Nous ferons tout notre possible pour qu'elle ne nous rejette pas. Je n'ai même pas besoin d'en parler à Orcus pour savoir qu'il pense la même chose.

Toutefois, Faucheur pourrait être d'un autre avis. Il ne s'imposerait jamais à Alina, mais ses instincts d'accouplement diffèrent des miens et de ceux d'Orcus. Je ne suis même pas sûr qu'il soit attiré par Alina. Il pourrait être complètement indifférent.

Quoique la façon dont il s'est attaqué à ces âmes obscures me laisse songeur. D'habitude, il se délecte de ses meurtres en prolongeant le repas et la torture. Or il a éliminé ces connards en un clin d'œil, puis a de suite reporté son attention sur *elle*.

Alina. La magnifique petite rebelle dans mes bras.

Elle regarde autour d'elle, hébétée, un pli adorable ridant son front. Il y a des surnaturels partout, la plupart d'entre eux sourient et parlent aux humains avec animation. Quelques mortels paraissent effrayés, leurs yeux papillonnant de tous côtés tandis que les créatures de la nuit s'adressent à eux d'une voix douce.

Ça n'a rien à voir avec la *fête de la baise* que j'avais imaginée quand Orcus nous a parlé de la Nuit des Monstres, à Faucheur et à moi. La scène me rappelle plutôt les fêtes nuptiales que Lucifer a organisées pour ses Faë de l'Enfer éligibles. Tout le monde est courtois, pas insistant. On bavarde comme on le ferait lors d'un rendez-vous.

Seulement, il ne s'agit pas de rencontres ordinaires. Ces créatures revendiqueront leurs partenaires potentiels à la fin de la nuit et les ramèneront dans leurs royaumes respectifs. Heureusement, la plupart des humains semblent accepter ce destin.

À moins qu'ils soient ivres de phéromones eux aussi, pensé-je en baissant les yeux sur Alina. Elle ne protesterait sans doute pas si nous la ramenions dans l'Au-delà dans cet état. Quoique je soupçonne qu'une fois son raisonnement récupéré, elle nous détesterait très probablement pour cela. Donc prolonger notre séjour ici est un avantage. Car je veux une compagne volontaire, pas rancunière.

Elle promène son joli regard autour d'elle, s'imprégnant du paysage unique tandis que nous gagnons le centre-ville. Je reconnais Times Square, sauf qu'il n'a rien à voir avec le Times Square de notre royaume humain. Pas de panneaux publicitaires. Pas de lumières tape-à-l'œil. Juste de grands bâtiments arborescents parsemés de fenêtres.

Une énergie propre. Des rues propres. *Tout* est propre.

La tour à laquelle Jones nous conduit n'est pas différente. En tête du groupe, il fait une visite guidée à Faucheur et Orcus, expliquant l'agencement de la ville à mesure que nous marchons. Je n'ai pas écouté un seul mot, mais je commence à prêter attention alors que nous franchissons un contrôle de sécurité.

— Ce n'est qu'une précaution, précise-t-il. La reine

Hélia tient à l'intimité de ses hôtes, c'est pourquoi seules les personnes invitées dans sa tour peuvent y entrer.

— Et ceux qui entrent ont aussi le droit de partir ? réplique Faucheur, ses tatouages tourbillonnant le long de ses bras en une agitation évidente.

Mon jaguar tourne en rond en moi, ressentant ce malaise et me forçant à scruter tous les angles du hall d'entrée. *Des caméras. Partout. Des gardes aussi.*

L'énergie bourdonne dans la salle haute de deux étages, faisant danser les poils de ma nuque. Je commence à comprendre pourquoi Hadès a insisté pour que son frère nous emmène dans ce royaume, Faucheur et moi.

Pourtant, Orcus reste l'incarnation de la nonchalance, les épaules détendues, le dos droit, les mains lâches le long du corps. Bien sûr, il a la capacité de créer un portail sur un coup de tête et de nous ramener chez nous en un clin d'œil. Je suppose que si je possédais ce talent, je me sentirais également assez à l'aise dans cette situation.

— Vous avez le droit d'aller et venir à votre guise, répond Jones à Faucheur. (Son sourire s'encadre d'une paire de fossettes et ses doubles paupières clignent bizarrement.) Mais on vous demandera de passer un scan oculaire avant de partir, juste pour que la sécurité puisse vous identifier à votre retour.

— Hmm, fredonne Faucheur en observant les hommes près des scanners.

Je l'entends déjà dire : *ça n'arrivera jamais.* Car je ressens la même chose. Mais nous sauterons cet obstacle lorsqu'il se présentera.

Jones ne semble pas remarquer notre réticence. Il poursuit sa visite en détaillant les différentes commodités de la tour :

— Il y a cinq restaurants au niveau principal. (Il nous montre une arche où des affichettes attirantes décorent le revêtement métallique.) Les menus sont très complets et proposent de tout, de la cuisine humaine traditionnelle à l'os déshydraté en passant par le ragoût d'orque.

— Et des âmes sombres ? s'enquiert Faucheur de son ton sarcastique habituel. C'est au menu ? Ou dois-je aller récupérer celle qu'on a laissée ligotée dans ce bâtiment ?

Jones cligne des yeux.

— Je vais… parler au chef de vos besoins et voir ce que nous pouvons préparer.

Un gloussement me chatouille la poitrine, ce qui amène Alina à poser sur moi un regard inquisiteur.

— Les âmes sombres ne peuvent pas être préparées, lui chuchoté-je. Elles ne peuvent être consommées que lors d'une mort active.

— Oh, fait-elle en fronçant le nez.

— Arrête de lui faire peur, Flamme, m'intime Orcus.

— Je ne lui fais pas peur. J'explique juste la situation et pourquoi je trouve drôle que Jones ici présent pense que son chef peut satisfaire les besoins de Faucheur. (Je baisse de nouveau les yeux sur Alina.) C'est impossible. Il est insatiable et impossible à satisfaire.

— Là, ce n'est carrément pas vrai, se récrie Faucheur en posant la main sur son cœur. Je suis certain qu'Alina me satisferait parfaitement.

— Stop, coupe Orcus avant que je réponde. Conduis-nous à notre chambre. On fera le tour des commodités plus tard.

Son ton autoritaire fait déglutir Jones, dont les yeux vifs rebondissent entre nous trois avant de se poser sur Alina.

— Le consentement est important à Monster City.

— Une autre règle ? relève Faucheur. Et que se passe-t-il quand on prend quelqu'un sans son consentement ?

— Faucheur ! prévient Orcus.

— Quoi ? fait-il avec une fausse innocence. Ces âmes

sombres voulaient s'emparer d'Alina sans son consentement. Mais ce type dit qu'il est illégal de tuer des humains. Alors quelle punition auraient-ils dû recevoir pour leurs actes ?

La mort, me dis-je. *Il n'y a pas d'autre option.*

— C'est une discussion à avoir avec la reine Hélia, élude Jones d'un ton signalant son malaise. (Mais l'instant suivant, il se racle la gorge et sourit.) Je vais vous montrer votre chambre. Elle pourra vous parler de nos autres commodités, comme la zone de loisirs sur le toit, la piscine souterraine et nos autres établissements de restauration.

Il se dirige vers la cage de l'ascenseur tandis que Faucheur sourit dans son dos.

— Encore des os déshydratés et du ragoût d'orque ?

Jones appuie sur le bouton avant de répondre :

— Oui, en fait. Ainsi que des boissons à la lave, des catermines et des bulbas fruitas.

Je n'ai aucune idée de ce que sont ces choses et je sais que Faucheur non plus, pourtant il sourit largement et adresse un signe de tête enthousiaste à Jones.

— J'ai hâte d'essayer ça, vieille branche.

Cette fois, mon gloussement atteint ma gorge et s'échappe par ma bouche. Faucheur imite l'accent anglais de Jones d'une façon *atroce*. Mais la *vieille branche* ne paraît pas s'en soucier ni même le remarquer. Il nous rejoint dans l'ascenseur et jette un nouveau coup d'œil à Alina.

Son regard à elle est posé sur mes lèvres, ce qui ne me dérange pas du tout. Je lui souris.

— Confortable, petite panthère ?

Elle fronce le nez.

— Pourquoi tu continues à m'appeler comme ça ?

Sa voix est une musique à mes oreilles, sa raucité de tout à l'heure a un peu diminué. Cependant, sa grimace me signale que sa gorge lui fait encore mal.

Ils ont assurément mérité la mort, pensé-je en me rappelant les connards qui l'ont agressée. Si Hélia n'est pas d'accord sur qui a été l'agresseur principal, alors nous risquons d'avoir un problème au cours de cette future *conversation.*

Mais on verra ça plus tard. Pour le moment, je dois répondre à la question d'une adorable petite panthère.

— Parce que tu me fais penser à une panthère.

— Un gros chat ?

— Un chat mortel, la corrigé-je. Sournois. Magnifique. Élégant. *Fort.*

Elle fronce les sourcils, m'offrant à nouveau un aperçu de cette adorable petite ride sur son front.

— Mais tu ne me connais pas.

— Peut-être pas, acquiescé-je. Mais mon jaguar sent en toi son égal.

— Ton jaguar ?

— Oui. Ma bête intérieure. Mon autre moitié. (Je penche la tête pour rapprocher nos visages tandis que les portes de l'ascenseur s'ouvrent sur un étage anonyme.) Je suis en partie Faë Métamorphe.

— Faë Métamorphe, répète-t-elle. Je ne sais pas ce que ça veut dire.

— Ça veut dire que je peux me métamorphoser en animal, expliqué-je. Plus précisément, en un jaguar noir.

Je lui laisse le temps de digérer cette information tandis que je m'engage dans le couloir. Orcus me jette un regard désapprobateur, sans doute parce qu'il pense que j'ai ignoré son ordre de ne pas l'*effrayer.* Mais Alina a besoin de savoir ces choses sur nous pour nous comprendre. Et je ne vois aucun problème à révéler des détails sur moi. C'est mon choix, pas le sien.

— Faë Métamorphe, dit-elle encore en jetant un regard à Orcus et à Faucheur.

— Non, je suis le seul Faë Métamorphe ici, lui précisé-je, au cas où elle penserait qu'Orcus et Faucheur sont pareils. Ce sont des types de Faë différents.

— Faë. (Elle paraît goûter le mot sur sa langue.)

— Oui, des Faë, affirme Faucheur. *Pas* des monstres.

Jones lui biaise un regard intéressé, mais Orcus s'avance dans son champ de vision.

— Où est notre chambre ?

L'émissaire se racle la gorge, visiblement mal à l'aise face à la domination d'Orcus.

— Par ici, monsieur.

Je jure que le gars sautille un peu, comme s'il se forçait à marcher alors que ce qu'il veut vraiment, c'est courir. Orcus produit souvent cet effet sur autrui.

Alina étudie les murs métalliques pendant que nous déambulons dans le couloir, son regard dérivant de temps en temps vers le haut. Je le suis pour voir ce qui l'intrigue et je remarque les lumières en forme de lianes qui décorent le plafond. C'est plutôt joli.

Ce motif se poursuit jusqu'au bout du couloir, devant une double porte au-dessus de laquelle un panneau indique : *Suite pour Invités 4747*.

Jones nous donne le code et s'écarte pour qu'Orcus le tape. L'Alpha n'hésite pas, mais je resserre ma prise sur Alina, prêt à sprinter au premier signe de problème.

Mais tout ce qui nous accueille à l'intérieur, c'est une vue imprenable sur Monster City à travers une immense baie vitrée. Devant elle s'étend un espace de vie avec des tonnes de coussins et de meubles ornés, tout cela semblant s'enfoncer dans le sol recouvert d'une moquette pelucheuse.

— Il y a une cuisine avec un coin repas à gauche, explique Jones. La suite parentale se trouve à droite. Je pense que les aménagements conviendront à la taille de votre groupe.

— Ah ?

Faucheur se glisse à l'intérieur, ses tatouages tourbillonnent de façon menaçante le long de ses bras tandis qu'il disparaît hors de vue.

Jones se racle la gorge une fois de plus.

— Il y a des informations à l'intérieur concernant le room service. Je suis sûr que votre humaine a faim.

— Alina, précise Orcus. *Notre humaine* s'appelle *Alina*.

— D'accord. Oui. Bien sûr, monsieur. (Jones effectue une révérence maladroite.) Je vous laisse vous installer. La reine Hélia vous contactera demain dans la journée. Oh, et si vous avez besoin de quoi que ce soit, composez le zéro.

Sur ce, il s'en va en trottinant dans le couloir.

— Il a commencé avec une telle assurance, dis-je, reportant lentement mon attention sur Orcus. Je me demande ce qui l'a effrayé.

Je souligne la fausse innocence de mon ton par un battement de cils.

— Amène Alina à l'intérieur et repose-la, grogne Orcus. J'aimerais que tu repères d'éventuels micros dans la pièce.

Sans attendre mon accord, il part dans le sillage de Faucheur et me laisse sur le seuil avec Alina.

— Je me rends compte que tout ça est sûrement écrasant, mais tu es en sécurité avec nous, lui promets-je. Et si à n'importe quel moment tu as envie d'être seule, il suffit de le dire. Nous te donnerons tout ce dont tu as besoin. D'accord ?

Elle déglutit. Puis elle acquiesce. Mais je vois à la lueur d'incertitude dans son regard qu'elle ne me croit pas.

Je ne lui en veux pas. Si j'étais à sa place, je ne me croirais pas non plus. La confiance prend du temps. C'est aussi par des actes qu'on l'acquiert le mieux, non par des mots.

La demande de repérage d'Orcus va devoir attendre. Une fois Alina installée, je balaierai la pièce à la recherche de mouchards.

Mais d'abord, je vais m'occuper du confort d'Alina. Nous commencerons par un bon repas. Après, je l'aiderai à enlever cette robe archaïque. Puis je brosserai ses jolis cheveux, car ce fouillis ébouriffé sur sa tête a l'air très inconfortable.

— Trouvons les menus, lui dis-je. Je suis affamé.

CHAPITRE ONZE
ALINA

Un Faë Métamorphe.

Ce terme roule dans ma tête tandis que j'étudie le profil de Flamme, ses longs cils battant au gré de ses clignements de paupières.

Flamme, Orcus et Faucheur.

Ils n'ont pas encore confirmé leur nom, ni même ne se sont vraiment présentés à moi. Mais je les ai appris grâce aux échanges entre eux.

Flamme est en train de parler de la chambre à Orcus, lui disant qu'elle est nette. Je ne sais pas trop en quoi c'est si important. La propreté de la suite rivalise avec celle de la ville entière, qui est *immaculée* à mes yeux. Mais apparemment, Orcus a de fortes exigences en matière d'hygiène.

Faë, pensé-je en l'observant. Sa mâchoire robuste. Ses longs cheveux noirs attachés sur sa nuque. Ses épaules fortes. Ses pommettes ciselées. Ses bras musclés.

Il a perdu sa veste à un moment donné, ce qui fait qu'il n'est plus vêtu que d'un t-shirt, d'un jean et de bottes. Flamme est habillé de la même façon, sauf que sa chemise est à manches longues. Et Faucheur porte toujours ce maillot sans manches, ses tatouages bien visibles se tortillant le long de ses bras. Il a l'air très agité, ses longues jambes arpentent le sol en marbre de la cuisine tandis qu'il fait les cent pas près du coin repas.

— Il est possible que leurs mouchards soient indétectables, dit Flamme, attirant à nouveau mon attention sur sa discussion avec Orcus. Mais je ne détecte rien sur le scanner.

Il tend une petite puce à Orcus, et je suis le mouvement des yeux.

— Vous êtes plutôt sérieux en matière d'assainissement, remarqué-je. Vous détesteriez mon village.

Orcus fronce les sourcils.

— Quoi ?

Je hausse les épaules.

— Il est plein de mouches[1] et de saletés.

Il me fixe un long moment, comme s'il avait du mal à comprendre mes paroles.

— Ils parlent de dispositifs d'écoute, dit une voix à mon oreille, ce qui me fait sursauter.

Je jette un coup d'œil derrière moi et tombe sur une paire d'yeux bleu argenté hypnotiques. *Faucheur.*

Il y a une seconde, il faisait les cent pas à côté du coin repas. À présent il est juste derrière moi, les lèvres retroussées en un sourire narquois.

Faë, me dis-je encore. *Un Faë très rapide.* Mais pas un Faë Métamorphe comme Flamme.

— Quel genre de Faë es-tu ? lâché-je, alarmée et impressionnée par sa vitesse.

---

1. Jeu de mots en anglais avec « bug » qui signifie à la fois « insecte » et « mouchard, micro ». *(NdT)*

— Un Faë de la Mort, répond-il. Ou, en termes humains, la Faucheuse.

— La Faucheuse ?

Je fronce les sourcils. Je n'ai jamais entendu ce mot.

— Ils ne doivent pas connaître ce nom dans ce royaume, suppose Flamme, qui se prélasse dans le fauteuil près de moi. La Faucheuse est comme un ange de la mort dans notre royaume humain.

— En gros, j'escorte les âmes vers l'au-delà, ajoute Faucheur. C'est pourquoi mon espèce est souvent associée à la Faucheuse. Mais les Faë de la Mort se concentrent en fait sur les âmes noires et dévorent leurs essences plutôt que de les emmener là où elles iraient sinon.

— Oh. (Je plisse le nez en réfléchissant à ses propos.) Qu'est-ce que les âmes noires ?

Il a mentionné ce terme à plusieurs reprises, une fois à propos de Timothy et une autre fois en parlant de nourriture avec cet émissaire.

— Ceux qui ont commis des actes odieux, répond-il.

Son regard devient distant tandis qu'il recommence à faire les cent pas.

— Toutes les âmes naissent blanches et innocentes, mais chaque mauvaise action colore l'aura, précise Orcus d'une voix douce. Plus l'âme est sombre, plus ses transgressions sont graves.

— Alors ton espèce mange les âmes des gens méchants ? demandé-je lentement, reconstituant le tout.

Orcus sourit.

— Mon espèce ? Non. Mais oui, c'est en gros ce que font les Faë de la Mort. Seulement, Faucheur aime aussi chasser les âmes noires en chair et en os et leur faire connaître leur destin plus tôt que prévu.

— Avant qu'ils puissent faire quelque chose de pire et blesser d'autres innocents, grogne Faucheur.

Orcus et Flamme le regardent tous deux avec un air sous-entendu que je ne saisis pas vraiment. *Il doit y avoir une histoire là-dessous,* me dis-je. *Une raison pour laquelle Faucheur chasse les âmes noires encore en vie.*

Je frissonne. Je ne crois pas être vraiment prête à entendre cette raison.

— Je suis un Faë du Mythe, reprend Orcus, attirant de nouveau mon attention sur lui. Pas un Faë de la Mort.

— Je vois. (Mon regard passe de lui à Flamme et à Faucheur qui fait toujours les cent pas.) Et qu'est-ce qu'un Faë du Mythe ?

— Un dieu, répond Flamme. Ou une déesse. Du moins selon la conception humaine.

— Et de la plupart des autres Faë, marmonne Faucheur.

Il s'arrête tout à coup, son regard dérive vers le vestibule. Un grondement bas emplit l'air, émanant de sa poitrine.

Puis un bourdonnement résonne dans la pièce, tandis qu'il disparaît et réapparaît près de la porte. J'écarquille les yeux à ce mouvement qui n'avait rien d'humain. Quoiqu'il n'avait rien non plus d'un monstre.

Faë, me rappelé-je. *Ce sont des… Faë.*

Et pas si effrayants que ça. Bon, peut-être un peu mortels. Surtout Faucheur. Sauf qu'il ouvre la porte avec un large sourire et crie joyeusement :

— Pizza !

Flamme lève les yeux au ciel, Orcus secoue simplement la tête.

Et le gars sur le seuil se racle la gorge.

— Euh, oui. C'est monsieur Flamme qui a passé commande ?

— Monsieur Flamme ? répète Faucheur avec un

regard au Faë Métamorphe. C'est ton nouveau nom de superhéros ?

— Seulement si on t'appelle désormais la Faucheuse, grogne Flamme.

Faucheur n'a plus l'air amusé.

— Non.

— Dommage…

Orcus pousse un soupir audible et se lève.

— OK, je vais prendre ça.

Il s'approche du gars qui porte un immense plateau et le lui arrache des mains avec un « merci » murmuré.

Le plateau a l'air moins grand maintenant qu'Orcus le tient. Il l'a totalement éclipsé, et pourtant son contenu garnit toute la table quand les plats variés sont répartis entre les quatre couverts.

Flamme ramasse mon verre vide – il m'a servi de l'eau quand nous sommes entrés la première fois dans la cuisine, disant que ça ferait du bien à ma gorge. Il avait raison.

Il le remplit et me le rapporte, puis prend la chaise en face de moi avec Orcus à côté de lui. Faucheur récupère la chaise près de moi et se moque de mon assiette.

— Poulet et brocolis ?

— Et purée de pommes de terre, remarque Flamme.

— Pourquoi ? lance Faucheur, l'air offusqué. Nous sommes à *New York*. La pizza est évidemment l'exigence de tout le monde, et pourtant… (Il lance un regard noir au morceau de viande devant Orcus.) Filet mignon et… (Il se tourne vers Flamme.) C'est du *saumon* ?

— Nous n'avons pas tous tes goûts raffinés, Faucheur, sourit Flamme.

— C'est clair, grommelle le Faë de la Mort avant d'ouvrir une boîte contenant une sorte de tarte fine au fromage.

Pizza, me dis-je, quelque peu intriguée.

Il en coupe une tranche et la plie avant d'enfourner un coin dans sa bouche. Je hausse légèrement un sourcil à cette vue, surtout parce que je n'ai jamais vu un adulte manger avec ses mains. C'est généralement réservé aux enfants.

Les iris bleu argenté de Faucheur croisent les miens tandis qu'il mâche et avale, levant un sourcil lui aussi en réponse à mon observation silencieuse.

— Tu veux goûter ? me propose-t-il.

— Je, hum, non, réponds-je en cillant. Je… c'est juste que je n'ai jamais vu d'aliments de ce genre.

— Tu n'as jamais vu de pizza ? (Il a l'air inquiet. Il pousse mon assiette intacte au milieu de la table et pivote sa chaise vers moi.) Ouvre la bouche.

— Quoi ?

— Tu m'as bien entendu. *Ouvre la bouche.*

— Faucheur, l'interpelle Orcus sur un ton d'avertissement.

— Ne te mêle pas de ça, Alpha. C'est entre moi et notre mignonne. (Il fixe intensément ma bouche.) Maintenant, écarte ces jolies lèvres, je te promets que ça vaut le coup.

Je n'ai aucune idée de ce qu'il faut faire. Personne ne m'a jamais parlé comme ça.

Qu'est-ce qu'il va faire ? me demandé-je alors que ma bouche obéit à son ordre. *Et pourquoi je le laisse faire ?*

Parce que je suis curieuse. Et parce que je… j'aime bien ça.

C'est une prise de conscience surprenante, qui fait que mes lèvres s'écartent encore plus.

— Bonne fille, murmure Faucheur, qui arrache un petit morceau de sa pizza et le dépose sur ma langue. Maintenant, profite du cadeau et n'oublie pas d'avaler.

Il y a quelque chose de sensuel dans son ton. Ou peut-être que ce sont ses mots. Je n'arrive pas à en déterminer la cause, mais ma peau se réchauffe un peu en réaction.

Puis ma bouche explose de saveurs, me faisant oublier toutes ses paroles.

Oh mes monstres…

Je n'ai jamais rien goûté de tel. Si savoureux. Si riche. Si *gras*. Je… je ne sais pas si j'aime, adore ou déteste ça. C'est tellement différent. Exquis mais écœurant. Savoureux mais trop goûteux en même temps. Ce n'est qu'une petite bouchée, mais je la savoure, ayant du mal à décider ce que je ressens face à cette création.

Seulement, ce moment se termine trop tôt car j'avale automatiquement. Faucheur me regarde fixement, dans l'expectative.

— Alors ? Qu'en penses-tu ?

J'avale de nouveau, le fromage étant un peu plus épais que je ne l'aurais cru.

— Je… (Je me racle la gorge.) Je ne sais pas.

— Tu ne sais pas ? s'étonne-t-il.

Je grimace.

— C'est… c'est savoureux ? dis-je sans conviction.

— *Savoureux*, dit-elle, ricane Faucheur.

Il lance à Orcus et à Flamme un regard que je ne comprends pas vraiment. C'est trop rapide pour que je puisse même deviner car l'instant d'après, il se concentre à nouveau sur moi.

— C'est très bien. Quand nous irons à Chicago, nous essaierons une autre pizza et tu me diras ce que tu en penses à ce moment-là.

Je le regarde bouche bée.

— Chicago ?

— Oui. Tu as dit que tu cherchais Chicago, pas vrai ? Donc tu veux y aller, je suppose ?

Il prend une autre bouchée de sa pizza en attendant

ma réponse. Mais Orcus s'interpose avant même que je tente d'en élaborer une.

— *Faucheur.*

Ce n'est qu'un mot – le nom du Faë de la Mort – mais il suffit à me donner la chair de poule. Parce qu'il l'a prononcé en grondant.

Quelque chose en moi se tortille en réaction, sa domination palpable me déstabilise.

— Quoi ? (Faucheur plante son regard dans celui d'Orcus.) Elle a dit qu'elle voulait trouver Chicago, sans doute pour s'y rendre. On va l'emmener, évidemment, hein ?

— Nos seuls plans pour l'instant sont de rencontrer cette reine de Monster City et de satisfaire aux protocoles politiques de ce royaume, répond Orcus, avec ce grondement roulant toujours dans ses paroles.

Lequel ne semble pas perturber Faucheur, qui ricane.

— D'accord. Ces conneries politiques mises à part, Alina est une Oméga.

Orcus garde le silence, mais plisse légèrement les yeux.

Qu'est-ce qu'une Oméga ? me demandé-je. Orcus l'a déjà mentionné, mais je n'ai aucune idée de ce que cela signifie.

— Écoute, tout ce que je dis, c'est que si notre chérie veut visiter Chicago, alors Chicago est au programme. Donc on peut en discuter.

Il reprend une autre bouchée de sa pizza, se fichant complètement du tic qui s'est formé dans la mâchoire d'Orcus.

Flamme s'éclaircit la gorge.

— Et si on profitait de notre repas pour l'instant ? Alina a besoin de manger. Ensuite, je suis sûr qu'elle aimerait se doucher pour enlever toute cette laque et ce maquillage. On pourra élaborer d'autres plans une fois qu'elle aura pris soin d'elle.

Il rapproche doucement mon assiette de moi et m'adresse un doux sourire avant de retourner à son propre plat.

Faucheur et Orcus restent muets.

En attendant, mon estomac grogne et je réalise que je n'ai guère le choix. J'ai besoin de manger, comme a dit Flamme. Donc je m'y attelle.

Mais les commentaires de Faucheur concernant Chicago m'étonnent toujours.

Il veut m'aider à trouver Chicago ? Pourquoi ferait-il ça ? Est-ce que je le veux ?

Il y a encore quelques heures, rien que l'idée des monstres me terrifiait. Or ces gars ne sont pas très monstrueux.

Bon, peut-être Orcus, songé-je en mesurant de nouveau sa taille. *Mais il ne me fait pas peur.* Non, ses grondements ont une tout autre fonction.

Frissonnante, j'enfourne une nouvelle bouchée de poulet aux brocolis. Je la déguste à peine, mon corps fonctionnant en pilote automatique.

C'est de la folie. Ce sont des Faë. Qu'est-ce que je fais ici ?

Et s'ils peuvent m'aider à trouver Chicago ? Puis-je leur faire confiance ?

Je les connais à peine. Mais ils ont été gentils jusqu'à présent…

J'attrape mon verre d'eau et j'en bois plusieurs gorgées. Toutes ces pensées me donnent le vertige. *Chaque chose en son temps,* décidai-je. *D'abord, finis de manger. Ensuite… ensuite…*

— Une douche, ce serait bien, dis-je à brûle-pourpoint, me rappelant la proposition de Flamme. Je peux la prendre maintenant ?

Parce que j'aimerais beaucoup quitter cette robe. Elle me serre trop pour que je puisse manger davantage, de toute façon.

Et mes cheveux… *Argh.* Sans parler de tout ce maquillage sur mon visage.

Ouais, une douche me tente bien à présent. Même si elle est trop chaude ou trop froide. Je veux juste me sentir à nouveau moi-même. Et ça m'aidera à me remettre les idées en place. Me redonnera la faculté de me concentrer. Réinitialisera mes buts et mes désirs.

Oui. Une douche.

Tout de suite, s'il vous plaît.

CHAPITRE DOUZE

FLAMME

— Elle est bouleversée, dis-je à Orcus et Faucheur en regagnant le coin repas. À juste titre, vu la situation.

Alina l'a bien caché, pourtant.

Dès qu'elle a déclaré qu'elle voulait prendre une douche, j'ai posé ma fourchette et je l'ai escortée dans la chambre pour l'aider à se préparer.

Elle a été timide au début, mordillant sa lèvre inférieure. Mais quand je lui ai fait comprendre que j'étais juste là pour m'assurer qu'elle avait tout ce qu'il fallait, elle s'est détendue.

— Je vais te trouver des vêtements, ai-je conclu. Si tu as besoin d'autre chose, ou d'aide pour ôter ta robe, dis-le-moi.

Elle a nettement soupiré quand je me suis éloigné. J'ai passé encore quelques minutes dans la chambre, à parler au téléphone des options vestimentaires avec le concierge. Et comme Alina n'a rien demandé de plus, j'ai quitté la chambre.

Je tire la chaise à côté d'Orcus et m'y effondre. Ni lui ni

Faucheur ne commentent ma constatation de l'état émotionnel d'Alina, alors je passe à mon autre nouvelle :

— Ils vont apporter des tenues pour nous tous car on n'a pas vraiment fait nos valises pour un séjour prolongé.

— Est-ce que ça va être un tas de saloperies style Régence ? s'inquiète Faucheur.

Je hausse les épaules.

— Je n'en sais rien. Et je m'en fiche. Je porterai ma fourrure s'il le faut.

Faucheur grogne. Orcus se penche en avant et entrecroise ses doigts sur la table quasi vide – apparemment, ils ont débarrassé pendant que j'aidais Alina.

— C'est une Oméga, dit-il d'un ton admiratif, bien qu'il énonce une évidence. Mais elle est humaine.

C'est ce dernier point qui explique son étonnement. Car les Faë du Mythe sont immortels. Ce sont des dieux, pas des humains.

— Tu es absolument certain qu'elle est une Oméga ? lui demandé-je.

— Je le sens dans son âme, répond-il. Mais je n'en serai pas sûr tant que je ne l'aurai pas accouplée, je suppose.

— Oh, ajoutons ça à notre agenda, suggère Faucheur avec empressement. Pizza à Chicago et accouplement avec notre mignonne. Oui, d'excellentes vacances.

Orcus lui lance un regard qui flétrirait la plupart des Faë, mais Faucheur sourit simplement.

— Dis-moi que tu n'apprécies pas ce que je viens de dire, et je me tairai.

L'Alpha crispe sa mâchoire et ses lèvres forment une ligne sinistre. Cependant, il n'émet aucun commentaire, car il ne peut pas. En fait, il se délecte de chaque mot de Faucheur.

Et moi aussi, me dis-je, jetant un regard à la porte close de la chambre.

Nous n'en sommes pas à notre première expérience de partage de femmes entre nous trois. Mais cela n'a jamais été tout à fait comme ça. Et c'était toujours une situation à deux sur une, pas à trois sur une.

Est-ce que ça plaira à Alina ? songé-je. *Est-ce qu'elle nous voudra tous ?*

Orcus pourrait jouer sa carte d'Alpha en disant qu'elle est de son espèce et qu'elle est donc sa compagne. Toutefois, il n'a pas donné signe d'en avoir l'intention.

Ma bête intérieure pourrait tenter de faire de même. Il suffirait d'une seule morsure pour qu'elle devienne mienne. Quoique je ne ressens pas le besoin possessif de la garder pour moi. Au contraire, j'aime qu'elle puisse nous avoir tous les trois. Cela lui assurerait une protection pour l'éternité.

En supposant qu'elle ait la capacité de devenir immortelle, réalisé-je, fronçant les sourcils.

— Je ne comprends pas comment elle peut avoir une âme Oméga en étant humaine. Ça ne peut pas être une manipulation génétique, n'est-ce pas ?

— Es-tu en train de suggérer que son odeur a été altérée ? s'enquiert Orcus d'un ton plus intéressé qu'irrité.

— Peut-être, admets-je. Je ne sais pas. Ça me paraît juste étrange qu'elle puisse avoir l'âme d'une Faë sans en être une.

— Et pas n'importe quel Faë, mais une Faë divine, ajoute Faucheur.

Son attitude enjouée a disparu derrière un masque sérieux. Chez d'autres, ses brusques changements émotionnels peuvent provoquer un choc. Mais j'ai l'habitude de la nature lunatique de Faucheur.

— Je ne le saurai pas tant que je ne l'aurai pas nouée, dit Orcus.

— Ce qui nous ramène magnifiquement à ma proposition d'agenda, murmure Faucheur, ses yeux s'illuminant d'excitation. D'abord, on règle les conneries politiques. Ensuite, on va à Chicago pour manger une pizza et faire plaisir à notre mignonne. Et après… on baise.

— Elle n'est pas notre mignonne, Faucheur, relève Orcus. C'est une compagne potentielle.

Le Faë de la Mort lui adresse un clin d'œil.

— Oui, c'est ce que j'ai dit.

— Non, tu continues de l'appeler *mignonne*.

Faucheur arque un sourcil.

— Oui, et… ?

— Je te dis qu'elle est plus que ça.

Faucheur cligne de nouveau des yeux.

— Il n'y a rien de plus important qu'une mignonne. (Il me lance un regard.) Dis-lui, Flamme. Les mignonnes sont chéries.

Je soupire et secoue la tête.

— Je pense que c'est le petit nom qu'il lui donne.

— Oui, confirme Faucheur. C'est ça.

— C'est dévalorisant, lui reproche Orcus.

— Non, pas du tout, argumente Faucheur. C'est choupinet. Et elle aime bien.

— Comment sais-tu ce qu'elle aime ? lance Orcus.

— Comment sais-tu ce qu'elle n'aime pas ? réplique Faucheur en croisant les bras. Ce n'est pas parce qu'elle est ta *petite* et la *petite panthère* de Flamme qu'elle *aime* l'un ou l'autre de ces noms. Alors j'essaie *mignonne*. Et il se trouve que ça me plaît beaucoup. Tout comme il se trouve qu'elle me plaît aussi.

Orcus a l'air prêt à étrangler Faucheur – ce qui est fascinant car Orcus est généralement le plus patient de notre trio – mais nous sommes tous les trois distraits par une sorte de rugissement étrange provenant de la chambre à coucher.

Faucheur bondit aussitôt sur ses pieds, Orcus et moi sur ses talons.

Mais nous nous figeons lorsqu'un adorable grognement suit ce rugissement. Un grognement très *féminin. Comme celui d'une petite panthère,* songé-je.

— Oh, merde. Est-ce qu'elle vient de… *grogner ?* s'étonne Faucheur en nous jetant un coup d'œil.

— Oui, souffle Orcus. En effet.

— *Putain*, gémit Faucheur. Oh, bon sang, j'espère qu'elle fera ça autour de ma queue un de ces jours.

Le commentaire grossier de Faucheur va droit à ma bite, la faisant durcir juste au moment où la porte s'ouvre sur une Alina échevelée. Ses jolis yeux noirs se plantent dans les miens tandis qu'elle lâche un soupir furax.

— Pouvez-vous m'aider, s'il vous plaît ? (Elle désigne le fouillis de tissus emmêlés autour de son torse.) Je… je ne…

Elle grince des dents, son expression est un mélange déchirant d'irritation et de désespoir. Je la rejoins avant qu'elle en dise plus, comprenant ce dont elle a besoin.

— Faucheur, tu peux nous fournir un couteau ?

Il se racle la gorge, sans doute pour évacuer son fantasme d'Alina grognant autour de sa queue.

— Euh, ouais. Quel genre ? Poignard de jet ? Couteau de cuisine ? Couteau à découper ? Couperet ? Quelque chose de plus épais, comme un hachoir de boucher ?

Je lui jette un regard exaspéré.

— Quelque chose qui tranchera le tissu comme du beurre.

Il acquiesce, ses tatouages se tordent le long de son avant-bras jusqu'à son poignet, et du métal brille dans sa main. En quelques secondes, il tient une lame à l'aspect très tranchant.

— Ça fera l'affaire ?

— Tu n'utiliseras pas ça sur la robe d'Alina, intervient Orcus. Fais-lui plutôt des ciseaux.

Faucheur fronce les sourcils mais crée l'objet dans son autre main et me les tend tous les deux. Mais Orcus attrape celui qu'il préfère et me donne les ciseaux avec un regard éloquent.

— Fais-lui du mal et c'est moi qui t'en ferai.

Je lève les yeux au ciel.

— Mes griffes sont plus acérées que ces deux jouets.

— Ma promesse tient toujours, insiste l'Alpha.

— Je ne lui ferai du mal que d'une façon qu'elle apprécie, riposté-je en me tournant vers la femme aux yeux écarquillés qui se tient sur le seuil. Viens, petite panthère. On va t'extirper de cette monstruosité.

C'est un terme choisi à dessein, qui lui dilate les narines.

— Ce n'est pas moi qui l'ai choisie.

— Je n'en doute pas. (Je referme la porte derrière nous et la conduis à travers la chambre jusqu'à la salle de bains.) Très bien, mets-toi devant le miroir.

Je pourrais aussi bien opérer près du lit, mais je veux qu'elle puisse voir ce que je fais. Nous devons développer sa confiance, et ça me paraît une bonne façon de le faire.

Elle déglutit et m'obéit, et ses yeux croisent les miens dans le verre réfléchissant.

— Je vais couper les attaches de ton corset. Tu devrais le tenir sur ta poitrine pendant ce temps pour qu'il ne tombe pas.

Ce n'est pas que cela me dérangerait d'apercevoir ses seins – en fait, j'*adorerais les* voir – mais je soupçonne fortement qu'elle n'est pas prête à ça.

Elle est toujours empêtrée dans sa confusion. Elle n'est pas non plus bâtie comme nous. Mon jaguar sait qu'elle est compatible et il est prêt à s'accoupler avec elle sur-le-champ. Il s'en fiche que nous venions juste de nous rencontrer. Il sait ce qu'il veut et il est ravi de le prendre.

L'instinct alpha d'Orcus lui dit probablement la même chose. Et Faucheur, eh bien, il suit souvent les besoins de sa bite et se fout des répercussions potentielles de ses actions impulsives.

Mais Alina a besoin de temps. De confiance. De compassion. Et de réconfort.

Je lui montre donc que je comprends tout cela en coupant délicatement les lacets de son corset.

Elle plaque ses paumes sur sa poitrine, maintenant le vêtement contre son corps pendant que je le délie par-derrière. Ses jupes tiennent par des boutons le long de ses fesses, mais je m'en occuperai quand je les atteindrai.

Au moment où je tranche le dernier lacet, le corset s'écarte, découvrant son dos. Ce *n'est pas tout à fait comme à l'époque de la Régence,* pensé-je en admirant sa peau pâle.

— Pour ta jupe, ça va être un peu plus délicat, l'informé-je d'une voix légèrement plus rauque que je l'aurais voulu.

Mais je ne peux pas réfréner ma réaction physique face à elle. Elle est magnifique, et mon animal intérieur est impatient de la goûter.

— O-okay, dit-elle en frissonnant.

— Si tu veux, tu peux réessayer toute seule, suggéré-je. Maintenant que ton torse est dégagé, je veux dire.

Elle déglutit, ses iris couleur de nuit croisent de nouveau les miens dans le miroir.

— Je… Je préfère que tu m'aides, murmure-t-elle, la chair de poule lui picotant les bras.

Ma langue est un peu épaisse, alors je hoche la tête en

guise de réponse, et je détache le bouton du haut de sa jupe. Le tissu s'écarte et laisse apparaître un soupçon de dentelle blanche en dessous.

Putain, me dis-je. *Si c'est ce que je pense…*

Je fais sauter un autre bouton.

Oui, c'est bien ce que je pense. Carrément *pas* un article style Régence, mais bien plus moderne. *Et putain, c'est translucide.*

Je dois réprimer un grognement sourd lorsque chaque bouton défait révèle plus de peau crémeuse, ornée d'une lingerie en dentelle qui s'adapte parfaitement à son magnifique fessier, et dont la blancheur virginale m'excite bien plus que je m'y serais attendu.

Le noir et le rouge ont toujours été mes préférences au lit. Mais Alina… *putain,* elle est belle là-dedans. Trop belle.

Mes doigts fléchissent, mes griffes écorchent mes sens. Ma bête se déchaîne en moi rien qu'à l'aperçu de la dentelle.

Calme-toi, lui ordonné-je.

Il gronde en retour, menaçant de manifester sa sauvagerie.

Je ferme les yeux et prends une grande inspiration pendant que mes doigts travaillent. Après plusieurs secondes à reprendre de contrôle, je laisse mes cils s'ouvrir en papillotant et découvre qu'Alina me fixe toujours dans le miroir.

— Tu vas bien ? s'enquiert-elle, son inquiétude atténuant aussitôt mon excitation grandissante.

— Oui. Mon jaguar… (Je m'interromps, réfléchissant à comment formuler cela sans l'effrayer.) Il s'intéresse beaucoup à toi. (Inutile de cacher cette attirance. Elle mérite de connaître la vérité.) J'essaie juste de le contrôler.

Elle déglutit de nouveau.

— Oh. Et, hum, par intéressé, tu veux dire… ?

— Il veut que je t'embrasse, dis-je en maîtrisant le désir qui coule dans mes veines.

C'est encore une réponse franche, mais pas aussi directe que de dire *Il veut que je te grimpe et te morde.* Je suis sûr qu'il aimerait aussi l'embrasser.

— Je… je vois.

Elle se racle la gorge et serre le vêtement un peu plus fort.

— Je ne le ferai pas, lui promets-je. Pas encore, en tout cas.

Ses yeux s'écarquillent un peu.

— Alors tu as l'intention de m'embrasser ?

Je fais sauter le dernier bouton et la jupe glisse le long de ses jambes jusqu'au sol. Elle reste debout avec cette foutue culotte en dentelle et son corset défait.

— J'ai l'intention de faire bien plus que t'embrasser, petite panthère, lui annoncé-je d'une voix encore plus rauque. Mais pas avant que tu me dises que tu es prête.

Je me force à faire un pas en arrière.

— Jones a dit que Monster City accorde de l'importance au consentement, et c'est également mon cas. Oïcus et Faucheur pensent la même chose eux aussi. Aucun d'entre nous ne te touchera sans ta permission. Ne l'oublie pas, d'accord ?

Car je discerne la peur qui couve dans son regard. Ainsi qu'un soupçon d'intérêt. Elle est intriguée, mais aussi intimidée.

Je n'ai pas besoin de la connaître pour voir l'innocence qui se dégage d'elle. Je doute qu'elle ait jamais senti le toucher d'un homme. D'après le peu que j'ai vu, je peux dire que la société d'où elle vient semble désapprouver l'expérience sexuelle, préférant préserver la virginité de ses *Offrandes.*

C'est un concept vicié, pensé-je sombrement. *Je veux une femme consentante et dévergondée, pas une petite épouse vierge et terrifiée.*

Mais j'apprendrai à Alina. Lentement. Spécifiquement. *Minutieusement.* Et à la fin, elle sera une putain de chatte sauvage au lit. Sa nature rebelle sera fort commode également.

— Profite de ta douche, lui dis-je doucement. Si tu as besoin de quoi que ce soit, je serai dans le salon avec Orcus et Faucheur. (Je fais demi-tour, puis m'arrête à la porte.) Oh, et ils vont apporter des vêtements. Je t'en laisserai sur le lit quand ils arriveront.

Je vais pour la quitter une fois de plus, mais m'arrête encore.

— Fais-moi savoir si tu as besoin d'aide pour tes cheveux. (Ma voix est de nouveau rocailleuse, ce qui m'oblige à me racler la gorge.) Je serais ravi de te les brosser.

Mon jaguar ronronne intérieurement à cette idée qui lui plaît beaucoup.

Il se laisse facilement apaiser. Baiser, se dorer au soleil et se toiletter sont trois de ses passe-temps favoris.

Avec un hochement de tête, je pars enfin.

Et garde en mémoire l'image d'elle portant juste une culotte en dentelle.

CHAPITRE TREIZE

FAUCHEUR

DORMIR PAR TERRE, ça craint.

Mais Orcus s'est emparé du canapé tandis que Flamme s'est proposé de garder la pièce sous sa forme de jaguar près des portes du vestibule.

Pendant ce temps, notre protégée a pris possession du lit géant dans l'autre pièce.

Ça ne me dérange pas qu'elle dorme là-bas. Bon sang, je veux qu'elle y soit. Elle mérite le confort. Mais le matelas pourrait facilement accueillir cinq hommes de la taille d'Orcus, ce qui rend exagéré le fait de donner à la petite femme tout le lit pour elle seule.

— C'est la chose chevaleresque à faire, a déclaré Orcus hier soir.

Quelle partie de moi considères-tu comme chevaleresque ? ai-je failli demander. Mais j'ai compris à son ton qu'il n'allait pas écouter le sens pratique. L'Oméga le tient par le nœud, il n'a plus les idées claires.

J'étire mes bras au-dessus de ma tête et grimace quand mon dos craque. *C'est ridicule.* J'aurais pu dormir dans ce lit sans qu'Alina me remarque. En supposant que je garde mes mains près de moi, en tout cas. Ce que… je n'aurais sans doute pas fait.

Ses douces courbes sont vraiment délicieuses. Et la façon dont elle a grogné hier soir… *Putain*. Je bande rien que d'y penser.

Je ne suis pas du genre à avoir habituellement envie des femmes. Je les baise, je m'assure qu'elles sont satisfaites de l'expérience, et je passe à autre chose.

Mais avec Alina, c'est différent. Elle est spéciale. *Une Oméga*. Quoique ce n'est pas cet aspect d'elle qui m'attire le plus. Je suis davantage intrigué par le conflit que je ressens dans son âme.

C'est une gentille petite rebelle, que j'ai envie de corrompre avec mes ténèbres. Inciter au péché. Rouler dans l'ombre avec elle et lui présenter mon style de plaisir.

En pensant à cela, ainsi qu'à son délicieux petit grognement, ma queue est prête à jouer. Hélas, Alina dort.

Je roule sur le dos en soupirant et contemple le haut plafond. *Je ne dors pas du tout.*

Je tambourine mes doigts sur ma poitrine et mon regard danse dans la pièce en quête d'une distraction. La suite n'a qu'une seule douche. Certes, elle est assez grande pour cinq ou six personnes – *tout comme le lit d'Alina*.

Il semble y avoir un thème récurrent ici.

Je suppose que la reine de Monster City a fait exprès de nous installer dans cette suite en tenant compte de la taille de notre groupe. Ce qui m'amène à me demander si notre genre de dynamique est courant ici. Existe-t-il d'autres trios de monstres qui parcourent ce royaume et prennent une compagne ?

C'est ça qu'on est en train de faire ? m'interrogé-je, jetant un coup d'œil au canapé. *Est-ce que nous allons tous la revendiquer ?*

Le partage n'est pas nouveau pour nous. Mais il s'agit là d'un partage très différent.

Notre mignonne, me dis-je. *Hmm. Mais veut-elle vraiment être à nous ?*

Je fronce les sourcils, incertain de la réponse.

Cela me paraît contre-productif d'avoir un mur entre nous. Comment est-elle censée nous connaître si elle dort dans une autre pièce, loin de ses compagnons potentiels ?

Je me redresse, tenté de réveiller Orcus et de lui demander de se joindre à moi pour réveiller notre protégée. Mais je ne suis pas sûr qu'il adhèrerait à mon idée. Il est le seul à avoir insisté pour lui laisser de l'espace.

Bon, en fait, Flamme a aussi insisté sur ce point.

Donc, très bien. Ils lui ont laissé de l'espace. Et je… je vais juste… passer la voir.

Mon corps s'évapore dans l'ombre grâce à mon aptitude éthérée, liée à mon affinité pour les esprits et la mort. Même si je ne peux pas voyager à travers les dimensions comme Orcus, me transporter dans la chambre à coucher n'est pas difficile.

Le lit apparaît, suivi des installations modernes et des aménagements luxueux.

Je n'ai jeté qu'un coup d'œil hier soir en vérifiant que l'endroit ne présentait pas de menaces potentielles. C'est une jolie suite, mais mon attention se porte sur la beauté brune roulée en boule au bord du matelas géant.

Putain, ce serait trop facile de me glisser de l'autre côté du lit. Elle ne le remarquerait même pas. Mais je ne suis plus si fatigué que ça à présent. Non, je suis… *captivé.*

Notre adorable protégée a l'air si innocente, si fragile. Ça me donne envie de ranimer ces deux âmes qui ont menacé de lui faire du mal pour les tuer à nouveau.

Car comment pourrait-on lui faire du mal ? Elle est carrément magnifique. Sacrément parfaite. *Si mienne.*

Dieux, cette revendication est une réponse viscérale venant du tréfonds de mon être, mon âme se sentant soudain étrangement à l'aise de par sa simple présence.

Je fais un pas en avant, attiré par elle d'une manière que je ne peux pas vraiment expliquer.

Elle est si douce et si corruptible. Mes vrilles d'encre commencent à se dérouler, l'envie de la toucher me consume. *Juste une caresse,* m'exhorté-je. *Juste là, sur sa joue de porcelaine.*

Ma volute de fumée fait doucement ce que je dis, envoyant une secousse électrique dans tout mon corps.

J'en veux plus. *Beaucoup plus.* Mais je veux qu'elle soit réveillée quand je la toucherai vraiment. Réveillée et consentante. Et plus qu'heureuse de se soumettre.

Un grondement menace de rouler dans ma poitrine, me faisant reculer d'un pas.

J'ai besoin d'une douche. Une douche froide. Ou peut-être chaude…

Elle a été la dernière à se doucher. Ça veut dire que ça va sentir comme elle. Tout en sucre et en épices.

Oui.

Je ne marche pas jusqu'à la douche, je m'y téléporte et je respire son parfum naturel. Il m'évoque des fraises à la crème, une combinaison enivrante, légèrement entachée par le shampooing à la menthe poivrée qu'elle a dû utiliser.

Je ramasse le flacon et j'envisage de le jeter. Mais ce parfum sera parfait sur moi.

Pendant que j'enlève mon boxer, je note mentalement de trouver quelque chose de plus approprié pour la prochaine douche de notre mignonne. Tous mes autres vêtements sont par terre dans le salon, là où j'ai passé la nuit.

J'ouvre les pommeaux – il y en a cinq – et je souris quand de l'eau chaude sort instantanément des tuyaux.

Excellent. Je me glisse sous la pomme de douche la plus proche de moi et gémis quand les filets d'eau frappent mes épaules. La pression est parfaite. Mais si elle détend mes muscles, elle ne fait rien pour soulager la raideur que j'ai en bas. Au contraire, je bande encore plus à présent. Sûrement parce que je sens l'odeur d'Alina partout. Elle a passé beaucoup de temps ici hier soir.

Tu t'es touchée, chérie ? me demandé-je en renversant la tête en arrière pour mouiller mes cheveux. *Tu as pensé au nœud d'Orcus ?*

Je n'ai jamais rencontré d'Oméga, mais d'après ce que j'ai ouï dire, leur appétit sexuel est impressionnant. Surtout lorsqu'elles sont en chaleur, ce qui, selon Orcus, pourrait arriver maintenant qu'Alina a rencontré un Alpha.

Tout paraît très incertain concernant son origine, et sa mortalité déroute grandement l'Alpha des Faë du Mythe.

Mais cette situation bizarre ne me dérange pas vraiment. Je veux juste m'amuser. En particulier avec une belle petite diablesse aux cheveux noirs. Putain, elle serait tellement belle à genoux devant moi, à prendre ma bite entre ses lèvres pulpeuses. M'avaler en *grognant* comme elle l'a fait hier soir.

Je peux pratiquement voir la scène se dérouler, le fantasme semble trop réel.

Dieux, elle va être tellement géniale. Je sens quasiment sa bouche autour de moi. Elle me suce. Tire. Taquine mon gland avec ses dents.

Je gémis, appuyant mon front contre le mur carrelé. *Encore*, songé-je. *Prends-moi plus à fond. Prends-moi jusqu'au bout. Accepte-moi. Accepte-nous. Accepte ça.*

Les mots forment une psalmodie dans ma tête tandis que je force mes mains à bouger. Et pas de la façon dont j'ai envie qu'elles bougent. À la place, je me lave les cheveux, me savonne, me rince. Tout cela pendant que ma queue me supplie d'aller au bout du fantasme. De l'empoigner. De *pomper*.

Mais je veux vivre ce moment encore un peu. Me laisser aller à la vision d'Alina nue. Les seins couverts de mousse. Les yeux écarquillés tandis qu'elle me fixe depuis sa position agenouillée. Ses lèvres qui se retroussent juste un peu avant de lécher ma tête bulbeuse.

Oui, mignonne. Comme ça, pensé-je en me replaçant sous le jet d'eau. *Continue comme ça et je devrai te revendiquer.*

Je fixe l'endroit où j'aimerais qu'elle soit agenouillée, puis ma bite endolorie.

Mes tatouages nagent le long de ma peau, gravant le pouvoir dans mon corps à travers leurs épaisses vrilles encrées. *Hmm,* fredonné-je, désirant que cette vitalité aille à mon aine, désirant voir ma promise revendiquée. Les tatouages tourbillonnent en une écriture cursive, tracent son nom le long de ma hampe. *Alina.*

— Putain, c'est parfait, soufflé-je.

J'adore l'aspect du nom de ma mignonne sur ma peau. Mais il n'est pas assez long pour couvrir toute la surface. Alors je dis à la vrille cendreuse d'ajouter une tête de mort à la fin.

J'esquisse un sourire. *Putain, ouais.* Cette marque sombre symbolise l'avenir de ma mignonne comme compagne d'un Faë de la Mort.

Je suis le tatouage de mon doigt, à moitié amoureux déjà.

Elle est toute à moi, putain, songé-je en empoignant ma hampe pour me donner un bon coup de pompe brutal. Sous ma main, l'encre pulse en réponse, me disant qu'elle va rester là. Parce que mon âme *aime* l'idée de m'accoupler avec cette jolie femelle. Lorsque j'ai accepté de m'aventurer dans ce domaine, je n'aurais jamais cru ça possible. Mais je ne me plains pas. Je l'accepte. Et bientôt, Alina aussi.

— Ma jolie petite mignonne, gémis-je en imaginant sa langue goûter l'inscription sur ma bite.

Elle sourit dans mes pensées, elle adore me marquer de son essence. Parce que ce sera permanent dès lors que notre lien sera complet. Ma bite lui appartiendra. Et sa chatte m'appartiendra totalement.

— Oh, je vais te partager, dis-je à ma version imaginaire d'elle. Les laisser te revendiquer aussi. Mais tu seras à moi dans tous les domaines qui comptent.

J'appuie mon avant-bras contre la vitre, haletant lourdement. Je sens que ça vient. Je me suis trop excité sur une invention de mon esprit. Je suis tout à fait *prêt* à revendiquer cette femme que je connais à peine.

C'est de la folie. Mais je suis là pour ça, putain.

— *Alina*, grogné-je, ma poigne meurtrissant ma chair tendre alors que je me branle plus fort. Et encore plus fort. Et encore *plus fort*.

Je l'imagine en train de s'étouffer. Elle me supplie de lui donner de l'air, mais me fait confiance pour la laisser respirer. Dieux, elle va me posséder comme ça. Me détruire de la meilleure façon qui soit. *Me dévorer comme je dévore les âmes.* Ce sera tellement dépravé. Si foutrement délicieux.

— Et tu en avaleras chaque foutue goutte.

Je ne peux pas retenir le grondement qui m'échappe, un son sauvage qui résonne contre les murs de la douche.

Alina sera à moi. *À nous.* Parce que je suis déjà à elle.

Son nom pulse sur ma queue alors que mes couilles se resserrent, et un rugissement jaillit de mes lèvres tandis que j'éjacule sur toute la vitre. Il y a tellement de sperme. Dieux, ça aurait noyé ma mignonne. Ça l'aurait vraiment étouffée. Il faudra que je m'en souvienne avant notre première fois.

Elle est humaine. Fragile. *C'est à moi de la protéger*. Et je le ferai. Je veillerai à ce qu'elle soit toujours sous protection. Je tuerai tous ceux qui essaieront de lui faire du mal. Et je ferai d'elle ma reine sacrée.

Je lâche un long soupir, les vestiges de mon orgasme s'atténuant enfin suffisamment pour que je me calme. Au moins un peu. Mais cette excitation est encore bien là, tirant sur mon abdomen et exigeant une autre libération.

Cette femme me met dans tous mes états.

Déglutissant, j'écarte mon front de mon bras — je ne sais même pas quand il est tombé là — et je cligne des yeux dans la salle de bains à l'éclairage tamisé.

Une paire d'yeux écarquillés me fixe à travers la vitre, les lèvres d'Alina béent sous le choc alors qu'elle découvre ma nudité.

Je penche la tête et continue de faire monter et descendre ma main le long de ma queue pendant qu'elle regarde.

Elle ne dit rien. Elle n'esquisse pas non plus le moindre geste de partir. Je me demande depuis combien de temps elle m'observe. *J'espère assez longtemps pour être impressionnée*, pensé-je, esquissant un sourire.

— Bonjour, ma chérie, lui dis-je à voix basse. Tu as fait de beaux rêves ? Parce que je viens moi-même de jouir d'un sacré fantasme.

Sa bouche bée encore plus, et cette fois elle glapit avant de sortir en courant de la salle de bains.

— J'ai dit quelque chose de mal ? lui lancé-je juste au moment où la porte claque.

Je glousse et me retourne pour finir de me laver.

La petite chérie peut bien courir. Elle peut même essayer de se cacher. Mais elle n'ira pas loin.

Tu es à nous maintenant, mignonne. Pour le meilleur et pour le pire. Jusqu'à ce que la mort nous sépare.

CHAPITRE QUATORZE

ALINA

Oh mes monstres. Oh mes monstres. Oh mes monstres !

Je ne sais pas ce qui vient de se passer.

OK. C'est… ce n'est pas vrai. J'ai… j'ai entendu un bruit et je suis allée dans la salle de bains voir ce que c'était. Et je l'ai trouvé là, debout comme un Dieu sous la douche. Tout en lignes musclées, en physique sculpté, et… et en *bite monstrueuse*.

Je n'ai jamais vu de membre d'homme jusqu'à présent. Pourtant, je suis quasi certaine que celui de Faucheur est bien trop gros pour être naturel.

Il était aussi couvert de tatouages. Des tatouages que je n'ai pas vraiment pu distinguer. Mais wow. *Wow*.

Je… je ne sais pas quoi faire. Ni que penser. Ni…

— Alina ? m'appelle Flamme en frappant à la porte avant de l'ouvrir. Est-ce que tu vas bien ? Je t'ai entendue glapir.

Bien sûr qu'il m'a entendue. Mais il n'a manifestement pas entendu ce que Faucheur a dit juste avant que je crie.

« *Bonjour, ma chérie. Tu as fait de beaux rêves ? Parce que je viens moi-même de jouir d'un sacré fantasme.* »

Je frissonne, sa voix roule dans mon esprit en même temps que ce beau souvenir de son corps nu. J'ignorais que les hommes pouvaient ressembler à *ça*.

Bien sûr, c'est un Faë. Pas un humain. Pas un homme normal. Un *Faë*.

Mais si les Faë ressemblent à ça…

Non. Je secoue la tête. *Reprends-toi, Lina.*

— Qu'est-ce qui ne va pas ? demande Flamme, qui doit chercher une raison à mon tremblement. Qu'est-ce qui s'est passé ?

Qu'est-ce qu'il m'a demandé ? Si j'allais bien ? Est-ce que je vais bien ? Pas vraiment.

— Ça va, parvins-je à articuler. Je… j'ai juste été surprise.

Par la bite monstrueuse de Faucheur.

Son expression pendant qu'il se caressait était d'une beauté si intense que je n'ai pas pu m'empêcher de le contempler. Dès que j'ai découvert qu'il était sous la douche, j'aurais dû partir. Mais je… je n'ai pas pu. J'ai été captivée par sa force.

Et ses paroles, me remémoré-je.

« Ma jolie petite mignonne. »

« Oh, je vais te partager. Les laisser te revendiquer aussi. Mais tu seras à moi dans tous les domaines qui comptent. »

« Alina », a-t-il prononcé alors, ce qui m'a rendue bouche bée. Parce que j'ai cru qu'il m'avait surprise en train de le mater. Mais non. Il me *parlait*. Il *pensait* à moi pendant qu'il se branlait à fond.

« Et tu en avaleras chaque foutue goutte » a été sa dernière déclaration avant que ses traits se tordent sous l'orgasme. Son grondement a fait vibrer la pièce, et j'ai serré mes jambes en réaction. J'en ressens encore l'impact à présent, l'intérieur de mes cuisses est chaud et humide suite à sa *démonstration*. Je suis bien consciente de ce qui se passe là,

ayant exploré des mains et des doigts diverses façons de me faire jouir.

Mais l'orgasme de Faucheur était à un tout autre niveau d'extase.

— Alina ? me relance Flamme, me rappelant qu'il est toujours dans la pièce.

Orcus se profile derrière lui sur le seuil, ses cheveux noirs en bataille sur ses épaules, suggérant qu'il vient de se réveiller. *Ils ont tous dormi dans le salon,* pensé-je en déglutissant. J'avais proposé de prendre le canapé. Ç'aurait été beaucoup plus logique pour moi de dormir là-bas et eux ici, mais Flamme et Orcus n'avaient pas envie de discuter d'autres arrangements. Et je ne me sentais pas assez à l'aise pour en débattre. J'ai donc pris le lit.

Et j'ai été réveillée par ce bruit étrange. *Et j'ai trouvé dans la douche un Faucheur nu empoignant sa bite.*

— Qu'est-ce qui t'a surprise ? demande Orcus.

Je me tourne vers lui, toujours sur le seuil de la chambre. Torse nu. Portant seulement un minishort noir. *Un boxer,* me dit mon cerveau. *Il porte un boxer.* Et rien d'autre. Tout comme Flamme.

Faë… Putains de beaux Faë.

Je suis entourée d'hommes durs et chauds. Parfaitement sculptés. Fermes. Musclés. *Saints Faë.* J'ai la gorge serrée et mes jambes sont soudain comme de la gelée.

C'est irrésistible.

C'est à peine si j'ai vu un homme sans chemise, et maintenant ça ? *Trois* hommes magnifiques en sous-vêtements ? Oh, mais l'un d'eux était nu. *Très* nu. Et dur. Et caressant…

Je recule d'un pas chancelant. *Reprends-toi, Lina,* me tancé-je. Mais extérieurement, tout ce dont j'ai envie, c'est gémir. Mon bas-ventre se serre sur une sensation que je connais grâce à mes explorations : *l'excitation.*

Et qui peut m'en blâmer avec toute cette chair d'homme exposée ?

Pourquoi ont-ils besoin d'être aussi beaux ? Et où sont leurs vêtements ?

Je saisis mon t-shirt et baisse les yeux, me rappelant que je porte l'un de ceux qui leur étaient destinés à l'origine. Mais la chemise de nuit que le concierge m'avait apportée ressemblait à une robe translucide, dans laquelle je n'avais aucune envie de dormir. J'avais donc pris l'un des t-shirts géants à la place.

Maintenant, je regrette de ne pas l'avoir enfilée, juste pour donner à ces gars une dose de leur propre médecine.

Bien sûr, ça m'aurait exhibée et rendue plus vulnérable et...

— Alina. (La voix grave d'Orcus pénètre mon esprit, et son regard est intense tandis qu'il s'approche de moi.) Est-ce que Faucheur t'a touchée ?

Je cille, confuse.

— Hein ?

— Est-ce que Faucheur t'a touchée ? répète-t-il, à juste un pas de moi.

Sa voix recèle une étrange douceur, bien qu'empreinte de domination. Comme s'il exigeait que je réponde sans en donner l'ordre pour autant.

— N-non. Il était sous la douche.

— À penser à elle, mais sans la toucher, précise Faucheur d'une voix railleuse en nous rejoignant dans la chambre.

Mes joues s'enflamment en réponse, et je fixe Orcus pour ne pas revoir Faucheur. Car je ne pourrais qu'imaginer sa main refermée sur cette bite géante.

Ohhhh, j'y pense quand même encore...

— Tu vas bien, ma chérie ? s'enquiert-il.

Même si je ne le regarde pas, je capte bien le sourire en coin dans sa voix.

— Ça va, lui marmonné-je.

— Bien. La douche est à toi quand tu veux, dit-il en passant près de moi d'un pas nonchalant, uniquement vêtu d'une serviette.

Je déteste ce que je vois. Je déteste qu'il me tente. Je déteste de ne pouvoir empêcher mon regard de suivre une goutte d'eau le long de son dos robuste.

C'est... Je ne... Je me racle la gorge et me tourne vers le lit. Ce qui n'est pas non plus un bon endroit où poser les yeux, car maintenant je me demande à quoi ressembleraient ces trois gaillards vautrés sur les couvertures.

— Vous pouvez vous habiller, s'il vous plaît ? demandé-je, exaspérée.

Faucheur glousse, tandis que Flamme marmonne :

— Je suis habillé.

Et Orcus... *vibre.*

Mes épaules se détendent instantanément à ce ronflement sourd, mes yeux s'alourdissent tout à coup.

— Tricheur, nargue Faucheur.

Mais je l'entends à peine, focalisée sur ce doux *ronronnement* répétitif.

Je sens une forte poitrine contre mon dos, dont la peau nue me brûle à travers le fin tissu de mon t-shirt.

— Je me sers juste de mes dons, murmure Orcus.

Sa voix me donne envie de me fondre dans sa chaleur.

Qu'est-ce qu'il me fait ? m'étonné-je, ivre de la sensation qu'il m'offre.

Et son *odeur. Si rafraîchissante.* J'inspire à fond, me délectant du moment et oubliant de quoi on parlait. Peu importe. Juste ce ronronnement apaisant et l'arôme vivifiant d'une brise matinale. Boisé. Propre. Accrocheur.

— Elle va s'endormir debout, remarque Faucheur, soudain devant moi.

Je cligne des yeux, surprise par son apparition inattendue. Il s'est littéralement matérialisé comme par magie. Ses yeux bleu argenté scintillent, les coins de ses lèvres se retroussent d'une manière séduisante.

— Est-ce qu'elle entre dans les fameuses chaleurs d'Oméga ? s'enquiert-il d'un ton un brin excité. Ça veut dire qu'on peut baiser avant Chicago ? Parce que je suis tout à fait d'accord pour changer l'ordre du jour.

Quoi ? Je le regarde fixement, mon esprit embrumé saisissant lentement ce qu'il vient de dire. *Baiser* est un mot puissant. Toutefois c'est *Chicago* qui capte mon intérêt.

Serapina.

Mes yeux s'écarquillent et je tente un pas en arrière, mais je me heurte à un mur masculin. Je m'écarte donc sur le côté et secoue la tête, j'ai besoin de m'éclaircir les idées.

—Je dois trouver une carte, bredouillé-je.

J'ai perdu combien de temps ? Quel jour sommes-nous ? Est-ce que je peux partir au moins ?

Tant de questions. Trop peu de réponses.

Orcus se déplace devant moi, me bloquant le passage avant même que je bouge.

— Tu n'as pas besoin de carte, Alina. On sait où est Chicago. Mais s'y rendre risque d'être difficile.

Je fronce les sourcils.

— Vous savez… ?

Je secoue de nouveau la tête. Ils m'ont déjà dit qu'ils connaissaient Chicago, mais je ne me souviens pas qu'ils aient affirmé savoir comment s'y rendre. Quoi qu'il en soit, je suis davantage frappée par cette dernière phrase.

— Pourquoi ce serait difficile ?

— Parce que c'est à des centaines de kilomètres et que je n'ai aucune idée d'à quoi ressemblent les transports dans cette réalité, répond-il. Cependant, je peux me renseigner à ce sujet lorsque je rencontrerai la reine de Monster City.

— Tu vas... tu vas lui poser des questions sur Chicago ?

— Oui, répond-il du tac au tac.

— Pourquoi ?

Il hisse une épaule massive et la laisse retomber.

— Parce que tu n'arrêtes pas d'en parler. Du coup je suis curieux de savoir ce qu'il y a à Chicago.

Je le regarde bouche bée.

— Ce n'est peut-être pas une bonne idée de lui demander.

— L'émissaire en a déjà parlé, me rappelle-t-il. Je suis presque sûr que la reine va m'interroger à ce propos, puisqu'on dirait que ce n'est pas normal que les humains de ce monde connaissent les villes par leur ancien nom.

C'est vrai. Oui. L'émissaire a dit quelque chose là-dessus.

Je me mordille la lèvre inférieure tandis que mon regard tombe sur sa clavicule.

Est-ce que tout ça va causer des problèmes à ma sœur ? songé-je. J'espère que non. Je n'ai pas dit un mot sur elle. Ni comment j'ai appris le nom de la ville. Or il semblerait que ce grand Faë peut vraiment m'aider à en savoir plus sur Chicago et sur la façon de s'y rendre.

C'est bien, non ?

Je lève mon regard vers le sien, de nouveau sombre.

— D'accord. Merci de demander.

Il hoche la tête puis la penche sur le côté, les yeux plissés.

— Tu veux déjeuner, ma petite ?

C'est un brusque changement de sujet, qui

s'accompagne aussi de nouveau de cet adjectif affectueux : *petite*. Je ne me sens pas *petite*, mais je dois certainement lui paraître menue. Mais il m'a aussi appelée *Oméga* — un terme que Faucheur a employé il y a quelques minutes à peine.

Je lève les yeux sur Orcus, consciente de sa taille imposante, et j'ignore sa question sur le petit déjeuner. Surtout parce que j'en ai assez d'être distraite. J'ai tellement de questions en tête, mais je les oublie toujours, car ces hommes n'arrêtent pas de faire des choses comme ôter leurs vêtements. Et se caresser sous la douche. Et vibrer. Et…

Je serre les dents, puis sourcille devant Orcus.

— C'est quoi une Oméga ?

Voilà. J'ai posé une bonne question. Et vu l'évasement de ses narines, c'est *la* bonne question.

— Et si on en discutait au petit déjeuner ? propose-t-il, essayant manifestement de négocier.

— Je n'ai pas faim et je voudrais une réponse maintenant, s'il te plaît.

Flamme glousse, quelque part dans la pièce. Je ne sais pas trop comment je reconnais déjà que c'est lui, mais c'est le cas.

— Ça c'est ma petite panthère, dit-il, me confirmant que c'est bien lui qui a ri.

— Quel don vas-tu employer maintenant ? raille Faucheur dans mon dos. Un grondement pour qu'elle se soumette ?

Orcus le regarde par-dessus ma tête.

— Je n'ai pas besoin de gronder pour qu'elle se soumette. (Ses yeux reviennent à moi.) Je n'ai pas non plus l'intention de lui faire faire quoi que ce soit. Si elle veut des réponses, je les lui fournirai.

— Tu peux me fournir les réponses directement au lieu

de parler de moi comme si je n'étais pas là ? le houspillé-je, quelque peu irritée par ses phrases à la troisième personne.

Flamme rit encore, visiblement amusé. Et même Faucheur glousse cette fois. Orcus, lui, a l'air moins amusé. Mais il ne paraît pas en colère non plus.

— Une Oméga est un type de Faë, explique-t-il. Ça peut s'appliquer à diverses espèces de Faë, comme les Faë de la Fortune, certaines races de Faë Métamorphes et une poignée d'autres Faë. Mais en ce qui concerne mon espèce, les Omégas des Faë du Mythe sont extrêmement rares. En fait, on pense qu'elles ont disparu.

Je fronce les sourcils.

— Mais tu m'as appelée Oméga.

— Oui.

Mes sourcils se contractent encore plus.

— Je ne comprends pas.

Il passe sa main dans sa nuque et hoche la tête.

— Honnêtement, moi non plus. Mais mon âme reconnaît la tienne.

— Comme une Oméga, dis-je bêtement. Mais quel type d'Oméga ?

J'essaie de clarifier les choses. Parce qu'il veut peut-être dire que je suis une autre sorte de Faë. Sauf que je n'ai aucune idée de comment c'est possible. Je suis née au village et ne me sens certainement pas d'un autre monde.

— Une Oméga Faë du Mythe.

D'accord. Maintenant, je suis juste… complètement perdue.

Orcus doit percevoir la confusion sur mes traits car il ajoute :

— Je pense qu'il faut commencer par expliquer comment les Omégas de mon espèce se sont éteintes. Ensuite, on pourra parler de ton âme d'Oméga Faë du Mythe et de ce qu'elle pourrait signifier.

CHAPITRE QUINZE
ORCUS

ALINA S'ASSOIT sur le canapé – où j'ai passé la nuit dernière à me tourner et me retourner – et replie ses jambes sous elle. Elle n'est toujours vêtue que d'un t-shirt trop grand, ce qui affole l'Alpha en moi. Car je parierais qu'elle ne porte rien en dessous.

Je m'installe à côté d'elle mais laisse quelques centimètres entre nous pour la mettre à l'aise. J'ai enfilé un pantalon et un t-shirt avant de quitter la chambre, tout comme Faucheur et Flamme. Nous aurions tous les trois pu rester en caleçon, mais il semble que notre future compagne ait été bouleversée – et quelque peu excitée – par toute cette peau nue.

J'en serais plus satisfait si notre conversation ne s'était pas aventurée sur un terrain douloureux.

Flamme me tend une tasse de café noir avant de s'asseoir dans le fauteuil à l'angle du canapé. Faucheur est toujours dans la cuisine en train de préparer sa boisson et celle d'Alina. Il aime la bouffe de luxe et quand nous sommes retournés au salon, il m'a dit qu'il voulait préparer quelque chose de spécial pour « notre fille ». Je suppose qu'il s'agit d'un de ses fameux cappuccinos. C'est une bonne chose que la suite soit équipée du matériel adéquat – une machine à café complète dans la cuisine – sinon Faucheur aurait pu tout saccager pour en trouver une.

Je bois une gorgée de mon café, le liquide brûlant m'aidant à m'ancrer dans le moment présent. Cette conversation ne va pas être marrante, mais elle est nécessaire. Surtout si Alina est bien ce que je pense. Après une nouvelle gorgée brûlante, je me racle la gorge et pose ma tasse sur la table basse devant nous.

— Bon, alors, je suppose que je dois commencer par t'expliquer ce que sont les Faë.

— Professeur Orcus, mesdames et messieurs ! lance Faucheur depuis la cuisine.

J'ignore la plaisanterie et continue :

— Il y a plus d'une centaine de royaumes Faë dans notre monde. Chaque royaume est unique, car il est généralement habité par un type de Faë spécifique. Et il existe toute une variété de Faë, notamment des vampires, des métamorphes, des élémentaires, des dragons et tant d'autres. En bref, c'est un vaste univers de surnaturels.

— Il y a aussi un royaume humain, ajoute doucement Flamme. Il est semblable à ton monde, sauf qu'il est un peu plus moderne.

— Et les humains ignorent l'existence des surnaturels, intervient Faucheur en apparaissant devant Alina.

Elle ne sursaute plus à ses tours de téléportation, elle se contente de ciller sur lui. Comme si elle savait qu'elle devait s'y attendre. Ce qui est peut-être le cas depuis qu'il l'a surprise dans la chambre.

Faucheur lui tend une tasse avec un sourire.

—Je t'ai préparé un cadeau.

Elle fronce les sourcils, ce qui me fait jeter un œil sur le crâne mousseux qui décore son cappuccino.

— Euh, merci, lui dit-elle.

Faucheur se rengorge carrément.

— Goûte-moi ça. Dis-moi que c'est incroyable. Parce que je sais que ça l'est.

Le regard d'Alina va de la tasse à lui et retour. Sans répondre, elle boit une gorgée. Puis elle en avale une deuxième et lève de nouveau ses yeux vers les siens.

— C'est bon.

Elle paraît surprise, ce qui suggère que sa réaction est sincère.

— Évidemment, dit Faucheur.

Puis il disparaît, la laissant souriante au-dessus de sa tasse. C'est un joli sourire, que j'espère voir plus souvent. Mais je doute d'avoir beaucoup de moments de bonheur au cours de notre conversation. C'est trop sérieux pour cela.

— Donc, comme je le disais, reprends-je, il y a de nombreux types de Faë et de domaines Faë. Et au sein de ces domaines, il y a des royaumes avec encore plus de variations potentielles.

Cette dernière information est nouvelle, mais elle acquiesce, écoutant tout en sirotant son cappuccino.

— Nous vivons dans le royaume de l'Au-delà, qui se trouve dans le domaine des Faë de l'Enfer, précisé-je.

Elle fronce le nez, comme si elle y réfléchissait, mais n'émet aucun commentaire.

— Le domaine des Faë de l'Enfer abrite ceux qui ont des origines Faë mixtes. Par exemple, Flamme a une mère Faë Métamorphe et un père Faë des Cadavres, c'est donc un métis. Ce qui, par définition, fait de lui un Faë de l'Enfer.

— Mais je préfère qu'on m'appelle un Faë Métamorphe parce que ma moitié animale est bien plus dominante que ma moitié cadavre, intervient Flamme en posant sa tasse de café. Les traditions des Faë sont assez complexes mais à la base, il suffit de comprendre qu'il existe plusieurs variantes de notre espèce.

Alina reste silencieuse, mais je vois bien qu'elle est assez dépassée par toutes ces définitions. Du coup je reviens un peu en arrière :

— Comme j'ai dit, nous sommes du royaume de l'Au-delà. C'est en gros là où vivent tous les Faë de la Mort et les Faë des Cadavres.

Elle esquisse un petit signe de tête.

— D'accord. Et pour ton espèce ?

— Les Faë du Mythe ont leur propre domaine, réponds-je. Mais au cours des derniers milliers d'années, nous nous en sommes éloignés. De nos jours, la plupart des Faë du Mythe choisissent de vivre dans d'autres domaines.

— Pourquoi ? demande-t-elle en sourcillant.

— Parce que nos Omégas sont mortes.

C'est en tout cas ce que croient beaucoup de mon espèce. Mais j'y reviendrai.

— Sans les Omégas, les Alphas comme moi ne peuvent pas procréer correctement, poursuis-je, essayant de lui faire comprendre. On ne peut pas non plus prendre une compagne qui n'est pas Oméga. Et l'éternité, c'est long quand on vit seul. La plupart de ceux de mon espèce se sont donc installés dans d'autres domaines pour tromper l'ennui.

Elle me fixe, son cappuccino ne paraît plus du tout l'intéresser. Je ne peux guère l'en blâmer. C'est un sujet pesant.

— Cependant, il y a des gens de mon espèce qui croient que les Omégas ne sont pas vraiment mortes, l'informé-je doucement. Et ces Alphas n'ont pas cessé de chercher dans les royaumes des traces de leur existence.

Faucheur choisit ce moment pour revenir dans le salon,

couvant sa tasse dans sa paume. Mais il n'essaie pas de parler ou d'attirer l'attention sur lui. Il s'assoit simplement par terre en face de nous, l'air sérieux. Il a beau être le plus irréfléchi de notre trio, il comprend à quel point c'est important. Et il respecte mon droit d'expliquer mon histoire à Alina.

— Mon frère et moi faisons partie des Alphas qui croient que nos Omégas sont encore en vie quelque part. Nous sommes en chasse depuis plus de mille ans, à écumer les royaumes et fouiller des dimensions alternatives. Nos pouvoirs sont comparables à la création, ce qui nous permet de traverser les mondes comme peu d'autres peuvent le faire.

Je marque une pause, attendant qu'elle réagisse à cette information. Mais elle ne le fait pas. Peut-être parce qu'elle n'a pas réalisé que si je possède cette capacité, elle pourrait l'avoir aussi. *Si* c'est une vraie Oméga Faë du Mythe.

Elle en a certainement l'odeur, me dis-je, me rappelant son excitation de tout à l'heure.

L'envie de la jeter sur le lit et de la goûter a failli me faire tomber sur le cul. Mais des millénaires de discipline m'ont procuré un moment de contrôle bien nécessaire.

Alina n'est pas prête pour mon nœud. Mais si j'ai raison à propos de son âme d'Oméga, alors elle pourrait l'être bientôt. *Très* bientôt.

Je me racle la gorge pour ce qui me semble être la millième fois de la journée – le feu qui brûle dans mon âme me déshydrate les entrailles – et je me force à garder le cap.

Où en étais-je ?

Voyage à travers les dimensions. Portails. Bon.

— La, euh, raison pour laquelle nous nous sommes hasardés dans ton monde est que mon frère a trouvé quelque chose en parcourant les dimensions via une fenêtre portail. Cette chose était la présence d'une Oméga.

Ses yeux s'écarquillent un peu.

— M-moi ?

Je secoue la tête.

— Non. Il croyait avoir senti notre mère, qui est aussi une Oméga. Mais je pense qu'il a peut-être simplement perçu la présence d'âmes omégas. Je ne le saurai pas tant que nous n'aurons pas correctement chassé chaque aura.

Elle frissonne, le mot *chasser* lui fait dilater ses narines.

— D'autres compagnes potentielles ?

Je réfrène un sourire. Elle ne doit pas s'en rendre compte, mais une pointe d'agacement a teinté ses paroles. Les Omégas sont notoirement possessives à l'égard de leurs Alphas, et elles n'aiment pas la concurrence. Je prends peut-être mon désir pour une réalité, mais je suis presque certain que c'est son âme oméga qui lui a arraché cette question de la bouche.

Elle me teste. Et mon esprit alpha est très heureux de relever le défi.

— Des compagnes potentielles pour d'autres Faë du Mythe, lui dis-je. Pas pour moi. J'ai déjà trouvé ma promise.

— *Notre* promise, corrige Faucheur en grognant. Elle est aussi ma compagne.

Je lui lance un regard, quelque peu surpris par son affirmation audacieuse. Il n'a jamais été du genre à se caser, mais je suppose qu'il est logique qu'il se sente connecté à mon Oméga. Je suis lié à Faucheur depuis longtemps, notre amitié naturelle s'est développée au cours du dernier millénaire.

Et avec Flamme aussi. Nous sommes tous les trois pratiquement des frères.

Alors bien sûr, nous sommes tous attirés par la même femme. Et nous allons créer ensemble un cercle extrêmement puissant, avec Alina comme centre.

Bien qu'elle soit actuellement figée sur le canapé, les yeux ronds.

— Co-compagne ?

— Compagne *promise*, intervient Flamme d'une voix douce. Ça veut dire que nous avons l'intention de te faire la cour, Alina. Rien de plus. Tu ne seras pas forcée. Tu n'es pas obligée de ressentir la même chose. Nous exposons simplement nos intentions parce qu'aucun de nous ne croit qu'on doit cacher notre nature.

— Mais vous me connaissez à peine, lâche-t-elle, sa tasse de cappuccino cliquetant dans sa main. Je… Mais… Oh. (Elle blêmit.) Nuit des Monstres. Compagnes. Je…

Je lui prends la tasse avant qu'elle la lâche et la pose délicatement sur la table.

— Alina…

— Non, j'ai pigé. La Nuit des Monstres, c'est une histoire de mariages. Mais ça arrive… si vite ? C'est juste que… je n'ai pas…

— On n'a pas assisté à la Nuit des Monstres pour chasser une compagne, lui dis-je.

Elle plisse le front.

— Hein ? fait-elle, comme si elle ne m'avait pas entendu.

Je répète donc ma déclaration avant de préciser :

— On s'est servi de la Nuit des Monstres comme couverture pour nous faufiler dans ce royaume. On n'est pas venus ici pour trouver une partenaire, mais pour repérer l'essence que mon frère a détectée. Et c'est alors que mon âme t'a sentie…

— On t'a aussi aperçue avant même de venir ici, un peu comme si le pouvoir dimensionnel d'Orcus s'était verrouillé sur toi quand il a créé la fenêtre, ajoute Flamme.

— Oui, acquiescé-je. Je t'ai trouvée sans mal une deuxième fois également.

Ce que Flamme et Faucheur ont appris hier soir. Heureusement, ni l'un ni l'autre ne m'en ont fait voir de toutes les couleurs à ce sujet.

— Mon âme a été attirée par la tienne dès que je t'ai vue, poursuis-je, désirant qu'elle sache toute la vérité. Alors j'ai pensé que tu pourrais être une Oméga, mais me suis dit que c'était impossible. Puis nous sommes arrivés ici et j'ai aussitôt capté ta présence. J'ai aussi… perçu ta détresse.

C'était dans son parfum. Une note légèrement aigre dans un bouquet par ailleurs magnifique. Mon prédateur intérieur avait rugi, furieux que quelque chose ou quelqu'un fasse du mal à notre compagne idéale.

— Toutes les pensées concernant notre mission se sont envolées dès que je t'ai sentie. Je n'avais pas d'autre choix que de te trouver. Cependant, aucun de nous n'est venu ici à l'origine dans le but de prendre une compagne. Et comme a dit Flamme, nous ne faisons qu'exprimer nos intentions. On ne s'attend pas pour autant à ce que tu nous acceptes sur-le-champ.

— Et nous sommes plus qu'heureux d'y travailler, ajoute Flamme en souriant. La confiance prend du temps.

— Une nuit au lit avec nous et elle nous suppliera pour l'éternité, ricane Faucheur. Personnellement, je pense que c'est une solution plus rapide que toute cette histoire de cour, mais bon, la satisfaction différée a aussi ses avantages.

Sans attendre une réponse, il disparaît en un clin d'œil et réapparaît dans la cuisine. La tasse d'Alina s'est évaporée avec lui comme par magie. Si elle le remarque, elle ne le montre pas. Elle est trop occupée à me regarder bouche bée, puis à regarder Flamme, puis à me fixer de nouveau.

— Et si je n'étais pas vraiment une Oméga ? demande-t-elle finalement. Et si… Et si c'était juste un hasard incroyable ou quelque chose comme ça ? Je suis humaine.

Je suis née dans un village. J'ai des parents humains. Je... je ne peux pas être une... une *Faë*.

Je suis content qu'elle nomme maintenant notre espèce des *Faë* et non plus des *monstres*.

— Il pourrait s'agir d'une manipulation génétique, suggère Flamme. D'après ce qu'on a appris, les humains de ton royaume ont été, disons, *modifiés* – faute d'un meilleur terme – pour convenir aux surnaturels.

— Qu'est-ce que ça veut dire au juste ? questionne-t-elle, sa voix montant d'un ton à la fin. Modifiés comment ?

— On n'en sait rien, interviens-je. Mais quand je rencontrerai la reine de Monster City, j'ai l'intention de lui poser des questions là-dessus, ainsi que sur Chicago.

Alina me dévisage, comme la première fois que j'ai mentionné mon intention de parler de Chicago à la reine de Monster City. C'est un regard qui dit qu'elle n'arrive toujours pas à croire que je veux lui poser des questions à ce sujet. Mais sous la surprise est tapi un soupçon d'espoir.

Elle veut me faire confiance, mais n'est pas sûre d'y parvenir. Si elle est vraiment une Oméga, son âme a déjà confiance en moi pour la protéger sans équivoque. Parce que c'est ce que font les Alphas : ils protègent les Omégas.

C'est pourquoi tant de mes semblables se sont perdus dans d'autres royaumes Faë. Nous avons *échoué*. Nos Omégas sont parties. Notre but est parti avec eux. Maintenant, nous sommes obligés de survivre sans nos moitiés. Vivre dans un monde où nos âmes alphas sont affamées d'une connexion qui n'existe plus.

Sauf que mon salut est assis à côté de moi. À m'observer. À étudier mes yeux. À déglutir.

Mon Oméga. Mon but. Mon cœur.

— Si j'ai raison à ton sujet (ce que je dois espérer), tes instincts d'Oméga vont sans doute commencer à se manifester à présent que tu as trouvé un Alpha compatible.

Son âme se serait cachée, enfermée dans un mode d'auto-préservation. Mais maintenant qu'elle est avec moi, son Oméga intérieure devrait se sentir suffisamment en sécurité pour sortir s'amuser.

— Nous le saurons dans les prochains jours, ajoutai-je. Il peut s'agir de petites choses, comme un sentiment de possessivité à mon égard (ce qu'elle a déjà montré à mon avis, à moins que je prenne mes désirs pour la réalité), ou l'envie de faire un nid.

— Ou l'entrée en chaleur, lance Faucheur depuis la cuisine. Personnellement, j'attends ça avec impatience.

Alina lui jette un coup d'œil, puis revient vers moi.

— Qu'est-ce que ça veut dire ? demande-t-elle à voix basse.

— Que tu vas être chaude comme la braise et nous supplier de te satisfaire des jours durant, répond Faucheur, apparu juste derrière le canapé, ses lèvres près de son oreille.

Elle sursaute, puis se tortille d'une façon adorable qui trahit son trouble.

— Arrête de faire ça, le sermonne-t-elle.

— Mais je t'ai apporté une autre friandise, dit-il en lui tendant un cupcake.

— Où tu as trouvé ça, bordel ? l'apostrophé-je. (Faucheur peut faire apparaître des armes de toutes sortes, son seul but dans la vie étant de *tuer*.) J'espère qu'il n'y a pas de poison dedans.

Car ce serait le seul type d'aliment qu'il devrait être capable de produire par magie.

Il me lance un regard offensé.

— Je ne ferais *jamais* de mal à notre protégée. Quel genre de Faë de la Mort penses-tu que je suis ?

— Un psychotique, lui rétorqué-je.

— Pas faux, sourit-il. Mais non, ce n'est pas empoisonné. Je l'ai simplement volé en bas dans la cuisine.

— Quand as-tu… ? (Flamme s'interrompt.) Tu sais quoi ? Peu importe. Je ne veux même pas savoir comment tu as trouvé une *cuisine* ou quand tu as réussi à t'y faufiler.

Faucheur se contente de hausser les épaules.

— Notre mignonne a faim, alors je suis allé chasser. Un cupcake ? lui propose-t-il de nouveau. Il est à la fraise. Ça me rappelle toi.

Le Faë de la Mort a carrément des cœurs dans les yeux, ce qui me fait un peu flipper.

— Hum. (Alina prend avec précaution le cupcake entre ses longs doigts.) Merci ?

— Tu me remercieras comme il se doit plus tard, sourit-il.

— Faucheur, grondé-je.

— Quoi ? Tu as ta façon de la courtiser, moi j'ai la mienne. Et si je peux me permettre, ma façon est beaucoup plus directe.

Il disparaît de nouveau, me faisant lever les yeux au ciel.

Faucheur est complètement parti maintenant, ce qui laisse penser qu'il s'est éclipsé pour explorer la cuisine plus en détail. Espérons qu'il ne causera pas trop d'ennuis. Nous devons encore rencontrer la reine de Monster City, et je préférerais qu'on n'énerve personne avant.

Je passe une main sur ma figure en soupirant.

— Je devrais essayer de recontacter cet émissaire pour savoir quand la reine serait disponible pour nous rencontrer.

— Téléphone au concierge, suggère Flamme. Ils ont été d'une aide inhabituelle pour un hôtel du royaume humain.

— Probablement parce qu'il est dirigé par des

surnaturels, pas par des mortels, supposé-je. (Puis je me tourne vers Alina.) Y a-t-il d'autres questions auxquelles tu veux que je réponde avant de passer cet appel ?

Nous avons déjà pas mal discuté, mais je veux m'assurer qu'elle est à l'aise avant de m'éloigner. Elle étudie toujours le cupcake dont Faucheur l'a gratifiée, sortant sa langue pour lécher sa lèvre inférieure.

— Je... J'ai beaucoup à réfléchir.

— Oui, opiné-je. Et tu peux poser toutes les questions que tu veux, quand tu veux. Nous te répondrons toujours en toute sincérité.

Elle hoche la tête, mais je constate qu'elle s'est un peu retranchée dans son esprit, les yeux toujours rivés sur le glaçage rose.

Je jette un coup d'œil à Flamme, lui demandant du regard de garder un œil sur elle. Il baisse le menton, sa façon muette de dire *OK.*

Il nous reste encore beaucoup de choses à expliquer – comme ce que signifient les *chaleurs*, ainsi que d'autres traits d'Oméga –, mais nous aborderons ces sujets plus tard. Quand Alina sera prête. Pour l'instant, qu'elle profite de la friandise de Faucheur.

Et je vais me focaliser sur la reine de Monster City.

CHAPITRE SEIZE
ALINA

Les cupcakes à la fraise sont incroyables.

Il m'a fallu un certain temps pour finir par manger celui que Faucheur m'a apporté ce matin, mais une fois englouti, j'en suis devenue *obsédée*.

J'en ai maintenant quatre. *Quatre* cupcakes. Tous apportés par un Faucheur tout sourires. Bien qu'il soit un peu terrifiant, il sait aussi être… gentil.

Il se prélasse maintenant par terre, les yeux clos, les bras repliés derrière la tête et ses longues jambes croisées aux chevilles. Il a marmonné quelque chose à propos d'une sieste dans son nouveau lit avant de s'allonger, puis n'a rien dit d'autre.

Flamme n'a pas bougé de son fauteuil, et Orcus prend une douche.

C'est calme. Nous avons mangé deux fois. Parlé un peu. Admiré la vue depuis les fenêtres. Et discuté de la possibilité de visiter davantage la ville. Car apparemment, la reine de Monster City ne peut pas rencontrer les Faë avant la *semaine prochaine*.

— Par ailleurs, elle est indisposée en ce moment,

monsieur, a déclaré l'émissaire Jones sur le seuil de la suite il y a un peu plus d'une heure.

— Indisposée, alors que c'est elle qui a demandé cette entrevue ? a relevé Flamme d'un ton clairement incrédule. Donc nous sommes libres de partir ?

L'émissaire s'est raclé la gorge.

— Notre reine vous demande de bien vouloir patienter. Elle apprécie l'opportunité de vous rencontrer et est prête à vous offrir toutes les commodités dont vous pourriez avoir besoin afin de prolonger votre séjour.

— Et si la *commodité* dont j'ai besoin est la liberté ? a rétorqué Faucheur.

— Vous avez toute liberté de vous promener dans la tour − comme je crois que vous l'avez déjà fait à plusieurs reprises − ou de visiter la ville. Notre reine demande simplement que vous restiez dans notre municipalité jusqu'à votre entrevue.

— Et si on ne veut pas rester ici ? a demandé Orcus, les bras croisés sur sa poitrine.

Il n'avait pas l'air contrarié ni même intéressé, juste ennuyé.

— Je crains alors que les relations entre nos deux dimensions ne restent pas aussi cordiales que nous le souhaiterions.

Ces paroles ont vibré dans la pièce, amenant les trois hommes à fixer l'émissaire pendant un long moment tendu. Même Faucheur arborait une expression sévère, à la limite de l'intimidation. Mais l'émissaire Jones ne s'est pas alarmé. Il est simplement resté là, à attendre manifestement une sorte de verdict de la part des trois Faë.

— Veuillez remercier la reine pour son hospitalité soutenue, a enfin dit Orcus. Peut-être que votre concierge pourrait nous fournir une carte ou une liste d'activités locales à pratiquer pendant notre visite ?

L'émissaire Jones a affiché un large sourire.

— Oui, je pense que cela peut tout à fait s'arranger.

Il s'est incliné et a pris congé. Les trois hommes ont scruté la porte un moment avant d'échanger des regards.

— On doit rester en termes amicaux, dit Orcus. Il y a d'autres Omégas ici. Je peux les sentir. On ne peut pas partir avant d'en savoir plus, et il se peut qu'on doive revenir.

Flamme et Faucheur ont acquiescé, tandis que je me suis assise sur le canapé – une place que je semble avoir faite mienne – pour réfléchir à ce que cela signifiait.

Une partie de moi a *détesté* qu'Orcus veuille trouver d'autres Omégas. Une partie que je ne comprenais pas. Une partie qui se sent encore vexée maintenant, une heure après cette nouvelle.

Veut-il prendre ces autres Omégas comme compagnes ?

Non. Il a déjà dit qu'il ne le ferait pas.

Mais s'il change d'avis après les avoir trouvées ?

Qui sont-elles ? Que sont-elles ?

Est-ce que j'en suis vraiment une aussi ?

Toutes ces questions tourbillonnent dans ma tête et me donnent le tournis.

Si j'avais un autre cupcake, je le mangerais. À la place, je… fixe la table et continue de faire voltiger mes pensées.

— Petite panthère, tu as envie d'aller te promener ? murmure Flamme.

Je cligne des yeux et lui lance un regard.

— Hein ?

Il penche la tête vers la porte d'entrée.

— Tu veux venir explorer avec moi ?

— Nous, lance une voix ensommeillée par terre. Si tu sors, moi aussi.

— Tu l'as courtisée toute la matinée avec tes foutus

cupcakes et ton cappuccino. À mon tour de lui faire la cour, réplique Flamme. (Il revient à moi.) Si ça te dit.

Faucheur grommelle mais ne proteste pas.

Et je me retrouve soudain très intéressée par la version de Flamme de la *cour*. Je ne devrais probablement pas l'envisager, mais qu'est-ce que je vais faire d'autre ? Rester ici à ruminer toutes mes incertitudes ? Non. Je ne veux plus réfléchir. Je veux juste faire quelque chose. Me distraire.

Et puis, peut-être que nous dénicherons une bonne carte au cours de notre balade.

Certes, ces Faë disent savoir où se trouve Chicago, et Orcus a également promis d'en apprendre davantage auprès de la reine. *Puis-je lui faire confiance ? Puis-je leur faire confiance ?* Ils ne m'ont pas fourni de raison contraire jusqu'à présent. Toutefois, nous venons juste de nous rencontrer. *Mais…*

Je me lève, fatiguée de douter de moi et me faire du mouron en brassant toutes ces pensées.

— Oui, dis-je à Flamme. J'aimerais explorer.

— Excellent, sourit-il.

Il se lève du fauteuil avec une grâce élégante que je ne saurais reproduire. Mais je me lève quand même aussi. Il promène son regard violet sur ma chemise et mon jean – une tenue que j'ai enfilée tout à l'heure, après mon deuxième cupcake – et hoche la tête.

— Il me faut des chaussures. Je vais les chercher.

Il disparaît dans la chambre, sans doute en direction du placard.

— Tu es sûre que tu ne veux pas plutôt te joindre à moi pour une sieste ? propose Faucheur en me regardant depuis le sol. Peut-être un petit câlin au lit ?

— Si tu veux dormir dedans, tu peux, lui lancé-je.

Ses iris bleu argenté scintillent.

— Vraiment ? Ça ne te dérange pas ?

Il y a quelque chose dans la façon dont il dit cela qui ressemble à un piège. Mais je ne vois vraiment aucun problème à ce qu'il s'y repose.

— Non, ça ne me dérange pas.

— Magnifique, sourit-il. Merci.

Il disparaît avant que je puisse réagir à son excitation évidente. Sa propension à se téléporter ne me désoriente plus guère, d'autant plus qu'il le fait toutes les quelques minutes.

J'espère plus ou moins qu'il reviendra avec un autre cupcake.

Mais c'est Flamme que je revois, une paire de bottines à la main, qu'il me tend.

— Dis-moi si elles te vont, sinon on rappellera le concierge.

Je prends les bottines et je vois des chaussettes fourrées dedans, ce qui me fait sourire, parce que c'est un ajout bien pensé. Je me rassois pour les enfiler pendant que Flamme observe mes mains. La chair de poule me pique la nuque, son observation remue quelque chose en moi. Car ce n'est pas un regard sexuel mais protecteur. Comme s'il vérifiait que les bottines ne me font pas mal.

Quand j'ai terminé, ses yeux remontent lentement le long de mon corps jusqu'à mon visage, un soupçon de noir teintant ses iris violets. Mais ça disparaît si vite que j'ai presque l'impression de l'avoir imaginé.

— On y va ? demande-t-il, un sourire dans la voix.

Je souris en réponse, un frémissement d'excitation vibre dans ma poitrine. J'éprouve aussi du soulagement. *Je ne suis pas piégée. Je suis libre de partir.* Il y a un aspect très gratifiant là-dedans. Les Faë ne m'ont pas vraiment fait me sentir prisonnière, et ils ont assurément veillé à mon confort, mais au fond, j'avais un peu l'impression d'être en cage.

Parce que toute la semaine dernière, on m'a dit quoi

faire, où aller et comment m'habiller. Et j'ai été en quelque sorte forcée de venir ici, moi aussi. Pas par les Faë, mais par l'émissaire.

Flamme me tend la main, que j'accepte, et m'entraîne hors de la pièce vers l'ascenseur.

Ce n'est qu'arrivés en bas, tandis que nous gagnons la sortie, que je demande enfin :

— On n'a pas besoin d'une carte ?

L'émissaire a dit qu'il nous en fournirait une, mais on ne l'a pas encore reçue.

— Non. C'est peut-être une version différente de la ville que je connais, mais le tracé des rues dans ce quartier semble être le même que dans notre royaume humain. (Il m'ouvre la porte, une paire de fossettes se dessine sur ses joues.) En plus, se perdre pourrait être amusant.

Je ne suis pas sûre d'être d'accord avec sa définition de l'*amusement*, mais son plaisir est contagieux. Alors je réponds par un petit sourire et je franchis la porte.

— Allons nous perdre.

CHAPITRE DIX-SEPT
ALINA

Pᴇɴᴅᴀɴᴛ ǫᴜᴇ ɴᴏᴜs ᴍᴀʀᴄʜᴏɴs, les doigts de Flamme se mêlent aux miens. Sa paume est chaude. Il y a beaucoup moins de monde qu'hier soir, les rues sont pratiquement désertes.

Cela me rappelle à quoi ressemblait cet endroit quand je suis arrivée.

Sur le chemin de la tour, j'avais vu plusieurs humains et ce que je supposais être des monstres − même si la plupart d'entre eux avaient l'air humains − se promener en bavardant. Mais j'étais un peu étourdie, mon esprit étant accaparé par les Faë. Pour autant, tout m'avait semblé presque normal, à l'exception des tenues.

Mais maintenant, c'est comme lorsque j'errais avec Bartholomew et Miranda en quête d'un endroit où nous cacher.

Ont-ils survécu ? me demandé-je, un léger frisson me parcourant l'échine malgré l'air chaud. *Ont-ils été enlevés par des monstres ?*

— Alina ? (Flamme s'arrête à mes côtés, inclinant la tête.) Si ça te met mal à l'aise, on peut rentrer.

Je lève les yeux vers lui.

— Je… Non, ça va. Je… je pensais juste à deux autres personnes avec qui je suis venue ici. Je me demandais si elles allaient bien.

Il m'étudie, puis baisse le menton en signe d'acquiescement.

— J'imagine que c'est assez étrange pour toi, tout ça. (Il balaie la ville de sa main libre.) Pour être honnête, c'est étrange pour moi aussi.

— C'est vrai ?

— Oui, acquiesce-t-il. Ça n'arrive pas dans notre monde. (Il marque une pause pour y réfléchir un moment.) Bon, en fait, une version de cet événement se déroule dans notre royaume en ce moment même. Mais c'est très différent, et ça concerne d'autres Faë, pas des humains.

Son monde a l'air intéressant.

— Alors ton monde n'exige pas d'Offrandes ?

— Non. Pas d'Offrandes mortelles, en tout cas. Il y a bien quelques royaumes Faë qui ont des pratiques de dons uniques, et je sais que certains Faë du Mythe apprécient une variété de tributs, mais ça n'a rien à voir. Nos humains ne savent même pas que les Faë existent.

Faucheur l'avait déjà dit auparavant.

— Mais ton espèce rend visite aux humains ?

— En secret, admet-il. Et il y a quelques Faë qui vivent réellement parmi eux, mais les humains l'ignorent.

— Mais toi, tu vis dans l'Au-delà. (C'est le royaume dont Orcus a parlé, dont j'ai mémorisé le nom.) C'est comment là-bas ?

— C'est très différent d'ici. (Il promène son regard sur l'architecture métallique tandis que nous reprenons notre marche.) On n'a pas de gratte-ciel ni de verdure comme à Monster City. C'est un peu plus obscur. Il n'y a pas de soleil, seulement trois lunes qui tournent en un cycle de trente-six heures au lieu de vingt-quatre. Le ciel est toujours dégagé. Il y a beaucoup d'étoiles.

Mon front se plisse.

— Pas de soleil ?

— Pas de soleil, répète-t-il.

— Comment faites-vous pousser des aliments ? m'étonné-je.

— On ne le fait pas. Ce sont nos gargouilles qui les invoquent. (Il remue les sourcils en me regardant.) Ce sont de petites créatures astucieuses originaires de notre royaume, mais qui vont et viennent à leur guise. Cependant, elles rendent hommage à leur droit de naissance en rapportant des denrées. Je suis presque sûr que Faucheur a été élevé par elles plutôt que par de vrais parents.

Il a prononcé cette dernière phrase avec une pointe d'humour. Mais je suis trop bloquée sur le mot *gargouilles* pour imaginer Faucheur élevé par elles. Ce terme me donne des frissons.

— Les gargouilles sont-elles des monstres ?

Flamme serre ma main dans la sienne en riant.

— Non, petite panthère. Certainement pas. Elles mesurent environ soixante centimètres et sont inoffensives. (Il s'interrompt.) Enfin, peut-être pas *inoffensives*. Elles sont faites de pierre. Se faire piétiner par l'une d'elles, ça craindrait.

— Et elles vous apportent à manger ?

— Ouaip. Elles remplissent nos placards. En gros, c'est leur façon de nous faire des cadeaux. (Il hausse les épaules.) Mais on n'a pas de gros besoins en nourriture comme certains Faë, donc c'est plus un plaisir qu'une obligation.

— Et les humains dans ton royaume ? interrogé-je. D'autres compagnons ?

— On n'a pas d'humains dans l'Au-delà. Seulement des Faë et des créatures comme les gargouilles.

— Oh. (Je fronce les sourcils.) Alors quand tu rentreras…

Je m'interromps et déglutis. J'ai failli proférer une stupidité : *Alors quand tu rentreras, que m'arrivera-t-il ?* Une pensée ridicule. Je n'ai pas l'intention de rentrer avec eux. Je n'en ai même pas *envie*.

Aucune importance, de toute façon. Ils ne sont pas près de partir. Orcus a dit qu'il y avait d'autres Omégas dans ce monde, insinuant qu'ils comptent rester ici pour toutes les chasser.

Mais que se passera-t-il quand ils auront fini ? chuchote une petite voix en moi.

Est-ce que ça a de l'importance ? Je serai à Chicago d'ici là, n'est-ce pas ?

— Quand nous rentrerons, nous trouverons une solution, dit doucement Flamme, serrant de nouveau ma main.

Je le regarde en battant des paupières, mais il scrute quelque chose droit devant lui, au bout de la rue. J'allais lui demander ce qu'il entend par *trouver une solution* quand sa bouche s'étire en un sourire époustouflant, et son excitation devient palpable.

— Oh, putain, c'est incroyable, dit-il, rayonnant. Je me demandais à quoi ressemblerait Central Park dans ce royaume, mais je n'aurais jamais deviné ça. (Ses pas s'accélèrent, ce qui me fait presque trottiner à ses côtés.) On dirait une jungle.

Mes yeux s'écarquillent quand la *jungle* devient plus visible, les arbres s'élevant dans le ciel à une hauteur incroyable.

— Wow, exhalé-je en les contemplant bouche bée. Je… j'ignorais que des arbres pouvaient pousser comme ça.

Chez moi, ils sont tous grands, mais pas à ce point. Je ne vois même pas où ceux-ci finissent.

— Ils ne font pas ça dans le royaume humain de notre dimension. Ça doit être influencé par la magie ou quelque chose comme ça. (Il regarde autour de lui comme s'il essayait d'en trouver la source.) Tu es partante pour explorer un peu plus ? propose-t-il en me jetant un coup d'œil.

— Oui, acquiescé-je.

Ça ne me dérangerait pas de voir ces arbres de plus près.

Avec un sourire contagieux, il m'entraîne vers ce qui semble être une entrée creusée au milieu d'un tronc massif.

Wow, m'émerveillé-je, inspectant le bois lisse tandis que nous le traversons. *C'est… presque magique.* Ou peut-être que le terme *contre nature* est plus approprié. Tout ce qui nous entoure est irréel. Magnifique. Vert. *Vivant.*

Il y a aussi des fleurs dans le parc, qui décorent les géants colossaux alentour, leurs couleurs formant de vives éclaboussures parmi le vert et le brun. *Des couleurs que je peux voir grâce aux lumières qui scintillent partout,* réalisé-je, remarquant les papillotements qui dansent dans l'air. *Est-ce que ce sont des insectes ? Ou autre chose ?* Aucune ne s'approche assez près pour que je puisse la distinguer, elles paraissent se concentrer sur l'éclairage des fleurs.

— Cet endroit m'évoque une ambiance de Faë de Minuit, sauf qu'il est beaucoup plus coloré, murmure Flamme. Mon animal me supplie de le libérer pour aller courir.

Son exaltation me fait sourire avec lui. Tout cela a l'air d'un fantasme. Irréel. Comme si je rêvais.

Ce qui est peut-être le cas.

C'est un magnifique Faë qui me tient la main et m'entraîne dans cette jungle luxuriante d'arbres et de fleurs exotiques d'un autre monde. *En plein milieu d'une ville.*

Mais il a parlé d'un parc.

— Central Park ? répété-je, réfléchissant à voix haute. Ils ont ça dans ton monde ?

Il s'esclaffe.

— Non. Enfin, si. Ils ont Central Park. Mais ce n'est rien comparé à ça. C'est un bel espace vert au milieu de la ville de New York. Or ici, c'est comme l'Amazonie en plus intense. (Il penche la tête en arrière et ferme les yeux.) Et ça sent super bon.

J'essaie de sentir ce qu'il apprécie, mais tout ce que je hume, c'est l'arôme capiteux de la nature – les arbres, les fleurs, *l'air frais.*

Ce dernier me fait un peu froncer les sourcils, car il me rappelle Orcus.

Je jette un œil derrière moi, comme si je m'attendais à le voir là. La senteur augmente juste un peu, mais je ne le vois pas. Et il n'a pas trop l'air d'être du genre à se cacher.

— Tout va bien ? s'enquiert Flamme.

— Je… (Je reviens à lui.) J'ai cru sentir Orcus.

Il serre les lèvres.

— Oui, tu le peux sans doute. Alphas et Omégas sont liés comme ça, généralement par l'odeur. (Il lâche ma main pour étirer ses bras au-dessus de sa tête, ce qui fait remonter un peu son t-shirt.) Quand nous nous accouplerons, tu pourras me sentir aussi. Et nous pourrons communiquer d'esprit à esprit.

Je hausse les sourcils. *Quand nous nous accouplerons ?*

Mais il ne doit pas remarquer ma réaction, car il est trop occupé à rouler son cou et montrer toute sa force masculine.

— Il va falloir que je revienne ici pour courir.

C'est un sujet beaucoup plus sûr, décidé-je en me raclant la gorge.

— Pourquoi tu n'irais pas courir tout de suite ? suggéré-je, m'accrochant à ce sujet pour ne pas me perdre dans mes pensées.

— Parce que ça m'obligerait à me déshabiller et à me transformer, répond-il en secouant les bras. Et je te laisserais seule.

— Je pourrais faire du jogging à tes côtés ? proposé-je sans conviction.

Flamme me fixe pendant une longue seconde, et ses fossettes semblent se creuser.

— Vraiment ? Tu ferais ça pour moi ?

— Je… peux essayer ?

Je ne suis pas en grande forme pour le jogging, surtout parce que je n'avais pas le droit de sortir pendant de longues périodes au village. Ma peau était trop *claire* pour le travail à la ferme, ils m'ont donc placée au marché aux fruits.

Je l'avoue à Flamme et j'ajoute :

— Ils me pénalisaient avec plus d'inscriptions obligatoires si je me brûlais la peau. Surtout parce que la lotion était un article de qualité supérieure et non une ressource de base. (Je m'éclaircis la gorge.) Mais de toute façon, ouais, je vais tâcher de te suivre pour que tu puisses courir.

J'ai aussi envie de voir son jaguar.

Comment ça se passe ? Est-ce que ça prend du temps pour se transformer ? Ses os se brisent-ils ? Cette dernière pensée me fait ouvrir des yeux ronds.

— Attends, te transformer en ton animal, c'est douloureux ?

Je pense qu'il allait dire quelque chose car sa bouche est entrouverte et qu'il a l'air un peu déconcerté par ma question à brûle-pourpoint. Mais sa surprise fond dans un autre beau sourire.

— Non, ma chérie. Ça ne fait pas mal. Repousser mon jaguar est en fait plus douloureux que me transformer.

— Alors tu as mal en ce moment ?

Parce qu'il m'a donné l'impression que son jaguar le griffait pour aller courir. Et qu'il *repoussait* clairement ce besoin jusqu'à présent.

Flamme penche légèrement la tête.

— Eh bien, un peu. Mais…

— Alors tu devrais te transformer, lui dis-je. Laisse sortir ton jaguar. Ça ne me dérange pas. J'essaierai de te suivre. Tout ira bien.

Je vais sûrement tomber sur le cul et me ridiculiser complètement. Mais j'ai connu pire. *Comme ce que Timothy m'a fait à la gorge hier*, me rappelé-je en frissonnant. *C'était vraiment pire*. Et j'ai des bleus autour du cou pour le prouver.

Pourquoi je pense à ça ? Mon esprit semble être partout sauf là où il doit être, c'est-à-dire ici, dans cette jungle magique avec Flamme.

— S'il te plaît, transforme-toi, l'enjoins-je. Je veux voir ton, euh, chat.

— C'est bien plus gros qu'un *chat*, Alina, grogne-t-il.

— Alors montre-moi, le défié-je, me sentant audacieuse malgré mes balbutiements d'idiote. Fais-moi voir.

Il arque l'un de ses sourcils noirs.

— Un défi ?

— J'attends.

Je croise les bras. Je ne sais pas trop d'où me vient cette audace, mais je suis reconnaissante de son retour. D'autant plus que je croyais qu'elle avait disparu au cours de la semaine dernière. Cependant, cet aspect de moi qui a tenu tête au vicomte défie maintenant un Faë Métamorphe.

Et à en croire l'amusement dans l'expression de Flamme, il approuve.

— Très bien, petite panthère, murmure-t-il en levant le doigt pour tracer un cercle dans l'air. Tourne-toi.

— Pourquoi ?

— Parce que je dois me déshabiller pour me transformer. (Sa main tombe sur le haut de son jean.) À moins que tu préfères regarder ?

Qui défie qui maintenant ? me demandé-je, la gorge nouée.

— D'accord.

Je me retourne, parce que je ne suis pas prête à relever ce défi. La nudité de Faucheur est encore fraîchement ancrée dans mon esprit. Y ajouter une image de Flamme nu me ferait sans doute prendre feu physiquement. Ou fondre. Ou devenir folle. Ou tout ça à la fois.

Le bruit d'une fermeture éclair descendue hérisse les poils de mes bras. *Il se déshabille.* Je le savais, bien sûr. Mais réaliser que je n'ai qu'à me retourner pour le *voir*, c'est… Eh bien, c'est tentant. *Très, très tentant.*

Qu'est-ce qui fait que ces Faë me font perdre la tête ? Je n'ai jamais été comme ça jusqu'à présent. J'ai toujours été concentrée. Axée sur les objectifs. Déterminée à réussir tout ce que j'entreprends.

Mais avec eux, je me retrouve à vouloir leur emboîter le pas. Me soumettre en leur présence. Me laisser aller à cette sensation brûlante qui s'épanouit entre nous, quelle qu'elle soit.

Je ne les connais pas. Ce sont des mon… Je m'interromps, incapable d'aller au bout de ma pensée. Non, ce ne sont pas des monstres. Ce sont des Faë. Et jusqu'à présent, ils ont été plutôt étonnants. Ils ont pris le temps de m'expliquer des choses. Ils m'ont laissé le grand lit. Ils m'ont aidée à trouver des vêtements normaux. Ils m'ont donné à manger, fait découvrir les cupcakes et répété qu'ils ne me pousseraient jamais à faire quoi que ce soit.

Quoique pendant tout ce temps, ils ont fait connaître leur position : ils me veulent.

Je ne comprends pas pourquoi ni comment, surtout qu'ils me connaissent à peine, mais je commence à réaliser que c'est différent chez eux. Ils ne sont pas humains. Ils... ils *savent* tout simplement. Et peut-être qu'à un certain niveau, je le sais aussi.

C'est pour ça que je peux sentir l'odeur d'Orcus, même maintenant ? Que j'ai envie de me retourner pour regarder Flamme ? Qu'une partie de moi espère que Faucheur sera toujours dans le grand lit quand je reviendrai ?

Je déglutis. *Ou peut-être...*

Un nez me heurte la jambe, ce qui me fait sursauter et me retourner.

Et je pose les yeux sur le plus bel animal noir que j'ai jamais vu.

— Oh, *wow*, fais-je en croisant une paire d'yeux d'un vert éclatant. Pas mauves. Pas noirs. Mais vert chat.

J'ai déjà vu des chats au village, mais ils n'ont rien de comparable à cette bête géante et virile. Son pelage lisse évoque la nuit, ses pattes massives terminent de longues et fortes jambes.

Il me heurte à nouveau du nez. Un doux ronronnement émane de lui. *Comme celui d'Orcus.* Bien que Flamme ait aussi émis un son similaire quand il me portait hier soir.

Parce que c'est un jaguar noir.

Son animal avait alors ronronné pour moi. Tout comme en ce moment.

Je m'accroupis devant lui pour mieux le voir. Il frotte aussitôt sa joue contre la mienne en fermant les yeux.

Un gloussement m'échappe. Sa fourrure douce est

d'une texture agréable contre ma peau. C'est aussi tellement inattendu, tellement *incroyable*, que je ne peux réfréner un autre rire.

Pendant plus de vingt ans, j'ai fait des cauchemars où des monstres prenaient des épouses. Et jamais, pas une seule fois, je n'ai imaginé *cela* – un magnifique jaguar qui frotte son museau contre moi. Il s'agissait toujours d'êtres grotesques avec des griffes acérées et des dents comme des crocs.

Certes, Flamme possède ces deux caractéristiques, mais elles sont plus majestueuses chez lui. Plus… séduisantes.

Je tends lentement la main pour lui gratter les oreilles, ce qui me vaut un ronronnement encore plus profond dans sa poitrine. Il s'appuie contre ma main, ferme de nouveau les yeux, et nous nous perdons tous les deux dans ce moment.

— Tu es très beau, lui dis-je doucement.

Il se pavane en réponse et me heurte encore. Puis il se met sur son arrière-train et commence à s'étirer. J'observe ses pattes massives, remarquant la façon dont ses griffes acérées s'enfoncent dans la terre. Puis il se remet debout et secoue sa fourrure. Avec un grondement sourd, il se tourne vers les arbres et fait quelques pas.

Comme je ne le suis pas, il me jette un regard plein d'attente.

C'est vrai. J'ai dit que je ferais du jogging avec lui.

Je ramasse ses vêtements et ses chaussures par terre – un geste qui me paraît naturel – et me lance à sa poursuite.

CHAPITRE DIX-HUIT
FLAMME

Mon jaguar ronronne de *désir*. Il veut mordre sa future compagne, la faire nôtre, puis la plaquer au sol et la *revendiquer*.

La plupart des Faë Métamorphes s'accouplent avec d'autres Faë Métamorphes, mais moi je suis un métis. Et mon jaguar semble se ficher complètement qu'Alina soit une humaine. Il est accro à son doux parfum, ce mélange délectable de fraises et de crème, un dessert que nous avons tous deux envie de goûter.

Elle marche aux côtés de ma bête, mes vêtements fourrés sous un bras tandis qu'elle effleure mon pelage de l'autre main. Mon jaguar fond pratiquement sous ses doigts, chacune de ses caresses hypnotiques apaise son énergie chaotique et calme mon feu intérieur. Je me sens en paix. Comme si j'avais enfin trouvé le repos de mon âme.

Elle est à nous. Je le crois, j'en suis sûr. Elle est peut-être humaine, mais il y a quelque chose en elle qui est résolument Faë. Peut-être son âme oméga, ou tout autre chose, je ne sais pas. Mais c'est là. Cette femme était destinée à être nôtre.

Mon jaguar veut planter ses canines dans sa chair tendre afin de la marquer, mais je le retiens. Elle n'est pas encore prête à nous accepter. Et ce n'est pas grave. Pour l'instant, je vais me contenter de ses douces caresses et ses regards admiratifs.

Nous marchons pendant une heure au moins, sa main posée sur moi la plupart du temps. Elle ne fait aucune remarque sur le fait de porter mes vêtements, elle les tient comme si c'était la chose la plus naturelle au monde.

Lorsque nous atteignons un arbre particulièrement gros, mon animal s'arrête et je sais ce qu'il a l'intention de faire une fraction de seconde avant qu'il passe à l'action.

Il saute sur une branche et agite sa queue en signe de victoire lorsque ses quatre pattes se posent là où il l'avait prévu. Puis il sourit pratiquement en réponse au glapissement effrayé d'Alina. Car ce cri s'accompagne maintenant d'un regard émerveillé.

Frimeur, lui dis-je.

Il se pavane encore, heureux d'avoir impressionné la compagne qu'il a choisie.

Alina s'esclaffe, un son que je retiens. C'est la deuxième fois qu'elle le produit ce soir, et à chaque fois, je me sens comme un roi.

J'aime qu'elle soit heureuse. Aucun signe de peur. Aucun signe de stress. Juste… contente de notre promenade. Avec *moi.*

— Eh bien, si tu veux te reposer là-haut, moi je vais me reposer ici.

Elle choisit un endroit au pied du tronc pour y poser mes vêtements et s'affale à côté d'eux, puis s'adosse à l'écorce, les jambes tendues et croisées aux chevilles.

— C'est parfait, souffle-t-elle, apparemment satisfaite. J'aurais juste aimé avoir un livre ou quelque chose comme ça.

Les oreilles de mon animal se dressent à cette idée. *Un livre ? Qu'est-ce que tu aimes lire ?* lui demanderais-je si nous étions liés mentalement.

Je suppose que ce royaume ne lui a guère offert de littérature. D'après ce qu'Orcus a observé, les humains sont toujours éduqués – en premier lieu pour apaiser d'éventuels compagnons surnaturels – et les niveaux scolaires varient selon les villages. J'ignore combien de villages il a visités en observant ce monde, mais suffisamment pour qu'il remarque des tendances, ainsi que les habitudes d'enseignement chez les humains.

Alina ferme les yeux, son visage est l'incarnation même de la paix. Mon animal l'observe attentivement, sa queue se balançant paresseusement hors de la branche tandis qu'il repose sa grosse tête sur ses pattes avant. Les minutes passent et sa respiration se fait plus régulière, indiquant qu'elle s'est endormie.

C'est rapide. Mais cela suggère qu'elle a besoin de repos. Je vais lui laisser encore quelques minutes pour qu'elle dorme plus profondément, puis je sauterai à terre, me transformerai et la ramènerai à la tour. Elle pourra faire sa sieste contre ma poitrine.

Mon chat reste vigilant, surveillant notre petite panthère pendant qu'elle se repose. Sa poitrine monte et descend d'une manière hypnotique, et la façon dont la brise taquine ses longs cheveux noirs donne à mon jaguar l'envie de jouer avec ses mèches soyeuses.

C'est parfait. Un laps de temps superbe. Je soupire intérieurement, satisfait. C'est…

Mon jaguar se fige, les oreilles tendues, quand un bruit de pas attire notre attention. Notre nez se fronce, une odeur familière fait grogner ma bête qui bondit à terre.

Des Strigoï.

Ce devrait être impossible. Le portail vers l'Au-delà

s'est fermé la nuit dernière, et les Strigoï n'étaient pas sur la liste des invités. Pourtant, je connais cette odeur. Ils empestent le royaume de Morphée. C'est une fragrance métallique qui dénote leur nature de vampires. Sauf que ce ne sont pas des vampires ordinaires. Ils se nourrissent de *rêves*.

Comme les rêves de ma compagne.

Ma bête gronde encore plus fort et s'avance en catimini. Je me transforme en même temps car j'aurai besoin de ma voix. Lorsque j'atteins le chemin sur lequel ils rôdent, j'ai retrouvé ma forme humaine.

Les deux hommes se figent dès qu'ils me voient, les yeux écarquillés de surprise. Car ils me reconnaissent. Tout comme je les reconnais.

— Qu'est-ce que vous foutez là, vous deux ? leur lancé-je.

Sebastian Sanguinis et Cage Van Drakken.

Putain, si Lucifer a vent de ça, il va perdre la tête. Ces deux-là sont des héritiers rivaux des Strigoï, issus de familles royales très différentes. Deux familles qui se *détestent*. Surtout parce qu'ils sont tous deux éligibles au même trône, celui du roi des Strigoï. Techniquement, Sabre en est l'héritier. Mais Cage pourrait lui disputer le trône. Et d'après ce que j'ai ouï dire, la famille Van Drakken le pousse à le faire.

Comme tous les vampires, les Strigoï sont extrêmement dévoués à leur clan familial. Il est mal vu de fréquenter des étrangers. Pourtant, les voilà qui baguenaudent main dans la main sur le chemin. Enfin, qui baguenaudaient. Maintenant, ils sont figés et me regardent bouche bée.

— Flamme ? lance Sebastian – qui préfère qu'on l'appelle *Sabre* – en clignant des yeux comme si je n'étais pas réel.

Étant donné qu'ils vivent et se nourrissent de rêves, il est possible qu'il pense être perdu dans l'un d'eux.

Mais ce rêve va devenir un cauchemar. Parce qu'Orcus les tuera, putain.

— Qu'est-ce que vous foutez là ? répété-je. *Comment* vous êtes encore là ? Maliki aurait dû fermer le portail à présent.

Et on a aussi largement dépassé les heures de la Nuit des Monstres. C'est pourquoi les rues sont si désertes.

— Flamme ? appelle Alina. (Les deux hommes jettent par-dessus mon épaule un coup d'œil à la femme que je sens maintenant derrière moi.) Qu'est-ce qui… ?

Elle s'interrompt, découvrant ces types intimidants sur le chemin. Tous deux sont grands, larges d'épaules et d'allure aristocratique. Mais le soupçon de rouge qui scintille dans leurs yeux révèle les prédateurs en eux tandis qu'ils l'étudient.

Parce qu'ils viennent juste de marcher dans ses rêves, putain.

— Continuez à la regarder, et vous verrez ce qui se passe, les défié-je.

Sabre est le premier à détourner le regard, ses yeux sombres croisant les miens. Le rouge a complètement disparu maintenant, confirmant qu'il n'est plus relié au plan des rêves.

Bien. S'il y avait passé une minute de plus, je l'aurais tué. Surtout parce que c'est sans doute ma compagne qui les a attirés là.

— Toutes mes excuses, Flamme, dit-il. On n'avait pas réalisé qu'elle était à toi.

Cage se racle la gorge, portant également son attention sur moi.

— Oui, désolé. Nous… nous étions seulement en train de flâner.

— Dans un royaume où vous n'avez rien à faire, relevé-je d'un ton dominateur.

Non pas parce que j'ai un quelconque statut royal sur lequel m'appuyer, mais parce que je représente un niveau de pouvoir très différent. Un pouvoir divin.

Sabre et Cage sont assez haut placés pour savoir qu'Orcus est le principal exécuteur d'Hadès. Tout comme ils savent que Faucheur et moi sommes les seconds d'Orcus.

— Comment avez-vous franchi le portail ?

Maliki n'était censé laisser passer que les Goules. Mais les Goules et les Strigoï habitent tous deux le royaume de Morphée, alors je suppose que la nouvelle du portail a pu se propager à quelques Strigoï, qui du coup pourraient être plus nombreux à errer dans le coin.

Merde. C'est le bordel.

— Maliki nous a aidés à nous échapper, dit Sabre en se redressant. Il nous a parlé du portail et nous a offert une porte de sortie. Nous l'avons prise.

J'arque les sourcils.

— Il vous a parlé du portail ?

Sabre acquiesce.

— Il savait que nous cherchions un moyen d'échapper à nos destinées et nous a parlé de ce royaume. Il a dit que le portail ne serait ouvert qu'une heure ou deux, puis qu'il serait sûrement fermé et ne servirait plus jamais.

— Manifestement, il avait tort, ironise Cage.

— Manifestement, il ne t'a pas parlé de l'objectif réel du portail, corrigé-je.

Lequel était de servir de couverture à notre mission ici, dans ce royaume. Au moins, Maliki a réussi sur ce plan-là. Mais il n'aurait pas dû laisser ces deux princes Strigoï *s'échapper* dans ce monde.

— Vous ne pouvez pas rester ici.

Sabre lâche la main de Cage et croise les bras.

— Ce n'est pas ce qu'a dit l'émissaire de la reine.

— Jones ?

Je me méfie déjà de la tournure que prend cette conversation.

— Non. L'émissaire Sheila. (Sabre plisse le front.) Qui est Jones ?

— Personne d'important, marmonné-je en passant mes doigts dans mes cheveux. Mais laissez-moi deviner : vous êtes logés dans la tour de la Reine ?

— On nous a fourni une suite, opine Cage. Elle veut nous rencontrer la semaine prochaine. D'ici là, on nous fournit tout ce dont nous avons besoin, y compris les repas.

Super, me dis-je. *C'est… tout simplement génial.*

Mais franchement, ce n'est pas mon problème. Orcus devra en parler à Hadès, et Hadès le signalera à son cousin Morphée. Et ils trouveront comment s'occuper de ces deux princes rebelles.

Des princes qui sont censés se détester, me rappelé-je en lorgnant leur intimité. *De toute évidence, c'est un mensonge.*

Je secoue la tête et me tourne vers Alina.

— Il faut que je te ramène à la tour.

Mais elle ne paraît pas du tout m'entendre. Car son regard s'est posé sur mon abdomen. Puis s'abaisse lentement jusqu'à ma bite percée.

Ses yeux s'écarquillent. Ses lèvres s'écartent. Et même dans l'obscurité, j'entrevois le rougissement qui colore ses joues.

Malgré la situation, je souris. Car cette expression sur son visage mérite qu'on lui réponde par un sourire.

Elle est intimidée, sûrement par le bulbe qu'elle distingue sous ma base. Ou peut-être aussi par les piercings. Ou bien par la taille. Ou tout ça à la fois.

Mais perce un fort intérêt sous-jacent, et cet intérêt est une chose sur laquelle je peux travailler.

Je la rejoins d'un pas nonchalant, oubliant les Strigoï dans mon dos, et je pose deux doigts sous son menton pour relever ses yeux vers les miens.

— Tu pourras toucher ça plus tard, lui dis-je doucement. Une fois rentrés à la tour.

Elle déglutit.

— Je… Je n'ai pas… Je ne… Je veux dire… Je…

Elle ferme la bouche d'un clappement sec, ses pupilles se dilatent complètement et elle me fixe bouche bée.

— Tu l'as fait, lui dis-je. Tu l'as fait, et c'est très bien. Je veux que tu me touches. Mais pas devant ces deux connards. Ils t'ont assez vue déjà.

Cage et Sabre grognent de concert. Je les ignore et me penche pour déposer un baiser sur la joue en feu d'Alina.

— Je vais ramasser mes vêtements, lui dis-je. Si l'un d'eux s'approche de toi, balance-lui un coup de genou dans les couilles.

Bien que je ne puisse pas les voir, je devine que Cage et Sabre lèvent les yeux au ciel. Même s'ils se sont faufilés dans ce royaume, ce sont tous deux des hommes honorables. Ils ne feront aucun mal à Alina. Non seulement parce qu'elle est à moi, mais aussi parce qu'elle n'est pas consentante.

Pourtant, ils risquent de souffrir lorsque leur Dieu découvrira leur petite aventure. À moins que Morphée s'en moque complètement. Il est souvent perdu dans son pays des rêves, trop loin dans son esprit pour se soucier de ce que font ses fidèles dans son royaume. Il laisse toute la gestion politique aux *rois*, tout comme Hadès.

Et ces rois rendent compte à Lucifer, le roi des Faë de l'Enfer.

Mais ce sont les dieux qui accordent des cadeaux aux royaumes, fonctionnant essentiellement comme des entités que chacun peut prier. C'est un autre type de gouvernance que Cage et Sabre devraient sûrement craindre, étant donné qu'ils viennent de mériter le jugement de leur Tout-Puissant.

Ce n'est pas mon problème, me dis-je encore en contournant Alina pour aller chercher mes vêtements au pied de l'arbre.

Lorsque je reviens auprès d'elle, Alina n'a toujours pas bougé. Elle fixe les Strigoï avec intérêt. Ils se gardent bien de lui rendre son regard, ce qui m'apaise, ainsi que ma bête. Sauf que je n'aime pas la façon dont notre petite panthère les admire.

— Ils ne rejoindront pas notre cercle de compagnons, Alina, l'avertis-je.

Elle cille et se tourne vers moi.

— Quoi ?

— Je sais qu'ils sont beaux, mais tu seras trop occupée avec Orcus, Faucheur et moi pour y penser. (Je pose une main sur sa joue.) Je te promets que nous trois ferons tout ce qui est en notre pouvoir pour te combler. Pour faire de toi la *nôtre*, pas la leur ou celle de n'importe qui.

Elle se lèche les lèvres, son regard descend brièvement le long de mon corps avant de remonter sur mon visage.

— D'accord, dit-elle, sans prendre la peine de contester ma demande.

Je suis bien conscient que je suis possessif. Heureusement, elle n'a pas l'air de s'en soucier.

Satisfait, j'embrasse son autre joue, puis je mêle de nouveau mes doigts aux siens.

— Bonne fille, lui murmuré-je à l'oreille. Merci d'avoir exploré avec moi.

Elle m'adresse un petit sourire.

—J'ai apprécié.

— Moi aussi, lui dis-je en lui pressant la main. (Puis je fais face aux deux Strigoï.) Suivez-nous. (Ce n'est pas une demande mais un ordre.) Orcus voudra vous parler.

CHAPITRE DIX-NEUF
ALINA

Des marcheurs de rêves, songé-je en frissonnant. C'est ce qu'étaient les deux hommes qui se trouvaient dans notre suite hier soir. *Strigoï* est le nom officiel de leur espèce.

Ils étaient intimidants, beaux et d'une allure quasi royale. Très différents de Faucheur et Flamme, mais ressemblant un peu à Orcus. Quoique je pouvais dire qu'Orcus était le dominant dans la pièce, et pas seulement à cause de sa taille impressionnante. Les Strigoï se sont inclinés devant lui sitôt qu'ils ont posé les yeux sur lui dans la suite, reconnaissant clairement qu'il était leur supérieur. Mais ensuite, ils ont discuté tous les trois comme s'ils avaient un statut similaire.

C'était fascinant à observer, du moins tant que je suis restée à écouter leur conversation. Mais lorsqu'elle s'est orientée vers quelque chose à propos des *Épreuves nuptiales des Faë de l'Enfer*, je me suis excusée pour aller me reposer.

D'après le peu que j'ai compris, les deux Strigoï ont été forcés de rivaliser pour des épouses qu'ils n'avaient aucun intérêt à prendre. Il semble donc qu'ils ne se soient pas non plus aventurés dans ce royaume pour choisir des compagnes pendant la Nuit des Monstres. Ils sont venus ici juste pour échapper à leurs destinées chez eux.

Je peux comprendre cela dans une certaine mesure : ils ont estimé qu'ils n'avaient pas d'autre choix. C'est aussi ce que j'ai ressenti en venant à Monster City, mais pour des raisons très différentes.

Et les choses ici n'ont pas tourné comme je m'y attendais. En aucune façon.

Je frissonne, mon esprit dérive instantanément vers l'image du corps de Flamme. Suivie par le corps de Faucheur. Je serre les cuisses, mes entrailles se transforment en lave en fusion. Parce que, *Saint Faë*, ils sont stupéfiants. Flamme n'était même pas excité, et pourtant sa taille était… impressionnante. Tout à fait unique.

Faucheur a-t-il un bulbe à sa base ? me demandé-je, essayant de revoir sa belle longueur. Sa main la caressait sans cesse, m'empêchant de la mater tout entière. Mais je ne me souviens pas qu'il ait eu des bijoux ou des nœuds ronds.

Par contre, Flamme possède les deux. Il m'a fallu un moment pour comprendre ce que je voyais dans sa hampe, l'éclat inattendu du métal. Puis j'ai réalisé qu'il s'agissait d'une barre. Traversant sa bite. Plus un anneau.

J'ai voulu lui demander pourquoi il se décorait ainsi, mais je n'arrivais pas à trouver les mots. Ce n'était pas non plus le bon moment. Dès notre retour, Orcus, Faucheur et Flamme se sont engagés dans une grande discussion avec les Strigoï, toute orientée sur leur monde d'origine.

Peut-être que je peux demander aujourd'hui, songé-je.

« Tu pourras toucher ça plus tard, une fois rentrés à la tour », m'a dit Flamme.

Eh bien, nous sommes rentrés à la tour maintenant, ai-je envie de lui rétorquer. Sauf qu'il n'est pas près de moi. Je suis de nouveau seule dans ce grand lit, tandis que les gars dorment dans l'autre pièce.

Me mordillant la lèvre inférieure, je réfléchis à quoi faire.

Puis-je réveiller Flamme ? Poser mes questions ?

Mais par où commencer ? *Alors, à propos de ta bite...* Ça me fait presque rire.

Mais le simple fait de penser à sa *bite* me fait me tortiller à nouveau dans le lit. Un grognement frustré m'échappe et je serre mes jambes, mes cuisses mielleuses de *désir*.

Je ne porte plus de culotte. Principalement parce que celles que le concierge m'a fournies sont quasiment de la dentelle, ce qui les rend non fonctionnelles.

De plus, ma chemise m'arrive juste au-dessus des genoux. Sauf qu'elle est un peu remontée maintenant, sans doute à cause de toutes mes contorsions dans le lit.

Je ne peux pas m'en empêcher. Ces Faë me mettent dans tous mes états.

Et ils ont été si *gentils* avec moi.

Je n'ai jamais rien prévu de tout cela, et encore moins l'attirance que j'éprouve pour eux. Mais elle s'accroît à chaque minute que nous passons ensemble.

Est-ce que c'est ce truc d'Oméga dont parlait Orcus ?

Tout paraît si différent maintenant. Si *chaud*. J'enfouis mon visage dans mon oreiller et je gémis, serrant le poing pour éviter de me toucher.

— Tu sais, quand tu m'as invité à dormir dans ce lit avec toi, j'ignorais que tu étais aussi remuante, murmure une voix grave derrière moi.

Je me fige.

— Faucheur ?

Une paume se pose sur ma hanche, une poitrine chaude se colle soudain à mon dos.

— Oui, mignonne ?

Oh, Faë. Je n'avais pas réalisé qu'il était ici avec moi.

— Je te croyais dans le salon.

Il grogne doucement, dessinant un cercle paresseux du pouce contre ma chemise.

— Après avoir été invité à dormir ici avec toi ? Comme si j'avais eu un autre choix.

— Je... ne t'ai pas invité...

Je m'interromps, me rappelant notre conversation avant ma promenade avec Flamme hier soir. J'avais dit à Faucheur qu'il pouvait dormir ici. Il m'a demandé si j'étais sûre, et j'ai soupçonné qu'il me demandait autre chose. Quelque chose d'abominable. Pourtant, je lui ai dit que oui, j'étais sûre.

Et donc maintenant... maintenant il est au lit avec moi. Et d'après ce que je peux sentir, il ne porte guère de vêtements non plus.

— Tu veux que je m'en aille ? demande-t-il doucement, ses lèvres contre ma nuque.

Je déglutis, incapable de répondre. Parce que je ne sais plus ce que je veux.

Mais j'aime la sensation de son souffle dans ma nuque. Et j'aime vraiment cette dureté qu'il appuie contre mon dos.

Ses doigts volètent le long de ma cuisse jusqu'au bord de ma chemise.

— Ou peut-être aimerais-tu que je t'aide ? propose-t-il, son attouchement hérissant mes bras et mes jambes de chair de poule.

Il fait une pause, comme s'il attendait que je l'arrête. Comme je ne le fais pas, il commence à s'aventurer sous le tissu. La chaleur de ses doigts est comme un fer rougi sur ma peau nue.

— Alina, exhale-t-il, sa bouche touchant presque mon cou. (Il se décale un peu pour frotter son nez le long de ma gorge, s'arrêtant sur mon pouls palpitant.) Ton cœur s'emballe-t-il sous l'effet de la peur ou de l'excitation ?

Je déglutis de nouveau, mes cuisses se crispent.

— Les deux, avoué-je.

— Hmm, fredonne-t-il en déposant un doux baiser sur ma peau sensible. Une combinaison enivrante avec ta douceur de fraise.

Je ne sais pas trop ce qu'il veut dire. Et l'instant d'après, je suis trop distraite pour m'en soucier, car ses jointures viennent d'effleurer mon sexe humide.

— Pas de culotte ? constate-t-il, sa voix baissant d'un ton. Putain, mon chou. Ça me donne encore plus envie de te récompenser.

Récompenser ? relevé-je, alors que ses doigts caressent de nouveau ma chair sensible.

— Tu es toute mouillée, gémit-il, sa bouche dans mon cou. À quoi pensais-tu, vilaine fille ?

Il mordille mon pouls tandis que ses attouchements remontent vers ma motte récemment épilée. Ç'avait fait partie de mes préparatifs de toilettage pour la Nuit des Monstres. Je ne l'avais pas compris à l'époque. Mais vu comme tout est sensible à présent, je commence à voir l'avantage d'être nue à cet endroit.

— Parle-moi, Alina. (Ses mots sont un baiser brûlant pour mes sens.) Je veux ton consentement avant de te toucher.

Tu me touches déjà, aimerais-je lui faire remarquer. Mais je ne le fais pas. Car je ne *peux pas*. Je suis trop perdue dans cette chaleur qui s'épanouit entre mes cuisses.

Ses caresses ultralégères sont si différentes des miennes,

aguicheuses et en quelque sorte plus audacieuses. Plus séduisantes. Plus *intenses*. Pourtant, il n'a quasiment rien fait. Juste quelques effleurements ici et là, et maintenant il plaque simplement sa paume sur ma motte. Immobile. Tentante. *Chaude*.

— Faucheur.

Son nom est à peine audible, et ma gorge se serre avant que je puisse en dire plus.

— Hmm, mon nom sonne bien dans ton souffle, murmure-t-il. Répète-le encore une fois, chérie. Dis-le et dis-moi ce que tu veux.

Je… je ne sais pas ce que je veux.

Personne ne m'a jamais touchée comme ça. J'ai toujours été seule.

Que veut-il que je dise ? Que dois-je lui demander de faire ?

—Je… (Je déglutis, les nerfs en pelote. Sa paume est un fer chaud contre ma motte, le bout de ses doigts si près de là où j'en ai besoin. *Plus bas.*) S'il te plaît, descends plus bas, Faucheur. (Cette demande paraît incongrue sur ma langue, pourtant elle est juste.) Plus, s'il te plaît. Touche-moi… plus.

Faë, je ne sais même pas ce que je dis. Mais… mais j'ai *besoin* de ça. De lui. De ses doigts. De sa…

Un gémissement s'échappe de mes lèvres quand son doigt caresse le faisceau sensible de nerfs en haut de ma vulve. *Mon clito*, pensé-je, connaissant ce terme suite à un cours d'anatomie. Je sais aussi ce que ça procure. Mais là c'est… c'est tellement mieux. C'est électrique. C'est brûlant. C'est l'intensité personnifiée.

— C'est ce que tu désires, chérie ? me chuchote-t-il à l'oreille.

— Oui, sifflé-je en poussant contre sa main. *Faë*, oui…

Je ne sais plus trop quand j'ai commencé à dire *Faë* au

lieu de *monstre*, mais je m'en fiche. Tout ce qui compte, ce sont les attouchements de Faucheur. Son doigt qui glisse dans mes replis humides. Sa paume contre mon clito.

Ohhh…

Les sons que j'émets, je ne les ai jamais entendus. Mais je ne peux m'en empêcher. Tout brûle. Mes entrailles. Mes cuisses. Ma *matrice*.

— Putain, tu es si serrée, remarque Faucheur en glissant son doigt en moi. On va devoir te préparer à nous prendre correctement, ma belle. (Il embrasse mon pouls battant la chamade.) Ne t'inquiète pas. Je sais exactement ce qu'il faut faire.

Sa main bouge contre moi, envoyant des soubresauts de plaisir dans mon échine. Je me tortille, pousse et surfe sur les vagues de ravissement qui envahissent mon corps. Elles grandissent. Montent. Se transforment en une éruption presque effrayante.

Un cri fuse de ma gorge au moment de l'orgasme, mes jambes tremblent en réaction et tout mon bas-ventre *brûle*. C'est si chaud. Incroyablement puissant. Si électrisant.

Je me sens *vivante*. Pourtant, j'ai du mal à respirer.

Et Faucheur… il me touche encore. Me caresse. Au-dedans et au-dehors. J'attrape son poignet, mais il ne me lâche pas.

Ça me rend folle. Je ne peux pas… C'est trop sensible. C'est…

Je halète, mon orgasme déferle en une seconde tandis que Faucheur joue magistralement avec mon corps.

Tout cela d'une seule main. Deux doigts. Son pouce.

Faë…

Son nom m'échappe en un autre cri, mon dos se cambre et je me perds dans cette sombre inconscience. Je suffoque. Je tremble. Je *pleure*. Mais je ne veux pas que ça s'arrête. Je veux vivre dans cette béatitude pour l'éternité.

C'est bouleversant dans le meilleur sens du terme. Et c'est tellement mieux que d'être *seule*.

La caresse de Faucheur se fait plus profonde. Ses doigts sont plus habiles. Et la pression qu'il exerce sur mon bourgeon sensible est *tout*.

— Encore une fois, mignonne, dit-il, ses dents sur le lobe de mon oreille. J'ai envie que tu m'en donnes un autre.

Je ne sais pas ce qu'il veut dire. Je jouis toujours, je n'ai pas cessé. Ou peut-être que si, et que je n'ai plus le moindre semblant de raison. Quoi qu'il en soit, je suis perdue.

Mes ongles s'enfoncent dans son poignet tandis que mes hanches se pressent contre les siennes. Un frisson me parcourt. *Il est si dur. Si gros. Et juste là.*

Je suis tentée de tendre la main et le toucher, sentir cette queue que j'ai vue hier dans la douche. Mais Faucheur fait quelque chose à mon clito qui me fait voir des étoiles.

Est-ce qu'il vient de me pincer ? m'étonné-je. J'ai eu mal pendant une fraction de seconde avant que l'énergie de l'extase me vole mon souffle. Et maintenant… maintenant je plane. Tout cela pendant que Faucheur me murmure des louanges à l'oreille :

— C'est ça, ma belle.

— Tu te débrouilles très bien.

— Continue à chevaucher ma main.

— Comme ça, mon chou.

— Putain, tu es incroyable.

— Je te garde pour toujours.

Je frissonne, cette dernière phrase sonne à la fois comme un rêve et une menace, le tout enveloppé dans une voix masculine séductrice.

La chaleur s'épanche en moi, ma poitrine est endolorie

par l'assaut sensuel. J'ai besoin de respirer. D'étirer mes membres fourmillants. De tomber dans un profond sommeil.

Mais au moment où mes yeux se ferment, je sens les doigts de Faucheur sur mes lèvres, un contact humide qu'il étale sur ma bouche. Je rouvre les yeux. *Est-ce qu'il… ?*

— Goûte-toi, murmure-t-il.

Mes soupçons se confirment quand il y enfonce ses doigts pour toucher ma langue. Je tremble, ce goût de péché est l'un de ceux que je n'ai jamais essayés.

— Décris-moi ça, exige-t-il. Dis-moi quel est le goût de ta chatte, ma chérie.

Je frémis, sa demande coquine me fait quelque chose.

Je veux lui obéir. Et plus encore, je veux le *séduire.* Lui rendre la faveur de ses mots avec des mots sensuels de mon cru.

J'aspire ses doigts plus loin dans ma bouche et fais tourner ma langue autour de leurs extrémités, émettant un doux gémissement. Puis je le relâche lentement et j'incline la tête pour le regarder du coin de l'œil. Il est si tôt que le soleil ne s'est pas encore levé, mais ses iris bleu argenté scintillent pratiquement dans la nuit.

— Sucré, lui dis-je à voix basse. J'ai un goût sucré. Comme les cupcakes à la fraise. Mais il y a aussi une subtile nuance acidulée.

Il affiche un large sourire.

— Une gâterie parfaite.

Il attrape mon menton avant que je ne puisse réagir et m'entraîne dans un baiser.

Je lui tourne toujours le dos, mais il s'appuie sur son coude et se penche sur moi pour que je ne me torde pas le cou. Ce qui est une bonne chose, car c'est mon premier baiser. Peut-être qu'il le sait, ou peut-être pas. Quoi qu'il en soit, il fait en sorte que je l'apprécie. Il ne se précipite pas.

Il se contente de presser ses lèvres contre les miennes pendant un long moment sensuel. Puis sa langue se glisse doucement dans ma bouche pour approfondir timidement notre étreinte.

Je frissonne, la chair de poule hérisse ma nuque. Car je ressens sa retenue. Elle est inscrite dans les lignes dures de son torse et ses muscles tendus qui se pressent contre moi. Son corps est comme du granit, inflexible et rigide. Mais il est chaud aussi. *Comme de la lave.*

Il relâche mon menton et fourre ses doigts dans mes cheveux, tout me serrant encore plus fort contre lui.

Son baiser est plus affamé maintenant, sa langue s'enfonce plus loin dans ma bouche, et il exige en silence que j'accepte ce nouveau rythme. J'apprends de ses mouvements, les imite autant que possible et le laisse me guider dans cette danse érotique.

C'est bon. C'est *ça.* Comme le plaisir en bas, je veux qu'il ne s'achève jamais.

Hélas, après ce qui me paraît des heures de passion, Faucheur se retire, et son regard accroche le mien.

— Tu as raison, ma chérie. Tu as vraiment le goût des cupcakes à la fraise.

Il effleure à nouveau mes lèvres des siennes, me laissant avide d'encore plus.

— J'ai hâte de dîner entre tes cuisses, Alina. Ce sera carrément divin. (Il embrasse le coin de mes lèvres.) Mais tu vas avoir besoin de manger avant qu'on essaie ça. Parce qu'une fois que j'aurai commencé, je ne m'arrêterai pas jusqu'à ce que tu t'évanouisses. Et même là, je continuerai juste pour te regarder jouir à nouveau au moment où tu reprendras conscience.

J'écarquille les yeux. Je ne sais pas trop si ce serait magnifique ou terrifiant.

— Reste ici, mignonne. Je vais aller chercher ta récompense pour avoir été une si bonne fille pour moi.

— Les orgasmes n'étaient pas ma récompense ? demandé-je en cillant.

— Non, ma chérie, glousse-t-il. Ces orgasmes étaient pour moi. Les cupcakes seront pour toi.

Je n'ai pas l'occasion de répondre, car l'instant d'après, il n'est plus là.

CHAPITRE VINGT
ORCUS

QUELQUES MINUTES PLUS TÔT

JE SUIS ASSIS en face de mon frère dans son repaire, une cheville posée sur un genou. Il a joint ses longs doigts en pointe sur son bureau massif, et ses yeux noirs sont embrasés d'espoir.

— Une Oméga.

C'est tout ce qu'il dit. Mais c'est tout ce qu'il a besoin de dire.

— Ouais, confirmé-je. Une Oméga.

Il déglutit, son stoïcisme habituel fond devant cette nouvelle.

Je suis venu lui parler des princes Strigoï qui courent dans la réalité alternative. Or notre conversation a vite dérivé lorsque Hadès a repéré l'odeur d'Alina. Les Strigoï sont devenus une annonce mineure – une petite nuisance irritante, rien de plus – comparée à ma découverte.

— Tu en es absolument certain ? insiste-t-il.

— Tu l'as sentie sur moi avant même que je t'en aie parlé, remarqué-je. Mais…

Je serre les dents, une partie de moi détestant devoir exprimer des doutes sur la situation. Hélas, ma position m'oblige à être consciencieux. Et pour cela, je dois formuler mes préoccupations.

— Elle est mortelle, lui dis-je.

Il sourcille.

— C'est impossible.

— Je sais. (Je me racle la gorge.) Mais son odeur et son âme…

Je n'ai pas besoin d'achever cette phrase, Hadès comprend : *Alina émane comme une Oméga.*

— Cependant, il y a des manipulations génétiques en cours dans cette dimension, reprends-je, ayant besoin de tout lui dire. Les humains ont œuvré pendant plus de trois siècles à créer des partenaires parfaits pour leur Nuit des Monstres.

Bien que je ne sache pas grand-chose – vu que je n'ai pas encore rencontré la reine de Monster City –, je partage ce que j'ai appris en me basant sur mes observations, ainsi que sur ce que j'ai ressenti dans la dimension elle-même.

Quand j'ai terminé, Hadès paraît moins enthousiaste.

— Donc ce doit être une odeur fabriquée, conclut-il à propos d'Alina.

— Peut-être, admets-je. Quoique mon âme d'Alpha ne le pense pas.

Il m'étudie un long moment.

— Fais attention, mon frère. Je comprends ton espoir. Mais l'espoir est une illusion dangereuse.

Hadès n'a pas tort. L'espoir est comme une foutue drogue. Rien que le soupçon d'une essence oméga m'a rendu obsédé par Alina, et ce n'est pas du tout une coïncidence si j'ai repéré sa présence à Monster City. Bien sûr, je savais déjà qu'elle s'y rendait. Et après l'avoir observée dans le train, j'ai su que je devais la retrouver.

Car il y a quelque chose en elle. Quelque chose d'addictif. Quelque chose de *spécial*.

Une humaine avec une âme oméga.

— Je suis bien conscient que cette situation est impossible, reconnais-je. Mais nous connaîtrons sa vraie nature si elle entre en chaleur.

Quand, corrige mon Alpha. *Quand elle sera en chaleur.*

Mon nœud palpite à cette idée, ma bite est plus que prête à satisfaire l'Oméga pendant des jours – des *semaines* – ou tout le temps qu'il faudra.

Je déglutis, la gorge soudain sèche.

— Je dois y retourner, dis-je à Hadès.

L'émissaire Jones m'a donné la permission de lui rendre visite, un concept qui me reste encore en travers de la gorge. Les dieux n'ont pas besoin de *permission* pour agir. Pourtant, j'ai joué mon rôle dans cette mascarade politique, téléphonant au concierge pour lui faire part de ma *demande* avant d'ouvrir un portail pour rentrer chez moi.

— Flamme et Faucheur resteront avec Alina, juste au cas où votre reine exigerait une preuve de confiance en mon retour, ai-je précisé à l'émissaire Jones.

— Notre reine appréciera cela, a-t-il répondu.

J'ai cru qu'il avait fini, qu'il allait raccrocher. Mais l'émissaire a continué :

— Généralement, les portails ne sont autorisés que lors de la Nuit des Monstres. Mais nous avons quelques êtres qui ont la permission de voyager à leur guise.

Je ne savais pas trop ce qu'il voulait que je réponde, alors j'ai émis un simple « je vois ».

— Bien que vous n'ayez pas cette permission, a-t-il poursuivi, j'ai l'autorisation de vous l'accorder comme une courtoisie ponctuelle. Mais revenez, monsieur. Sinon, notre reine pourrait voir dans votre disparition le signe que votre royaume ne souhaite pas coopérer avec le nôtre.

Sur ce, il a finalement coupé. Et je me suis vu jetant l'appareil contre le mur. Sauf que ce *téléphone* était un écran translucide qui planait au-dessus du bureau, ce qui le rendait impossible à détruire.

J'ai donc pris une grande inspiration pour me calmer, j'ai dit à Faucheur et Flamme de garder Alina, et je suis parti.

— Je vais avertir Morphée de la situation avec les Strigoï, dit Hadès alors que je me lève. Je veux d'autres nouvelles quand tu auras parlé à cette *reine de Monster City*. (Il plisse les yeux à l'énoncé du titre.) Dans toutes mes observations de ce royaume, je ne l'ai jamais vue, ce que je soupçonne maintenant d'être intentionnel.

J'acquiesce, d'accord avec cette évaluation.

— Son émissaire a mentionné nos portails, ce qui suggère qu'elle est au courant de notre existence depuis le début.

— C'est ce qu'il semble, songe Hadès. J'ai hâte d'en savoir plus sur elle.

— Moi de même, admets-je. Ainsi que sur bien d'autres choses.

Comme les manipulations génétiques en cours dans le royaume et comment elles pourraient altérer certaines odeurs. Je voudrais aussi me renseigner sur la ville des Élites à Chicago pour Alina. Et peut-être apprendre pourquoi elle s'y intéresse tant, ou comment elle est même au courant.

— Je dirai aux Strigoï de bien se tenir, dis-je à mon frère. Sinon je te contacterai.

Hadès acquiesce.

— Je suis sûr que Morphée voudra leur dire un mot. (Il

y réfléchit un moment.) Ou pas. (Il hausse les épaules.) Quoi qu'il en soit, ce n'est pas mon problème. Mais j'en parlerai à Maliki.

La façon dont les yeux de mon frère s'assombrissent à cette dernière déclaration indique qu'il est déjà en train de planifier précisément la façon dont il a l'intention de gérer cet entretien particulier. Si j'en crois le léger sourire qui titille ses lèvres, il va apprécier.

Pauvre Maliki, me dis-je. D'après mon frère, le Faë de la Mort est actuellement sous la garde de Lucifer, ce qui était prévisible après avoir créé un portail illégal dans l'Au-delà. Mais Hadès s'attend à ce que Maliki lui soit bientôt rendu pour être puni. C'est sans nul doute ce qui va plaire à mon frère. Heureusement pour le Faë de la Mort, il aime la douleur.

— À bientôt, lancé-je à Hadès.

Puis je quitte son bureau et me téléporte dans un vieux cachot du royaume des Faë du Mythe.

J'ai réintégré ma réalité ici tout à l'heure, juste au cas où quelqu'un aurait tenté de me suivre. Non pas que je pense que quiconque le puisse, mais la nouvelle dimension est encore inconnue. Mieux vaut piéger les intrus inattendus ici que les conduire directement au repaire de mon frère. De plus, ce royaume n'est pas sous la juridiction de Lucifer, il est donc impossible qu'il ressente la magie d'apparition servant à créer un portail assez grand pour que je puisse le traverser. Les petits hublots ne nécessitent pas assez d'énergie pour que le roi des Faë de l'Enfer puisse les sentir.

Hélas, je ne peux pas passer par un hublot.

Je suppose que techniquement, j'aurais pu venir ici au départ pour créer une connexion avec l'autre dimension au lieu d'y aller sous la couverture de la Nuit des Monstres.

Cependant, s'aventurer dans un nouveau monde – en particulier dans un univers alternatif – s'accompagne d'une myriade de conséquences potentielles. Explorer et tester les limites magiques de l'inconnu sous le voile d'une pratique acceptée – comme l'ouverture des portails lors de la Nuit des Monstres – est ce qu'il y a de plus logique.

Bien sûr, je n'ai pas encore fini de tester ces limites. C'est pourquoi je crée un portail dans un vieux miroir profondément enfoui dans cette antique cellule aux allures de crypte. Ces catacombes hantées me donnent la chair de poule, surtout parce que je peux sentir ici les anciens esprits des Faë du Mythe se tordre dans l'attente, en quête d'une occasion de s'échapper. Mais ils sont incarcérés sous terre pour toujours, punis pour leurs péchés et blâmés pour ce qui est arrivé à nos Omégas.

Je ne les laisserai pas absorber mon pouvoir ou m'utiliser comme réceptacle. De toute façon, ils ne peuvent pas m'atteindre. Ils sont tous piégés dans la boîte de Pandore, une prison magique gardée par son créateur, Arès.

Ignorant la sensation de froid qui remonte le long de mes bras, j'invoque la porte en forme de miroir. Elle s'ouvre facilement, mon âme et mon esprit étant déjà enfermés dans l'énergie d'apparition associée à ce domaine particulier.

Je traverse le miroir et me retrouve au milieu du salon de la suite. Et je me fige.

Miel.

J'ouvre des yeux ronds et me tourne aussitôt vers la porte de la chambre.

Oméga. Miel.

Le portail se brise derrière moi, le verre s'évaporant avant de toucher le sol, et mes pieds bougent avant que mon cerveau rattrape le mouvement. Mais Flamme se met en travers de mon chemin, l'air sévère.

— Stop. Elle lui a donné son consentement. Je l'ai entendu.

— Quoi ?

Je ne comprends pas ses paroles. Pourquoi m'empêche-t-il d'aller voir mon Oméga ? Elle est *mouillée*. Elle est *prête*. Et *putain*, c'est elle qui *gémit ?*

Je me téléporte pour contourner Flamme, prêt à entrer en trombe et prendre ce qui me revient de droit. J'ai la main sur la poignée de la porte quand quelque chose de dur et de lourd me plaque au sol, m'arrachant un grognement.

— C'est quoi ce bordel ? demandé-je, surpris de voir le jaguar de plus de cent kilos sur moi.

Il me gronde à la figure. Je réponds de même. Et nous luttons à terre tandis que mon Oméga gémit à nouveau derrière la porte.

Je vais tuer ce Faë Métamorphe s'il ne me laisse pas aller la voir. Elle est dans le besoin. Elle *supplie*. Mon nœud pulse en réaction, prêt à la remplir. À la baiser. À *l'accoupler*. *Mienne*, ronronne mon Alpha. *Foutrement mienne*.

Mais une mâchoire autour de ma gorge me force à me figer. Flamme m'a bloqué, ses dents plantées dans ma peau font couler le sang.

— Tu as envie de mourir, *métis* ? lui grogné-je.

Je jurerais que ce foutu chat glousse sur moi.

— Lâche-moi, Flamme.

Il ne le fait pas.

Et mon Oméga cesse de gémir.

Je tends l'oreille pour l'entendre, mon corps est tellement prêt que si je pouvais me téléporter jusqu'à elle sans risquer ma gorge, je le ferais. Mais les crocs de ce satané jaguar me la trancheraient sûrement, offrant une vue guère attrayante à ma promise.

Oh, je guérirais. Toutefois je doute que mon Oméga apprécierait de voir tout ce sang couler sur ma poitrine.

— Goûte-toi, entends-je dire Faucheur, ce qui me fait esquisser une moue.

Quoi ?

Tout d'abord, je crois qu'il parle de mon sang. Puis je réalise… qu'il n'est pas dans la pièce avec nous. Il est… il est avec *Alina*.

Mes yeux s'arrondissent.

— Décris-moi ça, reprend Faucheur. Dis-moi quel est le goût de ta chatte, ma chérie.

Ooooh putain.

Ces mots. La vision qui les accompagne. La prise de conscience qu'il s'amuse avec notre Oméga. *Le son de sa magnifique acceptation…*

— Sucré, dit-elle. (La douceur de sa voix ne révèle aucun signe d'inquiétude ou de malaise. Elle est contente. *Excitée,* même.) J'ai un goût sucré. Comme les cupcakes à la fraise. Mais il y a aussi une subtile nuance acidulée.

Je gémis, j'ai l'eau à la bouche en écoutant la description.

Je veux son miel sur ma langue, qu'il enrobe mes lèvres, trempe ma gorge. Et puis je veux m'enfoncer profondément dans sa douce chaleur et la revendiquer. La marquer. La mordre. *L'accoupler.*

Ce dernier terme est une réaction instinctive à la découverte de mon Oméga après tant de millénaires de recherche. Je la veux remplie de ma semence, enceinte de la prochaine génération de Faë du Mythe, et reposant tendrement dans un nid d'Oméga plein d'enfants. Je me fiche même que certains soient les enfants de Faucheur ou de Flamme, car ils auront tous du sang Faë du Mythe qui coulera dans leurs veines.

Ils seront tous des produits d'*elle*. Mon Oméga. *Notre* compagne.

Flamme s'écarte lentement de moi, remarquant sans doute que je ne me bats plus, et reprend sa forme humaine.

— Ton Alpha est un enfoiré, dit-il en se palpant la mâchoire.

Je n'avais même pas réalisé que je l'avais frappé. Mais je ne m'excuse pas, surtout que les marques de ses dents sont encore dans mon cou.

— Je pourrais dire la même chose de ton foutu chat, murmuré-je.

— Traite-le encore de *chat* et tu verras, me défie-t-il.

Je ricane. Mais je sais qu'il ne vaut mieux pas se moquer de sa bête. C'est une créature féroce, qui pourrait facilement m'arracher la tête. Littéralement.

Heureusement, elle repousserait. Car les Faë du Mythe ne peuvent pas mourir.

D'où la prison que je viens de quitter. La boîte de Pandore est le seul objet qui peut piéger l'essence d'un Faë du Mythe.

Je m'assois par terre et me tourne de nouveau vers la chambre silencieuse. Faucheur murmure à Alina quelque chose que je n'écoute pas ; je veux leur laisser leur intimité.

— Elle a donné son consentement ? insisté-je.

Bien évidemment. Même si Faucheur a beaucoup de défauts, ce n'est pas un violeur. Il accorde de l'importance au consentement, tout comme nous deux.

— Avec enthousiasme, confirme Flamme. Elle l'a quasiment supplié de la caresser.

— Tout à fait, murmure Faucheur en apparaissant dans la pièce, vêtu d'un pantalon de survêtement gris taille basse. Je vais chercher quelques cupcakes à la cuisine pour notre mignonne. Vous voulez quelque chose pendant que j'y suis ? Genre parfumé à la fraise, peut-être ?

Il remue ses sourcils. Flamme lui adresse un doigt d'honneur. Je me contente de soupirer.

— Je prendrais bien un café.

Je n'ai pas dormi et la caféine me ferait du bien. Non pas qu'elle m'apporterait quoi que ce soit physiquement, mais mentalement, j'apprécierais.

Faucheur sourit jusqu'aux oreilles comme s'il avait gagné un prix – ce qui est sans doute le cas – et s'éclipse.

Flamme scrute la porte, sa queue pointant vers elle comme pour indiquer à son propriétaire la direction qu'elle aimerait prendre. Je lui dirais bien d'enfiler un foutu pantalon, mais je remarque le boxer qu'il a déchiqueté dans sa transformation gisant à quelques pas. Il n'a visiblement pas eu le temps de l'enlever avant de se jeter sur moi.

Je me passe la main sur la figure avant de déclarer :

— Je vais boire un café, puis parler aux Strigoï. (Ils m'ont indiqué où était leur suite hier soir.) Occupe-toi de ton ardillon, puis va voir si Alina a besoin de quelque chose.

Flamme tourne sa tête vers moi, ses iris violets ressemblant à une flamme ardente.

— Ça ne va pas être possible de m'*occuper* de ça. Je vais bander jusqu'à ce que je finisse par la monter.

Il se lève d'un mouvement agile et se penche pour ramasser son boxer déchiqueté.

— Mais j'irai la voir après avoir trouvé un pantalon, ajoute-t-il en jetant un coup d'œil dans la pièce.

Je le regarde enfiler un jean, grimaçant lorsqu'il remonte la fermeture éclair. Je sais exactement ce qu'il ressent à cet instant. Mon propre nœud palpite contre mon pantalon, exigeant d'être libéré. Et après avoir entendu ces sons délectables dans l'autre pièce, je doute que ma queue se ramollisse.

Sans parler de l'odeur persistante de son miel, pensé-je en inspirant à fond. Elle n'est plus aussi puissante, mais toujours présente. Douce et capiteuse. Un parfum attirant qui me défie d'y goûter.

Bientôt, promets-je à mon Alpha intérieur. *Bientôt.*

CHAPITRE VINGT-ET-UN

ALINA

JE CONTEMPLE LE LIT, en proie à une folle envie de me
rouler dessus, bien que je vienne de me laver. Comme si je
voulais absorber les souvenirs que Faucheur y a imprimés
et m'assurer qu'ils ne quitteront jamais ma mémoire.

Parce que *wow*. Il m'a fait me sentir vivante. En feu.
Éveillée comme je ne l'avais jamais été. C'est à la fois
étrange et libérateur.

Je pose la main là où j'ai dormi, cette place où
Faucheur m'a fait craquer. Je flaire encore les traces de ce
qu'on a fait ici. *J'aime ça*, décidé-je, toute souriante.

Puis je gagne la penderie pour trouver quelque chose à
me mettre. Mais quand je l'atteins, un nouveau parfum
tourbillonne autour de moi. Quelque chose de frais et
résolument masculin. *Orcus*, soufflé-je. J'inspire à fond et
me retourne vers lui – sauf qu'il n'est pas là. Il n'y a
personne. Juste moi et ce parfum attirant. Ainsi qu'un
soupçon de cèdre. *Flamme ?* deviné-je, étourdie par la
combinaison des fragrances. Le mélange des essences de
Flamme et d'Orcus m'évoque une belle journée en

montagne, une promenade dans les bois. Je ferme les yeux et me l'imagine : *de l'air frais ; des sapins ; et un feu de camp…* Ce dernier me fait froncer le nez. C'est le complément idéal, mais ce parfum ne vient pas de Flamme ni d'Orcus. *C'est Faucheur*, réalisé-je. *Oh, Faë…*

Collectivement, c'est… ça forme un *tout.*

Je veux vivre ici, au milieu de ces odeurs. C'est l'arôme d'une journée parfaite.

En fouillant dans la penderie, je trouve les sources de cette alléchante combinaison et les emporte dans la chambre. C'est un désir peu commun, mais je ne peux pas m'en empêcher. Je dois associer ces effluves séduisants à ceux que Faucheur et moi avons créés dans le lit.

C'est donc ce que je fais. Je laisse juste… tomber tout ça sur le lit. Puis je le fixe en fronçant les sourcils. *Ce n'est pas bien du tout.* L'arôme est parfait. Il est même irréprochable. Mais l'arrangement… *Non. Il faut… Mmh.*

Je prends une serviette qui porte l'odeur de Flamme et la place près des oreillers. Puis j'attrape une chemise – celle d'Orcus – et l'étale soigneusement sur la serviette. Hochant la tête, je ramasse un peignoir et le flaire. *Vrilles fumées. Cendres. Feu de camp.* C'est bien Faucheur. Je le pose sur les autres et pétris le tout pour former une sorte de bourrelet derrière mon oreiller et celui d'à côté.

Me tapotant le menton, je me rends compte qu'il manque encore quelque chose et je baisse les yeux sur la serviette enroulée autour de mon torse. Je l'enlève et en emballe le bourrelet que j'ai créé, formant quelque chose qui ressemble à un long traversin. Je me penche pour le humer et je souris. Parfait. Mais j'ai besoin de plus.

Je promène mon regard dans la pièce, réalisant que je n'ai rien d'autre pour rembourrer le lit. Il n'y a que mes draps, et ceux-là… sont bien à leur place.

Je me glisse hors du lit, me tourne à nouveau vers la penderie – et me fige.

Car Orcus, Flamme et Faucheur sont devant la porte et me regardent bouche bée.

Je les fixe en clignant des yeux.

— Est-ce qu'elle construit un nid ? demande Faucheur en désignant le lit.

— Ouais, répond Orcus en déglutissant.

— Cool, dit Faucheur en hochant la tête. J'approuve tout à fait le côté nu de l'expérience.

Je baisse mes yeux qui s'écarquillent, me rappelant soudain que j'ai ôté ma serviette pour… pour… faire je ne sais quoi.

— Alors, quand est-ce que les chaleurs commencent, déjà ? s'enquiert Faucheur.

Je plonge dans le lit et tire les couvertures à moi. Genre sur tout mon corps, jusqu'à me couvrir la tête. Et me cramponne à la couette comme si ma vie en dépendait.

Qu'est-ce qui déconne chez moi ? Qu'est-ce que j'étais en train de fuire ? Et pourquoi, pourquoi ça sent toujours aussi bon ici ? Je gémis, mes tétons durcissent dans le parfum qui m'engloutit de la tête aux pieds.

Parce que ce sont eux. Ces Faë. Ces *hommes*. Je suis pratiquement ivre de leurs fragrances, la vision d'une journée parfaite me frappant une fois de plus. *Je me promène à flanc de montagne. Je sens la chaleur sur mes épaules et mes bras. Les arbres se balancent sous une brise légère.* Je gémis, perdue dans ma rêverie et mortifiée à la fois.

— Alina, m'appelle doucement Orcus.

Le matelas bouge quand il me rejoint sur le lit. Mais il ne s'allonge pas, il reste assis. Et il ne me touche pas non plus.

J'attends que les autres nous rejoignent, mais c'est

l'odeur d'Orcus qui envahit la pièce. *Sont-ils partis ?* me demandé-je. *Ou bien ils nous observent encore à la porte ?*

Oh, Faë. La chaleur monte dans mon cou. *Depuis quand regardaient-ils ?* Je ne me souviens même plus du moment où j'ai ôté ma serviette ni de la raison pour laquelle je me suis sentie obligée de le faire.

—Je ne sais pas ce qui m'arrive, dis-je à voix haute.

Je *déteste* la peur que je ressens et exprime. Ce n'est pas moi. Je suis forte. Je me bats. Je me *révolte*. Mais ça… ce n'est pas normal. C'est… c'est *eux*. Ce sont les Faë.

Et pourtant, tout semble tellement juste.

J'ai envie de crier et m'arracher les cheveux. Me rouler en boule et pleurer. Sauter du lit et *hurler*. Ces pulsions contradictoires me retournent l'estomac.

— Tu veux que je t'explique ? me propose Orcus, sa voix contenant un soupçon de ce ronflement − ce *ronronnement*.

Il ronronne.

Tout en moi se fige tandis que mes sens se fixent sur ce doux ronflement, et mon corps se détend aussitôt sous la vibration apaisante.

Oh, j'aime ce son.

— Oui, murmuré-je, ravie de son ronronnement et de sa voix.

J'en veux plus. J'en *désire* plus. Il représente un salut, une protection dont j'ignorais le besoin. J'ai juste envie de me blottir contre lui et me délecter de la sérénité de son étreinte.

Mais il ne me touche pas. Il ne bouge même pas. Ce qui m'irrite un brin.

Pourquoi ne me prend-il pas dans ses bras ?

— Je t'ai dit que je crois que tu as une âme d'Oméga, attaque-t-il, ce qui me fait ciller.

Quoi ? Encore ça ? Ce n'est pas de ça que je veux parler.

Je veux simplement qu'il ronronne et me prenne dans ses bras. Pourquoi…

— Je pense que le fait de me rencontrer a libéré cette âme. Et maintenant, tu te sens enfin assez en sécurité pour être toi-même. Mais tu as passé… Quel âge as-tu ?

Mes yeux papillotent à cette question inattendue, mais quoi qu'il en soit, ma bouche connaît la réponse.

— Deux-et-vingt ans.

Il garde le silence un long moment, puis se racle la gorge.

— Ton âme oméga s'est cachée pendant plus de vingt ans, t'obligeant à tenir le coup sans cette partie de toi-même. Mais maintenant, les deux moitiés de ton être se rejoignent, ce qui, j'imagine, est une expérience très déroutante.

C'est l'euphémisme du siècle, aimerais-je lui dire. Mais je suis trop occupée à essayer de digérer ses paroles tout en luttant contre mon besoin instinctif de le tirer sous les couvertures avec moi.

Son ronronnement serait si agréable ici, pense une partie de moi.

Je suis en train de perdre la tête, constate une autre partie.

Et enfin, je ne peux m'empêcher de me demander : *Mes deux moitiés se rejoignent ? Qu'est-ce que ça veut dire ?* Alors oui. *Déroutant* est un euphémisme. Ouaip.

— J'ai connu des Omégas dans le passé, poursuit-il, ce qui fait bondir mon cœur.

Une partie de moi n'aime pas la façon dont il a formulé cela. Cette partie qui me fait plisser les yeux et interroger :

— Connu comment ?

Parce qu'il vaudrait mieux que ça n'ait pas été intime, pense cette partie de moi qui se renfrogne intérieurement. C'est… c'est déconcertant. Comme si c'était une autre entité qui posait cette question, pas moi. Et pourtant, je sens au plus profond de mon âme que je n'aimerais pas qu'il connaisse *intimement* une autre Oméga.

— Genre, je les ai côtoyées, dit-il, une pointe d'amusement dans le ton.

J'empoigne la couette et l'écarte de mon visage, ayant besoin de le voir. Parce qu'il n'y a rien de drôle dans cette conversation. Mais sitôt que nos regards se croisent, mon courroux naissant meurt.

Des iris *rouges* me fixent. Rouge et audacieux. Et il n'y a aucun signe d'amusement dans son expression.

Il n'y a plus aucune autre présence dans la pièce. Rien que nous. *Moi et l'Alpha Faë du Mythe.*

Son ronronnement s'intensifie, ou peut-être est-il simplement plus fort maintenant que j'ai émergé de mon cocon de couvertures. Quelle qu'en soit la cause, je suis reconnaissante de ce ronflement vibratoire car il m'apaise instantanément.

Orcus tend la main pour écarter mes cheveux de mon visage, et sa paume enveloppe ma joue.

— Je n'ai jamais été avec une Oméga, m'affirme-t-il. Tu seras ma première et ma seule, Alina.

Je déglutis, incertaine de la réponse à donner.

— Cet instinct possessif que tu ressens, il équivaut au mien pour toi. Ça fait partie du lien Alpha-Oméga. Nos âmes se lient l'une à l'autre. Nous nous rapprochons à chaque instant. Et à mesure que nous nous rapprochons, tes traits omégas se renforcent.

— Je ne me sens pas très forte en ce moment, avoué-je dans un murmure, détestant à quel point je suis devenue vulnérable ces derniers jours. Je me sens plus faible, Orcus. Et je… je suis en train de perdre ce que je suis ?

La fille rebelle du village. Celle qui est déterminée à retrouver sa sœur.

Que lui est-il arrivé ? *Où suis-je allée ?*

— Je suis censée aller à Chicago en ce moment même, ajouté-je. Je ne voulais pas de compagnon. Je voulais seulement être choisie pour la Nuit des Monstres pour pouvoir…

Je m'interromps, la gorge nouée, et je grimace. Mais en fait, qu'est-ce que ça changerait si j'exprimais la vérité ? Ces Faë ont déjà promis qu'ils m'emmèneraient à Chicago. Pourquoi ne pas leur dire que je veux retrouver ma sœur ?

L'ancienne Alina le lui dirait, songé-je. *L'ancienne Alina serait forte et affirmerait son but.*

Je veux redevenir l'ancienne Alina. Je veux être *moi-même*. Pas cette… cette *Oméga* qui aime les ronrons et est obsédée par les odeurs.

Je commence à repousser les draps, bien décidée à me lever et à partir. Mais dès que l'air frais caresse mes seins, je me rappelle que je suis nue et je remonte aussitôt les couvertures.

Seulement, cette fois, je ne gémis pas ni ne grogne. Je *gronde*.

Parce que je suis frustrée. Parce que je suis à nouveau *vulnérable*. Parce que j'en ai trop marre de ne pas pouvoir agir comme je veux.

— Pendant des années, j'ai été forcée de faire ce qu'exigeaient les Protecteurs. Forcée d'adhérer aux règles du village. Puis je les ai enfreintes. Enfin, certaines d'entre elles. Et c'est par *choix* que je suis arrivée à la Nuit des Monstres. Je ne suis pas faible.

— Les Omégas ne sont pas faibles non plus, répond Orcus, attirant mon attention sur ses lèvres charnues. Elles sont fortes. Elles sont capables de gérer la puissance d'un Alpha et de le mettre à genoux. Les Omégas ont tout le pouvoir dans mon monde. C'est pourquoi nous sommes perdus sans elles.

— Mais… mais je suis obsédée par les *odeurs* et ton

ronronnement et… (Je secoue la tête.) Je ne comprends pas, Orcus. Je ne comprends pas ce qui m'arrive.

J'ai saisi le coup de l'âme oméga qui s'éveille. C'est ce que cela implique réellement qui me fait me sentir si perdue. J'essaie d'expliquer cela à Orcus, mais j'ai l'impression de divaguer.

Parce que je ne suis pas moi. Je ne suis pas…

— Tu construisais un nid, dit-il, m'arrachant à mes pensées. Un nid est un endroit sûr où une Oméga peut s'accoupler avec son Alpha. Ou, dans ton cas, tes compagnons. Parce que je soupçonne que ce que Faucheur et toi avez fait tout à l'heure a déclenché un besoin en toi. Et tu as réagi à ce besoin en créant ton nid.

Je bats des paupières.

— Un nid ?

— Oui. (Il esquisse un sourire.) Vois ça comme un havre de paix que tu contrôles et qui t'appartient. Tu décides qui y entre. Comment il y entre. Où il s'allonge. C'est ton espace, à toi de le diriger comme tu le souhaites.

Je fronce le nez.

— Je ne sais pas quoi répondre à ça.

Il hausse une épaule.

— Tu n'as pas à dire quoi que ce soit. J'essaie juste de t'aider à comprendre ton instinct. Tu as construit un nid avec les odeurs de tes compagnons parce que ton Oméga intérieure se sent en sécurité avec nous.

J'imagine de nouveau ce bel après-midi montagnard et je constate à quel point je me sens en sécurité, au chaud et heureuse. *C'est ce que leurs parfums représentent*, réalisé-je. *L'harmonie. L'utopie. Un lieu de plaisir.*

— Quant à mon ronronnement, tu l'aimes parce que les Alphas ronronnent pour leurs compagnes. C'est un son que je ne produirai que pour toi. Et Flamme ronronne aussi, en fait. Mais il est un peu différent. Cependant, le même principe s'applique.

Orcus écarte sa paume de ma joue, ses iris sont un tourbillon hypnotique de rouge et de noir.

J'étudie ses yeux et ses pommettes saillantes. De si près, il ne paraît pas si grand. Ce qui est étrange, car il est vraiment massif. Or il possède une certaine douceur qui atténue sa taille intimidante.

— Je peux aussi gronder. (Il illustre cette capacité en ajoutant un léger grondement à ses paroles.) Les grondements excitent les Omégas et suscitent un désir d'accouplement. (Il prononce cette dernière phrase sans y ajouter d'effet sonore.) Ça pousse l'Oméga à produire… du miel.

Je contemple de nouveau sa bouche pendant qu'il parle, une partie de moi souhaitant qu'il gronde encore. Car j'ai bien aimé ce son.

— Qu'est-ce que le miel ? demandé-je, lui prêtant attention bien que je sois quelque peu distraite par ses belles lèvres.

— Le lubrifiant entre tes cuisses.

Je relève d'un coup les yeux vers les siens.

— Qu-quoi ?

— Les grondements te font mouiller, précise-t-il. (Non pas que j'en avais besoin. Ma question était rhétorique, quoique je ne m'attendais pas à ce qu'il réponde *ça*.) *Beaucoup* mouiller.

— Oh-oh, frissonné-je.

L'amusement danse dans ses yeux tandis qu'il m'étudie.

— Une grande partie de tes instincts d'Oméga tourne autour de l'accouplement, Alina. C'est ce que font les Alphas et les Omégas. Mais il n'y a rien de faible là-dedans. Ton corps est bâti pour supporter ma force brute. Et mon cœur a été créé pour t'aimer pour l'éternité.

Il pose de nouveau sa paume sur ma joue, et son regard est soudain très intense. Si intense que je peux à peine respirer. Parce qu'il me contemple comme si j'étais son monde, son tout.

— Tu es ma vie maintenant, Alina, souffle-t-il. Mon éternité. Et cela, ma douce Oméga, fait de toi la plus forte de nous tous.

CHAPITRE VINGT-DEUX
ALINA

LES EXPLICATIONS d'Orcus me restent en mémoire les jours suivants, sa voix dans ma tête m'aidant à mieux comprendre mes instincts incongrus. Malheureusement, les comprendre ne les fait pas disparaître. Au contraire, ils deviennent de plus en plus prégnants.

Comme en témoigne le tas croissant de vêtements qui entoure le lit.

Si cela dérange Faucheur, il ne le montre pas. Il m'a rejoint les deux dernières nuits et m'a réveillé avec des orgasmes chaque matin.

Enfin, presque chaque matin. Car aujourd'hui, on dirait qu'il a disparu.

Je vais donc me doucher seule, quelque peu déçue de cette rupture dans notre routine. Non pas que nous ayons un programme fixe ou quoi que ce soit de ce genre, mais ces derniers jours ont suivi une séquence similaire : orgasmes matinaux avec Faucheur, cupcakes au petit déjeuner, leçons l'après-midi enseignées par Orcus, entrecoupées de repas en groupe, et promenades le soir avec Flamme.

Tout cela a été… agréable. Exceptionnel, même.

Alors, où est Faucheur ? me demandé-je en drapant une serviette autour de mon torse. Il est le seul à avoir dormi dans le lit avec moi, sans doute parce que je n'ai pas invité les autres à nous rejoindre.

Mais ils ne l'ont pas demandé non plus. S'ils l'avaient fait, je… j'aurais pu dire oui.

La chaleur qui se répand dans mes veines, je la comprends enfin. C'est de l'excitation, mais une version beaucoup plus intense provoquée par mon côté oméga bien éveillé maintenant. Hier, Orcus m'a enfin expliqué ce qu'est l'expérience des *chaleurs* que Faucheur ne cesse d'évoquer :

— C'est une question de procréation. Tu vas devenir insatiable, et tu auras besoin de nous trois pour te satisfaire. (Son accent se voilait à mesure qu'il parlait.) Et à la fin, tu tomberas probablement enceinte.

Enceinte, songé-je à présent, posant une main sur mon ventre. *Pourquoi ça ne m'effraie pas ?* Ça devrait. Je n'ai jamais désiré d'enfants. Mais c'était quand je croyais que je devrais les élever dans ce monde ou me mettre en couple avec un homme de mon village.

Avec les Faë, je… je ne sais pas. Ce n'est pas si terrible que ça d'être avec eux.

— Veux-tu un enfant ? ai-je demandé à Orcus hier.

— Oui, a-t-il répondu sans ambages. Mais je veux surtout une compagne.

J'ai froncé les sourcils.

— Qu'est-ce que tu veux dire ?

— Je veux dire que si tu ne désires pas d'enfants, ou ne te sens pas prête à en avoir, on réfrènera notre rut. Nous pouvons te satisfaire de bien d'autres manières.

Il a souri à ces mots, comme s'il songeait à ces autres manières. Mais j'étais trop obnubilée par le mot *rut* – qu'il a prononcé plusieurs fois au cours de notre conversation – pour envisager ces fameuses manières.

Je veux que les Faë me livrent à leur rut, décidé-je. C'est dingue, non ?

Je m'étudie dans le miroir. Je ne trouve pas ça si dingue. En fait, ça me paraît la chose la plus naturelle au monde. Peut-être parce que je suis à la fois excitée et frustrée par ma séance manquée avec Faucheur. Ou peut-être que c'est juste ma destinée.

Je devrais arrêter de trop réfléchir et aller chercher ce Faë de la Mort, me dis-je, plissant les yeux devant le miroir.

Pourquoi ce serait lui seul qui devrait initier nos jeux matinaux ? Et pourquoi ne m'a-t-il pas encore demandé de le toucher à son tour ?

Passant mes doigts dans mes cheveux humides, je traverse la chambre, déterminée à trouver l'homme qui occupe mon esprit et à exiger des réponses. Mais quand j'arrive dans le salon, je ne vois que Flamme sous sa forme de jaguar. Il se prélasse sur le marbre du vestibule, et relève sa grosse tête à mon irruption. Ses yeux verts clignent à ma vue. Je lui retourne un clin d'œil.

— Où est Faucheur ? m'enquiers-je.

Il se lève et s'étire, son corps racé exhibant des muscles impressionnants. Puis il s'approche de moi d'un pas nonchalant, toujours sous sa forme féline. Je l'observe, attendant qu'il se transforme, mais il ne le fait pas. Il vient se coller à moi et se frotte contre ma jambe. Mes doigts plongent d'eux-mêmes dans son doux pelage, et j'esquisse un sourire du coin des lèvres.

— Bonjour à toi aussi, le salué-je tandis qu'il me pousse du museau en direction de la chambre. Tu vas me faire un câlin à la place de Faucheur ?

Ce n'est pas vraiment ce que je recherchais, mais ça ne me dérangerait pas de me lover dans le lit avec le jaguar de

Flamme. Il est si doux, si chaud, si puissant. Sa puissance est manifeste tandis qu'il me guide vers le lit et me fait pratiquement tomber dessus. Je lâche un hoquet en atterrissant sans ménagement sur les fesses, son grand corps se pressant contre le mien.

— Qu'est-ce que tu fais ? soufflé-je en reculant sur le lit.

Un rire léger me monte à la gorge, car son jaguar a clairement envie de jouer. Mais lorsqu'il grimpe à son tour sur le lit, il n'y a plus rien de joueur dans ses yeux. D'autant plus qu'il fourre son museau sous ma serviette pour toucher l'apex entre mes cuisses.

Je reste bouche bée, stupéfaite. Et je suis encore plus surprise quand l'énorme jaguar se met à ramper sur mon corps et commence à se transformer en homme.

Flamme.

Au moment où son museau atteint mon visage, il a complètement repris sa forme humaine. Et il est sur moi, nu comme un ver.

— Bonjour, petite panthère, murmure-t-il, un ronronnement dans la voix. (Il frotte son nez sur ma joue.) Tu sens particulièrement bon ce matin.

Frissonnante, je serre mes cuisses autour des siennes en réponse à son ronflement sensuel. Il est différent de celui d'Orcus, qui paraît toujours me détendre. Quoique le ronronnement de Flamme peut aussi être apaisant. Mais comme je le découvre à présent, il se révèle aussi extrêmement sexuel.

Il frôle ma mâchoire de ses lèvres, ses mouvements hypnotiques sont nouveaux pour moi. Il m'a embrassée sur les joues quelques fois, mais ces chastes baisers ne sont rien comparés au séduisant prédateur allongé sur moi.

— Orcus et Faucheur sont en train de discuter avec

l'émissaire, me dit-il d'une voix douce. Il semble qu'Orcus pourrait enfin rencontrer l'insaisissable reine aujourd'hui.

Je me fige.

— Elle est prête à le recevoir ?

Flamme acquiesce et avance sa bouche vers mon cou.

— C'est l'hypothèse actuelle, oui. (Il mordille mon pouls.) Nous aurons peut-être des réponses aujourd'hui. Mais en attendant… je vote pour qu'on s'amuse.

— Tu ne devrais pas être avec eux ? demandé-je, étonnée qu'Orcus et Faucheur l'aient laissé ici.

Quant à moi, ça ne me surprend pas de ne pas être invitée : je suis une humaine. *Ou une sorte d'humaine, du moins,* corrigé-je, toujours troublée par cette « âme oméga » qui prend le contrôle de ma vie.

— Faucheur et moi avons tiré des lames, et j'ai gagné. (La fierté teinte le ton de Flamme, dont les lèvres se retroussent sur mon cou.) Alors j'ai choisi d'être ici avec toi pendant qu'ils s'occupent des conneries politiques.

— Tiré des lames ? répété-je, ne saisissant pas l'expression.

— C'est un jeu auquel nous jouons : celui qui dégaine un truc pointu le plus vite a gagné. (Il s'appuie sur les coudes posés de chaque côté de ma tête.) J'ai partiellement transformé ma main pendant qu'il invoquait une dague. Il y a eu presque égalité, mais Orcus m'a déclaré vainqueur.

Je le dévisage.

— C'est un jeu ?

— Oui, chaton, c'est un jeu, sourit-il. Et comme j'ai gagné, ma récompense est de m'amuser avec toi.

Chaton ? relevé-je. *Où est passé « petite panthère » ?*

— Je ne suis pas un chaton, me renfrogné-je.

Flamme glousse et hoche la tête.

— Petite panthère, alors.

— Madame panthère, le reprends-je – ce qui me fait sourciller. Non. Petite panthère, c'est très bien.

Madame me fait penser aux vieilles matrones de mon village. *Petite*, c'est… bon, je suis plus menue que tous ces Faë, alors j'accepte l'adjectif puisqu'il est dit de façon affectueuse et non condescendante.

— Comme tu veux, petite panthère, murmure-t-il. Y a-t-il d'autres demandes que tu voudrais formuler ce matin ? Je suis à tes ordres.

J'arque un sourcil.

— Vraiment ?

— Toujours.

Hmm. Ça pourrait être une déclaration dangereuse, surtout dans mon humeur actuelle.

Faucheur a dû entraîner mon corps à réclamer des orgasmes chaque matin désormais. Il m'a sûrement jeté un sort sensuel. Ou peut-être que c'est mon côté *oméga* qui me donne si envie des caresses d'un homme. Quoi qu'il en soit, j'ai un Faë Métamorphe nu sur moi.

Un Faë Métamorphe sexy à se damner, pensé-je en réfrénant un sourire. *Un Faë Métamorphe sexy à se damner qui se dit à mes ordres.*

Et qui est raide, aussi. Pas seulement tous ses muscles, mais également entre mes cuisses. Je sens sa chaleur à travers le fin tissu de ma serviette.

Son visage était juste là, sous sa forme de jaguar, me rappelé-je en frémissant. Il ne fait aucun doute dans mon esprit qu'il a senti mon excitation, sans parler de la *voir*.

Toutes nos promenades ont été douces, et j'ai apprécié sa patience avec moi. Mais je veux davantage que des mains qui se tiennent et de chastes baisers sur la joue.

Je le veux. Faë, je les veux.

Je suis accro à ces mâles. C'est… c'est comme si j'étais

vivante pour la première fois de mon existence. Et j'adhère totalement à cette expérience revigorante.

Ils ne veulent pas me faire de mal, ils veulent me protéger. Me chérir. Faire de moi leur *compagne*.

Trois Faë, et une sorte d'Oméga.

Ce n'est pas une mauvaise vie. En fait, elle me paraît plutôt exceptionnelle.

— Devrais-je avoir peur ? s'enquiert Flamme en m'étudiant.

Je lève vers lui des yeux papillotants.

— Quoi ? Pourquoi tu aurais peur ?

— Parce que tu mets un temps fou à trouver ton prochain ordre.

Oh. Je me lèche les lèvres.

— Ah oui, d'accord, tu devrais sans doute…

— Oui ? (Il arque un sourcil noir, ses iris violets rayonnant d'une intention pécheresse.) Va jusqu'au bout, petite panthère. Dis-moi ce que je dois faire.

Ce défi me rend encore plus humide entre les cuisses, mon esprit moulinant des concepts et idées étrangers à moi, dont la plupart m'ont été inculqués par *Faucheur*.

— Un de ces jours, je vais te lécher *là*, ma chérie, m'a-t-il annoncé hier. Je vais mordiller ton petit clito gonflé pendant que tu jouis, puis te mener de nouveau à l'orgasme avec ma langue.

Mes entrailles se nouent à ce souvenir, mon désir de sentir la bouche de Faucheur à cet endroit me rend toute chaude.

Faë, ce serait comment ? Est-ce que Flamme me montrerait ?

Il m'observe à travers ses cils épais, son beau visage à quelques centimètres du mien. Comment lui demander de m'embrasser là alors que nos lèvres ne se sont même pas encore jointes ? C'est peut-être banal, mais je veux commencer par sentir sa bouche sur la mienne. Explorer sa langue. Découvrir son type de passion et comprendre ce qu'il aime. Pas forcément pour le comparer à Faucheur, mais juste pour connaître Flamme.

Pour connaître mes deux hommes Faë.

Oh, rien qu'à l'idée de les avoir tous les deux, mes jambes se crispent encore. J'ai *envie*. Je *brûle*.

— Tu dois m'embrasser, Flamme. S'il te plaît. Je…

Sa bouche fait taire mes divagations, ses lèvres sont douces sur les miennes. Du moins… au début. Mais après quelques secondes, cette douceur se fond dans quelque chose de plus chaud, plus *cajoleur*. C'est subtil, mais je sens qu'il me maîtrise avec des caresses douces et séduisantes. Il me dit ce qu'il veut d'un coup de langue silencieux. Et il prend les commandes au moment où j'écarte les lèvres.

Faë… Il est tout en grâce sensuelle. Une lente séduction. Une étreinte résolue.

Un baiser parfait.

Je ne devrais pas être surprise. Tout en Flamme est parfait, de ses traits magnifiques à son jaguar époustouflant, en passant par ses manières de gentleman.

Mais ce baiser n'a plus rien de galant. Sa langue domine la mienne tandis qu'il *ronronne*. Oh, ce ronflement. C'est… c'est tellement hypnotique. Si imposant.

— J'adore ton ronronnement, dis-je contre sa bouche. Ça… ça me fait frissonner de partout.

— Ça devrait, sourit-il. C'est l'appel à l'accouplement de mon jaguar. Il l'emploie pour t'apaiser, mais aussi pour te séduire. (Il fait glisser son nez le long de ma joue jusqu'à mon oreille.) Est-ce que ça marche, petite panthère ? Est-ce que ça te donne envie d'écarter les jambes ?

— Mes jambes sont déjà écartées, remarqué-je.

— Mmmh, pas assez, répond-il, ses paumes effleurant mes flancs. Cette serviette me gêne aussi.

— Peut-être que tu devrais l'enlever, suggéré-je, me trouvant curieusement audacieuse et pleine de désir.

— Est-ce un autre ordre, ma reine panthère ?

Je frémis, j'aime ce nouveau mot doux. *Reine* me donne l'impression d'être puissante, pas faible. C'est un titre honorifique. Quoique je ne suis pas sûre de l'avoir mérité. Mais s'il estime que je suis sa *reine panthère*, alors je l'accepte.

— Embrasse-moi encore, le supplié-je.

J'ai perdu le fil de notre discussion. Je ne sais même pas pourquoi nous avons commencé à parler. Je veux plus de sa langue, plus de sa bouche, plus de sa *passion*.

Et il me les donne. Oh, comme il me les donne !

Ses baisers sont plus sensuels que ceux de Faucheur, mais tout aussi puissants. Addictifs. *Mortels* pour mes cellules cérébrales. Car je n'arrive plus à distinguer le haut du bas ou la gauche de la droite. Non pas que ça ait la moindre importance à cet instant.

— Flamme, soufflé-je.

— Alina, répond-il, sa bouche humide contre la mienne. Dis-moi de te goûter. *S'il te plaît,* dis-moi de te goûter. (Il m'embrasse encore avant que je réponde, et son ronronnement s'intensifie.) Mon jaguar voulait trop lécher ton doux minou, mais je l'ai retenu. J'ai besoin de ton consentement. Je veux tes *ordres.*

Mes cuisses serrent les siennes, mes entrailles pleurent du besoin d'accéder à sa demande et de lui donner un ordre. C'est une combinaison étrange, cette impression de pouvoir tout en sachant au fond de moi que je suis en train de me soumettre.

Il veut me *lécher.* Il me demande de lui ordonner de le faire. Et je veux plus que tout formuler cet ordre.

— Goûte-moi, lui intimé-je. Goûte-moi partout, Flamme.

Son regard violet se teinte de mouchetures d'ébène, et j'ai appris que ça indique que son animal est proche de la surface. Il est à la fois bête et homme.

Il veut mon consentement – que j'ai donné. Et je vois bien le soulagement que ça lui procure. Quelque chose s'installe en lui. Un prédateur raffiné prend le contrôle. De sombres intentions brillent dans son regard flamboyant.

J'en frémis d'avance, m'attendant à ce qu'il arrache la serviette de mon corps. Mais il ne le fait pas. À la place, il m'embrasse encore. Ce baiser est bien plus intense que le précédent, encore plus *dominateur*. Comme si je venais de libérer quelque chose en lui. De lui donner la permission de faire ce dont il a vraiment envie. *De permettre à son jaguar de mener la danse*, réalisé-je. Je ne sais pas trop comment je le sais, mais je le sais. Et j'en suis à la fois terrifiée et ravie.

Il grogne. Ronronne. Grogne encore.

Puis il empoigne le tissu qui nous sépare et l'arrache d'un coup sec.

Ses yeux presque entièrement noirs fixent mes seins nus, il pointe sa langue pour lécher sa lèvre inférieure.

—Je vais te dévorer, Alina. (Sa voix est profonde, grave et pleine d'avertissements.) Il faut que tu choisisses un mot de sécurité.

Je fronce les sourcils.

— Un quoi ?

— Un mot de sécurité, répète Faucheur qui apparaît à côté de nous sur le lit, sa tête appuyée sur une main. Un mot qui lui dira, enfin, qui *nous* dira si on va trop loin.

Je reste bouche bée devant son corps allongé, surprise par son apparition soudaine. Et également stupéfaite par son explication.

—Je ne peux pas juste dire *arrêtez ?*

— Non, répondent-ils tous deux à l'unisson.

— Parfois, tu peux nous dire d'arrêter alors qu'en

réalité tu veux que l'on continue, ajoute Faucheur. Il nous faut donc un mot qui signifie réellement *stop*. Un mot qui nous arrachera à ce qu'on fait et nous obligera à vérifier où tu en es.

— Ce n'est pas qu'on ne fait pas ça tout le temps, précise Flamme, ses yeux redevenus violets. C'est juste une précaution au cas où nos bêtes iraient trop loin.

— C'est aussi une façon de démontrer ton pouvoir, Alina, ajoute Faucheur en souriant. Aucun homme dominant ne souhaite que sa femme lui impose un mot de sécurité. Savoir que tu peux tout arrêter d'un seul mot te donne un contrôle total, même quand tu peux avoir l'impression de ne plus rien contrôler.

Flamme hoche la tête, d'accord avec Faucheur.

S'il est dérangé par l'apparition inattendue de son ami, il ne le montre pas. En fait, il paraît tout à fait à l'aise avec la présence de Faucheur.

Parce qu'ils veulent me partager.

Un frisson me parcourt à la découverte de leur désir. *Je crois que je veux aussi qu'ils me partagent.*

— Alors, qu'est-ce que ce sera, ma chérie ? demande Faucheur, retroussant ses lèvres en un sourire sacrément attirant. Quel est ton mot de sécurité ?

CHAPITRE VINGT-TROIS
FAUCHEUR

.

FLAMME NE CHERCHE PAS à savoir pourquoi je suis ici et pas
avec Orcus. Peut-être qu'il suppose que l'Alpha m'a
renvoyé ou a décrété qu'on n'avait plus besoin de moi.

Hélas, ce n'est rien de tout cela.

L'émissaire Jones Tête-de-nœud m'a dit que je ne
pouvais pas assister à la réunion avec sa reine Salope bien-
aimée. J'ai débattu, argumenté. Mais un regard d'Orcus
m'a fait hausser les épaules. Il pouvait se débrouiller seul.

Entre-temps, je n'avais qu'à m'occuper d'Alina. Je me
suis donc téléporté ici pour jouer avec ma mignonne et j'ai
atterri fort heureusement au milieu d'un plan à trois.

Elle n'a plus qu'à donner un mot de sécurité pour
qu'on puisse jouer dans les règles.

J'ai passé les derniers jours à la chauffer en douceur,
pour son bien comme pour le mien. Orcus peut se
satisfaire de paroles et Flamme de ses promenades
nocturnes, mais moi j'avais besoin de toucher notre chérie.
De la goûter. De la *connaître*.

Et je crois qu'elle aussi avait besoin de mon type de

formation. Elle sera un esprit libre au lit. Elle doit juste oublier ses incertitudes et déployer ses ailes invisibles.

— Chicago, murmure-t-elle, ce qui me fait sourciller.

— Orcus va bientôt rencontrer l'insaisissable reine. Ils en parleront, lui promets-je.

— N-non. Je… j'ai choisi mon mot de sécurité : *Chicago*.

— Oh, souris-je. Va pour Chicago.

— Chicago, fait écho Flamme, acceptant le mot de sécurité. Si, pour une raison ou une autre, tu ne peux pas parler, lève deux doigts ou tape deux fois.

Il joint le geste à la parole tandis qu'Alina pose sur lui des yeux écarquillés.

— Pourquoi je ne pourrais pas parler ? demande-t-elle, alarmée.

— Oh, ma chérie, musé-je en m'asseyant pour ôter ma chemise. Tout ce qu'on va t'apprendre…

À commencer par ce que je peux faire avec mes vrilles éthérées.

— Tu étais sur le point de goûter notre mignonne, non ? dis-je à Flamme.

— Oui, confirme-t-il, contemplant ses beaux seins. Mon jaguar veut lécher chaque centimètre d'elle.

— Ça se comprend. Elle est délicieuse.

Mes tatouages se tordent alors que je prononce ces paroles. Les torons de fumée s'échappent lentement de ma peau et flottent dans l'air en direction de notre femme. Elle les voit mais ne dit rien, me regarde simplement les enrouler autour de ses poignets. J'exerce une certaine pression pour amener ses bras au-dessus de sa tête, ce qui la fait béer de surprise. Puis je lie ses mains ensemble et j'enroule une vrille autour de la tête de lit pour l'attacher.

— Goûte-la, intimé-je à Flamme. Fais crier notre fille.

Alina ouvre la bouche comme pour protester, mais tout

ce qui en sort est un gémissement quand Flamme aspire un de ses tétons rosés entre ses lèvres. Il gémit autour du délicat bourgeon, sa main libre se pose sur son autre sein pour en presser la chair arrondie. Il remplit admirablement sa paume, prouvant que son corps est fait pour lui – pour *nous*.

J'ai aussi touché ces seins rebondis, mais ne les ai pas encore léchés.

Une de mes mèches descend caresser le dessous de son sein pendant que Flamme embouche l'autre pointe. Les sons émis par Alina confirment à quel point elle aime ça, et me font regretter de ne pas l'avoir poussée un peu plus loin dans nos expérimentations. Parce que ces bruits qu'elle fait sont foutrement divins.

Je détache mon jean, ma queue palpitant derrière la fermeture éclair. Mais je ne l'enlève pas complètement. J'attendrai qu'Alina me fasse cet honneur.

D'ici là… Je me penche pour absorber ses gémissements avec ma langue. Elle me rend aussitôt mon baiser d'une bouche avide. C'est un baiser que je connais, que je lui ai *enseigné*. Notre petite mignonne est une excellente élève.

Je récompense son talent en approfondissant notre étreinte pendant que Flamme se régale de ses seins tel un affamé. Il la rend folle, et elle cambre ses hanches pour en réclamer plus. Flamme répond en la plaquant au lit avec son bas-ventre, son grognement vibrant dans l'air. Elle gémit contre ma bouche, ce qui me fait sourire.

— Tu t'es sentie frustrée ce matin, ma chérie ? (Je lèche sa lèvre inférieure.) Mes mains sur toi t'ont-elles manqué ?

— Oui, dit-elle en essayant de se cambrer de nouveau.

Flamme émet un autre grondement.

— Ne me brusque pas, petite panthère. Quand j'ai dit que j'avais l'intention de goûter chaque centimètre de toi, je le pensais vraiment.

Ses pupilles se dilatent, elle lâche un souffle haletant.

Je la distrais une fois de plus avec ma bouche pendant que Flamme continue de se régaler de ses seins superbes.

Au moment où il commence à descendre plus bas, Alina a les larmes aux yeux. Elle est toute excitée, pleine de désir, et Flamme n'a encore fait qu'embrasser ses mamelons et ses rondeurs.

Elle tire sur ses bras, cherchant sans doute à les baisser pour se tripoter entre les cuisses. Je claque de la langue et resserre mes vrilles autour de ses poignets.

— Ne bouge pas, ma chérie. C'est pour Flamme.

Et pas mal pour elle aussi. Mais ça fait partie de la leçon. Elle apprend. Nous enseignons.

J'aspire sa lèvre inférieure dans ma bouche et la grignote gentiment.

— Détends-toi et ressens, lui dis-je. Tu vas adorer.

Elle frissonne et serre les poings dans mes liens. J'aime sa lutte. Et j'aime comme elle gémit quand Flamme la mordille en descendant sur son torse.

— Tu es parfaite, murmuré-je en embrassant sa joue puis son oreille. Laisse-nous juste t'adorer, ma chérie. Laisse-nous te faire plaisir.

— Faucheur, murmure-t-elle. *Flamme.*

Il glousse, attirant mon regard vers lui qui vient de lécher son clito.

Alina se tend dans ses liens quand il recommence, un autre son délicieux sortant de sa jolie bouche. Ma bite palpite à la vue de Flamme qui glisse sa langue entre ses replis moites et la remonte jusqu'à son petit bouton sensible, prolongeant exprès ses lents mouvements. Il la lèche comme un bol de crème. *De la crème à la fraise*, songé-je, gémissant à cette vue. J'ai hâte de la goûter comme ça.

— *Ohhh*, soupire Alina.

Son corps magnifique se tend tandis que Flamme dévore sa chatte. Je souris, appréciant cette démonstration de passion hédoniste.

— Il va te faire jouir très fort, chérie. Sacrément fort. (Je promène mon doigt autour de son téton humide, j'adore comme il a rougi grâce à la bouche de Flamme.) Et ensuite, je te ferai jouir à nouveau.

Alina réagit visiblement à la fois à mes paroles et à la langue de Flamme, sa peau se hérisse de chair de poule.

Je me penche pour laper sa pointe raide, puis j'enfonce mes dents dans sa chair. Pas au point de la faire saigner, mais assez fort pour qu'elle glapisse.

Une lame se forme dans mes ombres, ma morsure inspirant un soupçon de soif de sang. Je ne lui ferai pas de mal, mais je vais rendre les choses un peu plus intéressantes.

Je retourne ma main, laissant la dague glisser dans ma paume, puis la montre à Alina.

— C'est une question de confiance, lui dis-je doucement. Il s'agit de te faire découvrir nos désirs tout en provoquant tes besoins les plus enfouis.

Je me redresse sur un coude à côté d'elle, l'arme toujours dans ma main, dont je fais glisser légèrement la pointe le long de son bras jusqu'à ses poignets attachés.

— Tu connais ton mot de sécurité, lui rappelé-je en voyant ses narines s'évaser et sa poitrine haleter tandis qu'elle suit mes mouvements des yeux.

Le conflit qui se lit sur ses traits me fait tendre l'aine. Elle a peur de ce que je vais faire, mais elle est complètement perdue dans les sensations que Flamme provoque entre ses cuisses ouvertes.

— Détends-toi et ressens, lui répété-je. Le soupçon de peur ne fait qu'intensifier l'expérience. Il aiguise tes sens, te fait vivre à fond chaque seconde de plaisir et de douleur potentielle.

Elle déglutit, son pouls bat si fort que je le vois pratiquement palpiter dans son cou.

— Fauch… hoquète-t-elle.

Elle baisse les yeux sur Flamme qui darde sur elle un sombre regard, réclamant son attention.

— C'est moi qui suis entre tes jambes, ma douce, dit-il. Si tu veux jouir, prononce mon nom. Sinon…

Il la mordille, arrachant un nouveau hoquet à notre mignonne.

— *Flamme…*

Elle est pratiquement pantelante à présent, confirmant que de subtiles allusions à la douleur lui font clairement de l'effet.

— Flamme quoi ? la nargue-t-il. Que veux-tu que je fasse, petite panthère ? Dis-moi.

Je marmonne mon approbation et continue à faire glisser la pointe de ma lame le long de son bras tout en la regardant peiner à trouver ses mots. Elle est tellement à cran qu'elle a l'air prête à hurler à la fois de plaisir et de frustration.

C'est un spectacle enivrant. Un état dans lequel j'aimerais qu'elle reste un peu plus longtemps. Car une fois qu'elle aura basculé dans l'extase, elle va connaître le plaisir le plus hallucinant de sa vie.

— Je… je veux tes doigts… parvient-elle à articuler. S'il te plaît, Flamme. Ta bouche. Ton… ton *tout.*

— Mmmh, ne me tente pas trop, répond-il à mi-voix. Je ne crois pas que tu sois encore prête pour mon ardillon.

Les pupilles d'Alina se dilatent, ce terme semblant l'intriguer. Mais avant qu'elle pose la question, Flamme reprend sa tâche et ses yeux se révulsent.

Mes vrilles éthérées chauffent quand elle tente à nouveau de bouger, mes liens la maintenant en place pour qu'elle ne puisse pas attraper Flamme ou sursauter sous ma lame. Une lame que je descends plus bas.

Plus bas. Encore plus bas. Jusqu'à la jonction de son épaule et de son cou.

Je la pose délicatement sur sa gorge et me penche pour l'embrasser une nouvelle fois. Elle se fige sous moi, s'efforçant de ne pas bouger malgré l'assaut de plaisir que Flamme déchaîne entre ses cuisses.

La menace de mon couteau l'a momentanément sidérée. Elle respire à peine. La sueur perle à son front, ses lèvres sont toujours collées aux miennes, ses yeux sont écarquillés.

Puis Flamme doit faire quelque chose avec sa langue ou ses dents, car elle tremble violemment, signe que son orgasme approche à grands pas.

— *Faë*, exhale-t-elle, un terme qui s'applique parfaitement à nous deux.

Et puis elle hurle.

Mon arme disparaît, surtout parce que je ne veux pas la blesser accidentellement − ce qui serait trop facile vu l'acharnement avec lequel elle se débat dans mes liens.

Cet orgasme n'est rien comparé à ce que j'ai déchaîné en elle avec mes mains, et j'adore ça, putain. Parce que c'est à *ça* que le plaisir devrait ressembler. Un moment intense de folie où rien ni personne n'a d'importance, juste l'instant et les sensations irrésistibles qui ondulent dans le corps.

Je me redresse pour admirer le spectacle, ma bite pleurant d'attendre son tour. J'ai retardé ma satisfaction toute cette foutue semaine. Mais c'est fini. Aujourd'hui, Alina va me toucher. Et à en juger par le regard de Flamme, il a bien l'intention qu'elle le touche aussi.

Mais au lieu de la brusquer, il continue à la lécher. À la pousser plus avant. À la forcer à prolonger son extase. Tout en la préparant à recommencer.

Sauf qu'ensuite ce sera moi entre ses cuisses, ce que je lui dis d'un regard.

Il ne me repousse pas. Il sait partager. Le moment venu, nous changerons de place.

Et nous changerons peut-être encore.

La préparer. Lui faire plaisir. Puis lui montrer comment nous rendre la pareille.

— Une si bonne fille, lui murmuré-je à l'oreille. Si belle et insouciante. (J'embrasse son pouls palpitant.) Recommençons maintenant, ma chérie. Seulement cette fois, tu vas jouir sur ma langue pendant que Flamme te suce les seins.

Elle marmonne ce qui ressemble à une légère protestation. C'est là que le *stop* pourrait intervenir. Mais à moins qu'elle prononce *Chicago*, je ne lâcherai pas l'affaire.

Et elle ne le fait pas. Tout ce qu'elle crie, c'est mon nom. Celui de Flamme. Et *Faë*. Encore et encore, pendant que je la dévore entre ses cuisses. Me régale de ses seins. La baise avec ma langue. Embrasse la vie qu'elle a en elle. Et l'adore avec mes mains.

Flamme bouge en tandem avec moi, menant trois fois notre chérie au bord de l'orgasme avant de la regarder finalement monter au ciel avec un sourire satisfait.

C'est magique. C'est hypnotique. C'est presque *addictif*.

Je pourrais jouer avec elle pour l'éternité sans jamais m'arrêter.

Parce que cette femelle est la nôtre. *Notre compagne.*

Et je sais exactement ce que je vais lui faire.

Je vais lui apprendre à gérer notre forme d'obscurité. Lui montrer comment se défendre efficacement, pas seulement contre nous, mais aussi contre les autres. Faire d'elle une menace sensuelle. La préparer à adopter son statut de déesse.

Et la former pour qu'elle devienne… *notre chérie mortelle.*

CHAPITRE VINGT-QUATRE
ORCUS

L'ÉMISSAIRE JONES sort de l'ascenseur au quatrième étage, ses traits ne laissant rien transparaître.

— La reine vous recevra à midi pile. Utilisez simplement le code dont nous avons parlé, et l'ascenseur vous emmènera jusqu'au penthouse.

Sur ce, il s'éloigne, fort conscient de mon impatience croissante. D'autant plus qu'il a appelé pour exiger que je le rejoigne dans le vestibule, juste pour renvoyer promptement Faucheur et annoncer ensuite :

— La reine de Monster City souhaiterait vous rencontrer dans deux heures.

— Ce message aurait pu être transmis par téléphone, l'ai-je informé d'in ton sec.

Il a haussé les épaules.

— Peut-être, mais notre reine aime s'assurer que ses règles sont respectées.

— Ce qui veut dire que notre *obéissance* ce matin était un test, ai-je traduit.

L'émissaire a souri.

— Notre reine aimerait aussi que je vous invite au petit déjeuner.

Il a indiqué un couloir menant à l'une des nombreuses salles à manger de la tour.

— Une invitation ou un ordre ?

— Qu'en pensez-vous ? a-t-il rétorqué.

— Je ne crois pas que vous ayez envie de déjeuner avec moi. Donc vous suivez les ordres.

— Comme j'ai dit, notre reine aime ses règles.

— Hmm.

Ou les jeux de pouvoir, ai-je pensé.

Mais je lui ai quand même donné satisfaction. J'ai besoin que la reine se prête au jeu et me donne les informations que je recherche. Et je veux aussi que nos dimensions entretiennent des relations pacifiques. Cela facilitera les voyages entre elles. Je suis donc obligé de jouer à ce jeu politique.

Hélas, j'ai encore vingt minutes à tuer avant de taper le code que Jones m'a donné pour accéder au penthouse de la Reine. J'ai d'abord envisagé de retourner attendre dans ma suite, mais j'ai plutôt choisi un autre étage. Je sors à présent à cet étage et me dirige tout droit vers la suite des Strigoï.

Je frappe et j'attends. Et j'attends. Et j'attends.

Je suis sur le point de frapper de nouveau quand Cage ouvre la porte. Il est drapé dans une serviette, ses longs cheveux blonds mouillés dégoulinent sur son torse nu. Sabre est derrière lui, nouant un peignoir autour de son abdomen. Tous deux viennent manifestement de prendre une douche ensemble.

Les voir ainsi me fait serrer les dents. J'ai passé tout un siècle à croire que ces deux-là se détestaient. Leurs familles sont des rivales royales, toutes deux en concurrence pour le même trône. Et ces deux princes en sont les premiers héritiers.

— Vous vous donnez tous les deux en spectacle en public, constaté-je à haute voix, renonçant aux salutations. Quand Faucheur m'a dit que vous baisiez en privé, j'ai failli ne pas le croire.

Mais Flamme avait remarqué qu'ils se tenaient la main dans le parc. Ils se sont également introduits ensemble dans ce monde, ce qui suggère une amitié… ou une idylle.

Quoi qu'il en soit, ça m'ennuie de ne pas y avoir assez prêté attention. Les détails sont importants, et si j'en ai raté un aussi crucial concernant les familles royales dans mon monde, alors quels autres détails ai-je manqués ?

Heureusement, Faucheur et Flamme remarquent des choses qui m'échappent. Comme en témoigne l'absence de surprise de Faucheur au fait que Cage et Sabre soient ici ensemble : « Maliki a dû les laisser passer. Cage et lui sont de vieux amis. » Le Faë de la Mort a haussé les épaules, puis est parti à la cuisine chercher quelque chose.

Apparemment, il ne trouve pas que la relation entre Cage et Sabre soit si importante que ça. Sinon, il en aurait parlé plus tôt. Mais je ne partage pas du tout son manque de considération.

— Vous allez déclencher une guerre entre vos familles, les avertis-je. Je suis content de ne pas avoir à gérer les retombées. (Ce sera la tâche de Morphée.) Quoi qu'il en soit, je voulais simplement vous faire savoir que je vais rencontrer la reine de Monster City. Si elle m'autorise à ouvrir un portail, j'en créerai un pour que vous puissiez retourner au royaume de Morphée.

Je ne l'ai pas demandé d'emblée, car il m'a paru évident que la reine voulait aussi rencontrer les Strigoï. Mais en tant que Faë de plus haut rang de notre monde, il est logique que j'assiste à cette réunion et négocie les conditions.

Sabre se racle la gorge.

— Et si on ne veut pas y retourner ?

Je le dévisage un long moment.

— C'est à vous et à Morphée d'en discuter.

Ma seule tâche ici est de m'assurer que Cage et lui sont en sécurité. Si Morphée leur donne la permission de rester ici – ce dont je doute fort vu leurs positions royales –, alors qu'ils restent.

— Il vous faudra aussi la permission de la reine de Monster City.

Qu'elle peut accorder ou non. Je ne sais pas du tout à quoi m'attendre avec cette femme, si ce n'est qu'elle a un penchant pour les règles et les jeux de pouvoir.

Sabre est un peu pâle, sûrement parce qu'il se rend compte qu'il va devoir discuter de son avenir avec son Dieu. De tous les Faë du Mythe, Morphée est franchement l'un des plus faciles à énerver. Surtout parce qu'il est constamment perdu dans ses rêveries et se soucie très rarement de ce que font les gens autour de lui.

Toutefois, il ne va pas apprécier que Sabre et Cage l'incommodent en le forçant à quitter son monde de rêve. Il ne sera donc pas trop gentil avec la punition qu'il leur infligera… À moins qu'il décide de s'en moquer.

Les Faë du Mythe sont versatiles. Parfois, ils veulent porter un jugement, parfois ils veulent le chaos, et parfois ils n'en ont tout simplement rien à foutre.

Ce dernier point correspond à ce que je ressens en ce moment. Je me fiche que ces Strigoï soient là. C'est un inconvénient mineur de mon côté. Ils peuvent bien faire ce qu'ils veulent. Morphée peut les juger, les tuer, les laisser faire, ou juste manger du pop-corn pendant que la cour royale des Strigoï s'effondre. Son domaine, ses règles.

Peut-être que cette reine est une déesse, me dis-je. *Son domaine, ses règles, hmm ?*

Je lâche un soupir et me passe la main sur la figure.

— Je ferai part de votre demande à la reine également, afin que vous sachiez si vous avez le droit de rester ici avant d'en parler à Morphée.

Quoique j'ignore si Morphée viendra leur parler. Je n'ai pas essayé de joindre mon frère depuis l'autre jour.

— Simplement… n'allez nulle part. Je n'ai vraiment pas envie de vous rechercher, d'accord ? dis-je aux Strigoï.

Sabre est encore pâle, mais c'est peut-être simplement son teint de vampire. C'est le milieu de la journée, ce qui pourrait l'affaiblir. Heureusement, la reine lui a donné une suite avec des rideaux occultants. Et il n'y a pas de fenêtres dans le couloir.

— Nous n'avons nulle part où aller, répond Cage, ses yeux bleus lançant des éclairs. Mais on ne retournera pas au royaume de Morphée.

J'arque un sourcil, quelque peu impressionné par son cran. Il faut bien du courage pour tenir tête à un Faë du Mythe, d'autant plus que son espèce vénère la mienne.

— Encore une fois, c'est à discuter entre vous et Morphée, lui dis-je. Je ne vais pas vous forcer à faire autre chose que de lui parler.

Parce que je ne veux rien avoir à faire avec tout ça.

Cage ne paraît pas très satisfait de ma réponse, mais je ne sais pas trop ce qu'il attendait de moi. Je ne peux pas lui accorder la clémence. Ce n'est pas mon rôle.

Sabre grimace, ce qui me fait sourciller.

— Tu vas bien ? lui demandé-je.

Il est encore assez pâle, mais je doute de l'avoir effrayé à ce point avec mes paroles.

— Il a juste besoin de plus de sang, dit Cage en

entourant de son bras le dos de son amant. Peut-être que tu peux aussi demander ça à la reine ?

— Je vais voir ce que je peux faire, acquiescé-je.

Et je l'ajoute à ma longue liste de mes doléances pour la reine.

Je ne sais pas trop depuis quand je suis devenu ambassadeur entre les royaumes, mais j'espère que c'est un travail temporaire. Car je ne suis pas fait pour ces conneries diplomatiques. *Putains de règles. Putains de jeux de pouvoir. Putains de réunions.*

— Je reviendrai, annoncé-je au Strigoï d'un ton quelque peu grommelant.

Mon exaspération n'a pas grand-chose à voir avec eux, mais tout à voir avec la reine qui attend à l'étage. Consultant ma montre, je vois qu'il me reste encore une dizaine de minutes.

Les règles. Les règles. Les règles.

Tu sais quoi ? J'emmerde tes règles.

Je gagne l'ascenseur, décidé à faire savoir à cette reine à qui elle a affaire, et j'appuie sur le bouton pour l'appeler. Mais ses portes s'ouvrent sur un homme en costume impeccable.

Non, pas un homme. Quelqu'un de bien plus puissant qu'un homme.

Il m'étudie de ses yeux vitreux, promenant son regard sur ma veste en cuir et mon jean avant de revenir sur mon visage, un pli barrant son front. Je recule d'instinct, non pas parce que je souhaite m'incliner devant cette créature, mais parce qu'il me faut plus d'espace pour me défendre, si on doit en arriver là.

— Tu dois être Orcus, dit-il en sortant de l'ascenseur.

Sa taille est égale à la mienne, ce qui lui fait dépasser largement le mètre quatre-vingt. Cependant, son aura est similaire à celle des Strigoï.

Un autre marcheur de rêves ? m'étonné-je, l'étudiant avec soin. *D'un autre royaume, peut-être ?*

— Qui es-tu ?

— Caïn, répond-il.

— *Qu'est-ce* que tu es ? ajouté-je, remarquant que son accent ressemble au mien.

Il sourit.

— Tu es toujours aussi exigeant avec ceux que tu viens de rencontrer ?

— Seulement avec les menaces potentielles.

L'amusement brille dans ses yeux bleus comme du verre.

— Je prends ça pour un compliment.

— Tu ne devrais pas, l'avertis-je. Je n'aime pas les menaces.

— Ah, eh bien, Hélia et toi, vous allez vous entendre à merveille, dit-il. Je regrette presque de ne pas rester à cette rencontre.

— Hélia ? répété-je.

— La reine de Monster City, précise-t-il en attrapant la porte de l'ascenseur avant qu'elle se referme. Elle est prête à t'accueillir, au fait.

Je fronce un sourcil en le regardant.

— Tu es là pour m'escorter ?

Il émet un rire sans humour.

— Je n'ai pas l'habitude d'escorter qui que ce soit nulle part, Orcus. Mais à moins que tu veuilles qu'un émissaire vienne te chercher, je te recommande de monter voir Hélia. Les émissaires sont très à cheval sur les règles et la ponctualité.

Il laisse tomber son bras et commence s'éloigner dans le couloir. Je retiens la porte de l'ascenseur et je fixe le dos de l'homme, à moitié tenté de lui demander où il va. Mais comme il n'a pas répondu à ma question sur son type surnaturel, je doute qu'il me donne cette information.

De plus, ce ne sont pas vraiment mes affaires. Tout ce que je veux, c'est en finir avec cette rencontre.

J'entre dans l'ascenseur, tape le code et me raidis.

Il est temps de découvrir quel genre de créature devient une reine de Monster City.

CHAPITRE VINGT-CINQ
ALINA

Je cligne des yeux dans l'obscurité, la félicité nageant dans mes veines.

C'est ici que j'existe maintenant. Dans ce monde délirant qui sent les conifères et la cendre, mélangé à un soupçon d'air rafraîchissant. C'est… c'est mon havre de paix. Mon lieu de bonheur.

Un doux ronronnement ronfle à mon oreille. Quelque chose de dur touche mon bas-ventre. Des lèvres chuchotent dans ma nuque. Une main serre mes hanches. Des voix masculines murmurent au-dessus de ma tête.

Oui, c'est mon utopie, décidé-je en me blottissant contre la source du ronronnement. *Chaud. Masculin. Chair.* Si dur. Si musclé. Si *séduisant*.

Je me tortille, ce qui fait qu'une cuisse effleure l'apex tendre entre mes jambes. Un gémissement sort de ma bouche, suivi d'un gloussement de l'un de mes Faë.

— Insatiable, dit Faucheur, suggérant que c'est lui qui vient de glousser. Putain, c'est parfait, ma chérie.

— C'est parfait en effet, acquiesce Flamme.

Sa voix profonde gronde à mon oreille, car c'est sur sa poitrine que je repose.

Non. *Sur son épaule.* C'est pourquoi je sens sa bite contre mon bas-ventre. *Dure. Insistante. Palpitante.*

Ma main se promène par réflexe, mon désir de le sentir l'emportant sur ma raison. Il est nu. Il est excité. Et il est pressé contre moi. C'est autorisé, n'est-ce pas ?

Son sifflement en réponse me fait craindre que peut-être... peut-être ce ne soit pas autorisé. Mais il prend ma main dans la sienne dans la seconde qui suit, ses doigts guident les miens pour entourer sa chair palpitante. Il est chaud dans ma paume, son épaisseur m'empêche de refermer mes doigts dessus.

— Dieux, Alina, ça fait du bien, dit-il en poussant dans ma main.

— Je n'ai aucune idée de ce que je fais, avoué-je dans un murmure. Je n'ai jamais fait ça.

— C'est bon, ma chérie. (Le souffle de Faucheur est chaud dans ma nuque.) On va t'apprendre.

Flamme lâche ma main pour saisir mon menton et lever mes yeux vers les siens.

— Fais juste ce qui te vient naturellement, Alina.

Je déglutis et glisse ma prise vers le haut, jusqu'à l'haltère qui orne sa hampe.

— Ça t'a fait mal ?

— Pas vraiment, non, glousse-t-il. Mais il faudra enlever ça avant que je te baise.

Je plisse le front.

— Pourquoi ? Ça va me faire mal ?

— Non, ça va me faire mal à moi, précise-t-il, m'intriguant davantage. Tu es ma compagne, Alina. Je voudrai utiliser mon ardillon sur toi, et je ne pourrai pas le faire avec mes piercings.

Des piercings, me répété-je, mes doigts s'aventurant plus haut pour caresser l'anneau qui pend à son gland.

— C'est quoi un ardillon ? demandé-je tout en le caressant.

— C'est… quelque chose qui nous connectera pendant nos orgasmes. (Sa voix se fait plus grave.) Ça pulsera en toi, prolongeant ton extase pendant que je te remplirai de ma semence.

— C'est pour la reproduction, ajoute Faucheur. Tout comme le nœud d'Orcus.

— Oh-oh.

Je ne sais pas quoi répondre à ça.

— C'est aussi pour le plaisir, m'assure Flamme. Mon ardillon est strié de façon à intensifier les vibrations.

Je promène mon doigt sur le bout de sa queue.

— Donc tu dois enlever les piercings pour t'en servir ?

— Sinon, ils vont déchirer l'ardillon, acquiesce-t-il.

Ça n'a pas l'air très confortable.

— Pourquoi l'as-tu percé si tu dois, tu sais, enlever tout ça ? m'étonné-je, jouant toujours avec l'anneau de métal.

— Parce que je n'ai jamais eu à les retirer jusqu'à présent. Mon ardillon est destiné à ma compagne et à personne d'autre.

J'écarquille les yeux, la compréhension prend lentement le pas sur mon esprit induit par la luxure.

— Tu seras sa première, murmure Faucheur comme s'il lisait dans mes pensées. Il a déjà baisé, mais jamais comme ça. Pareil pour Orcus. (Il trace un chemin de baisers le long de mon cou, sa main glisse de haut en bas sur mon flanc.) Tu es en train de tout changer pour nous, Alina. *Tout.*

Frissonnante, je serre le gland bulbeux de Flamme.

— Et toi ? m'enquiers-je, penchant la tête en arrière pour voir l'homme derrière moi. Tu as aussi un ardillon ?

— Seuls les chats en ont, sourit-il.

— De sacrés *gros* chats, grommelle Flamme contre moi.

— Les chats domestiques aussi, rétorque Faucheur, ce qui fait grogner Flamme encore plus fort.

Mais son grognement s'éteint lorsque je repasse ma main sur sa longueur en quête de l'ardillon. Or je ne le sens nulle part, ce qui me pousse à le regarder une fois de plus.

— Où est-il ?

— Il sortira pendant l'acte sexuel, me répond-il. Et ce n'est pas la même chose que l'ardillon d'un chat. C'est… (Il marque une pause, cherchant les mots justes.) Les vrais jaguars ont des ardillons, mais ils font mal en général. Les jaguars Faë Métamorphes comme moi ne sont pas des animaux traditionnels. Nous sommes, eh bien, des Faë. Et les Faë aiment baiser. D'où…

— D'où le fait que son ardillon est agréable, reprend Faucheur. On a déjà abordé ce sujet. Je crois que notre mignonne s'interrogeait sur ma bite à présent.

Il a raison. Je me tords le cou pour le voir encore.

— Donc tu n'as pas d'ardillon.

— En effet.

— Un nœud ? avancé-je.

Mais je soupçonne qu'il n'en a pas non plus. Car ce terme de *nœud* ne s'est référé qu'à Orcus.

— Pas de nœud.

— D'accord. (J'attends qu'il en dise plus, mais il ne le fait pas.) Alors qu'est-ce que tu as ?

— Et si tu te retournais pour le découvrir ? me défie-t-il.

Il y a quelques jours, je me serais cachée. Mais aujourd'hui… aujourd'hui, je me sens audacieuse. Rebelle. *Forte.*

C'est comme si j'étais à nouveau moi, m'émerveillé-je en pressant doucement la hampe de Flamme avant de la relâcher. Puis je pivote pour faire face à un Faucheur souriant.

Flamme se colle aussitôt à mon dos, sa queue dure et exigeante contre mon cul. Il empoigne ma hanche pour me maintenir en place, pose ses lèvres sur mon épaule et trace un chemin jusqu'à mon cou.

— Quand tu auras fini de t'amuser avec Faucheur, j'aimerais sentir ta langue contre mes piercings.

Je frissonne. *Oh, Faë…* Je veux goûter Flamme, mais j'ai aussi envie de sentir enfin Faucheur. *Je peux faire les deux*, réalisé-je. Mon sang se réchauffe malgré tout le plaisir que j'ai éprouvé ce matin. *Je n'ai pas à choisir.*

— Je me suis retournée, dis-je à Faucheur.

— Oui, murmure-t-il. Maintenant, tout ce que tu as à faire, c'est le *découvrir*.

Je fronce les sourcils, mon cerveau a du mal à assimiler ce qu'il veut dire. Puis je me rappelle ce qu'il m'a demandé : *Tourne-toi et découvre-le.*

Mon regard dérive sur sa poitrine et son abdomen ciselés jusqu'à son jean, et je remarque le bouton du haut défait. Mais le reste est bien fermé, cachant sa moitié inférieure.

J'attrape son pantalon, puis je lève les yeux vers les siens pour essayer de juger son expression. Ses iris bleu argenté ne révèlent rien. Mais ses lèvres… elles sont toujours retroussées en un sourire séduisant.

Alors j'abaisse la fermeture éclair. Ses pupilles s'enflamment en réaction.

Il est excité. Il en a envie. Toutefois, il se retient.

Pour moi, réalisé-je. *Il me laisse mener la danse.*

Oh, il va me pousser. Il l'a prouvé avec le couteau tout à l'heure – une expérience que je n'oublierai jamais.

Même si la lame me faisait peur, j'aimais ce que je ressentais. Car si je sais que Faucheur est dangereux, au fond de moi, je savais aussi que je contrôlais la situation. Si je prononçais mon mot de sécurité, je ne doutais pas qu'il m'écouterait.

Peut-être que lui faire confiance était une folie.

Mais à ce stade, j'accepte simplement ma destinée.

Et en ce moment même, cette destinée me fixe d'un regard plein d'attente.

— Est-ce que tu vas me toucher, ma chérie ? demande-t-il. Ou dois-je te lier encore les poignets ? (Ses tatouages bougent comme s'ils se préparaient à le faire, tandis qu'il baisse les yeux sur mes lèvres.) Je n'ai pas besoin de tes mains quand je peux me servir de ta bouche.

Enhardie, je tire sur son pantalon, essayant de le faire descendre le long de ses cuisses musclées. Mais je suis allongée sur le flanc, ce qui rend la tâche difficile d'une seule main. Et il ne m'aide pas. Il me regarde simplement me débattre.

Je plisse les yeux.

— Enlève-le, Faucheur.

L'amusement scintille dans son regard.

— C'est excitant. Commande-moi encore.

— Obéis à mon premier ordre et je le ferai, rétorqué-je.

Il me gratifie d'un sourire.

— Très bien, ma chérie.

Il disparaît du lit, ce qui me fait sursauter.

— *Faucheur*, grogné-je. Ce n'est pas…

Il retrouve la même position, sans pantalon cette fois, et hausse un sourcil.

— Ce n'est pas quoi ?

Mais toute idée de réplique s'évanouit à la vue de son

beau corps nu. Ses tatouages bougent encore, les tourbillons sombres vont et viennent sur son torse et courent le long de ses bras. Cependant, ses cuisses en sont exemptes.

Et sa bite… est aussi tatouée. Sauf que ce ne sont pas des tourbillons. C'est…

— C'est mon nom ? remarqué-je, abasourdie.

— Ouaip.

Pas d'explication ni de développement. Pas d'hésitation non plus. Juste… *Ouaip*.

— Quoi… ? Qu'est-ce que ça veut dire ? Et pourquoi y a-t-il un crâne à côté ?

— Tu es la compagne d'un Faë de la Mort, répond-il simplement. *Ma* compagne. Et tu sais ce qu'une bonne compagne ferait à présent ?

Je cligne des yeux.

— Je… Non ?

— Une bonne compagne suivrait le tatouage sur ma hampe, de préférence avec sa langue.

Flamme glousse derrière moi.

— Je crois que Faucheur aimerait que tu le remercies pour son hommage, petite panthère.

— Je n'ai pas besoin d'un remerciement, mais j'adorerais une pipe, réplique-t-il, tendant sa bite vers moi.

Je suppose qu'une « pipe » est un acte sexuel, d'après sa réaction physique. Et comme il m'a demandé de lécher sa bite, je suppose que cette « pipe » implique ma bouche.

— Il veut que tu suces sa queue, petite panthère, chuchote Flamme à mon oreille, ses mots me retournant les tripes. Veux-tu le goûter ?

Je déglutis, suivant des yeux chaque lettre de mon nom.

— Oui, avoué-je, tendant mes doigts vers Faucheur. Oui, j'ai envie.

En effet, je veux le sentir. Le connaître. Le *savourer.* Tout comme ce que ces Faë m'ont fait.

—Je veux vous goûter tous les deux, leur dis-je.

— Alors vas-y, chérie, me défie Faucheur. Lèche-moi.

CHAPITRE VINGT-SIX
ALINA

Je ne cède pas immédiatement à la demande de Faucheur. À la place, j'entoure sa base de ma main et lui donne une timide caresse. Il n'est pas aussi épais que Flamme, mais il est long. *Et chaud*.

Flamme embrasse encore mon épaule, puis fait glisser ses dents sur ma peau jusqu'à mon pouls, qu'il mord doucement.

— Pousse-le sur le dos, petite panthère, me conseille-t-il. Puis chevauche-le pour qu'il sente ta douce chaleur contre sa queue. Ça va le rendre fou.

Mon cœur manque un battement à l'idée de presser ma chair intime contre celle de Faucheur. Pourtant, alors que j'obéis à l'ordre de Flamme, je me rends compte à quel point tout cela me paraît naturel. Mes cuisses s'écartent d'elles-mêmes autour des hanches de Faucheur, mon centre rencontre sa tige en un baiser peccamineux. C'est… c'est là que je dois être. Avec lui. Avec *eux*.

Je me penche pour presser mes lèvres sur les siennes, j'ai envie qu'il ressente ce que je ressens. Qu'il éprouve cette intensité. Qu'il comprenne que ma place est ici.

Il enroule ses bras autour de moi, sa peau est comme un fer rouge au bas de mon dos. Je bouge sur lui, le couvre de mon miel. C'est... c'est tellement intuitif. Je veux partager cette partie de moi avec lui, le revendiquer avec mon corps.

Mais j'ai toujours envie de le goûter. Alors je fais ce que Flamme m'a fait : je commence par explorer le corps de Faucheur avec ma langue et ma bouche. Je descends le long de son torse, m'arrête pour parcourir son abdomen ondulé de mes lèvres, puis je continue jusqu'à sa chair durcie.

Mon arôme succulent est partout sur sa peau, créant une expérience érotique tandis que je goûte l'humidité au bout de son gland. Cette partie est toute à lui, la salinité se combinant à mon essence pour produire une saveur enivrante. J'en veux plus.

— Putain, chérie, gémit Faucheur. (Ses doigts serpentent dans mes cheveux pendant que je le prends davantage dans ma bouche.) Essaie d'avaler tout ton nom. Ouais, juste comme ça. *Putain.*

Une autre main se pose sur ma nuque, plus chaude : celle de Flamme. Il est tout contre moi, son pouce encercle mon pouls.

— C'est incroyable, petite panthère, me dit-il. Tu prends tellement de lui dans ta belle bouche.

Je me relève pour respirer, puis je redescends, ma gorge aussitôt apaisée par la sensation de Faucheur qui s'enfonce profondément.

— Attrape sa base, chuchote Flamme. Donne-lui une pression et creuse tes joues.

Je fais ce qu'il dit.

— Très bien, douce panthère, me félicite-t-il. Regarde Faucheur. Tu vois ce feu dans ses yeux ? C'est *toi* qui l'as allumé. Et maintenant, tu l'attises avec ta bouche si douée.

Un frisson me parcourt l'échine et je réfrène un sourire, parce qu'il a raison : Faucheur a l'air de brûler carrément pour moi.

C'est moi qui lui fais ça. Moi. Je le rends fou, comme il l'a fait avec moi.

M'en rendre compte ne fait que m'enhardir davantage.

Je fais courir mon pouce le long de sa hampe palpitante, suivant une veine épaisse pendant que je torture le gland avec ma langue. Puis je l'aspire de nouveau. Il jure. Sa prise se resserre. Ses muscles se tendent.

Et je recommence.

Le taquiner. Le caresser. Le sucer. Avaler autour de son gland.

Je marque une pause pour parcourir mon nom avec ma langue, comme il me l'a demandé tout à l'heure. Puis je reprends ma tâche pendant que Flamme me murmure des louanges à l'oreille, sans lâcher ma nuque.

Faucheur halète, sa mâchoire se crispe et sa prise se resserre encore plus dans mes cheveux. Ça fait presque mal, mais j'aime ça. J'aime ça parce que ça me montre à quel point il est proche de perdre le contrôle.

— Ne t'arrête pas, me souffle-t-il. Ne t'arrête pas, putain.

J'obéis, mais j'aime savoir que je n'y suis théoriquement pas obligée, que je peux me retirer quand je veux et le laisser dans cet état tourmenté. Toutefois, je ne veux pas lui faire subir cela. Je veux qu'il s'effondre. Je veux lui donner du plaisir comme il m'en a donné.

— C'est ça. Putain, ouais, juste comme ça. (Il va et vient dans ma bouche, me forçant à en prendre davantage.) Dieux, j'espère que tu peux avaler, ma chérie…

— Reprends ton souffle, me murmure Flamme à l'oreille. Tu vas en avoir besoin.

Je suis son conseil et suis contente de l'avoir fait. Car l'instant d'après, Faucheur gronde et quelque chose de chaud frappe le fond de ma gorge. J'avale par réflexe, mon estomac se serrant de désir.

Je n'ai jamais rien goûté de tel. C'est salé, fumé et teinté de ma douceur.

Et trop, trop bon…

Ma gorge déglutit autour de lui, avalant chaque goutte tandis que j'absorbe Faucheur jusqu'au fond de mon âme. *Il est à moi. Mon Faë de la Mort. Mon compagnon.*

C'est un concept inconnu. Une sorte de compréhension étrange.

Mais je sais en mon for intérieur qu'il est mon destin.

Lorsqu'il a terminé, je suis étourdie par le manque d'air, mais je ne peux pas m'empêcher d'espérer davantage de cette délicieuse saveur. Ce sentiment d'*utilité*.

Faucheur prononce mon nom. Flamme également. Mais je ne m'arrête pas. Pas tout de suite. *Pas tout de suite.*

Je le suce encore une fois, puis fais tourner ma langue autour de son gland avant de me jeter sur Flamme. Je veux savoir s'il est pareil. Me sentir connectée à lui aussi. J'ai besoin que son âme effleure la mienne, m'ancre dans ce moment pour l'éternité.

Il attrape mes hanches quand je glisse sur lui, l'amusement retrousse ses lèvres.

— Prête à jouer, petite panthère ?

— Oui, dis-je en me penchant pour l'embrasser avec une férocité renouvelée.

Mon sang est en feu. Mon corps est trempé. Ma vulve se serre de désir. J'ai besoin de ces Faë. De ces hommes. *Mes compagnons.*

Tout va si vite, mon monde tourbillonne de passion et de besoin.

Je ne peux pas arrêter ça. Je ne veux pas arrêter ça. J'y adhère pleinement.

Le corps de Flamme est dur sous ma langue, ses abdominaux ressemblent à ceux de Faucheur, quoique plus prononcés. Peut-être est-ce dû à sa silhouette racée de Métamorphe, ou peut-être qu'il est juste un peu plus corpulent que le Faë de la Mort.

Je m'en fiche. Je les adore autant l'un que l'autre.

Et ils sont tous les deux à moi, réalisé-je, de nouveau prise de vertige. *Comment puis-je avoir deux compagnons ?*

Non. Pas deux. Trois…

Mon air frais me manque. Pourtant, son parfum est toujours là, tourbillonnant autour de moi, narguant mon esprit, me disant que je suis aussi à lui.

Ma randonnée rafraîchissante en montagne, songé-je, me sentant à la fois comblée et en manque.

Flamme jure quand je prends sa chair palpitante entre les dents. Sa paume retrouve ma nuque pour me maintenir en place.

— Lèche l'anneau, me supplie-t-il. Explore-le, petite panthère. Et baise-moi encore avec tes dents. Oui, ma chérie. Juste comme ça.

Je suce le métal, puis descends vers la barre et en lèche la pointe contre sa hampe. Je vais pour tirer dessus avec mes dents quand je sens Faucheur derrière moi, ses mains effleurant l'intérieur de mes cuisses pour les écarter.

— Je veux voir à quel point tu mouilles, ma chérie. (Il replace le bas de mon corps au-dessus de son visage.) Assieds-toi.

Cet ordre envoie une pointe de désir dans mon échine et force mon corps à obéir.

Faë… je suis à cheval sur sa figure. Mon sexe est contre sa bouche. Sa langue est en train de sonder ma fente. Ses doigts aussi.

Je vais l'étouffer, me dis-je en essayant de bouger. Mais une claque sur mes fesses m'oblige à me presser contre son visage.

— Il peut respirer, dit Flamme d'une voix tendue. Et s'il ne peut pas, il mourra joyeusement entre tes cuisses. Maintenant, concentre-toi à sucer ma bite, Alina.

Oh, Faë... Entre la demande de Flamme et la langue de Faucheur, je suis tremblante et toute en vrac. Je ne suis même pas sûre de pouvoir atteindre à nouveau l'orgasme. Mais la chaleur qui monte en moi suggère que je pourrais en être capable. Surtout si Faucheur continue à faire *ça*.

Je déglutis, ce qui me rappelle le métal contre mes lèvres. Je ne sais pas trop comment me débrouiller avec tout ça au profit de Flamme, mais je suis excitée par le défi.

Il veut que je lui suce la bite ? Je vais la sucer. Jouer avec. La câliner.

Un sifflement lui échappe quand je referme ma bouche sur son gland épais, ma langue titillant son anneau au passage. Puis je descends jusqu'à la barre qui transperce le milieu de sa hampe.

J'en suis tellement remplie que je ne suis pas sûre de pouvoir en prendre davantage. Cependant, je suis déterminée à essayer. J'enroule ma main autour de sa base, comme il m'a dit de le faire avec Faucheur, et j'en force davantage dans ma gorge. C'est dangereux. Je ne peux pas du tout respirer comme ça. Je... je risque de m'étouffer. Et les piercings sont un ajout que je ne suis pas sûre d'être prête à supporter.

Pourtant j'essaie quand même. Je le fais pour lui. Pour moi. Pour *nous*.

Et je suis récompensée par une pression sur ma nuque et un compliment :

— Tu es super bonne pour ça, ma reine panthère. Une sacrée déesse.

Faucheur ronronne son accord contre mon clito, puis enfonce ses dents dans ma chair, me faisant glapir autour de la bite de Flamme.

— *Putain*, refais ça, exige-t-il.

Je ne sais pas trop à qui il parle, mais je réalise que c'est à Faucheur quand l'homme entre mes jambes me mord de nouveau. Cette fois, je crie parce que ça fait *mal*. Mais il lape la douleur avec sa langue.

Mes cuisses tremblent, mes entrailles s'embrasent d'un désir renouvelé. Je transpire. Je halète. Je suce. Je manque de m'étouffer. J'explore avec ma langue. Tout en luttant contre l'envie de m'effondrer sur Faucheur.

C'est la définition de la folie – la meilleure forme de folie. Un monde d'érotisme.

Je me sens émancipée. Adorée. Et *utilisée*.

C'est… c'est incroyable.

Flamme pompe dans ma bouche tandis que Faucheur plonge sa langue dans mon vagin. Ils me baisent sous différents angles, une danse sensuelle qui m'entraîne dans un état euphorique. Nous créons quelque chose de puissant, nos parfums mêlés me rappellent un champ de fraises à flanc de montagne.

Je veux me repaître de cette existence, y vivre le reste de ma vie et m'unir à ces Faë.

— Utilise tes dents, petite panthère. (La voix grave de Flamme perce mon esprit, guidant mes actes.) Putain, chérie. Continue de faire ça.

Je ne le mords pas, mais j'exerce une plus grande pression en faisant glisser ma bouche de haut en bas sur son épaisse virilité. Il est si dur que je peux sentir son pouls à travers la peau soyeuse. Il bat contre ma langue, exigeant davantage. Exigeant que je continue. Exigeant que je l'avale tout entier.

C'est ce que je fais. Jusqu'en bas. Aussi loin que possible.

— *Putain*. (Il s'arque en moi, frappant le fond de ma gorge.) Fais-la jouir, Faucheur. *Tout de suite.*

Je jurerais que le Faë de la Mort sourit entre mes cuisses, mais je n'ai pas le temps d'y songer parce qu'il me mord si fort l'instant d'après que je bascule dans un monde de plaisir induit par la douleur. Je ne comprends pas ce qu'il a fait, mais cette morsure… cette morsure… *est enivrante.*

— Putain, oui, gémit Flamme, sa bite allant et venant dans ma bouche. Je vais te rejoindre, petite panthère. Essaie d'avaler, mon cœur.

Je ne sais pas si j'en suis capable. Je nage dans l'extase. Et maintenant, il va me noyer avec son essence.

J'essaie de détendre ma gorge pour lui, mais mon corps est trop excité par l'orgasme pour m'écouter. Des taches sombres dansent dans ma vision tandis qu'il explose dans ma bouche. Sa saveur est différente de celle de Faucheur. Sa semence recèle aussi ce soupçon de sel, mais elle est plus capiteuse, plus épaisse, plus décadente.

Je suis aussitôt happée par un nouvel orgasme, j'ignore s'il est dû à la saveur intense de Flamme ou à la bouche habile de Faucheur. Ou aux deux.

Tout cela me dépasse, entre danser sur le visage de Faucheur et boire la semence de Flamme. C'est trop. Bien trop. Ces taches sombres s'agrandissent. J'ai oublié comment respirer. Je ne peux que déglutir et me tortiller.

J'ai à peine conscience des mouvements des hommes jusqu'à ce que je sois bercée contre la poitrine de Faucheur, qui me tient dans ses bras puissants tandis que Flamme m'embrasse. Mon corps tremble encore, mes entrailles se serrent et se nouent en spirale, envoyant des ondes de plaisir dans tous mes nerfs.

Comment… ? aimerais-je demander. Mais ma bouche est occupée par celle de Flamme, sa langue caresse doucement la mienne tandis que Faucheur embrasse mon cou et mes épaules.

— Tu te débrouilles très bien, dit-il contre mon oreille. Surmonte tout ça, ma chérie.

Je gémis, ne sachant trop ce qu'il veut dire. *Pourquoi je tremble encore ?*

Flamme pose ses mains sur mes joues, sa bouche est douce et autoritaire à la fois. Les mains de Faucheur me caressent le dos. Nous sommes un enchevêtrement de membres, nus, chauds et moites. L'arôme capiteux du sexe parfume l'air, ma douceur est puissante et odorante.

Quand j'arrête enfin de trembler, je suis pratiquement enrobée d'effluves. Ils sont partout. En moi. Sur moi. Sur eux.

Je hoquète quand les dents de Faucheur mordent mon épaule juste assez fort pour m'ancrer sans entailler la peau.

Puis Flamme s'écarte pour me fixer dans les yeux.

— Tu es incroyable, Alina.

— Carrément phénoménale, renchérit Faucheur.

Je cille devant le Faë Métamorphe, incapable de former des mots. Ma gorge me fait mal, non seulement d'avoir encaissé ses poussées, mais aussi d'avoir *crié*. Quoique je ne me souviens même pas d'avoir émis un son.

Mes doigts volètent jusqu'à ma gorge, comme s'ils cherchaient des réponses. Mais mon poignet est pris dans la poigne de Flamme qui porte ma main à sa bouche.

— Merci, petite panthère.

— Tu la remercies comme si on avait déjà fini, grogne Faucheur. (Il continue de caresser mon dos de façon apaisante, ses lèvres encore à mon oreille.) Repose-toi, ma chérie. Je sais que le sperme de Flamme peut être fort.

Mais une fois que les contrecoups se seront dissipés, on va recommencer.

— Elle doit manger d'abord, décide Flamme, une pointe de domination dans son ton. Je vais aussi lui faire couler un bain.

— Tu veux juste lui brosser les cheveux.

— Bien sûr que je veux lui brosser les cheveux. Je meurs d'envie de lui brosser les cheveux depuis qu'on l'a vue la première fois, rétorque Flamme, ce qui me fait esquisser un sourire.

— Tu veux me brosser les cheveux ?

Ma voix est rauque, mes cordes vocales sont manifestement abîmées.

— Il lui faut de la soupe, indique Flamme à Faucheur. Si tu t'occupais de ça pendant que je la toilette ?

— Très bien, soupire Faucheur. Mais quand nous l'aurons formellement accouplée, ce ne sera plus un problème. Il lui faudra juste une petite dose d'immortalité pour l'aider à récupérer.

Flamme grogne mais ne dit rien tandis qu'il m'arrache des bras de Faucheur.

L'immortalité ? relevé-je. *C'est ce qui se passera quand ils m'accoupleront ?*

Je ne sais pas trop quoi en penser. Heureuse ? Effrayée ? Soulagée ?

Car ça veut dire que je pourrais vraiment les garder pour l'éternité. Vivre comme ça pour le reste de… *pour toujours*. Ça… n'a pas l'air si mal que ça. En fait, ça a l'air plutôt génial.

Tout comme laisser Flamme me brosser les cheveux, décidé-je, levant les yeux sur lui qui m'a prise sur ses genoux.

—Je…

Un verre d'eau apparaît en même temps que le corps nu de Faucheur, debout près du lit.

— Bois ça avant de parler, chérie.

Je n'essaie pas de protester, d'autant plus que je suis assoiffée.

Il reste là à m'observer pendant que je bois, affichant à la fin un air satisfait.

— Bonne fille. (Il reprend le verre.) J'en apporterai un autre dans la salle de bains. (À Flamme :) Va laver notre mignonne. Le déjeuner sera prêt quand tu auras fini.

CHAPITRE VINGT-SEPT
ORCUS

QUELQUES MINUTES PLUS TÔT

— J'AI OUÏ DIRE que ta promise a parlé de Chicago, déclare la reine Hélia, ses longs ongles tambourinant sur l'accoudoir de sa méridienne.

Elle n'est pas comme je m'y attendais. Oh, elle est royale et clairement habituée à être la personne la plus puissante de la pièce, mais elle est détendue d'une manière que je n'avais pas prévue. Il semble que son obsession pour les règles ne soit pas aussi rigide que ce que l'émissaire Jones m'a laissé croire.

— Je suis désolée pour toutes ces formalités et de t'avoir fait courir, Dieu Orcus. Mes émissaires sont protecteurs envers moi, s'est-elle excusée peu après mon arrivée.

J'ai haussé un sourcil à l'énoncé de mon titre.

— Tu sais ce que je suis ?

Elle a haussé les épaules.

— Je ressens des origines. Le pouvoir. Les portails. Tout cela fait partie de mon domaine de connaissances. (Elle s'est avancée et a tendu la main.) Je suis Hélia, la reine de Monster City. Mais s'il te plaît, ne te soucie pas des convenances. Je n'oserais pas demander à un dieu de s'adresser à moi comme à sa reine.

Je m'attendais à détester cette femme au premier regard, mais j'ai cessé à ce moment-là. Je lui ai serré la main et l'ai rejointe dans l'opulent coin salon de sa suite, où elle a servi une sorte de punch rouge alcoolisé.

Faucheur va me tancer d'avoir goûté ça, mais ce n'est pas comme si le poison avait le moindre effet sur moi.

— C'est fascinant, poursuit-elle à présent, me ramenant à notre conversation. Les humains d'aujourd'hui ne connaissent pas les anciens noms des villes. Je suppose que ta promise n'a pas mentionné comment ni où elle a entendu parler de Chicago ?

— Non. Elle a seulement dit qu'elle devait trouver Chicago. (Je me penche en avant sur mon fauteuil – une monstruosité géante en cuir beige qui s'accorde bien avec les ornements dorés de la pièce – et je croise mes avant-bras sur mes cuisses.) Que peux-tu me dire sur la ville des Élites ?

Jusqu'à présent, nous avons surtout parlé des relations interdimensions. Elle n'a pas donné à mon monde la permission expresse de rester ici, et je ne l'ai pas demandée. *Pour l'instant.* Je pense que nous n'aborderons pas cette partie de la conversation tant qu'elle n'aura pas fini de tâter le terrain – ce qu'elle fait depuis mon arrivée. Je sens son énergie caresser la mienne, à la recherche d'une quelconque faiblesse. Malheureusement pour elle, elle n'en trouvera aucune.

— Pour comprendre la cité des Élites, tu dois d'abord connaître notre histoire ici.

Elle prend son verre à vin en cristal et porte le bord

décoré à ses lèvres pulpeuses en un geste séduisant, que je soupçonne d'être une autre sorte de test.

C'est une belle femme, avec de longues jambes athlétiques et une silhouette de mannequin. Si c'était une Faë du Mythe, je dirais qu'elle est une Alpha comme moi. Elle est trop grande pour être une Beta ou une Oméga, et trop hardie pour être autre chose qu'une Alpha.

Mais sa peau la trahit comme étant quelqu'un d'entièrement différent.

À première vue, elle paraît avoir la peau noire. Toutefois les rayons du soleil révèlent des chatoiements violets par-dessus son teint foncé. C'est un trait tout à fait évident maintenant, alors que le soleil frappe sa main qui repose son verre sur la table.

— Le premier portail s'est ouvert dans ce royaume il y a plus de mille ans, mais pendant de nombreux siècles, les monstres l'ont visité en secret. Ça a changé lorsque nous avons réalisé que certains humains étaient en fait des compagnons compatibles.

Ses longues jambes bougent sur la méridienne tandis qu'elle s'incline vers moi et appuie sa tête sur son coude.

— Je suppose que cette découverte a mené à la création de la Nuit des Monstres ? la relancé-je, guère intéressé par le jeu sexuel qu'elle essaie de jouer avec moi.

— D'une manière détournée, oui. Mais il nous a fallu plus de deux siècles pour la mettre au point. Nous sommes maintenant dans notre trois cent treizième année, et nous avons plus ou moins perfectionné le processus. Cependant, il a fallu collaborer avec les humains pour en arriver là. C'est ainsi que la cité des Élites entre en jeu.

Hélia se plonge dans une leçon d'histoire concernant la façon dont les monstres ont tout d'abord approché une secte particulière d'humains. C'était des mortels de certaines lignées ayant une forte influence sur leurs administrés — essentiellement des familles royales, des politiciens et d'autres membres haut placés de la société humaine. Les monstres leur offraient des faveurs en échange de leur aide à fabriquer des compagnons idéaux.

— Des lieux comme la cité des Élites ont été créés pour héberger ces familles et maintenant leurs descendants, poursuit-elle. Dans l'enceinte de la ville, il existe des quartiers. Chaque quartier s'accompagne de plus de pouvoirs et de cadeaux, la couche ultime étant le secteur de l'Immortalité.

— Bien sûr, réponds-je, pas du tout surpris que les humains soient prêts à troquer avec des monstres un cadeau aussi précieux. Les humains veulent toujours vivre éternellement.

— Très juste, répond-elle. Et ils sont prêts à faire tout leur possible pour y parvenir. Y compris sacrifier d'autres humains à cette cause.

Mon estomac se noue, je suis certain que je ne vais pas aimer la direction que prend cette conversation.

— Tu vois, chaque famille Élite possède un village d'humains. Ta promise, par exemple, vient du village de Nightingale. Le duc Nightingale, un humain, supervise l'élevage et l'entretien de la cuvée dans ce village. Puis chaque année, il étudie d'amples données et statistiques pour décider qui est choisi ou non pour la Nuit des Monstres.

Ça me coûte de sérieux efforts pour discipliner mes traits et ne pas réagir au fait que l'on parle de ma promise comme d'une *cuvée*, comme si elle était un animal et non une déesse. Cependant, la mention par Hélia de l'*élevage* m'intéresse. Car il est clair que les humains de ce monde ont été imprégnés de certains traits surnaturels, ce qui les rend encore plus compatibles. Bien que ses paroles suggèrent qu'il s'agit en fait d'une évolution naturelle, non fabriquée.

— Quand tu parles d'*élevage* et d'*entretien*, que veux-tu dire exactement ? demandé-je, coupant la parole à Hélia.Est-ce que le duc Nightingale accouple des humains spécifiques pour augmenter le potentiel de compatibilité avec les êtres d'un autre monde ?

— En gros, oui. (Elle sourit.) C'est ce qui fait la beauté de notre programme. Les humains se font concurrence pour fabriquer les compagnons de monstres les plus performants. Alors oui, ils organisent des mariages préarrangés d'après des marqueurs génétiques connus pour être compatibles avec des êtres d'autres royaumes.

J'arque un sourcil.

— Et c'est tout ce qu'ils font ?

Je ne peux m'empêcher d'avoir un ton incrédule. Alina est une Oméga. Il est impossible que des humains l'aient créée par hasard avec des gènes de mortels normaux.

— Eh bien, c'est ce qu'ils sont censés faire. Mais les humains ont tendance à tricher. Et la tricherie a de graves conséquences, comme certaines familles Élites l'ont découvert à leurs dépens.

Elle esquisse une moue et ses traits s'assombrissent. Je me demande ce qu'elle ne me dit pas.

Alina est-elle le résultat de cette tricherie ? Ou bien pense-t-elle à tout autre chose ?

Hélia cligne des yeux et son air sombre s'éclaircit en un instant.

— Bon, cela dit, l'élevage est supervisé par les familles Élites. Elles décident de la manière dont elles veulent créer leurs Offrandes idéales ; nous leur fournissons simplement un hébergement standard pour faciliter le processus.

Hélia commence à parler des complexes d'élevage utilisés par les familles Élites. Apparemment, celui de

Nightingale se trouve juste à l'extérieur de l'ancienne Chicago.

— La plupart des enfants idéaux y naissent, puis sont placés dans des familles adéquates du village, explique-t-elle. Bien sûr, cette pratique varie selon les familles Élites. Certaines choisissent aussi de procéder à l'ancienne. Nous, les monstres, ne leur disons pas ce qu'elles doivent faire. Nous nous contentons de les récompenser pour un travail bien fait et de leur rappeler leur tâche lorsqu'elles ne répondent pas à nos attentes.

Elle développe un peu plus en détail la structure des récompenses, basée sur les résultats des Offrandes du village pendant la Nuit des Monstres. Les mariages surnaturels de haut rang donnent droit à des récompenses plus élevées. Par ailleurs, les Offrandes qui échouent à s'unir tombent dans la catégorie des *rappels*. Je suppose qu'il s'agit d'une sorte de système de punition pour recadrer les familles Élites.

— Si Alina Everheart s'avère être ta compagne idéale, alors le duc Nightingale sera grassement récompensé, ajoute-t-elle. Tu es un dieu venu d'une toute nouvelle dimension. Il n'y a personne dans cette ville qui soit plus haut placé que toi. Pas même moi.

— Il s'agit donc de savoir quelles compagnes sont choisies et par qui, traduis-je.

— Oui. Et le fait que tu viennes d'une nouvelle dimension rend ton accouplement encore plus profitable. D'autant plus que nous espérons établir un partenariat potentiel entre nos mondes.

— Quel genre de partenariat ?

— Nous y reviendrons, élude-t-elle, évacuant la question de ses ongles acérés.

Oui, me dis-je. *Nous y reviendrons.*

— Ce que j'essaie d'expliquer, c'est que les humains

rivalisent entre eux pour créer les meilleures Offrandes. La cité des Élites à laquelle ta promise s'intéresse est habitée par les familles Élites qui gèrent nos villages. Je ne vois pas pourquoi elle voudrait aller là-bas. Elle ne devrait même pas savoir que la cité des Élites existe.

C'est ce que j'ai déjà déduit de ses échanges avec l'émissaire.

— Il faudra que j'en sache plus là-dessus, opiné-je, réitérant que j'ignore pourquoi Alina a parlé de Chicago.

Et même si je le savais, je ne communiquerais certainement pas cette information à Hélia. Ce n'est pas ses oignons de savoir pourquoi mon Oméga veut trouver la cité des Élites. Mais je veux interroger Alina à ce sujet, avant tout pour ma propre gouverne.

— Sommes-nous autorisés à nous aventurer dans la cité des Élites ? m'enquiers-je, curieux de savoir quelles limites cette reine pourrait tenter d'imposer à moi et à mes compagnons Faë.

Je veux aussi détourner la conversation de mon Oméga. Elle n'arrête pas de prendre Alina comme exemple et ça me met mal à l'aise.

— Si nous parvenons à un accord à l'amiable entre ta dimension et la mienne, alors oui, tu pourras t'aventurer où tu veux. Personnellement, je te recommanderais l'île aux Monstres ou l'île des Monstres. La cité des Élites est surtout peuplée d'humains, et comme tu sembles avoir trouvé ta compagne, tu risques de t'y ennuyer.

Je ne commente pas ses suggestions. En matant à travers la fenêtre-portail, j'ai aperçu ces deux endroits : l'île aux Monstres se trouve dans l'océan Pacifique et l'île des Monstres était connue jadis sous le nom d'île de Man. Je les visiterai peut-être plus tard en quête d'autres âmes omégas potentielles, mais pour l'instant, je me concentrerai sur la ville des Élites. *Pour Alina.*

— Comme tu peux l'imaginer, nous avons adopté la Nuit des Monstres dans le monde entier, reprend Hélia. Chaque lieu a un monstre comme dirigeant, à l'exception des villages. Les villages ont des vicomtes, qui rendent compte aux familles Élites. Dans la plupart des cas, les vicomtes sont les seuls à les connaître.

Elle devient pensive et son regard s'étrécit. Mais au bout d'un moment, elle secoue la tête et reprend son verre.

— Quoi qu'il en soit, une fois que votre royaume aura un bon statut, toi et tes semblables pourrez vous promener où bon vous semble. J'ajouterai simplement qu'il est de bon ton de faire savoir aux dirigeants locaux que vous avez l'intention de leur rendre visite.

Je hoche la tête.

— Donc nous devrions discuter de tes conditions pour obtenir un bon statut.

— Oh, les conditions sont très simples. Nous demandons que votre dimension ne nous rende visite qu'une nuit par an – la Nuit des Monstres – et seulement pendant le temps imparti. Toute personne souhaitant rester dans notre royaume devra demander la permission aux dirigeants de l'endroit qu'elle a choisi. Par exemple, si quelqu'un souhaite demeurer à Monster City, cette personne devra m'en parler. Et nous vous prions de vous abstenir de toute violence pendant que vous êtes sur notre sol.

— Je suppose que tu fais référence aux humains que nous avons tués...

Elle hausse les épaules.

— Nous sommes plus inquiets de la violence entre monstres, mais oui, faire du mal aux humains est mal vu. Cependant, j'ai cru comprendre que vous aviez un motif valable ?

— En effet. Et nous voudrions accéder au troisième humain pour pouvoir continuer à délivrer notre jugement.

Elle hausse ses sourcils noirs.

— Le tourment mental de ton mangeur d'âmes ne te suffit pas ?

Je suppose que *mangeur d'âmes* fait référence à Faucheur. Car bien sûr, il a rendu visite à l'humain. Je peux pratiquement l'entendre dire : « Ils nous ont défendu de le tuer, mais ils n'ont pas parlé d'autres formes de punition. » Il aurait enchaîné avec un haussement d'épaules et ajouté : «Je suis toujours les règles. »

Typique de Faucheur. Mais quelles que soient ses facéties…

— Alina mérite le droit de tuer l'homme qui lui a fait du mal, dis-je à Hélia.

L'humain a blessé notre promise. L'humain doit souffrir.

— Ce n'est pas ainsi que nous fonctionnons habituellement, mais vu les circonstances, je peux te l'offrir en cadeau. Cependant, je veux quelque chose en retour.

Je lève un sourcil.

— Un échange de bons services ?

— C'est ainsi que les choses se passent ici, et jusqu'à présent, je vous ai octroyé, à toi et à tes compagnons, plusieurs faveurs.

Faucheur et Flamme ne sont pas vraiment mes compagnons, mais je ne la corrige pas. Je me penche plutôt sur l'insinuation comme quoi je lui dois beaucoup pour ses *faveurs*.

— Nous sommes restés ici par courtoisie, reine Hélia. Bien que nous apprécions ton hospitalité, ce n'est pas un cadeau ou une faveur lorsqu'elle est associée à un ordre. Nous t'avons fait une faveur en respectant ta demande de rencontre alors que nous aurions pu très facilement disparaître.

Ce n'est pas tout à fait vrai – il fallait qu'on reste ici. Mais elle l'ignore.

Ses yeux noirs brillent tandis qu'elle m'étudie, son énergie tourbillonnant dangereusement autour de mon aura.

— Je pense que nous savons tous deux que nous avons plus à gagner en créant un partenariat. Devenir ennemis serait… une déception.

— Je suis d'accord, opiné-je. Mais comprends que ta définition d'une faveur ne correspond pas à la mienne. Donc, ce que tu as l'intention de me demander nécessite un échange approprié.

Elle baisse la tête, tournant son verre de vin entre ses doigts.

— C'est juste. (Elle repose le verre et s'assoit, ses fins talons claquant bruyamment sur le sol en marbre.) J'aimerais vous inviter à dîner, tes compagnons et toi.

Je la dévisage.

— Tu veux nous inviter à dîner ?

— Comme une faveur, oui, acquiesce-t-elle.

Je suis aussitôt méfiant.

— Pourquoi ?

— Ai-je besoin d'une raison ?

— Si tu me demandes de sacrifier quelque chose, alors oui, il me faut une raison.

— Tout ce que je demande, c'est de sacrifier un peu de ton temps, Dieu Orcus. (Elle sourit.) Ce ne sera qu'une réunion intime entre compagnons.

Je pince les lèvres.

— Nous ne partageons pas. Et nous n'échangeons pas.

La reine rejette la tête en arrière sur un rire qui éclate

dans la pièce. Quel que soit le type de monstre qu'elle cache sous sa peau, il est intense. Ce seul son le prouve.

— Ne t'inquiète pas, mon cher. Les orgies ne sont plus mon truc. (L'air rêveur, elle ajoute :) Je suis une femme à deux compagnons maintenant, et ces postes sont très bien pourvus.

— Alors quel est le but de ce dîner ?

— Former une alliance et apaiser nos compagnons, dit-elle de façon énigmatique. Acceptes-tu cette faveur ou non ?

Faucheur et Flamme vont me tuer, putain. Mais les alliances sont importantes. Et nous devons rester en bons termes dans ce royaume. *Donc…*

— J'accepte.

— Excellent, sourit-elle. Mes compagnons seront ravis.

En attendant, mes deux meilleurs amis fantasmeront sur la meilleure façon de te tuer, songé-je. *Mais comme c'est leur version du plaisir, je suppose que je peux en dire autant.*

Mais je m'abstiens de l'exprimer à voix haute et reviens à des sujets plus importants. Comme les *règles*.

— Pour que ce soit bien clair, si je veux voyager dans ce royaume, j'en ai le droit, dis-je. Cependant, si je veux rester quelque part, je dois faire part de mon intention.

— Oui. Bien que les moyens de transport varient selon les régions. Mon territoire, par exemple, est spécialisé dans les trains. Mais, comme tu l'as sans doute compris, ma juridiction s'étend principalement entre la cité des Élites et Monster City. Elle va aussi au nord jusqu'à l'ancienne Boston, et au sud jusqu'à Nightingale, qui est près de là où se trouvait Asheville autrefois.

Elle parle de quelques autres endroits, comme le système de navigation près de l'île aux Monstres, et à propos des ferries de l'île des Monstres. J'écoute poliment, mais je me soucie guère des moyens de transport standard. Ils ne seront pas nécessaires.

— Et si je veux me téléporter chez moi ? demandé-je finalement, plus intéressé par les éventuelles restrictions qui pourraient m'interdire de transiter entre les dimensions. L'émissaire Jones a mentionné qu'il me fallait un rang plus élevé pour ouvrir un portail à volonté.

Elle acquiesce.

— Les portails entre les royaumes sont mal vus en dehors de la Nuit des Monstres. On ne souhaite pas que des créatures aillent et viennent sans autorisation préalable. Cela risque de perturber l'équilibre que nous avons créé ici.

— Bien que je respecte ça, je ne suis pas du genre à rester planté dans un seul royaume, l'avertis-je.

— Oui, je m'en doutais. (Elle se tapote le menton.) Très bien, tant que tu es sur mon territoire, tu peux te téléporter à volonté. Mais tous les autres êtres de ton monde – à part tes compagnons – ne sont autorisés à visiter ce royaume que lors de la Nuit des Monstres. La violation de cette condition pourrait entraîner la rupture de notre nouvelle alliance.

— Seulement sur ton territoire ? demandé-je pour clarifier ce point.

— Je ne peux accorder d'autorisations que dans mon propre royaume. Si tu souhaites obtenir des droits de portail universels ailleurs, tu devras t'entretenir avec le roi ou la reine du lieu.

— Alors, dans la ville des Élites… ? m'enquiers-je en arquant un sourcil.

— Oh, le roi de la cité des Élites est un ami très cher. Si je t'accorde un droit de portail, il l'honorera également. Mais ailleurs ? Oui, il te faudra une permission.

— Je vois. (Bien qu'incommode, ce n'est pas la pire des

exigences.) À propos de mes Faë qui demeurent dans ce royaume, il y a deux Strigoï dans le bâtiment qui ont exprimé le souhait de rester ici. Es-tu en train de dire qu'ils doivent retourner dans mon monde ?

Je pose la question d'un ton neutre. Je me fiche pas mal de sa réponse, mais j'ai promis à Cage et à Sabre de me renseigner sur les choix qui s'offrent à eux.

— Tu parles des marcheurs de rêves ?

— Oui. Nous les appelons Strigoï.

Car ils sont plus que des marcheurs de rêves. Ils sont étroitement liés aux vampires, d'où leur besoin de sang.

— Intéressant. (Elle réfléchit un instant, comme si elle était vraiment intriguée.) Hmm, eh bien, ils ne sont plus sous ma juridiction. Caïn les a escortés jusqu'à la cité des Élites.

— Quoi ?

Le type en costume de tout à l'heure a embarqué mes Strigoï ?

Elle me regarde en cillant.

— Lorsque j'ai mentionné leur existence à Caïn, il a voulu en savoir davantage sur leurs talents. Et j'ai senti qu'ils partaient tous les trois peu après notre conversation. Je suppose donc qu'il a l'intention de les garder.

— Il ne peut pas les *garder.* Ils sont sous ma protection.

— Eh bien, je crains que tu doives en parler à Caïn.

Je me pince l'arête du nez.

— Ce qui, laisse-moi deviner, nécessite l'approbation du roi de la ville des Élites ?

Vu que je vais devoir me rendre à Chicago pour retrouver ce connard.

— Eh bien, normalement, oui. Sauf que le roi de la cité des Élites, c'est Caïn. (Elle esquisse un sourire.) Je suis sûre qu'il aimerait beaucoup que tu lui rendes visite.

Je suis sûr qu'il ne voudra pas du tout que je lui rende

visite. Parce que quand je le trouverai, je lâcherai Faucheur sur lui.

Afin de récupérer nos Strigoï. C'est qui ce type ? Et il est quoi, bordel ?

Je passe ma main sur mon visage. Cette réunion a assez duré.

— Je dois informer mes hommes de ce développement.

— Bien sûr, murmure-t-elle. Je vous enverrai une invitation à dîner prochainement. D'ici là, n'hésitez pas à garder la suite.

— Merci, lui dis-je.

Mais on n'en aura plus besoin très longtemps, pensé-je. *Parce que nous allons nous rendre tous les quatre dans la ville des Élites. Ce soir même.*

CHAPITRE VINGT-HUIT
FLAMME

— Tes cheveux sont si beaux, murmuré-je en passant un peigne dans les mèches humides d'Alina.

Elle se prélasse sur mes genoux dans la baignoire, son corps ronronne pratiquement de contentement. Ou peut-être que c'est juste mon ronronnement que je perçois à travers elle. Ce n'est plus un ronflement sexuel mais apaisant, semblable à celui qu'Orcus émet en sa présence.

Mon jaguar est satisfait, pour le moment. Pourtant ma bite est encore dure contre les fesses nues d'Alina. Je suis quasi certain que je serai toujours excité en sa présence, ce qui ne me déplaît pas le moins du monde.

— Merci de les peigner, murmure Alina. C'est agréable.

Je l'embrasse dans le cou.

— Je te brosserai volontiers les cheveux tous les jours jusqu'à la fin de notre vie.

Elle frissonne, son corps se fond encore plus dans le mien.

— Pour… pour l'éternité, c'est ça ?

— Ouais, petite panthère, souris-je. Pour l'éternité.

— Une fois que nous nous serons accouplés ? précise-t-elle, ayant manifestement entendu les commentaires de Faucheur au sujet de sa future immortalité.

— Oui. (Je lâche le peigne et j'attrape son menton pour relever son visage et croiser son regard.) Qu'en penses-tu ?

J'imagine que tout ça la dépasse un peu. Quoiqu'elle est née dans un monde où les surnaturels qui prennent des compagnes sont considérés comme normaux, donc ce n'est peut-être pas si déroutant que ça.

— Je… je me sens soulagée, murmure-t-elle. J'aime être ici avec toi. Avec Faucheur. Avec Orcus aussi. Vous me faites tous me sentir en sécurité, au chaud et…

Elle s'interrompt et fronce le nez.

— Et ? la pressé-je.

— En manque, avoue-t-elle en se tortillant un peu sur mes genoux.

Je glousse et j'entoure son bas-ventre de mon bras, gardant l'autre main sur son menton.

— Les Faë ont une sacrée libido, ma reine panthère. C'est normal de te sentir en manque. C'est assez clair que je ressens la même chose, je pense.

Pour illustrer mon propos, je presse ma queue contre son cul. Elle rougit fortement en réaction. C'est adorable.

— Les Omégas Faë du Mythe sont plus tendues sexuellement que la plupart des Faë, ajouté-je. C'est ce qu'a dit Orcus en tout cas. Faucheur est assez excité à ce sujet.

Les joues d'Alina rougissent encore.

— Je ne sais pas trop quoi répondre à ça.

— Tu n'es pas du tout obligée de répondre. (Je lâche son menton pour lui caresser la joue.) Mais ça ne m'ennuierait pas si tu voulais m'embrasser à nouveau.

Un sourire au coin des lèvres, elle se penche sur moi et se retourne lentement dans l'eau pour me faire face. C'est une grande baignoire de type bain à remous, où elle peut bouger facilement pour chevaucher mes hanches. Bien sûr, cette position presse son centre chaud contre ma tige palpitante. Ce qui me donne envie de la dévorer encore une fois.

Mais je ne veux pas la pousser. Donc je l'embrasse tout simplement. C'est une tendre étreinte que je lui laisse mener avec sa langue.

Tout d'abord elle est hésitante, puis elle s'enhardit en pressant ses seins contre ma poitrine. Je glisse en avant pour qu'elle puisse replier ses jambes dans mon dos, une position sexuelle qui excite mon animal intérieur. Il est presque sauvage avec elle.

Or j'ai toujours mes piercings, je ne peux donc pas la baiser encore. Bien qu'il soit possible d'y remédier rapidement.

Elle frotte sa chatte contre moi et halète doucement en se pressant encore plus contre ma poitrine.

— Flamme, exhale-t-elle.

— Alina, retourné-je, mes dents effleurant sa lèvre inférieure. Dis-moi ce que tu veux, mon cœur.

Elle frémit, ses longs cils noirs s'écartent pour révéler ses grands et beaux yeux.

— Je veux juste être près de toi.

— Alors sois près de moi, lui dis-je. Je serai tout ce que tu désires, petite panthère.

Elle resserre son étreinte et enfouit son visage dans mon cou. Je l'enveloppe pareillement de mon corps, posant mon nez dans ses cheveux fraîchement lavés. Nous nous sommes douchés avant d'entrer dans la baignoire, surtout pour y faire trempette et nous détendre dans l'eau tourbillonnante.

Je suis heureux de cette décision maintenant, car il est clair qu'elle en avait besoin.

— Tout ça est très différent de la façon dont je croyais que la Nuit des Monstres se déroulerait, me dit-elle à voix basse à l'oreille. Mais le duc m'a dit que ma destinée avec les monstres serait beaucoup plus douce qu'au village. Il a dit que mon ou mes futurs compagnons me vénéreraient.

Je ne sais pas trop qui est ce duc dont elle parle, mais...

— Il n'avait pas tort, acquiescé-je.

— Il, euh... n'a pas abordé la partie *reproduction*, cependant, ajoute-t-elle en se reculant pour étudier mon visage. Qu'est-ce... qu'est-ce que ça implique au juste ? Je veux dire, je sais ce que ce mot signifie. Mais... pour nous. Tu veux... des enfants ?

Je passe mon pouce sur sa lèvre inférieure.

— Oui, en effet. (Je ramène lentement mon regard dans le sien.) Et toi ?

Elle déglutit.

—Je n'en voulais pas avant, au village. Les hommes là-bas me répugnaient. L'idée de créer une famille avec eux...

Elle blêmit, son expression me dit tout ce que j'ai besoin de savoir à ce sujet.

— Mais à présent ? la pressé-je. Que ressens-tu à l'idée de recevoir mon ardillon ? En sachant ce que ça pourrait créer ?

Ses pupilles se dilatent un peu.

—Je ne sais pas, admet-elle à mi-voix. Je... (Elle fronce les sourcils.) C'est étrange. Je sais que ça devrait m'intimider, surtout vu la vitesse à laquelle tout a changé. Mais je n'en ai pas peur ?

Elle formule cette dernière phrase comme une question, comme si le fait qu'elle n'ait pas peur la troublait.

— Ce n'est pas pareil que de *vouloir* un enfant, remarqué-je.

Elle me dévisage un moment.

— Je pense que c'est trop nouveau pour que je puisse définir mes véritables sentiments. Je sais juste que ça ne me rebute plus comme c'était le cas au village. Au contraire... l'idée est agréable. Comme si c'était une chose que j'ai envie d'accepter.

Je hoche la tête.

— C'est un grand changement à accepter pour toi, reconnais-je. Pour moi, Orcus et Faucheur, nous avons tous cherché notre compagne pendant si longtemps que ça ne nous paraît ni soudain ni inattendu. Il n'y a tout simplement pas d'alternative pour nous. Il n'y a pas de désirs concurrents. Il n'y a que toi.

— Que moi, répète-t-elle dans un soupir.

— Rien que toi, réponds-je en écho. Je sais que c'est un peu écrasant, mais ce que tu as vécu avec Faucheur et moi aujourd'hui n'est qu'un avant-goût de ce que nous pouvons t'offrir.

La chair de poule perle sur ses bras malgré l'eau chaude. Son bas-ventre se presse intimement contre le mien.

— Seulement un avant-goût ? (Elle déglutit comme si elle pensait à ce *goût*.) Je... je ne sais pas si je peux en supporter plus...

— On verra bien, pas vrai ? gloussé-je.

Parce que je sens ses chaleurs qui approchent.

Bien que je ne sois pas un Faë du Mythe, je suis quand même un Faë Métamorphe. Et mon jaguar est totalement Alpha. Pour l'instant, il se contente d'observer à travers mes yeux et attend patiemment l'occasion de bondir.

Ce sera intense. Puissant. *Époustouflant.* Et Alina va adorer.

Il y a juste un point qui me préoccupe : sa position sur

les enfants. Bien qu'elle semble considérer cela comme une perspective agréable, il manquait l'excitation que j'ai l'habitude d'entendre dans la voix d'une Faë lorsqu'elle parle de progéniture.

Certes, elle n'est pas née Faë, elle est humaine. C'est pourquoi elle doit comprendre ce qui va se passer pendant ses chaleurs. Orcus l'a expliqué également, mais son consentement – sa *volonté* – est vital. Se précipiter pourrait la repousser, et je ne me le pardonnerais jamais si cela arrivait.

Elle est notre compagne. Notre monde. Notre destin.

Elle doit savoir que nous ne la forcerons pas à faire quelque chose qui ne lui convient pas à cent pour cent. Son consentement avant ses chaleurs est impératif. Car une fois qu'elle sera perdue dans le besoin de procréer, elle n'aura plus l'esprit assez clair pour prendre des décisions par elle-même. Ce sera à nous – ses compagnons – de veiller à ce que ses souhaits soient respectés.

— Quand tu seras en chaleur, ton corps va guider tous tes instincts, lui dis-je doucement.

Même si je ne suis pas un Faë du Mythe, je connais bien les chaleurs des Faë Métamorphes. Et d'après ce qu'a dit Orcus, le processus est très similaire pour les Omégas de son espèce.

— Ce qui veut dire ?

— Ce qui veut dire que ton esprit n'aura plus le contrôle, expliqué-je. Tu seras consumée par le besoin de baiser. Tu nous supplieras de te remplir de notre semence. De t'accoupler. Pour créer une vie ensemble.

Ce sera un besoin inné qu'elle ne regrettera pas ensuite – du moins je l'espère. À moins que la partie mortelle d'elle – celle qui me fixe avec incrédulité en ce moment même – réagisse autrement.

— Je me rends compte que c'est beaucoup, murmuré-je, peignant ses mèches humides avec mes doigts. On essaie de te mettre à l'aise avec ça.

— Je sais, dit-elle d'une voix tout aussi douce. Merci.

J'esquisse un sourire.

— Ne me remercie pas d'avoir fait ce qu'il fallait, mon cœur. Ton confort passera toujours en premier. Quoi qu'il arrive. (Je dépose un baiser sur ses lèvres, et mon sourire s'agrandit quand j'entends son estomac gargouiller de faim.) En parlant de confort, c'est l'heure du déjeuner.

Alina ne proteste pas quand je la sors de la baignoire et l'enveloppe dans une serviette pelucheuse. Elle est encore un peu étourdie par notre conversation, à moins que son état rêveur soit dû à la multitude d'orgasmes qu'elle a eus aujourd'hui. Quoi qu'il en soit, c'est mignon.

Je la coiffe à nouveau – parce que j'en ai envie.

Puis je lui trouve un peignoir. Il est trop grand et lui arrive à mi-mollet, mais elle est à l'aise et c'est tout ce qui m'importe. J'en prends un pour moi aussi – bien moins grand pour moi vu ma haute taille – et je l'emmène dans la suite où Orcus et Faucheur sont en pleine discussion.

Ils s'arrêtent à notre irruption, et Orcus porte aussitôt son regard sur Alina. Son air sévère fond tout aussi vite, ses yeux sombres scintillent de lueurs rouges tandis que l'Alpha en lui admire l'Oméga qu'il a choisie.

— Tu as l'air contente, murmure-t-il d'un ton empli de dévotion. Comme une reine.

— Parce qu'elle est foutrement magnifique, renchérit Faucheur en adressant un clin d'œil à Alina. Ce qui me rappelle… (Il s'éclipse dans la cuisine et revient avec un plateau.) Six cupcakes pour six glorieux orgasmes. (Il dépose un baiser sur sa joue.) Une si bonne mignonne.

Ses joues rosissent. Mais au lieu d'émettre un

commentaire, elle prend un cupcake sur le plateau et enlève l'emballage pour le manger.

— Six ? relève Orcus, l'air impressionné.

— Elle en a eu quatre, corrige Faucheur. Et nous un chacun. Ça fait six.

Le visage d'Alina est maintenant rouge vif. Je secoue la tête en riant et l'embrasse sur l'autre joue.

— Balance-lui ton mot de sécurité s'il t'ennuie, lui dis-je, ce qui lui fait écarquiller les yeux.

— Elle a un mot de sécurité maintenant ? s'étonne Orcus. (Aucune trace de jalousie dans son ton, juste une légère curiosité.) Je peux le savoir ?

— Chicago, répond Faucheur en posant le plateau de cupcake sur une table proche.

Orcus fronce les sourcils.

— Je vais y venir. Je veux d'abord qu'on réponde à ma question.

— Non, c'est le mot de sécurité, précise Faucheur. Mais oui, on doit aussi discuter de nos plans. Dis-leur ce qui se passe, moi je vais replier le nid.

Je hausse les sourcils en voyant Faucheur disparaître une fois de plus, sans doute pour *replier le nid*.

— Qu'est-ce qui se passe ?

— Nous allons à Chicago, répond Orcus, ce qui fige Alina dans sa dégustation. Le roi de la ville des Élites a kidnappé nos Strigoï, et je dois découvrir pourquoi.

Son irritation est palpable, et c'est une émotion que je partage. Je le fixe d'un air ahuri.

— Pourquoi quelqu'un kidnapperait-il nos Strigoï, bordel ?

— Je n'ai pas la moindre idée de ce qui se passe, avoue Orcus. Et la reine de Monster City – *Hélia* – n'a pas été d'une grande aide. Mais elle m'a donné la permission d'ouvrir un portail, alors c'est ce qu'on va faire.

— La permission, répété-je en riant. Je parie que tu l'as bien pris.

Le regard qu'il me lance confirme mon évaluation.

— Nous allons déjeuner, puis nous chercherons un endroit sûr pour établir notre camp. Je ne faisais pas confiance aux surnaturels d'ici avant, et je leur fais encore moins confiance maintenant.

Une opinion juste.

— Très bien. (J'ai toujours mon bras au bas du dos d'Alina, donc je lui presse la hanche.) On dirait qu'on va à Chicago.

Elle ouvre des yeux ronds, ses lèvres sont barbouillées de glaçage à la fraise. Je me penche pour en lécher un peu sur sa bouche, désirant y goûter. Elle cligne des yeux.

— Chicago.

Je fronce les sourcils et m'écarte.

— Qu'est-ce que j'ai fait ?

— Non. (Elle secoue la tête.) Je veux dire… je parlais de la ville, pas du… (Elle grogne un peu, un son qui fait se dresser mon prédateur intérieur.) Il me faut un nouveau mot de sécurité.

J'entends Faucheur glousser dans la chambre.

— Je suis d'accord, dit Orcus. Mais tu as le temps de le choisir.

Il a raison, pensé-je.

— On reposera la question avant notre prochaine séance, proposé-je.

— D'accord.

Elle déglutit, et ses yeux me disent qu'elle apprécie l'idée d'avoir une *prochaine séance*. Mais il y a aussi un soupçon d'autre chose dans son regard. Une émotion que je n'arrive pas à définir.

Est-ce que c'est lié à son intérêt pour Chicago ? me demandé-je. *Vas-tu enfin nous dire pourquoi tu veux aller là-bas ?*

Hélas non. Elle cligne de nouveau des yeux, finit son cupcake et en prend un autre sur le plateau.

Orcus se racle la gorge, son regard posé sur sa bouche.

— Mangeons, dit-il d'un ton bourru. Ensuite, on reparlera de cette cité des Élites et de ce qu'Hélia m'a appris d'autre.

CHAPITRE VINGT-NEUF
ALINA

Je ne sais pas ce qui m'étonne le plus : ma matinée orgasmique, les informations qu'Orcus a communiquées sur les familles Élites, ou la magie qui se déploie devant moi en ce moment même.

Non seulement Orcus a créé une porte en forme de miroir qui mène à une autre partie du monde, mais il est aussi en train de rénover une vieille cabane. Lorsque nous sommes arrivés, ce n'était guère qu'un tas de bois. Maintenant… maintenant c'est… c'est *une maison*.

Nous sommes au bord de l'eau – un endroit appelé lac Michigan, d'après Flamme.

— C'est une bonne base pendant que Faucheur part en éclaireur à la cité des Élites, a-t-il ajouté. Nous sommes suffisamment proches pour qu'Orcus puisse s'y rendre rapidement en cas de besoin, mais assez éloignés pour ne pas être repérés.

— En théorie, a précisé Orcus. On n'est qu'à une heure de la ville au nord, et la magie de ce royaume est… unique.

Je soupçonne qu'il a dit cela à cause de tout ce

qu'Hélia lui a appris. D'après ce que j'ai compris, elle l'a impressionné. Et il ne savait pas encore trop quoi en penser. D'autant plus que ses Strigoï ont été enlevés pendant l'entrevue.

— Elle savait manifestement ce qui se passait, ce qui m'amène à me demander si cette rencontre n'était pas qu'une diversion, a-t-il déclaré à Flamme après le déjeuner.

— Peut-être. Mais pourquoi voudrait-on les Strigoï ? a redemandé Flamme. Je sais bien qu'ils sont royaux, mais ça ne doit pas vouloir dire grand-chose ici.

— Je ne sais pas, a grogné Orcus.

— Je vais le découvrir, a proposé Faucheur.

C'est ainsi qu'ils ont décidé qu'il partirait en ville en éclaireur.

— C'est littéralement une ombre, m'a dit Flamme par la suite, lorsqu'il a deviné mon inquiétude. (Même en sachant que ces Faë peuvent prendre soin d'eux-mêmes, je n'aime pas le soupçon de danger qu'implique leur plan d'espionnage de la ville des Élites.) Il va juste y faire un saut, jeter un coup d'œil et revenir.

Eh bien, son *saut* dure depuis une heure, et aucun de nous n'en a de nouvelles.

Je lève les yeux vers la lune au-dessus de ma tête en esquissant une moue. C'est joli ici. Mais cela n'apaise pas la pointe de malaise qui grandit dans mon bas-ventre.

Faucheur devrait être de retour maintenant, me dis-je. *Où est-il ?*

À ce malaise se mêle une autre émotion qui fait battre mon cœur à tout rompre : *l'espoir*.

Je vais peut-être bientôt retrouver ma sœur.

Sauf que mon allégresse s'accompagne d'une sensation troublante, voire un peu coupable. Car ces mâles Faë sont la seule raison pour laquelle je suis ici. Et ils ne savent même pas que j'ai une sœur. Ils ont tout fait pour me soutenir, me protéger, m'*enseigner*, et j'ai tout gardé pour moi. Pourquoi ? Pourquoi ne pas leur dire ? Ce n'est pas si difficile. Ce n'est même pas un si grand secret, n'est-ce pas ?

Dès que Faucheur sera de retour, je leur dirai, décidé-je.

Ils pourraient peut-être m'aider à la retrouver.

Orcus atterrit à quelques pas de moi, ses grandes ailes déployées révélant des milliers de plumes noires et soyeuses. Ses longs cheveux noirs sont ébouriffés par le vent, et ses yeux rouges sont concentrés sur son projet.

Il cale ses mains sur ses hanches minces, un geste qui fait onduler les muscles de ses bras. En fait, tout en lui ondule. Parce qu'il est torse nu, ne portant qu'un jean et des chaussures.

Et des ailes, m'émerveillé-je encore. *Faë, je veux juste le caresser…*

Il est magnifique et tout à fait inconscient du fait que je reluque son physique époustouflant. Mais Flamme le remarque dès qu'il passe la porte, et me lance un regard entendu en m'apportant une bouteille d'eau.

— Tu admires le spectacle ? me demande-t-il.

Je bois une gorgée avant de répondre :

— C'est… c'est impressionnant.

— Hmm, fredonne-t-il en m'adressant un clin d'œil.

Toutefois l'attention d'Orcus reste fixée sur la cabane.

— Qu'est-ce qu'il fait ? chuchoté-je, n'osant pas le déranger.

Quoiqu'il ne semble même pas se rendre compte que je suis là.

— Il fait apparaître, répond Flamme.

Je lui jette un coup d'œil.

— D'accord… Et ça veut dire… ?

Il sourit.

— Hé, Orcus, notre fille veut que tu lui expliques tes pouvoirs.

Je le fixe bouche bée. Il dépose un baiser sur ma joue.

— Je serai à l'intérieur en train de jouer dans la nouvelle cuisine.

Il s'éloigne sur ces mots, sans me laisser l'occasion de répondre.

Orcus tourne ses yeux rouges vers moi. Je déglutis, sa présence est encore plus massive avec ses ailes géantes et ses muscles saillants. Il a volé partout dans le coin, faisant je ne sais quoi.

Il fait apparaître. Bon. Ouais. C'est tout à fait logique.

— Je suis un Alpha Faë du Mythe. (Il dit ça comme si ça expliquait tout.) Nous sommes spécialisés dans la création.

Il fait un pas vers moi, tend la main vers mon visage. Je retiens mon souffle tandis qu'il rabat une mèche de cheveux derrière mon oreille. Puis il sourit en ramenant sa main qui tient une rose noire aux bouts des pétales dorés. Je lâche un hoquet, choquée par sa beauté pas du tout naturelle.

— Comment... ?

— Je l'ai imaginée dans mon esprit et je lui ai donné vie, dit-il en me l'offrant.

Il se tourne de nouveau vers la cabane et étire une aile tout en faisant un geste de la main.

J'écarquille les yeux en voyant un ensemble de trois buissons surgir du sol et se mettre à fleurir. En quelques minutes, les bourgeons se transforment en feuilles et les tiges se métamorphosent en boutons de rose noirs. *Aux bouts des pétales dorés.*

Il vient d'en créer des dizaines dans les buissons.

— C'est... incroyable, soufflé-je.

Il hausse les épaules.

— Tu seras moins impressionnée quand tes talents d'Oméga vont éclore. Tu seras capable d'amener de nouvelles âmes au monde ; moi je peux simplement faire apparaître des objets sans âme.

Je cligne des yeux.

—Je serai capable de… *quoi ?*

Une pointe de noir borde le cramoisi de ses iris tandis qu'il me dévisage de nouveau.

— Tu créeras la vie, Alina. Il n'y a pas de plus beau don.

Crée la vie. Comme… comme…

— Tu veux dire des enfants ? sourcillé-je.

—Je veux dire des êtres puissants, me corrige-t-il. Mais oui, ils viendront à nous sous forme d'enfants. (Il pose sa main sur mon ventre.) Tu les feras grandir ici. Je ne peux pas imaginer un don plus grand.

J'esquisse une moue.

— Tu es en train de dire qu'avoir un bébé est un don plus grand que construire une cabane par l'esprit ? m'étonné-je, incrédule.

Il répond à mon froncement de sourcils par le sien.

— Tu n'as pas idée à quel point c'est un don unique et magnifique de pouvoir mettre au monde d'autres Faë du Mythe, Alina. Nous n'avons pas assisté à la naissance d'un Faëling depuis plus de deux mille ans. (Il écarte sa main de mon ventre et enserre ma nuque, m'attirant à lui.) C'est un miracle.

— Tout comme créer une cabane en moins d'une heure, murmuré-je.

Il incline la tête.

—Je n'ai peut-être pas été assez clair. (Son ton recèle une pointe d'humour.) La magie d'apparition s'applique à tous les Faë du Mythe. Alphas, Omégas, Betas… tout le

LEXI C. FOSS

monde peut créer des objets sans âme. Mais seule une Oméga peut donner naissance à une nouvelle âme.

J'écarte mes lèvres, puis les referme, puis les écarte encore.

— Alors tu dis que je pourrai créer une cabane ?

Il s'esclaffe.

— Peut-être pas au début, mais un jour, quand tu auras affiné tes capacités, oui. Je te l'enseignerai même le moment venu, si tu le souhaites.

Je suis de nouveau bouche bée. D'autant plus qu'il me raconte tout ça comme si c'était… normal. Comme si les humains devenaient tous les jours des êtres immortels dotés de pouvoirs diaboliques.

Or ce qui l'émerveille, c'est le fait que je puisse avoir un bébé. Je pose une main sur mon ventre. *Est-ce vraiment si important ?* m'interrogé-je. Puis je repense à ce qu'il a dit, au fait qu'il n'y a pas eu de Faëlings des Faë du Mythe – qui, je suppose, sont des bébés Faë – depuis plus de deux mille ans. Et que je pourrais être capable d'en créer un.

Il fixe ma main avec une vénération que je peux sentir, battant des ailes dans la brise nocturne.

— Et si je n'étais pas l'Oméga que tu crois ? Et si… Et si je ne peux pas… ?

La question s'envole au gré de la brise, et mon cœur cogne à la perspective de ne pas pouvoir procréer. C'est une douleur comme je n'en ai jamais connue, comme si mon âme pleurait en moi.

Je pourrais perdre ma Faë, songé-je. *Je… je pourrais tout perdre.*

Or ce n'est pas seulement l'idée que ma Faë m'abandonne qui me rend si éperdue. C'est l'idée de ne pas créer de vie.

Je… je le veux, réalisé-je dans un sursaut. *Je le* veux *vraiment et sincèrement.* Pas seulement ma Faë, mais tout ce que nous pouvons vivre ensemble. Un avenir. Un enfant. Une *famille*.

Orcus prend ma joue dans sa main en coupe, me ramenant à lui.

— Si nous ne pouvons pas engendrer un Faëling, alors nous continuerons en tant que cercle de compagnons sans enfants.

Il prononce ces mots avec aisance, mais je perçois le regret sous-jacent dans son ton. Surtout parce que mon âme pleure à l'idée d'échouer. C'est une notion inacceptable, à laquelle je ne veux pas adhérer.

Je dois y réfléchir cependant. Car il y a une possibilité très réelle que je ne puisse pas créer une âme. *Tout ça pourrait n'être qu'un heureux hasard.*

— Si je ne peux pas concevoir, je ne suis pas une vraie Oméga, dis-je. C'est ça ?

— Si tu ne peux pas concevoir, ce n'est pas à cause de ce que tu es ou n'es pas. C'est parce que les Parques ne nous auront pas choisis pour ce chemin, me dit-il.

J'ai l'estomac noué, une partie de moi refusant catégoriquement d'accepter un tel avenir. *Je veux ça. Je les veux. Je veux une famille.*

— Si tel est notre destin, alors je l'accepte, Alina, poursuit Orcus, ignorant mon trouble intérieur. Les Faë du Mythe n'ont peut-être pas de véritables compagnes prédestinées, mais tu seras toujours mienne. Je le ressens dans mon âme. Nous étions faits pour nous trouver, nous accoupler et créer ensemble un cercle puissant — avec Flamme et Faucheur.

Je déglutis, les larmes brouillant soudain ma vision.

— Tu le crois vraiment.

Ce n'est pas une question mais une affirmation.

— Non, Alina. Je ne *crois* rien ; je le *sais.* (Il effleure mon pouls du pouce, et entoure ma taille de son autre bras.) Tu es mon Oméga. Tu es la mignonne de Faucheur. Tu es la petite panthère de Flamme. Tu es à *nous* tous les trois.

Il m'entoure de ses ailes et se penche pour presser sa bouche contre la mienne. Son baiser est très différent de ce à quoi j'aurais pu m'attendre. Il est doux. Tendre. Presque *gentil*. Comme s'il scellait une promesse avec sa bouche, jurant de me garder pour l'éternité quoi qu'il arrive.

Je suis son Oméga. Son autre moitié. Son *âme sœur*. J'ai des papillons dans le ventre à cette prise de conscience, et mon cœur bat la chamade.

Orcus est à moi. Je le sais au tréfonds de mon être, mes entrailles *brûlent* de cette connaissance. C'est comme si quelque chose s'éveillait dans mon âme. Quelque chose de grand. Quelque chose de… bouleversant.

Mon esprit part en vrille, toutes les émotions d'aujourd'hui tourbillonnent en moi, créant un enfer de confusion dévorante. Je me sens prise de vertige. Chaude. *Vivante.*

La bouche d'Orcus se fige contre la mienne, ce qui me fait grogner contre lui. C'est un son inattendu, qui naît quelque part au fond de moi. Je ne le comprends pas, mais je l'accepte.

Et je lui mords la lèvre inférieure.

Car j'en veux plus. Un baiser plus fort. Plus de passion. De *domination*.

— Alina, murmure-t-il, une pointe d'émotion brute soulignant mon nom.

Je plisse les yeux. *Embrasse-moi au lieu de parler.*

Je le mordille à nouveau. Mais il ne réagit pas comme je le souhaite, ce qui me fait reculer et fixer son regard cramoisi.

Mon Alpha se fait désirer.

Un jeu, réalisé-je, intriguée tout à coup.

— Putain, dit-il.

Mmmh, la récompense finale de gagner le jeu, songé-je, encore plus intriguée.

— Est-ce qu'elle… ?

La voix grave de Flamme caresse mes oreilles, et je lance un coup d'œil au mâle sur le seuil. Son regard violet se teinte de noir tandis que son jaguar me dévisage.

Je le dévisage à mon tour, le défiant d'une manière que je ne comprends pas tout à fait. Quoique cela me paraît naturel. *Va-t-il se joindre à notre jeu ?* me demandé-je.

Sauf que je ne sais pas trop à quel *jeu* nous jouons réellement.

Bien que, quelque part au fond de moi, je sois déterminée à le gagner.

Courir. Me cacher. Les lancer à ma poursuite. Je cille. *Quoi ?*

Mon estomac se tord de nouveau pendant qu'Orcus dit quelque chose que je n'entends pas vraiment. Le jaguar de Flamme gronde, un son sauvage qui me procure de l'excitation, pas de la peur.

Mais l'aile d'Orcus me bouche la vue de Flamme, et sa voix à l'accent prononcé attire mon attention sur ses lèvres.

— C'est à moi de gagner, dit-il à Flamme.

Si le Faë Métamorphe répond, je ne saisis pas sa réponse. Je suis trop focalisée sur la mâchoire intense d'Orcus pour l'entendre.

Jeu. Jeu. Jeu.

Cours. Cours. Cours.

Les mots tournent dans mon esprit, éclipsant les paroles suivantes d'Orcus. Je vois juste sa bouche bouger. Sa lèvre inférieure est enflée par ma morsure, la vue est hypnotique. Je veux le lécher. Mais je veux aussi qu'il le mérite.

C'est une envie bien étrange. Mais elle est guidée par

cette voix dans ma tête qui me répète : *Cours. Cache-toi. Fais-les te chercher.*

Je frissonne. L'impulsion roule sur moi, *à travers* moi, chauffant mes veines. Je fais un pas en arrière.

Les narines d'Orcus se dilatent, son regard capte et retient le mien.

—Je vais te donner une longueur d'avance, ma petite, me dit-il d'une voix basse et séduisante. Cache-toi bien. Donne-moi du fil à retordre. Sinon je te prends debout contre un putain d'arbre.

Je serre les cuisses à l'image que m'évoquent ses paroles. *Orcus me hisse dans les airs, ses hanches coincent les miennes, ses ailes se déploient derrière lui tandis qu'il s'enfonce en moi. Encore et encore. Il me fait crier. Il me* noue.

C'est si vif, si précis, que je suis pétrifiée devant lui. Car je n'ai aucune idée d'où me viennent ces envies.

Sauf que… ce n'est pas vrai. Je le sais. *Mon âme. Mon Oméga intérieure.*

Est-ce que c'est réel ? Suis-je vraiment… une Faë du Mythe ?

Cela ne devrait pas être possible. Ça me paraît insensé. Et pourtant, je peux en sentir la réalité dans ma matrice. La connaissance qui me pousse à savoir quoi faire. La voix qui me dit de *courir*.

Sur le plan intellectuel, je comprends ce qui m'arrive, ce qui se passera une fois qu'ils m'auront attrapée. Orcus me revendiquera. Puis Faucheur et Flamme me revendiqueront aussi. Tous trois pour ma Faë. Et mes chaleurs me consumeront, me rendront incapable de prendre des décisions sensées, comme Flamme et Orcus m'en ont avertie. Je devrai leur faire confiance pour m'aider à traverser cette épreuve, pour prendre soin de moi, pour veiller à ce que mes souhaits soient respectés et satisfaits.

Il m'est impossible de savoir vraiment ce que je veux

avec tout ce chaos qui bouillonne en moi. Mais je sais ce que je désire. *Ces Faë. Ces compagnons. Un avenir avec eux.*

Si cela inclut un Faëling… alors oui, je le veux.

Un petit miracle, me dis-je.

Non, je ne le veux pas seulement. Je le *désire*.

Pourquoi je continue à lutter contre ça ? On s'en fiche si ça va vite. C'est le bon chemin pour moi. Le seul chemin. Ces hommes sont mon destin autant que je suis le leur.

Je lève de nouveau les yeux sur Orcus, consciente qu'il n'a pas encore commencé à compter. Il me laisse le temps de comprendre notre jeu, d'accueillir mon Oméga dans mon cœur, d'adopter enfin celle que je suis censée être.

C'est un bon Alpha. Le genre d'Alpha qui prendra toujours soin de moi.

Et je *veux* être son Oméga. Je veux être la petite panthère de Flamme. Tout comme je veux être la mignonne de Faucheur. Je suis à eux et ils sont à moi.

— Tu ferais mieux de me retrouver, Alpha, dis-je à Orcus, ma voix contenant une note sensuelle que je n'ai encore jamais entendue.

— Oh, je ferai plus que simplement te retrouver, Oméga. (Il replie ses ailes dans son dos mais elles ne disparaissant pas.) Maintenant… *cours.*

CHAPITRE TRENTE
ORCUS

L<small>E</small> <small>JAGUAR</small> de Flamme a l'air prêt à m'arracher la gorge.

— On doit la retrouver. *Tout de suite.*

Je grogne après lui.

— Je t'aime comme un frère, mais c'est mon jeu. (Ce que j'ai déjà dit deux fois.) Je la poursuivrai quand elle sera prête à être poursuivie.

Ce qui devrait être imminent à présent.

Mon Alpha intérieur s'impatiente, tirant sur mes plumes dans mon dos. Je veux chercher. Mordre. *Revendiquer.* Mais je veux laisser à mon Oméga la longueur d'avance que je lui ai promise.

C'est la danse d'accouplement entre Faë du Mythe. *Une chasse.*

Elle veut que je lui prouve que je la retrouverai toujours. Et je veux qu'elle prouve qu'elle sait comment faire correctement son nid.

La façon dont Alina s'est fondue dans son rôle d'Oméga, se laissant dépasser par ses instincts, est une preuve supplémentaire de ce qu'elle est censée être – de ce que *nous* sommes censés être ensemble.

Flamme gronde encore, n'appréciant pas que notre promise coure dans une forêt pleine de dangers inconnus. Toutefois, je viens de passer la majeure partie de la soirée à mettre en place des boucliers de protection un peu partout. Je flairais les chaleurs imminentes d'Alina, ses phéromones m'empêchant de me concentrer. Le fait qu'elle n'arrêtait pas de me regarder avec un intérêt évident, observant les mouvements de mes ailes quand j'envoyais de l'énergie en cascade tout autour de nous, n'a pas aidé. Oh, elle croyait que j'étais trop absorbé par ma tâche pour la voir. Mais je l'ai bien remarquée.

La seule partie de mes apparitions qui reste inachevée est le nid à l'intérieur, mais Alina va bientôt y remédier.

Une fois que je l'aurai retrouvée. Chevauchée. Revendiquée. Et nouée.

Ma bite palpite en réaction, mon corps est plus que prêt à prendre notre Oméga et à la baiser jusqu'à l'inconscience. Cependant, mon âme réclame de la patience.

Bientôt. Très bientôt.

Notre Oméga se cache. C'est sa façon d'accepter notre lien. Si elle ne voulait pas de moi, elle ne jouerait pas. Mais elle veut qu'on la poursuive. C'est primitif. Instinctif. Érotique à souhait.

Mes muscles se contractent, mes jambes exigent que je *parte en chasse.*

Flamme a l'air prêt à foncer, mais un regard de ma part le retient. Je le respecte en tant qu'Alpha, malgré nos races différentes. Cependant, je suis toujours son Dieu. Ce qui veut dire que c'est moi qui commande, et je revendique ce droit ce soir. La crispation de sa mâchoire me dit qu'il n'est pas content, mais il l'admet.

Je ne laisserai rien arriver à notre compagne. Il le sait. Tout comme il sait que j'ai besoin de ça. Ainsi qu'Alina.

Elle adopte son âme oméga. J'ai senti son acceptation au moment où elle m'a mordu.

Le consentement n'est pas toujours verbal. Parfois, les actions disent tout.

— Je la ramènerai, promets-je à Flamme. Mais j'ai besoin de ça. *Elle* en a besoin.

Il m'adresse un bref signe de tête, l'homme en lui me comprend clairement. Pour son animal, cependant, c'est une tout autre histoire. Son jaguar flaire l'excitation d'Alina, ce qui fait remonter sa nature sauvage à la surface. Mais c'est à mon tour de jouer avec notre compagne. Faucheur et Flamme ont déjà eu leur avant-goût.

Maintenant il est temps pour moi de lui présenter ma langue. *Et mon nœud.*

— Mets Faucheur au courant quand il reviendra, ajouté-je.

Il n'est parti que depuis un peu plus d'une heure. Je ne m'attends pas à son retour avant au moins deux ou trois heures. Quoi qu'il ait trouvé dans la ville des Élites, ça devra attendre. Alina est notre priorité pour l'instant.

— Sois prêt, Flamme. Quand je la ramènerai, elle aura besoin de nous. De nous *tous.*

Le Faë Métamorphe acquiesce de nouveau, la mâchoire serrée.

Je penche la tête en arrière pour inspirer, ferme les yeux et laisse l'arôme de fraise d'Alina taquiner mon Alpha intérieur. *Mmmh, elle est prête.*

Son parfum naturel s'est mêlé aux bois, créant une fragrance attirante qui me fait déployer mes ailes avant de les faire disparaître dans mon dos. Car je veux la trouver à l'ancienne. Pas de magie. Juste un pur *instinct* masculin.

Je m'avance parmi les arbres, suivant le doux parfum du désir de l'Oméga. *Fraises. Crème. Tellement de crème.* C'est son miel. Son désir. Sa demande pour ma foutue bite.

Mon nœud palpite. Mes couilles se serrent. Mes ailes menacent de jaillir de nouveau. Et mes pas s'accélèrent.

C'est un fantasme qui prend vie, un rêve que je pensais ne jamais réaliser : *chasser ma compagne Oméga.* J'inspire à fond une fois de plus, mon corps vibrant d'une détermination hédoniste. *Trouve. Baise. Noue.*

Mon Oméga est silencieuse, donc elle se cache comme je le lui ai dit.

La nidification. C'est une compétence importante, qu'elle emploiera à se protéger et protéger nos enfants.

Hmm, mais ce parfum ne peut pas m'échapper. Alina Everheart est à moi. Ma promise. Ma *compagne.*

— Je ne sais pas si c'était sage ou naïf de rester si près de la cabane, lancé-je en filant vers sa cachette.

Elle s'est glissée derrière deux buissons, la couleur pâle de son blue-jean est à peine visible à travers le feuillage. Je m'avance, m'attendant à moitié à ce qu'elle surgisse des fourrés et se mette à courir. Mais elle ne bouge pas.

Donc je m'accroupis, prêt à la tirer de là, et je réalise… qu'elle n'y est pas.

Je tends la main et attrape son jean, l'arrache des branches avec un petit rire.

— Autant pour moi, dis-je à personne en particulier. Malin en effet.

Je me redresse et hume à nouveau l'air en quête de son parfum sucré. Mais le jean trempé de son miel brouille mes sens. Et réaliser qu'elle est sans pantalon me distrait également.

J'esquisse un sourire, mon Alpha étant impressionné par la vivacité d'esprit de notre Oméga.

Je crée un portail vers la cabane et y jette son jean. Flamme l'attrape au vol, ses réflexes sont au top.

— Notre Oméga est très douée à ce jeu, lui dis-je à travers le portail miroitant.

Puis je le referme et me concentre à nouveau sur son effluve. *Ça me met l'eau à la bouche,* pensé-je, adorant son parfum décadent. *Putain, tout ce que je vais lui faire…*

J'accélère le rythme, plus déterminé que jamais à trouver mon Oméga et à la récompenser avec ma langue. Cette détermination se renforce encore lorsque je trouve son débardeur jeté dans d'autres buissons.

Suivi de son soutien-gorge.

Et enfin, sa culotte.

Soit elle ne porte plus que ses chaussures, soit elle les a quittées pour que je les trouve aussi.

Flamme grogne quand je lui envoie le dernier élément de sa tenue — le sous-vêtement trempé — et commence à formuler une demande, mais je ferme le portail une fois de plus. C'est une demande dont je n'ai pas besoin.

Notre Oméga est *nue*. Et non seulement nue, mais aussi *mouillée*.

— Oh, je vais te nouer si fort, petite, lui dis-je, sachant que je dois être proche de sa cachette. Tu vas avoir besoin de ce nouveau mot de sécurité.

Même pas sûr qu'elle s'en souviendra quand elle sera en chaleur. Elle sera tellement en manque qu'elle se moquera bien de la façon dont on la baise. Ce qui rend d'autant plus impératif que je respecte ses limites maintenant. Parce qu'elle n'a pas encore totalement perdu la raison, comme le prouve la façon dont elle se cache. Une Oméga en plein œstrus serait allongée au grand jour, les cuisses écartées, et supplierait son Alpha de la baiser. Pas en train de se nicher astucieusement dans les bois.

— Douce Oméga à moi, roucoulé-je. Je suis si fier de toi en ce moment.

J'avance en rampant, mon nez me guidant vers un arbre épais. Soit Alina est derrière, soit elle y a laissé ses chaussures. Étant donné le fort arôme de fraises, je suis certain que c'est elle.

— Bonjour, ma petite, dis-je d'une voix douce. Tu veux bien me révéler mon prix ?

Le prix étant son corps nu.

Elle ne répond pas.

— Hmm, je vois.

Je contourne l'arbre et je souris en la voyant s'élancer au pas de course dans un sentier proche. Ses cheveux noirs flottent dans le vent derrière elle tandis que ses longues jambes galbées détalent dans le sous-bois.

Je lui laisse quelques secondes puis je sprinte après elle, l'Alpha en moi étant plus que prêt à mettre notre compagne à terre. Elle court avec ses chaussures − un choix intelligent que j'applaudis mentalement − mais son corps est complètement nu, ce qui crée un fort joli spectacle. Ses hanches se balancent. Ses seins rebondissent. Ses cheveux volent. Mon Oméga est carrément *parfaite*.

Et j'ai hâte de la voir se gonfler de notre futur enfant. Je me fiche qu'il provienne de ma semence, ou de celle de Flamme ou de Faucheur. Le bébé sera un Faë du Mythe grâce au sang d'Alina.

Un miracle, me dis-je − un mot que j'ai déjà prononcé tout à l'heure. Car c'est exactement ce que nous pourrions créer ensemble. Et même si nous ne le faisons pas, Alina est toujours un miracle en soi. Une âme Oméga sous une forme humaine.

Plus humaine pour longtemps, cependant, songé-je en réduisant la distance entre nous. Dès que je la mordrai, elle deviendra une Faë. Et cette morsure nous accouplera aussi pour l'éternité.

À moi, à moi, à moi, martèlent mes pas dans son sillage. *À moi, à moi…*

— À moi.

Elle crie quand je la chope par la taille et la plaque au sol. Elle me griffe la poitrine et les épaules de ses ongles pendant que nous luttons à terre. Ses grondements sont féroces, à la limite de la sauvagerie. J'attrape ses poignets et remonte ses bras au-dessus de sa tête, bloquant ses mains au sol avec l'une des miennes.

Elle grogne et cambre ses hanches sous moi, mais elle ne se débat plus. Elle essaie de me tirer à elle, comme en témoignent ses jambes athlétiques qui s'enroulent autour de mes reins et me serrent contre elle.

Je cède à sa demande silencieuse, me détends entre ses cuisses écartées et approche mes lèvres de son oreille.

— Il me faut ton nouveau mot de sécurité, ma petite.

— Monstre, souffle-t-elle en s'arquant sous moi.

Je me recule pour contempler ses beaux yeux.

— Monstre ?

Elle acquiesce.

— Parce que toi, Faucheur et Flamme n'êtes pas des monstres. Vous êtes des Faë. Il faudrait que tu fasses quelque chose qui me mette très mal à l'aise pour que je dise le contraire.

Un frisson me parcourt. La réflexion qu'elle a menée pour cela démontre une fois de plus à quel point elle est parfaite pour nous. Cela prouve aussi qu'elle est encore très cohérente, malgré ses chaleurs imminentes.

— Donc c'est monstre, conclus-je, déployant une fois de plus mes ailes dans mon dos pour nous envelopper par terre.

Elle pose sur moi ses yeux noirs tout intrigués.

— Tu vas me revendiquer.

— Je vais te revendiquer, confirmé-je en écho, lui donnant l'occasion d'exprimer son mot de sécurité si cela l'effraie.

Mais elle ne le fait pas. Elle se contente de me regarder fixement, dans l'expectative.

Je me penche pour l'embrasser doucement, prolongeant ce moment de quelques secondes, mais la façon dont elle ouvre ses lèvres contre les miennes me dit qu'elle a plus qu'accepté nos destins entrelacés.

C'est ce qu'elle veut – c'est *nous* qu'elle veut.

Sachant cela, j'enfonce ma langue dans sa petite bouche sucrée, mon Alpha intérieur exigeant que je fasse ça bien.

Alina gémit, son centre moite imbibe pratiquement mon jean tandis qu'elle frotte sa chatte contre ma queue raide. Elle ne semble pas se soucier qu'il y ait un obstacle, son corps est si empli de désir qu'elle est prête à supporter sa rugosité pour un peu de friction entre ses jambes.

Je l'embrasse plus fort, ma main plaque ses poignets au sol tandis que je bouge contre elle de la même façon.

Putain, j'en veux plus. Beaucoup plus.

Mes ailes bruissent quand je me décale pour déboutonner mon pantalon. La fermeture éclair descend pratiquement d'elle-même, ma bite dure se frayant un chemin vers l'extérieur comme si elle ne pouvait pas attendre une seconde de plus dans mon jean.

Alina hoquète quand mon érection rencontre sa chair humide, et elle baisse aussitôt des yeux écarquillés.

— Oh, Faë, c'est…

— Un nœud, lui dis-je en me soulevant pour finir d'ôter mon jean et mes chaussures.

Pendant que je suis à genoux entre ses jambes, j'aide aussi Alina à se débarrasser de ses chaussures, la laissant sous moi dans sa splendide nudité.

Ses iris couleur de nuit sont collés à mon nœud, et sa bouche est grande ouverte comme si elle m'invitait à la baiser là d'abord. Mais le soupçon de peur qui teinte son odeur me dit qu'elle est bouche bée pour une raison très différente : elle est intimidée.

À juste titre. Il y a une différence de taille notable entre nous, dont elle tient certainement compte en ce moment. Encore un signe qu'elle est loin d'être perdue dans son œstrus. Sinon, elle me supplierait de la couvrir de mes ailes et de l'emmener au septième ciel.

— Rappelle-toi ce que je t'ai dit tout à l'heure, Alina. Ton corps est fait pour supporter le mien. Tout comme mon cœur est fait pour t'aimer. Nous sommes destinés l'un à l'autre, mais tu dois me faire confiance pour prendre soin de toi. En es-tu capable ?

Elle déglutit, son regard remontant lentement vers le mien.

— Ça… va entrer en moi ?

— Oui, Alina, souris-je. Et tu vas l'adorer.

Son expression rayonne d'incrédulité.

— Ne t'inquiète pas, bébé. Je vais d'abord te chauffer comme il faut. (J'attrape ses genoux pour écarter davantage ses jambes, afin de pouvoir y glisser mes épaules.) On va y aller doucement. Et je vérifierai tout du long que tu vas bien.

Car la dernière chose dont j'ai envie, c'est de la blesser.

— D'accord, murmure-t-elle. Je te fais confiance.

CHAPITRE TRENTE-ET-UN
ALINA

Je te fais confiance.

Sera est la seule personne au monde à qui j'ai jamais dit ces mots. C'est la seule à qui j'ai senti que je pouvais vraiment faire confiance.

Mais quand j'ai parlé du fond du cœur à Orcus à l'instant, j'étais sincère. J'ai confiance en lui. Je fais confiance à Flamme. Et à Faucheur. Ces Faë sont les miens tout autant que je suis la leur.

Orcus me sourit, son corps ferme est éclairé par les rayons de lune qui s'infiltrent à travers les branches. Il est vraiment magnifique, son physique musclé est ciselé à tous les bons endroits.

Et ses ailes. Chers Faë, *ses ailes !* Il évoque un ange de la nuit, ses plumes noires reflétant le clair de lune et lui donnant un éclat intimidant.

Mais je n'ai pas peur de lui. Ni de sa queue géante avec son gros bulbe à la base.

Faë, ça n'entrera jamais. Sa taille équivaut à celle de Flamme, mais Orcus est plus long. Son gland est aussi… plus épais. Je doute même que je puisse refermer mes doigts autour. Mais avant que j'essaie, il rampe sur moi et me bloque sous son corps puissant.

Puis il m'embrasse. M'embrasse *vraiment*. Sa langue maîtrise la mienne, m'ordonnant muettement de me soumettre. C'est ce que je fais. Je l'accepte tout simplement. J'accepte *ça*. Et je le laisse m'entraîner dans une danse sensuelle.

Il est doux d'une manière à laquelle je ne m'attendais pas, ses mains caressent mes flancs avant de remonter vers mes seins.

— Dieux, tout ce que je veux, c'est t'adorer, souffle-t-il. (Il pince mes mamelons tout en traçant un chemin de baisers sur mon cou.) Tu n'as aucune idée du temps que j'ai passé à t'attendre, Alina. Je ne vais pas me précipiter. Je vais te prendre lentement. À fond. Te faire me supplier de jouir. Et alors seulement, je te donnerai mon nœud.

Un tremblement me parcourt, mon corps s'anime sous ses mains et sa bouche. Il est si chaud et *dominant*. Je sens qu'il se retient, réprime son agressivité. C'est un mâle alpha, et c'est à moi de le gérer.

Mais fidèle à sa parole, il me met à l'aise. M'embrasse. Me lèche. Me grignote. Faë, je suis en feu pour lui.

Chaque parcelle de moi est consommée par son désir, mes membres tremblent tandis qu'il se concentre sur mes seins. Il enfonce ses dents dans l'un d'eux tout en palpant l'autre, et sa langue chasse la piqûre de sa morsure. Il n'a pas entaillé la peau, mais il s'en est fallu de peu.

— Plus fort, murmuré-je, désirant ressentir sa revendication.

Il m'a expliqué l'autre jour qu'il devrait me mordre pour nous lier correctement, mais il me taquine à présent, faisant glisser ses dents sur ma peau et la hérissant de chair de poule dans son sillage.

— Je décide juste de l'endroit où je veux te marquer,

Oméga, murmure-t-il avant de capturer mon autre téton avec sa bouche.

Je serre mes jambes autour des siennes, la sueur perle sur mes membres. Il fait exprès de me rendre folle. D'abord avec cette chasse, puis en luttant à terre avec moi, et maintenant ça… Il est doux, bien qu'aux commandes. C'est une domination tranquille, qu'il laisse couver pendant qu'il m'initie progressivement à ses préférences.

— *Orcus*, sifflé-je quand il me mordille à nouveau, sa langue apaisant rapidement la piqûre.

Il glousse, ce son est une vibration que je ressens entre mes cuisses. Puis je réalise que ce n'était pas un gloussement, mais un *grondement* qui m'a répondu.

— Ohh, gémis-je, me tordant sous lui tandis que le grondement se répercute dans mon corps fébrile. Qu'est-ce que c'était ? demandé-je, le souffle court, rendue folle de désir par les échos.

Mon sexe pleure pratiquement pour lui, mes entrailles se nouent.

— Un grondement d'accouplement.

Ce vrombissement souligne ses paroles. Les vibrations me font geindre, presque trop fortes. Pourtant, elles ne sont pas suffisantes non plus. J'ai besoin de plus. J'ai besoin de *lui*. J'ai besoin…

Un hoquet m'échappe quand il plante de nouveau ses dents dans mon sein, entaillant la peau cette fois-ci. Des étoiles éclatent sous mes paupières, voilant ma vision alors qu'un plaisir comme je n'en ai jamais connu roule à travers tout mon être.

Ce n'est pas un orgasme. C'est tout autre chose. Un réveil. Mon âme… *se réjouit*.

La langue d'Orcus est soudain dans ma bouche, le goût de mon propre sang agissant comme un aphrodisiaque alors qu'il m'embrasse à fond, m'aidant à traverser les vagues extatiques qui m'assaillent.

Je saisis une poignée de ses longs cheveux pour le retenir contre moi pendant que je l'embrasse à mon tour, ma langue se battant avec la sienne en un duel passionné, alimenté par mon besoin de le revendiquer de la même manière.

Je ne réfléchis pas, j'agis : je mords et j'aspire le sang de sa langue.

Il grogne. Je grogne en retour.

Et nos corps s'entrelacent dans une nouvelle danse plus sauvage, tandis qu'il nous retourne. Ses ailes s'aplatissent au sol, formant un lit de plumes, et je chevauche ses hanches. Il est si dur contre moi. Si *chaud*. J'enfonce mes ongles dans son torse et me redresse pour me presser encore plus contre lui. Tout est parfait. Comme si nos corps étaient faits pour ça. *Comme si j'étais faite pour lui*, m'émerveillé-je, réalisant à quel point Orcus avait raison.

Je m'écrase sur lui tandis que l'énergie tourbillonne autour de moi, ma peau scintille soudain malgré l'obscurité.

— Baise-moi, souffle Orcus.

J'ignore si c'est une demande ou une réaction à ce qui m'arrive. Peut-être les deux.

Ses mains agrippent mes hanches à la limite de la meurtrissure. Mais je m'en fiche. Je peux le supporter. Je me sens… invincible. Incassable d'une manière que je ne peux même pas décrire. Je sais juste… que je ne suis plus humaine.

Je suis une Oméga.

Et je suis ton Alpha, répond une voix dans ma tête. Masculine. Profonde. Avec un accent.

Car c'est celle d'Orcus.

Il est dans mes pensées et je suis dans les siennes. Des

milliers d'années d'histoire me sont soudain accessibles, ce qui me donne le vertige.

Son attente. Sa recherche. Sa solitude. Sa détermination. Son espoir. Son *amour*. Tout cela me submerge en un raz-de-marée d'émotions confuses. Je me noie dans l'esprit d'Orcus, dans son essence même.

Je m'effondre sur lui, frissonnante, pour être à nouveau attrapée par sa bouche, ses mains sur mon visage. Il nous retourne une fois de plus, me mettant sur le dos tandis que j'absorbe notre lien, notre connexion, notre *avenir*. Ses lèvres effleurent ma peau, mes seins, mon bas-ventre. Puis je sens sa langue entre mes cuisses, qui encercle mon clito et envoie des ondes de choc dans mon âme.

Il me donne du plaisir. Il me maîtrise. Il me possède. Pourtant, sous tout cela, je perçois sa retenue, je l'entends reconnaître mes désirs et mes besoins et se soucier de mon confort. C'est un bon Alpha. Un *homme bon*. *Mon compagnon*, m'émerveillé-je, ma main de nouveau dans ses cheveux pendant qu'il glisse un doigt en moi.

Mon… compagnon.

À toi, acquiesce-t-il en suçant ma chair. *Et tu es à moi.*

Il ponctue ces mots d'une autre poussée, ce qui me fait me tortiller. Il a de grandes mains, et je sens nettement sa pénétration au fond de moi bien qu'il n'ait introduit qu'un seul doigt.

Non. *Deux.* Il en a ajouté un autre. Il me prépare. Il s'assure que je suis bien ouverte. J'entends tout cela dans son esprit tandis que je le ressens en bas. C'est enivrant, ce maelstrom de pensées, de sentiments et de sensations mêlés. Car les ardents désirs d'Orcus tourbillonnent aussi en moi, son intention de me nouer me fait me tordre sous lui. Je le veux en moi. Vraiment. Complètement. *Entièrement.*

Je ne sais pas ce que je ressentirai. Je ne sais pas si

j'aimerai ou détesterai. Mais je m'en fiche. Je veux qu'il soit là, qu'il me remplisse, qu'il pompe en moi et me donne son plaisir. *Sa semence.*

Oh, Faë… Ça pourrait être ça. Nous pourrions créer une vie ensemble.

Sauf que j'entends au fond de lui que je ne suis pas encore pleinement dans les affres de mes chaleurs. C'est donc un échauffement. Une façon de m'initier doucement à ce qui va suivre.

Faë, si ce n'est qu'un échauffement… Frissonnante, j'écarte encore plus mes jambes pour satisfaire les moindres intentions d'Orcus.

Il me défonce de la meilleure façon qui soit. Je sens monter mon orgasme, le resserrement des muscles me rapproche encore plus du point de bascule.

Si près, pensé-je. *Si près…*

Orcus s'arrête et amène sa bouche sur ma hanche pour y déposer un doux baiser.

Je lui grogne dessus. Il grogne en retour, aggravant le désir entre mes jambes et provoquant une nouvelle vague de chaleur humide.

Miel, l'entends-je gémir mentalement. *Foutrement décadent.*

Je ne suis plus qu'un amas sanglotant de *besoins*.

— Orcus, dis-je, incapable d'empêcher mon ton d'être suppliant. *S'il te plaît.* Je… j'ai besoin…

— Mmmh, tu as besoin d'un nœud, achève-t-il à ma place. Je sais.

Pourtant, il ne me le donne pas. Il continue simplement à *jouer.*

Trois doigts maintenant. Qui entrent et sortent. Se tordent. S'étirent. Pénètrent. Et sa langue taquine mon clito. Tournoie. Suce. Lèche.

Je halète, des larmes aux yeux, car à chaque fois que je

suis sur le point de basculer, il s'*arrête* encore. Son nom m'échappe en un cri de frustration, mon corps est refoulé d'une manière que je n'ai jamais connue.

Il a promis de me faire supplier. Je le supplie maintenant. À la fois de vive voix et dans mon esprit. Malgré tout, il me torture avec ses mains et sa bouche, me réduit à une boule de *besoins* sans cervelle.

— Presque prête, l'entends-je murmurer, mon esprit fonctionnant à peine assez pour cela. Dieux, tu es si belle comme ça, Alina. Toute en désir et sensations. Comme une déesse du sexe.

Je crois que je grogne. Ou peut-être que je gémis. Je ne sais pas trop. Mais son nom m'échappe encore, une dernière supplique. Il me rend folle. Je vais m'évanouir d'un moment à l'autre à cause de ce *besoin* aveuglant. Ça me fait quasiment mal d'être poussée au bord du gouffre encore et encore, juste pour être ramenée en arrière…

Je… Je ne sais plus comment respirer. Comment bouger. Comment capter quoi que ce soit. Le monde paraît si loin que je remarque à peine qu'Orcus rampe sur mon corps et s'installe sur moi, aussi trempé que moi. J'ai le goût de mon excitation sur ma langue alors qu'il m'embrasse à fond, son grondement faisant vibrer tout mon corps, me revendiquant jusqu'à mon âme.

Il passe la main entre nous, son pouce effleure mon clito maltraité et me fait lâcher un cri rauque. Puis je sens le gland de son énorme bite à l'entrée de mon vagin.

Je m'en fiche s'il va me déchirer. Au contraire, je m'en réjouis. Je l'accueille avec joie.

— S'il te plaît, murmuré-je. S'*il te plaît*, Alpha.

C'est mon côté Oméga qui prend le dessus, qui le supplie de me revendiquer vraiment. Je l'accepte. J'accepte mon *âme*. Tout me paraît… bien. À part ce vide en bas.

J'ai besoin. Je veux. *J'exige.*

— *Orcus*.

C'est un grognement sonore, que je ponctue en griffant ses bras musclés.

Ses ailes nous enveloppent, ses yeux rougeoient dans l'obscurité.

— *Alina*, répond-il d'une voix similaire.

Puis il pousse ses hanches en avant, faisant jaillir de ma bouche un cri d'un genre très différent. Un cri qui tient à la fois du tourment, de la surprise et de l'*exaltation*.

Oh… Faë ! Je… je ne peux pas respirer. Il est… sa taille… sa… sa…

Je déglutis, sa bouche est soudain là et il m'embrasse pendant sa pénétration, m'amadouant avec sa langue et m'apaisant avec ses grognements.

Non, pas des grognements. Son ronronnement…

Un frémissement me parcourt l'échine, mon corps se détend aussitôt sous le sien, mon sens inné de la confiance l'emporte sur toute autre envie que j'aurais pu invoquer.

Plus de cris. Plus de larmes. Juste… une existence sublime.

Sauf que mon clito est encore palpitant, mes entrailles serrées, mon bas-ventre *en feu*. Je prononce de nouveau son nom, mais cette fois, c'est une demande.

— Noue-moi, chuchoté-je. S'il te plaît, noue-moi.

Il sourit contre ma bouche.

— Il n'y a rien que j'aimerais davantage, ma douce déesse.

Orcus ne me laisse pas l'occasion de répondre, il déploie ses ailes autour de nous une fois de plus et il commence à bouger. À bouger *vraiment*.

Je jure que mes yeux se révulsent, la sensation de son nœud à mon entrée est un avant-goût de ce qui va venir. Il est trop large à la base pour me pénétrer complètement, mais je sais, de par son esprit, ce qui se passera lorsqu'il atteindra l'orgasme.

Lorsque *nous* atteindrons l'orgasme.

Cet organe bulbeux va surgir en moi et me forcer à prendre chaque centimètre de sa longue bite. Cela me fera mal de la meilleure façon qui soit.

J'enfonce mes ongles dans ses biceps par anticipation, serrant mon bas-ventre contre lui en une exigence silencieuse. Tout cela pendant qu'il m'embrasse. M'adore. Me chérit avec sa langue.

Je soulève mes hanches pour répondre à sa poussée, mon corps bouge par réflexe. Son esprit me guide aussi. Quand je me tortille d'une certaine façon, il gémit mentalement. Quand je le serre contre mes parois, il *gronde*. Être en lui comme ça... c'est la meilleure façon d'apprendre. De savoir. De *comprendre*.

Et il emploie la même méthode sur moi, plongeant de nouveau sa main entre nous pour caresser mon clito. Je suis si gonflée que son attouchement frôle la douleur, mais je l'embrasse, sachant que cette fois... cette fois, il va me laisser basculer.

En fait, il va même me l'imposer.

Chaque coup de ses hanches me rapproche de l'orgasme, son pouce appliquant juste la bonne pression.

S'il te plaît, s'il te plaît, s'il te plaît, pensé-je, en espérant qu'il ne jouera plus avec moi et m'offrira la satisfaction dont j'ai tant besoin.

Son rythme s'accélère, ses mouvements rudes mais précis me frappent au tréfonds de moi. C'est presque une punition, son côté sauvage m'apparaît de plus en plus à chaque poussée. Je sens son contrôle glisser, j'entends son esprit s'effondrer.

Pourtant, quelque part au fond de lui, il se maîtrise, son envie de me donner du plaisir la première réfrène ses instincts animaux et le force à se focaliser sur ce qui compte.

Elle, je l'entends se dire. *C'est pour elle.*

Faë, je n'en sais rien, lui réponds-je. *J'ai l'impression que c'est pour* nous.

S'il enregistre mes paroles, il ne le montre pas, concentré à me faire me sentir bien.

Ses mouvements ralentissent, sa hampe sort presque entièrement avant de replonger en moi. Encore et encore. Je me tortille, je halète et je sens les larmes couler encore.

Puis il me pince le clitoris…

Et mon monde… explose.

Je ne peux pas… je ne peux plus voir. Ni entendre. Ni penser. Il y a juste ce séisme écrasant qui consume mon existence. Grondant. Palpitant. Faisant trembler tous mes membres.

Puis un son transperce ma bulle, mon esprit se raccroche tardivement au présent tandis que mes cris résonnent dans le brouillard.

Tellement. Trop. Faë… Faë… Orcus !

La douleur se propage dans mon bas-ventre, suivie d'une extase intense qui s'épanouit dans mes veines, m'enflammant toute entière. Je pleure. Je hurle. Je… je me *noie*. Un tourbillon de sensations m'emporte, inondant mes entrailles de l'orgasme le plus intense de ma vie.

Et cela ne s'arrête pas. Ça continue. Encore.

Le ronronnement d'Orcus aide à calmer un peu cette folie, mais je suis… je suis perdue… dans cette… mer de félicité. Je ne referai peut-être jamais surface.

La marée irrésistible me tire vers les eaux sombres de la luxure, me noyant une fois de plus. Puis les ronflements d'Orcus m'ancrent à nouveau, me rappelant où je suis.

Il est sur moi, toujours en moi, toujours en train de jouir, son *nœud* logé au plus profond. Il émet ce son doux et apaisant, passant ses doigts dans mes cheveux, embrassant ma joue, mon menton, mon cou. Des mots chaleureux sortent de sa bouche, ils sonnent tous comme une prière.

Il prie… *pour moi.* Me remercie. Me vénère. M'*adore.*

Je ressens ses émotions, sa félicité, son *plaisir.*

Faë, c'est trop. C'est trop.

Je suis bloquée sous lui, mes jambes refusent de lâcher ses hanches.

Et je surfe toujours sur les vagues extatiques de mon orgasme.

Cela continue encore et encore jusqu'à ce que je ne sois plus qu'un fouillis incohérent et gémissant. Les mots deviennent imprononçables. Les pensées n'existent plus. Je suis simplement… une boule de nerfs. Qui se tortille. Qui palpite. Qui *vit.*

— Repose-toi, entends-je Orcus chuchoter. Nous serons là quand tu te réveilleras. Et la fièvre commencera.

La fièvre ? m'étonné-je, étourdie. Mais je suis trop épuisée tout à coup pour poser la question.

Alors je me blottis contre lui et me laisse aller au sommeil.

CHAPITRE TRENTE-DEUX
FAUCHEUR

Les massives ailes noires d'Orcus sont la première chose que je vois lorsque je réapparais près du lac.

La cabane fraîchement rénovée est la seconde.

Et le corps nu d'Alina bercé contre la poitrine d'Orcus est la troisième et dernière vision – que j'aurais remarquée en premier s'il avait été face à moi quand j'ai atterri. Mais il s'est retourné en captant ma présence, ce qui m'a permis d'apercevoir la belle endormie dans ses bras.

Une inhalation me suffit pour savoir qu'elle est entrée dans ses chaleurs d'Oméga.

Je ne m'attendais pas à les percevoir ainsi ; les Faë de la Mort n'ont pas de cycles d'œstrus. Mais je flaire le doux parfum de fraise d'Alina d'où je suis. C'est suffisant pour que je m'éclipse vers eux plutôt que les rejoindre en marchant, sans quitter des yeux son visage béat.

— Repose-toi, lui chuchote Orcus. Nous serons là quand tu te réveilleras. Et la fièvre commencera.

Fête de la baise, ai-je envie de le corriger. *Et la* fête de la baise *commencera.*

Mais je m'abstiens. Je me contente de sourire au soupir d'Alina qui s'amollit dans ses bras.

— Alors tu l'as nouée, affirmé-je − car je le sais. C'était comment ?

Il lève les yeux sur moi.

— Une affaire privée.

J'arque un sourcil.

— Ne me dis pas que tu penses la garder pour toi maintenant, Alpha. Tu as beau être mon frère, je vais me battre avec toi sur ce point.

Il grogne.

— Je ne songerais pas à l'éloigner de toi et de Flamme. Elle t'a choisi, toi aussi. Mais ce qu'Alina et moi partageons… restera entre nous. Tout comme je suis sûr que tu auras des choses que tu ne partageras qu'avec elle.

Comme les cupcakes, pensé-je aussitôt.

— C'est vrai. (J'avance la main pour rabattre une mèche de ses cheveux moites derrière son oreille.) Tu n'y es pas allé de main morte.

— Non, admet-il, sans en dire plus. Quand elle se réveillera, elle sera perdue dans son œstrus.

— Il était temps, putain, souris-je.

Il grogne encore et se tourne vers la porte où attend Flamme, l'air sombre. D'après la façon dont il plisse les yeux en regardant Orcus, je suppose qu'il n'a pas été invité au spectacle de nouage. Je comprends sa déception, mais je suis certain que nous aurons une autre occasion de mater.

Je me penche en avant et dépose un baiser sur le front de notre fille.

— Mmmh, tu sens les fraises et le sexe, ma chérie. Un délicieux dessert.

Un dessert que j'ai bien l'intention de m'offrir après le dîner d'âmes noires que je viens de consommer.

— Elle devrait se réveiller confortablement, dit Flamme en s'avançant vers nous. Je vais l'emmener.

— Tu veux juste la toiletter de nouveau, raillé-je. Ça ressemble trop à un chat.

Flamme ne le nie pas, la tire juste des bras d'Orcus et la porte dans la cabane. Ses épaules se détendent en chemin, me suggérant que la proximité de sa petite panthère a calmé sa bête intérieure. Mais je soupçonne qu'il va déchaîner sa sauvagerie pendant les chaleurs. Notre belle mignonne va vivre une sacrée aventure.

— Quand va-t-elle se réveiller ? m'enquiers-je, impatient de commencer.

— Bientôt.

Orcus croise ses bras sur sa poitrine nue et déploie ses ailes lorsque je fais un pas en avant, dans l'intention de suivre Flamme. J'arque un sourcil devant l'Alpha nu.

— Oui ?

— Raconte-moi ce que tu as appris.

Je grince des dents. Bien sûr, le grand manitou veut un rapport sur ce que j'ai vu.

— Si elle se réveille pendant que je parle, je m'éclipse là-bas, l'avertis-je. Parce que ce que j'ai à raconter est loin d'être aussi important que la chatte en manque de notre mignonne.

— Alors je te suggère de parler rapidement, dit-il, les bras toujours croisés.

Je soupire et me frotte la nuque. Mon corps est tendu et prêt à s'amuser avec Alina, pas à engager une discussion sérieuse avec Orcus sur les royaux Strigoï.

— Ils vont bien, l'informé-je. Caïn ne les a pas kidnappés. Ils sont allés là-bas de leur plein gré.

Orcus hausse les sourcils.

— Tu leur as parlé ?

— Ouais. J'ai parlé à Cage. Sabre était, euh, occupé.

(Une image de chaos sanglant s'imprime dans ma tête, me faisant esquisser un sourire.) Ils faisaient une sacrée fête. Ce n'est pas souvent que j'apprécie les missions de reconnaissance, mais cette fois-là, c'était délicieux. (Je jette un œil à la porte de la cabane.) Mais pas aussi délicieux que des fraises à la crème.

— Une fête ? répète-t-il.

— Un massacre, une fête. C'est pareil. (Je hausse les épaules.) Plein d'âmes noires à croquer. (Je penche la tête.) C'est étrange, quand même. Les ténèbres ne paraissaient pas si… sombres que ça ? C'est comme les voix, elles se taisent. Je peux les sentir, extraire leurs souvenirs, mais elles ne font plus de tapage dans ma tête.

Normalement, quand je me régale d'âmes noires, elles me donnent la migraine. Or ces esprits-là sont calmes, presque assagis.

— Ce sont des esprits mauvais malgré tout. Les choses qu'ils ont faites… (Je siffle.) Enfin, c'est peut-être ce royaume. Ou bien c'est Alina. Quoi qu'il en soit, je suis soulagé de ce répit. Pour une fois, je peux vraiment entendre mes propres pensées.

Et ces pensées convergent toutes sur une personne très importante en ce moment – notre mignonne.

Mais de quoi tu parles, bordel ? Qu'est-ce que tu as vu exactement ? insiste Orcus.

Je soupire. Puis lui narre l'événement auquel j'ai assisté. Comment j'ai trouvé Cage et Sabre couverts de sang. Pourquoi je suis resté pour déguster de délicieuses âmes. Comment j'ai joué avec ma faux. Et je lui donne un bref résumé de ma conversation avec Cage.

Lorsque j'ai terminé, Orcus me regarde bouche bée.

— Je suppose que ce royaume est vraiment plein de compagnons humains uniques, conclus-je avec un autre haussement d'épaules. (Parce qu'il semble que Cage et

Sabre en aient trouvé un à partager : *Caïn*.) Pour faire court, les princes Strigoï ne reviendront pas dans notre royaume. Morphée va soit s'amuser de ce chaos, soit en être furieux.

Quoi qu'il en soit, je vais laisser Orcus s'occuper de tout cela.

Je repars vers la cabane, mais je suis de nouveau arrêté par son aile.

— Hélia m'a parlé de tes visites à Timothy.

Je cille. Ce n'est pas du tout ce à quoi je m'attendais de sa part. C'est aussi totalement hors sujet.

— Je ne l'ai pas tué.

— Je sais.

— Alors qu'y a-t-il à discuter ?

— Rien. (Il sourit.) Je voulais juste t'exprimer mon approbation.

Je hoche la tête.

— Est-ce qu'elle nous a donné la permission d'en finir avec lui ?

— Elle nous a donné la permission de le juger.

Oh vraiment ? me dis-je, excité.

— Est-ce que ça veut dire que je peux apporter sa tête à Alina ? Ou est-ce qu'on lui donne toujours le droit de le tuer elle-même ?

— Je ne sais pas. (Il lance par-dessus son épaule un coup d'œil à la cabane.) Nous en discuterons plus tard. Je sens qu'elle se réveille.

Une pointe de jalousie me transperce le cœur. *Il peut sentir notre mignonne.* Parce qu'ils sont liés.

C'est ce que je veux. Je veux sentir Alina à l'intérieur et à l'extérieur. La faire mienne. Faire de moi le sien. La rejoindre dans le plan de la mort et marier nos âmes pour l'éternité.

Nous y sommes déjà presque, nos esprits étant

compatibles depuis le début. Il ne me reste plus qu'à achever le processus par un vœu de sang. Une promesse de l'adorer dans la vie et dans la mort.

Orcus se retourne, ses ailes se volatilisant dans l'air.

En le suivant, je passe ma chemise par-dessus ma tête. Elle volète jusqu'à terre dans mon sillage. J'ai les mains sur mon jean quand nous entrons, seulement je fais halte sur le seuil.

— Bon sang, Orcus. Tu as transformé ce tas d'ordures en un sacré palais.

C'est peut-être un peu exagéré. Mais l'intérieur est tout en bois raffiné, en piliers sculptés et en parquets élaborés. Il y a une cuisine. Un coin repas. Un salon. Et un matelas massif posé sur un cadre en bois.

Notre mignonne est étendue au milieu de ce lit, enveloppée dans une serviette moelleuse. Ses cheveux sont humides, tout comme ceux de Flamme, ce qui me dit qu'ils ont pris une douche.

— Tu as installé cet endroit avec des générateurs magiques ? demandé-je à Orcus.

— Quelque chose comme ça.

Il ne donne pas plus de détails. En tant que Dieu, je suppose qu'il n'a pas à le faire.

Flamme ronronne, peignant de ses doigts les cheveux mouillés d'Alina qui s'étire à côté de lui. Nous l'admirons tous les trois, en attente. En adoration. *Intrigués.*

Ou peut-être que c'est juste moi.

J'ai entendu parler de cette illustre expérience des *chaleurs* des Faë Métamorphes et des Faë du Mythe, et j'ai hâte de découvrir la suite.

Pourtant, lorsqu'Alina ouvre les yeux, elle se contente de les cligner. Puis elle sourit.

— Salut.

La salutation est pour Flamme.

— Bonjour, répond-il, son regard croisant le sien. Comment vas-tu, petite panthère ?

— Bien, répond-elle. Rafraîchie. (Elle s'étire de nouveau.) *Magnifique.*

Orcus sourit à mes côtés, sans doute heureux de cet adjectif.

Quant à moi, je suis… confus.

— Je pensais qu'elle allait se réveiller prête à baiser.

Ça ne me dérange pas qu'elle soit cohérente et satisfaite. En fait, j'adore qu'elle soit cohérente et satisfaite. Mais je croyais qu'une Oméga perdait entièrement ses sens pendant ses chaleurs et se transformait en déesse obsédée par le sexe.

Le regard d'Alina vole vers le mien, ses pupilles se dilatent.

— *Faucheur.*

Elle se jette sur moi, ses bras volent autour de mon cou et me serrent fort.

— Hmm, fredonné-je en lui rendant son étreinte.

Ce n'est pas exactement ce à quoi je m'attendais, mais cela me convient parfaitement. Donc je l'embrasse dans le cou, prêt à m'amuser. Toutefois, elle se recule et prend mon visage dans ses mains pour me scruter.

— Tu vas bien.

Elle me serre à nouveau dans ses bras, et j'adresse une mimique interrogative à Flamme et Orcus. Ils ont l'air aussi perplexes que moi.

— Oui, je vais bien. Pourquoi ça n'irait pas ?

— Tu étais parti, murmure-t-elle. Je… je m'inquiétais pour toi.

Je cligne des yeux.

— Tu t'inquiétais ? Pourquoi ?

— Parce que tu es allé dans la cité des Élites tout seul, répond-elle, son ton empreint d'une note d'incrédulité.

(Elle se décale pour me dévisager de nouveau.) Je... C'est peut-être idiot, mais j'étais inquiète.

Mes cils papillotent une fois de plus.

— Tu étais inquiète. (C'est un concept intéressant.) Je crois que personne ne s'est jamais inquiété pour moi jusqu'à présent.

C'est... c'est plutôt agréable. Flamme et Orcus peuvent être curieux parfois de savoir où je suis, voire me mettre en garde, mais je doute qu'ils se soient jamais vraiment inquiétés pour moi. Ou alors ils ne me l'ont pas dit.

Mais Alina... je ressens son soulagement. Il s'inscrit dans la façon dont son corps s'accroche au mien, comme si elle avait pensé qu'elle pourrait ne plus me revoir.

Je passe une main dans son dos et pose l'autre sur sa nuque.

— Je vais bien, ma chérie, lui dis-je encore une fois. Merci de t'inquiéter pour moi.

Ses pupilles se dilatent tandis qu'elle me fixe.

— Est-ce que c'est idiot de s'inquiéter ?

— Non, souris-je. C'est... rafraîchissant. (Je fais glisser mon pouce le long de son cou.) Ça me donne l'impression... qu'on s'intéresse à moi.

C'est une sensation très agréable, qui me donne envie de l'embrasser pour des raisons totalement différentes de tout à l'heure.

Donc je le fais. Je me penche et l'embrasse. Pas avec passion. Pas avec appétit. Juste tendrement. Agréablement. *Amoureusement.*

C'est un concept tout à fait unique, que je n'avais jamais envisagé auparavant. Les baisers mènent généralement à la baise. Mais celui-ci... il est empreint d'émotion. Une émotion que je ne comprends pas tout à fait. Mais je suis très attaché à cette femme.

Parce que je tiens à elle aussi, réalisé-je. Bien sûr, je le savais déjà. Cependant, j'ai été tellement pris par le côté désir que je n'ai pas vraiment évalué le côté sensible.

Ensemble… ensemble c'est… *déroutant*. Inflammable. Carrément irrésistible.

Les voix dans ma tête sont silencieuses à présent, me laissant seul avec mes pensées – toutes consumées par Alina. Ma promise. Ma future compagne. *Ma chérie*.

Je glisse ma langue entre ses lèvres écartées, explore sa bouche et la remercie à ma façon. Je la remercie pour ce cadeau. Pour avoir ouvert mon cœur d'une manière que je ne croyais pas possible. Pour avoir soulagé temporairement mon esprit. Pour s'être *inquiétée*.

Elle est tout. Ceci est tout. *Nous* sommes tout.

Elle resserre ses bras autour de mon cou, ce qui fait contracter ma prise dans sa nuque. J'ai envie d'elle. Oh, comme je la *veux*, putain. C'est tellement intense. Et c'est bien plus que la simple excitation de jouer avec elle pendant ses chaleurs.

Je veux la revendiquer. Prononcer les vœux qui la rendront mienne.

Elle me laisse l'étendre sur le lit, mes hanches vêtues du jean se posent sur son centre nu. J'ignore où est passée sa serviette. Elle a dû tomber quand je l'ai fait basculer en arrière sur le lit. Peu importe. Je veux qu'elle soit nue sous moi de toute façon.

— Alina, soufflé-je contre sa bouche.

— Faucheur, réplique-t-elle avant de mordiller ma lèvre inférieure. Embrasse-moi encore.

C'est une demande que je ne peux pas refuser. À laquelle je réponds avec plaisir. Elle a si bon goût, cette douce fraîcheur qui est toute à elle et qui consume mes sens.

Je sais que les autres matent. Qu'ils ont envie. Aimeraient être à ma place. Attendent leur tour. Mais je m'en fiche. Je prolonge chaque seconde de mon temps avec notre mignonne, réclamant sa bouche avec ma langue tout en faisant courir mes mains le long de ses formes pulpeuses.

— Je veux m'accoupler avec toi, lui annoncé-je. Je veux te revendiquer.

— Alors revendique-moi, m'enjoint-elle en se cambrant contre moi.

Mes lèvres se retroussent.

— Oh, je veux faire ça aussi. Mais le lien d'un Faë de la Mort est créé par un vœu de sang.

Ses grands yeux couleur de nuit fixent les miens.

— D'accord. Accouple-moi.

Pas d'hésitation. Pas de questions. Juste… l'acceptation.

Je comprends cette réaction immédiate parce que c'est aussi ce que je ressens. Dès que je l'ai vue, j'ai su qu'elle avait quelque chose d'unique.

Ce sentiment a grandi à la seconde où mon esprit a effleuré le sien dans ce couloir.

Et ma décision s'est solidifiée au moment où j'ai fini de dévorer ces âmes noires.

C'était instantané. Une connaissance qui a fait tilt, en quelque sorte. Mon âme de Faë de la Mort avait trouvé son ancrage dans le monde, me permettant de me sentir plus vivant. Plus… *sain d'esprit*.

Les ténèbres qui tourbillonnent aux bords de mon esprit se sont atténuées, la présence d'Alina m'ayant redonné un but dans la vie. Parce qu'elle représente la création et la vie, alors que mon âme s'épanouit dans la mort et la destruction. C'est un ange de vitalité, qui me tire des profondeurs des ténèbres et ravive mon esprit. Rétablit l'équilibre. Produit notre propre version de l'utopie.

Une lame se forme dans mes ombres, un instrument tranchant semblable à celui que j'ai utilisé en jouant avec elle et Flamme. Sauf que cette fois, le poignard est pour nous. Pour ce moment. Pour notre vœu.

Ses pupilles se dilatent lorsqu'elle voit la pointe brillante, et un baiser de luxure rosit ses joues.

Nous y reviendrons, lui dis-je d'un regard. *Mais d'abord…*

Je fais tourner la lame entre mes doigts, cherchant un endroit approprié pour la marquer. En me soulevant, je vois l'endroit où Orcus a mordu son sein.

Ce qui me donne une idée.

Mes lèvres effleurent les siennes.

— Reste calme, ma chérie, dis-je avant de ramper le long de son corps jusqu'à la partie la plus douce d'elle-même.

Son souffle s'accélère, ses yeux s'écarquillent. Mais elle ne dit rien.

— Dis-lui ton nouveau mot de sécurité, Alina, intervient Orcus d'une voix douce. Dis-le pour que Faucheur et Flamme soient au courant du changement.

Je lui jette presque un coup d'œil. *Presque.* Mais notre mignonne a toute mon attention, et je hausse un sourcil curieux.

— Tu as changé ton mot de sécurité ?

Elle déglutit et acquiesce.

— Chicago ne marche plus.

— Très bien. (Je pose la lame contre sa hanche.) Quel est le nouveau mot ?

Alina se racle la gorge et prend un air effronté.

— Monstre.

Mes yeux s'écarquillent.

— Dis-leur pourquoi, l'encourage Orcus.

— Parce que vous êtes des Faë, pas des monstres. Et je sais que vous ne ferez rien pour me faire changer d'avis. (Elle hausse les épaules.) Je n'ai pas besoin de mot de sécurité. Vous ne me ferez pas de mal. Mais si je dois en choisir un, je choisis ce mot parce que je sais que je ne le prononcerai jamais en pensant à vous.

Putain. Entendre sa foi en nous, sa *confiance,* ça me donne envie de la ravager. De la posséder. De... de... la *dévorer.*

— Tu es foutrement parfaite, ma chérie, lui dis-je d'une voix voilée par l'émotion. Je vais te donner plein de récompenses. Mais je dois d'abord te revendiquer. Je dois m'engager envers toi. Te donner mon âme. Mon être même.

Et pour cela, je dois la marquer.

J'amène la pointe de mon couteau le long de sa hanche en direction de son pubis. Puis je trouve l'espace que je désire – un endroit intime situé juste sur le maillot, au bas de son ventre – et je l'avertis :

— Prends une grande respiration.

Alina s'exécute, son regard reste fixé sur moi pendant que j'enfonce le bord tranchant dans sa peau. Elle laisse échapper un sifflement, la morsure de la douleur est un aphrodisiaque uniquement parce que c'est moi qui la provoque. Et parce que je sais ce que cela signifie.

Bientôt, elle le saura aussi.

Elle empoigne les couvertures de chaque côté d'elle, puis en lâche une pour saisir la main que Flamme lui tend.

Putain, ça me fait bander. C'est tellement excitant de voir que son réflexe est de s'appuyer sur lui pendant que j'entaille sa chair. Cette réaction fait partie de ce qui la rend nôtre. Elle sait simplement ce qu'il faut faire, tout comme Flamme sait comment la soutenir.

Lorsque j'ai terminé, sa peau est recouverte d'une fine couche de sueur. Mais jamais elle ne m'a demandé d'arrêter. Parce que notre compagne est une guerrière cachée. *Notre Oméga mortelle.*

J'embrasse la blessure que j'ai créée, son sang est doux sur mes lèvres.

Puis je retourne la lame sur moi-même, traçant un symbole différent sur ma paume. Il y restera à jamais, tout comme le tatouage sur ma bite.

Alina pour toujours.

C'est pourquoi la marque que je trace sur ma main est un *A*. Et celui que j'ai laissé près de son pubis est un *F*.

Quand j'ai fini, je lèche le métal, puis je le fais disparaître dans mes vrilles d'ombre.

— Prête, ma chérie ?

Elle halète en hochant la tête.

— Oui.

— Bien.

Parce qu'il n'y a plus de retour en arrière possible. Cette femelle est la mienne.

Il ne me reste qu'à prononcer les mots…

CHAPITRE TRENTE-TROIS

FLAMME

TANDIS QUE J'OBSERVE Faucheur graver ce *F* dans la peau d'Alina, mon jaguar interne tourne en rond. Il n'est pas contrarié, il est excité. Car mon animal sait que je suis le prochain.

Le beau tableau nu qui se trouve devant moi est mon terrain de jeu. Je peux la mordre où bon me semble et la marquer pour l'éternité. Orcus a choisi son sein, Faucheur sa chatte – ou un endroit juste au-dessus, du moins.

Et moi… je vais choisir… bientôt.

— Alina Everheart, dit Faucheur, totalement concentré sur notre compagne. Moi, Faucheur des Faë de la Mort, je te choisis comme compagne de mon âme. Je jure de vénérer ton corps et ton esprit, de protéger ton cœur et ton âme, et de marier mon esprit au tien pour l'éternité. Tu es à moi et je suis à toi. Jusqu'à la mort, nous prospérons.

Il appuie sa paume ensanglantée sur la hanche d'Alina, provoquant un frisson qui les parcourt tous les deux.

Elle n'a pas de mots à prononcer pendant la cérémonie. Il s'agit pour elle d'accepter dans son âme le vœu de Faucheur. Et d'après ce que je peux voir, le processus a déjà commencé.

Elle serre ma main, puis tend son autre main vers Faucheur. Il la rejoint l'instant suivant, écrasant ses lèvres sur les siennes tandis que l'énergie bourdonne tout autour d'eux.

Orcus gronde en signe d'une vive approbation. Mon jaguar réagit de la même façon.

Je la veux. *Nous* la voulons. Elle est la clé. Notre cœur. Le centre du cercle que nous avons créé il y a longtemps.

Elle gémit tandis que Faucheur se frotte contre elle, son jean étant le seul obstacle entre eux. Alina n'est pas encore perdue dans ses chaleurs — ce qui m'a surpris quand elle s'est réveillée — mais je peux dire qu'elle en est proche.

Notre fille tient bon aussi longtemps qu'elle le peut parce qu'elle veut s'en souvenir. Pour nous connaître. Pour pouvoir consentir à tout ce que nous voulons lui faire avant qu'elle perde la tête dans la luxure.

Ma douce et belle panthère, m'émerveillé-je. J'adore qu'elle soit une battante.

Elle montre un peu de cette combativité quand elle me lâche pour s'attaquer au jean de Faucheur. Il ne l'aide pas, ce sadique voulant lui laisser faire tout le travail. Ce n'est que lorsqu'elle gronde après lui qu'il sourit et soulève son corps pour l'aider.

Puis il saisit ses cuisses, les écarte et s'enfonce direct dans sa chaleur moite.

Pas de préliminaires. Pas d'avertissement. Juste une revendication féroce.

Mes couilles se serrent à ce spectacle, mon animal rugit du besoin de faire exactement la même chose : la prendre, la baiser, lui faire *plaisir*.

Alina griffe le dos de Faucheur avec ses ongles, la bouche ouverte sur un cri qu'il étouffe avec sa bouche.

C'est une exhibition hédoniste. Rude. Furieuse. *Passionnée.* Ils sont dans l'esprit l'un de l'autre, ressentent les émotions l'un de l'autre et surfent sur les vagues de leur connexion.

Appuyé contre un montant du lit, Orcus scrute leur accouplement d'un regard affamé tandis que je m'allonge à côté d'eux, attendant mon tour pour bondir.

C'est une vision sacrément magnifique, qui me fait descendre ma main pour caresser ma bite. Mon pouce taquine l'anneau au bout – un anneau que je désire qu'Alina enlève. Bon sang, je veux aussi qu'elle s'occupe de la barre. Ce sera sa façon de dire qu'elle est prête pour mon ardillon. Sinon, je le retiendrai. Ça ne sera pas du tout agréable, mais pour elle, je le ferai.

— Faucheur, souffle-t-elle.

Elle encercle sa taille de ses jambes et soulève son corps vers lui pour répondre à ses mouvements. *C'est carrément beau.* J'ignore ce que l'esprit de Faucheur – ou celui d'Orcus, d'ailleurs – lui apprend, mais c'est une élève modèle. *Une tigresse.*

J'empoigne ma hampe un peu plus fort et pompe fermement, générant un grondement dans ma poitrine. Il doit être plus sonore que je l'aurais cru car Faucheur et Alina me regardent tous les deux, les yeux vitreux d'excitation.

— Putain, ma chérie, je crois que ton jaguar veut y goûter, dit Faucheur d'une voix basse et résolue. Est-ce que je dois venir en toi d'abord, et qu'il lape tout avec sa langue ? Ou est-ce que tu veux nous sentir tous les deux en toi en même temps ?

Alina tremble visiblement, et resserre ses jambes autour de Faucheur.

— Oh, refais ça, gémit-il, plongeant la tête dans son cou. Ouais, ma chérie. *Putain,* c'est bon.

Elle plante ses ongles dans ses épaules, mais son regard se pose sur moi. Puis revient à Faucheur.

— Je… (Elle déglutit.) Quand tu dis… vous deux en moi… ?

— Je veux dire l'un de nous dans ta chatte et l'autre dans ton cul, précise-t-il, toujours aussi direct.

Mais Alina semble apprécier sa description crue car la petite panthère se lèche les babines.

— Les deux.

— Excellent choix, ma chérie, sourit Faucheur.

Il commence à se retirer d'elle, mais elle enfonce de nouveau ses ongles dans ses épaules, son regard couleur de nuit s'embrasant soudain comme les étoiles d'une nuit sans lune.

— *Les deux*, répète-t-elle, suscitant un grognement de la part d'Orcus.

— Voilà ma déesse, la félicite-t-il. Faucheur t'a donné le choix, mais tu exiges les *deux* options.

Faucheur hausse les sourcils. Quant à moi, je gémis, parce que *putain*, c'est chaud.

— Utilise son miel pour la préparer, Flamme, me dit Orcus. Sers-toi de tes doigts sur elle pendant que Faucheur la baise.

Merde, je vais jouir juste en pensant à ce qu'il me dit de faire. Bien qu'Alina m'ait sucé ce matin, j'ai l'impression que c'était il y a des jours. J'ai tellement de désir pour cette femme que je suis prêt à exploser rien qu'à l'idée de la *préparer*.

Mais Faucheur est déjà en train de bouger, tous deux roulent, il se met sur le dos et l'installe sur lui.

— Chevauche-moi, ma chérie. Monte-moi pendant que Flamme joue avec ton cul.

Ses seins se balancent tandis qu'elle obéit à son ordre, les mains appuyées sur sa poitrine. Je me redresse, empoigne ses cheveux et l'embrasse à pleine bouche.

Orcus m'a dit de la préparer. Eh bien, c'est ma façon de la *préparer*.

Elle halète contre ma bouche, son corps tressaute, son orgasme monte, tout cela pendant que je la domine avec ma langue. Mon jaguar *ronronne*, le son roule sur elle en une vibration sensuelle qui la fait sursauter.

Ouais, je vais m'amuser comme un fou.

Je lui mordille la lèvre inférieure, puis, de ma main dans ses cheveux, je la pousse vers la bouche de Faucheur qui l'attend. Il l'embrasse avec une férocité que je peux presque sentir, mon aine se tendant d'excitation.

Très bientôt, putain.

Mais je dois d'abord préparer notre compagne.

Mes doigts descendent le long de sa colonne vertébrale, passent sur sa croupe attirante et rejoignent l'endroit où elle est unie à Faucheur. Elle est tellement trempée qu'elle imbibe pratiquement ma main.

— Tu ne plaisantais pas à propos du miel d'Oméga, dis-je à Orcus.

— Je n'ai fait que répéter ce que m'ont raconté des Alphas déjà accouplés. Tout… *tout* est vrai.

Ça a l'air de le satisfaire, et je peux dire sans le regarder qu'il sourit tendrement à Alina. Elle frissonne, suggérant qu'il vient de dire quelque chose dans son esprit.

Puis elle gémit quand Faucheur enroule ses ombres autour d'elle en des liens semblables à des rubans qui la retiennent afin qu'il puisse ravager sa bouche.

Je laisse Faucheur à ses jeux de bondage et me concentre sur le dos courbé d'Alina. La chair de poule hérisse sa peau tandis que j'écarte ses fesses pour révéler sa petite entrée serrée. Il va lui falloir beaucoup de préparation pour nous prendre tous ici.

Car c'est exactement ce qui va se passer : nous allons tous revendiquer chacun de ses orifices. *Encore et encore.* Lorsqu'elle sera perdue dans ses chaleurs, elle ne s'en apercevra même pas. Mais d'ici là, elle va en sentir chaque centimètre.

Tout comme maintenant, alors que je fourre un doigt en elle. Elle se resserre autour, son corps réagissant à l'intrusion étrangère.

— Détends-toi, Oméga, lui enjoint Orcus, soit qu'il ait capté ses pensées, soit qu'il ait remarqué sa réaction physique.

Je me sers de son excitation pour glisser mon doigt en elle et hors d'elle, lentement et à dessein. Elle suit l'ordre d'Orcus, relâchant progressivement ses muscles jusqu'à ce que je puisse ajouter un deuxième doigt.

Faucheur jure quand elle tressaute en avant, cambrant ses hanches contre lui.

— Ne la laisse pas jouir encore, avertit Orcus.

Alina commence à émettre une plainte, mais Faucheur la coupe avec sa langue. Ses vrilles sombres semblent la caresser de concert avec ses mains, ce qui doit donner l'impression qu'elle a plusieurs mains qui la palpent. Et on dirait que certaines de ces mèches restent indépendantes, taquinant sans doute ses seins et son clitoris.

Elle se tortille en tous sens. Des bruits lui échappent, aussitôt avalés par Faucheur.

Elle respire fort, elle transpire, prête à éclater. Et Faucheur pousse en elle par le bas.

Il est tout près de jouir. Je le vois à ses mouvements, à la rudesse de ses poussées, à la façon dont il s'accroche à elle pendant que j'insère un troisième doigt dans son cul.

— *Maintenant*, exige Orcus.

Un ordre pour Faucheur. Ou peut-être pour Alina. Ou peut-être même pour moi.

Quoi qu'il en soit, c'est sa façon de commander le plaisir pour son Oméga. *Pour notre compagne.* Oh, je ne l'ai peut-être pas encore revendiquée, mais elle n'en est pas moins à moi.

Faucheur gronde et Alina hurle, son dos se cabre, ses entrailles se contractent. Putain, je la sens jouir avec mes doigts, son orgasme est une vibration qui me rappelle mon ronronnement. C'est si attirant. Si addictif. Si *beau.*

Je veux vénérer cette femme pour l'éternité. Tirer ces sons d'elle tous les jours. La faire s'effondrer à répétition jusqu'à ce qu'elle me supplie d'arrêter.

Le grondement approbateur d'Orcus fait de nouveau trembler Alina, son âme d'Oméga répondant naturellement à l'Alpha qu'elle a choisi.

J'ai hâte d'initier notre connexion, de lui faire sentir mon jaguar. Ce sera explosif. Émotionnel. Et un peu sauvage.

— Putain, ma chérie, gémit Faucheur en la suivant dans l'extase.

Avec ses entrailles qui se bloquent autour de mes doigts, je ne peux qu'imaginer à quel point elle le serre avec son vagin. Ça doit être bon parce qu'il frémit, son éjaculation est longue et puissante et la fait gémir en réaction.

Elle est insatiable, comme doit l'être une Faë. Donc il ne lui faudra pas beaucoup de temps pour se rétablir.

Avec Orcus, c'était différent, ses prouesses dignes d'un dieu l'ont assommée.

Oh, Faucheur et moi pourrions le faire aussi. Et nous le ferons. Mais pas encore.

Là, c'était juste pour calmer le jeu. Parce que notre compagne a voulu les *deux* options. Donc il va être temps pour moi de *lécher.*

Mon jaguar gronde d'excitation, impatient de la goûter.

De la revendiquer. De la *baiser*. Mais je le retiens. Mes doigts étirent doucement Alina tandis qu'elle et Faucheur redescendent de leur état d'euphorie.

Ses tremblements s'apaisent lentement, son corps se ramollit sur Faucheur. Ses vrilles courent sur elle en de tendres caresses pendant qu'il l'embrasse, se délectant de leur nouveau lien.

— Prête à ce que Flamme te nettoie, ma chérie ? demande-t-il à mi-voix. Parce que je crois qu'il a hâte de te baiser avec la langue.

En effet. Je sors mes doigts de son cul et laisse Faucheur la rouler pour la mettre en position. Puis je me glisse entre ses jambes pour me régaler de sa vulve trempée. C'est une saveur unique, fumée et sucrée. Elle fait grogner mon animal intérieur qui en redemande. Je laisse Alina entendre ce son affamé, afin qu'elle sache ce qui l'attend. Parce que c'est moi qui serai en elle la prochaine fois. Et mon jaguar ne sera pas tendre avec elle.

Je glisse ma main derrière elle pour continuer à préparer son cul pendant que je lape chaque centimètre de sa chatte, tout comme Faucheur l'a dit. Le temps que je finisse, Alina se tortille de nouveau dans les draps.

Inutile qu'Orcus me dise de faire traîner les choses et de la priver d'orgasme ; je le fais moi-même. Parce que je veux que notre compagne soit mouillée, avide et suppliante.

Elle attrape mes cheveux pour essayer d'attirer ma langue jusqu'à son clito. Je lui refuse et trace plutôt un chemin de baisers vers le bas, ne m'arrêtant que lorsque mes lèvres atteignent sa cuisse. Une protestation lui échappe quand j'écarte mes mains et ma bouche, et son regard vole vers son entrejambe.

— *Flamme.*

Je souris.

Puis je me transforme en jaguar, ce qui la fait sursauter. Faucheur glousse.

— Intriguée par cette idée de la bestialité, ma chérie ?

Ses yeux s'écarquillent, son expression me dit qu'elle est loin d'être prête pour ça. Bon sang, il se peut qu'elle ne soit jamais intéressée non plus. Ce n'est pas grave. Mon jaguar est content que je la baise sous forme humaine. Mais c'est lui qui doit la revendiquer pour que notre lien se mette en place.

Ce qu'Orcus m'explique maintenant en disant calmement :

— Flamme ne va pas te baiser comme ça, ma petite. Mais il va te mordre.

Bien sûr, je vais la mordre. Et sans attendre. Car j'ai besoin d'être dans cette femme, pas seulement physiquement mais aussi mentalement.

Mon jaguar plante ses dents à l'intérieur de sa cuisse, la revendiquant intimement comme nôtre.

Le lien est immédiat, l'énergie réchauffe mon sang tandis que je reprends ma forme humaine.

Les yeux d'Alina sont encore écarquillés lorsque je rampe sur elle. Ma *compagne* est alarmée et impressionnée par la rapidité de ma revendication.

Je... je peux te sentir, murmure-t-elle dans mon esprit. *Faë, je vous sens tous les trois.*

Je souris. *Attends un peu qu'on te baise tous les trois en même temps. Tu seras tellement rassasiée que tu ne seras même plus capable de penser.*

Elle frissonne, ses iris presque dévorés par ses pupilles.

Je... je crois que ça va me plaire.

Je presse mes lèvres sur les siennes en murmurant :

— Putain, tu vas adorer, petite panthère.

Mais il nous reste encore une question à traiter avant de reprendre : *mon ardillon.*

CHAPITRE TRENTE-QUATRE

ALINA

MON CORPS EST EN FEU. Mon esprit est à la limite du délire. Et mon cœur… mon cœur est *rempli*.

Trois hommes. Trois Faë. Trois compagnons parfaits.

Je ressens chacun d'eux en moi de façon unique, nos liens sont tous différents et similaires à la fois. C'est… *incroyable*.

Mon âme est contente, chez elle, parfaitement en paix, tandis que je suis entourée de mes senteurs préférées : *cendres ; sapins ; air frais*.

Faucheur. Flamme. Orcus.

Je frissonne, mes entrailles brûlant d'un désir renouvelé. L'esprit d'Orcus m'aide à appréhender la sensation, son instinct d'Alpha me dit que mes chaleurs approchent rapidement maintenant. Une partie de moi est déjà en train de perdre la tête dans la luxure. Toutefois mes compagnons me maintiennent les pieds sur terre, m'aident à participer activement et à *consentir*. Ce mot me réchauffe l'esprit lorsque je l'entends en chacun d'eux − ils désirent que je le veuille. Que je les veuille. Que j'en veuille *plus*.

Surtout Flamme.

Il me fixe de ses yeux violets, son jaguar tapi sur les bords avec une pointe de noir cernant ses iris vibrants. Ses pensées tournent autour de son ardillon, non pas parce qu'il a hâte d'être en moi, mais parce qu'il veut savoir si je l'accepterai complètement.

Son animal intérieur désire m'accoupler. Tout comme le désire l'instinct alpha d'Orcus. Faucheur est le seul à se satisfaire du seul plaisir. Mais il n'est pas non plus opposé à l'idée de me voir enceinte. Tous trois souhaitent créer un vrai nid, fonder une famille ensemble. Et mon cycle de chaleurs nous permettra de le faire.

Il n'y a plus aucun doute dans mon esprit sur qui et ce que je suis : une Oméga. Mon âme semble avoir rejoint mon esprit, mes instincts ont été renouvelés et rafraîchis par mon héritage Faë du Mythe.

Je ne sais pas du tout comment c'est possible. Orcus est tout aussi perplexe. Mais nous acceptons tous les deux le miracle. Plus encore, nous avons l'intention d'en profiter. Et cela vient en partie du désir naturel de créer une vie.

Flamme effleure mon nez du sien.

— Si tu veux ça, il faudra que tu libères mon ardillon, murmure-t-il.

C'est un dernier acte d'accord, un acte qu'il veut que je contrôle afin que je puisse consentir physiquement et mentalement à ce qui va suivre.

J'aime qu'il se soucie autant, qu'ils se soucient *tous* autant.

Ils n'ont jamais voulu me forcer à m'accoupler. Pourtant, je peux sentir comment ils savaient tous, en leur for intérieur, que c'était inévitable, comment leurs âmes ont de suite reconnu la mienne. Il leur a fallu des efforts pour rester patients pendant que mon esprit humain acceptait l'inévitable.

Mais nous en sommes là maintenant. Et je suis prête. Très, *très* prête.

Flamme sourit, captant clairement cette résolution dans mon esprit.

— Prouve-le, me défie-t-il à voix haute. Montre-nous à quel point tu es prête, ma reine panthère.

J'appuie mes mains sur ses épaules pour le repousser. Il roule sur le dos mais me tient la hanche pour m'entraîner avec lui. Je le chevauche dans la foulée, et mon centre rencontre sa chair palpitante.

Et les piercings incrustés là.

Un tremblement me parcourt l'échine, mes entrailles palpitent d'envie. Je me frotte à lui, curieuse de sentir les arêtes métalliques. Son esprit me dit ce qu'il veut que je fasse, mais je réponds à ce désir par un des miens.

Je me soulève et attrape sa base, afin de sentir la texture contre ma chair intime. Flamme gémit quand je place son gland à mon entrée et que je glisse lentement vers le bas, le prenant entièrement jusqu'à la garde.

— *Putain*, petite panthère… C'est une sensation… incroyable.

C'est un doux grondement, mais ponctué d'un soupçon de requête dans son esprit, son animal intérieur me suppliant de le libérer. De le laisser être libre pour la première fois de son existence. Car Flamme n'a donné son ardillon à personne d'autre. Il a attendu sa compagne – *moi*.

Je veux ressentir cette partie de lui, me livrer à l'expérience d'être vraiment à lui. Ce sera différent du nœud d'Orcus, ce que les Faë ont déjà mentionné, mais je capte cette différence dans l'esprit de Flamme. Il ne me reste plus qu'à y goûter.

Je me retire progressivement de son épaisse érection et trace un chemin de baisers sur son abdomen, des gestes tout naturels bien que la plupart soient nouveaux pour moi. Cependant, tout me paraît intrinsèque. Comme si j'étais née pour ça. Comme si ces Faë étaient faits pour moi.

L'abdomen de Flamme se serre lorsque j'atteins son aine. Son animal le chevauche durement. Je peux lire le combat dans ses pensées, le voir dans son corps raidi. Il essaie de contenir ses désirs sauvages juste un peu plus longtemps. Mais dès que j'aurai ôté ces piercings, il se jettera sur moi.

Et là, ce sera le voyage de ma vie.

Parce que Faucheur va le rejoindre.

J'en perçois l'intention émanant de mon compagnon Faë de la Mort qui s'agenouille derrière moi, couvrant mon dos de sa chaleur tandis qu'il se penche pour embrasser mon épaule.

— Libère son ardillon, chérie, dit-il, un soupçon d'exigence dans le ton. Puis je veux que tu le prennes dans ta douce chatte pendant que je te baise le cul.

Je frissonne, serrant les cuisses en réaction.

Concentre-toi sur Flamme, ma petite, murmure Orcus dans mon esprit. *Je veux que tu te souviennes de l'avoir baisé pour la première fois.*

Je déglutis et tords le cou pour croiser son regard. Il est toujours debout près du lit, presque comme s'il nous surveillait pendant que nous nous amusons.

Tu retiens mes chaleurs.

Pas exactement, répond-il en me dardant un regard pourpre. *C'est plutôt que je n'ai pas encore lancé mon appel à l'accouplement. Quand je le ferai, tu seras en plein œstrus.*

Et si tu ne le fais pas ?

Alors ce qui se passe maintenant continuera jusqu'à ce que ton corps prenne le dessus sur ton esprit, me dit-il. *Ce qui ne saurait tarder, Alina. Alors concentre-toi sur la bite de Flamme. Tu dois sentir son ardillon. Et il a besoin que tu le sentes aussi.*

Faë, il a raison.

Ce moment, ce lien, cette dernière étape signifie tout. Il ne s'agit pas seulement de nous, mais aussi de son jaguar. Toute cette agressivité animale refoulée a besoin d'un exutoire.

Et je suis cet exutoire.

J'enjambe ses cuisses épaisses, ma main de nouveau sur sa base. Flamme m'observe les yeux mi-clos tandis que je me penche pour poser un baiser sur le gland suintant. Son excitation se mêle à la mienne, me tentant pour un coup de langue qui se transforme en un baiser à pleine bouche. Il grogne un juron et serre les draps à ses côtés.

Mais c'est Faucheur qui empoigne mes cheveux pour me pousser vers le bas, me forçant à prendre Flamme jusqu'au fond de ma gorge. Lorsque j'essaie de remonter, il m'en empêche et pose de nouveau sa bouche sur mon oreille.

— Tu continues à le faire attendre, dit-il sombrement. Alors maintenant, c'est toi qui vas attendre pour respirer.

Je me tortille, quelque chose dans ce commentaire éveille en moi un besoin dépravé.

— Ça fait mal, n'est-ce pas ? poursuit-il. Vouloir quelque chose de tout son corps et être incapable de l'atteindre. C'est ce que ressent Flamme en ce moment. Ce qu'il ressent depuis qu'il a posé les yeux sur toi. Ce que nous avons tous ressenti.

Il me remonte lentement afin que je puisse reprendre mon souffle, puis me repousse brutalement vers le bas.

Ma connexion à son esprit me dit qu'il n'essaie pas de me faire du mal, mais qu'il cherche à tester mes limites, à voir ce que j'aime et ce que je n'aime pas. Et apparemment, j'aime ce *jeu du souffle* – un terme que je tire de son esprit – parce qu'il me fait brûler encore plus à l'intérieur.

Il m'écarte doucement de Flamme, le laissant cette fois se dégager complètement de ma bouche. Puis il m'embrasse goulûment et pose sa paume sur ma joue.

— Plus de taquineries, chérie. Libère son ardillon, m'intime-t-il. *Maintenant.*

Faucheur ramène mon attention sur Flamme, et sa main passe de mon visage à ma nuque avant de descendre sur ma hanche, tandis qu'il reste derrière moi.

Toute cette interaction me rend pantelante, et la vue de la bite raide de Flamme fait déborder mes cuisses de *désir*. C'est intense. Irrésistible. Un pincement au cœur qui me rend limite impatiente. Mais je force mes mains à rester fermes en me penchant sur les piercings.

— Attrape la boule de métal et tourne, m'indique Flamme, son ronronnement soulignant chaque mot et me faisant encore plus mouiller entre les jambes.

Faë, je… je vais exploser dès qu'il sera en moi, réalisé-je.

Entre son ronronnement et les commentaires mentaux de Faucheur – tous obscènes – je suis au bord de l'orgasme sans qu'aucun d'eux me touche vraiment. Et ce, *après* bien d'autres orgasmes.

C'est de la folie, pensé-je en dévissant la boule de la barre de Flamme.

C'est ça être une Oméga, opine Orcus. *Maintenant, arrête de penser et donne à Flamme l'attention qu'il mérite.*

Faë, cette demande me donne envie de me pencher pour sucer de nouveau sa bite. Mais je sais que ce n'est pas ce qu'Orcus veut dire. Je fais donc ce qu'il m'ordonne et j'enlève le premier piercing.

— Aide-la avec l'autre, dit Flamme, les yeux rivés sur Faucheur.

Mon compagnon Faë de la Mort me prend la main et guide mes doigts sur l'anneau.

— Tu dois faire sauter la perle qui se trouve au milieu. (Il passe mon pouce dessus puis saisit mon autre main et me fait pincer la boucle de métal.) Tiens-le ici pendant que tu fais ça, puis fais-le glisser hors de lui.

C'est sans doute le commentaire le plus technique que j'ai jamais entendu de sa part.

— Bonne fille, approuve-t-il alors que je suis ses instructions. Maintenant, rampe jusqu'ici et grimpe sur lui.

Or Flamme m'attrape avant que je bouge, sa poigne meurtrissant mes hanches tandis qu'il tire le bas de mon corps sur son aine.

— Je veux être en toi, grogne-t-il – un son tout à fait animal.

Sans me laisser le temps de répondre, il me positionne et s'enfonce en moi d'une poussée brutale qui expulse l'air de mes poumons.

— Putain oui, dit Faucheur.

Sa voix est à peine audible sous le grondement agressif de Flamme.

Je vais pour saisir les épaules de mon Faë Métamorphe, mais me retrouve soudain projetée sur le lit, son torse dans mon dos, pendant qu'il me pénètre par-derrière.

Mes lèvres s'écartent et mon dos se cambre sous l'impact.

Flamme plaque sa main sur ma gorge et porte ses lèvres à mon oreille, tout en écartant encore plus mes jambes avec ses genoux.

— Je te prends comme ça. Ensuite, je prendrai ton cul. Faucheur peut mater.

Mon Faë de la Mort sourit en réponse, se prélassant sur le lit près de nous et caressant sa queue.

LEXI C. FOSS

— Va te faire foutre, dit-il. On fera équipe au prochain tour.

— Je lance le prochain tour, intervient Orcus.

Ses ailes surgissent dans son dos et s'étendent de chaque côté. Sa voix et sa position dominantes font naître au fond de mon âme un désir ardent que je dois satisfaire.

Puis Flamme s'enfonce à nouveau en moi. *Je suis en toi en ce moment, petite panthère,* grogne-t-il dans mon esprit. *Concentre-toi sur moi. Mon ardillon. Nous.*

Faë, soufflé-je.

Flamme menace de me détruire avec ses mouvements brusques, son jaguar rugit dans ma tête.

— Attrape la tête de lit, m'ordonne-t-il.

J'obéis et il commence à me baiser vraiment, selon un angle différent de celui des autres. C'est plus profond d'une certaine façon. Plus intense. Son rythme est également brutal. Pas de mouvements progressifs pour me préparer à lui. Pas de tendres caresses. Juste des *poussées* effrénées.

Mes ongles griffent le bois tandis que ma tête tombe en avant. C'est le jaguar intérieur de Flamme qui me prend maintenant, nous faisant avancer dans son *rut.*

J'entends ce mot résonner dans l'esprit d'Orcus, qui a bien l'intention de me prendre aussi comme ça.

Tous les trois, en fait. *Pour m'accoupler. Me remplir de leur semence. Me plonger dans les profondeurs de l'inconscience et me noyer dans leur passion.* Faë, je suis… je suis perdue. Je nage dans les ténèbres. Je me délecte des désirs de trois hommes. Je flotte dans ma propre flaque de besoins.

Ils vont me prendre de bien des façons. Détruire mes sens. Me permettre de respirer, juste pour me couper l'air à nouveau.

Ce sera… un tourbillon d'érotisme.

Mes parois internes se resserrent autour de Flamme, mon esprit succombe lentement à la chaleur de mon accouplement. C'est la source du feu en moi, des flammes qui dansent dans mes veines et du brasier qui grandit dans mon bas-ventre. Je suis quasiment perdue dans ces sensations. Totalement submergée par un flamboiement sensuel.

Flamme pose ses mains sur les miennes sur la tête de lit, et ses lèvres sur mon cou.

— Tu te débrouilles très bien, mon cœur, dit-il. Tu prends tout ce que mon jaguar a à donner. *Putain*, petite panthère. Tu es sacrément bonne. Foutrement bonne.

Je me penche vers lui, et l'arrière de ma tête tombe sur son épaule tandis qu'il embrasse ma gorge.

Il ne pousse plus en moi avec le même rythme vigoureux. Il donne des coups plus longs et plus durs qui m'atteignent si profondément que ça fait presque mal.

Et pourtant, c'est trop, trop bon.

Je sens aussi son plaisir qui monte, sa propre chaleur qui s'ajoute à la mienne et attise mon feu intérieur.

— Touche son clito, suggère Orcus.

Mais ce n'est pas Flamme qui obéit, c'est Faucheur. Et ce n'est pas sa main que je sens, mais sa *langue*. Faë, j'ignore comment il fait ça, mais il est en partie sous moi alors que Flamme me chevauche par-derrière, ses mains me maintenant reliée à la tête de lit.

Mes genoux tremblent, mon corps s'affaiblit sous mon orgasme imminent.

Flamme doit le savoir parce qu'il bloque mes deux mains contre le bois sous l'une des siennes et enroule son autre bras autour de moi pour me serrer contre lui pendant qu'il me baise. Dur. En profondeur. *Parfaitement*.

Je prononce son nom en haletant, mon esprit se fracture sous un raz-de-marée de désir et de besoin. Je veux me livrer à mes chaleurs, j'ai *besoin de* sentir son ardillon.

— S'il te plaît, chuchoté-je. S'il te plaît, Flamme.

Il plante ses dents dans mon cou assez fort pour faire couler le sang, et je me demande si cela laissera une trace. Je sais que la morsure à ma cuisse me marquera absolument pour l'éternité, mais ça… ça fait juste penser à un jaguar qui essaie de maîtriser sa compagne.

Je me cabre contre lui, je veux qu'il me donne son ardillon. Pour nous compléter. Pour m'accoupler correctement. Pour nous *unir*.

— *Flamme.*

Il gronde, et je gronde en retour. Puis je hurle quand Faucheur mord mon clito.

Mon orgasme est instantané, la douleur provoquant un plaisir encore plus profond qui me fait convulser autour de la bite de Flamme en pleine poussée.

Il plante soudain ses doigts dans mes cheveux, tire ma tête en arrière et réclame ma bouche avec la sienne. Je manque de tomber en avant, mais son bras me retient tandis que j'ôte mes mains du cadre en bois du lit. Il s'assoit et me laisse surfer sur les vagues de mon orgasme, sa bite pulsant en moi d'un besoin retenu.

— C'est tellement bon, mon cœur, dit-il contre ma bouche.

Je tremble. Gémis. Perds et reprends conscience.

Et je me retrouve sur le dos sous lui, ne sachant trop comment nous avons bougé. Mais Flamme est là, il me maîtrise, me guide, m'entraîne dans un rythme qui devient de plus en plus familier.

J'entrelace mes bras autour de son cou quand il se penche pour m'embrasser, un geste apaisant pendant que sa queue me transperce. *Si profond. Si bon. Si intense.*

Je sens que je vais jouir encore. Sauf que ce n'est pas moi qui danse au bord de l'orgasme, c'est Flamme. Une chaleur blanche m'envahit alors qu'il explose, la force de son orgasme m'ôtant tout sens de la raison.

Je ne suis plus que la chaleur. Vibrations. *Spasmes*.

Ohhhh... cette dernière partie... c'est... c'est sans fin. Comme un volcan qui entre en éruption dans tout mon corps, mais au lieu de brûler ma peau, il sème en moi des tremblements de plaisir.

L'ardillon de Flamme, réalisé-je. *Oh, mon Faë.*

C'est... *wow*.

Je... Je ne sais pas... Je ne peux pas... Il n'y a pas de mots. Aucune pensée. Juste... *du plaisir*.

Il murmure à mon oreille une sorte d'éloge, mais je ne le comprends pas à travers le brouillard de ravissement qui voile mon esprit.

Je n'existe plus. Je suis tout simplement... en extase.

Quelque part, Faucheur glousse.

Et puis Orcus *gronde*. C'est différent des autres grondements que j'ai entendus. Celui-ci est plus profond, plus guttural, encore plus intense, et me bouleverse jusqu'aux tréfonds de moi-même.

L'appel à l'accouplement.

Je le reconnais à la base, mon corps cédant aussitôt au besoin qui me griffe les entrailles. La chaleur inonde mon être, mon bas-ventre se serre pour en supplier plus.

Plus de sexe. Plus de semence. Plus de plaisir.

— Putain, souffle Flamme qui se retire de moi. Son *odeur*.

— C'est carrément incroyable, dit Orcus, grimpant soudain sur moi. Mets-toi à quatre pattes, Oméga.

Je l'entends, je le comprends, mais je n'arrive plus à bouger.

Sauf que... sauf que je le fais. Comme si j'étais perdue dans un brouillard et que mon corps obéissait à son ordre. Pour me *baiser*.

Ce qu'il fait. *Durement.*

Je plante mes ongles dans les draps et incline mon corps pendant qu'il me maîtrise et m'enveloppe de ses ailes.

Encore, encore, encore, lui dis-je en pensée, incapable de vocaliser. Sauf que non. Je *prononce* les mots. C'est… je…

Faë, c'est troublant. C'est érotique. C'est parfait. C'est… le paradis.

Les trois hommes m'entourent. Me remplissent. M'embrassent. M'aiment. Vénèrent mon corps comme je n'aurais jamais pu l'imaginer.

Orcus me noue pendant que Faucheur m'embrasse. Flamme s'occupe de mes seins.

Et puis je me retrouve soudain entre Faucheur et la Flamme.

Un cri m'arrache la gorge quand ils me prennent ensemble, Faucheur enfoncé dans mon cul tandis que l'ardillon de Flamme menace de submerger à nouveau ma chatte.

Je ne suis plus saine d'esprit, juste perdue dans mon désir. Complètement à leur merci.

Mais je leur fais confiance. Ils prendront soin de moi, me protégeront et me donneront du plaisir.

Parce qu'ils sont mon avenir. Mon cercle. Mes compagnons. *Mes Faë.*

CHAPITRE TRENTE-CINQ
ORCUS

DIEUX, Alina est magnifique.

Assis sur une chaise, je regarde ma petite déesse nue se rouler partout sur le lit en réarrangeant draps et oreillers avec acharnement. Flamme et Faucheur se tiennent non loin, un tas de linge et de vêtements à leurs pieds, attendant d'être commandés par notre compagne déchaînée. Elle a travaillé là-dessus toute la matinée, ses grognements atteignant directement ma queue.

Je suis dur, comme je l'ai été ces cinq derniers jours. Faucheur et Flamme sont également en érection. Peu importe que nous ayons baisé Alina 24 heures sur 24 pendant des jours ; notre petite déesse du sexe nous a mis dans un état d'excitation constant.

Je l'ai prise dans chaque orifice, je l'ai revendiquée de la façon la plus intime qui soit, et pourtant, j'ai encore envie de posséder chaque parcelle d'elle. Mordre ses doux seins et faire rougir ces tétons succulents.

Ma marque en forme de croissant sur son sein attire mon regard, me faisant esquisser un sourire. *À moi.*

Faucheur semble également fixer le *F* au-dessus de son pubis avec une expression similaire à la mienne.

De son côté, Flamme se contente de la contempler avec des cœurs dans les yeux. Sa bête intérieure et lui sont complètement amoureux.

Notre compagne a beau avoir l'air adorable en ce moment, elle grogne et se dispute avec les couvertures en donnant des coups de poing sur le lit.

— Reste là, intime-t-elle, ce qui me fait mordre ma lèvre pour m'empêcher de glousser.

Je sais qu'il ne faut pas contrarier une Oméga en plein travail. Elle essaie de construire un nid destiné à nous abriter tous, ainsi que la vie qui grandit en elle. Il n'y a pas encore de battements de cœur, juste le frémissement d'une âme. Je l'ai senti ce matin, tout comme Alina visiblement — d'où son besoin urgent de peaufiner son havre de paix. Heureusement, nous avons rapporté en prévision la plupart des affaires de notre chambre à Monster City, lui fournissant ainsi la base de son nid.

Elle grogne de nouveau, un son qui remplace mon humour par du *désir*.

J'empoigne ma hampe et lui donne une caresse. Quand mon Oméga aura terminé sa tâche, je pourrai la baiser. Dans son nid, j'espère.

Elle sort lentement de ses chaleurs, son esprit paraît concentré sur ses autres besoins à présent. Mais elle n'en a pas tout à fait fini avec notre rut. Une fois qu'elle aura terminé ce nid, elle voudra le marquer de l'odeur de son cercle. Et la meilleure façon de le faire, c'est de baiser dedans.

Elle plisse les yeux et fronce le nez en regardant Flamme. Il demeure complètement immobile tandis qu'elle s'approche de lui et renifle sa poitrine. Un petit gémissement d'approbation lui échappe.

— *Encore*, exige-t-elle.

Après quelques tâtonnements, il sait maintenant ce que cela signifie. Il fouille rapidement dans les vêtements à ses pieds, en tire une de ses chemises qu'il lui tend.

— Merci, dit-elle en l'embrassant sur la joue.

Elle retourne ramper sur le lit, tandis que Flamme se pavane en réaction.

De son côté, Faucheur plisse les yeux, voulant manifestement être *remercié* lui aussi. Lorsqu'Alina se tourne vers lui, son regard noir se teinte d'espoir. Cette expression se transforme en fierté lorsqu'elle le flaire et lui donne le même ordre :

— Encore.

Mais il ne choisit pas de chemise. À la place, il enlève son caleçon – qu'il n'a mis que pour elle, car je sais qu'il préfère ne pas porter de sous-vêtements – et le lui donne.

Elle inspire profondément, les pupilles dilatées, et pose un baiser sur sa bouche. Aucun mot n'est prononcé cette fois-ci, mais le baiser semble être une gratitude plus que suffisante pour Faucheur, car il est rayonnant lui aussi maintenant.

Quand Alina vient me chercher, j'incline la tête et j'attends. Elle a déjà pris tous les vêtements que j'avais à lui offrir. Il ne me reste plus qu'un seul objet à lui donner : ma bite. Ou, plus précisément, mon sperme.

Parce que c'est ce qu'elle a dit vouloir dans son nid. Une sorte de marquage sensuel pour chasser tout intrus. *Mes compagnons sont intimidants,* dira cette odeur. *Mes compagnons sont dangereux. Mes compagnons feront tout ce qui est en leur pouvoir pour me protéger.*

Elle m'étudie intensément, portant son regard sur ma main tenant ma queue que je continue à caresser avec lenteur et minutie.

— Tu vois quelque chose dont tu as besoin, petite compagne ? lui demandé-je.

Sa langue se faufile pour humecter sa lèvre inférieure.

— Bientôt, marmonne-t-elle.

Elle reporte son attention sur Flamme et se penche pour trier elle-même ton tas de vêtements. Elle trouve une serviette qu'elle ajoute prestement à son nid, puis une autre chemise. Elle fait de même avec ceux de Faucheur, en extrait un peignoir et un jean. Elle plie soigneusement le tout sur les bords de sa création, laissant un grand espace vide au milieu.

Après quelques tours supplémentaires à répartir le linge et les vêtements, elle revient vers Flamme et lui tend la main. Il l'accepte avec joie et la laisse le tirer dans son nid.

Faucheur est le suivant. Puis elle me fait face.

— Alpha.

— Oméga, lui réponds-je d'un ton respectueux. Tu es prête à jouer dans ton nid ?

Elle déglutit et acquiesce.

— Oui. Parfumer le nid, puis retrouver ma sœur.

Je fronce les sourcils.

— Hein ?

— Serapina, murmure-t-elle, son expression dérivant de rêveuse à confuse. Sera…

Une pensée essaie de percer son brouillard d'Oméga, une pensée assez importante pour couper ses chaleurs.

Faucheur se redresse, tout comme Flamme. Nous sommes tous attentifs à notre compagne.

— Parle-moi de ta sœur, dis-je, toute idée de baiser dans son nid engloutie dans le sillage de cette révélation.

— Elle… elle m'a laissé un mot.

Elle essaie de se souvenir, mais son œstrus lui a brouillé

l'esprit. Lorsque les Omégas sont en chaleur, elles ne se préoccupent que d'une chose : procréer.

C'est ce que nous avons fait.

C'est pourquoi la construction de son havre de paix est sa prochaine tâche, mais il semble que sa sœur soit une priorité concurrente. Non, pas seulement sa sœur, mais *retrouver* sa sœur.

— Quel genre de mot, Alina ? demande Faucheur, l'air visiblement sérieux.

Elle fronce le nez.

— Je...

Elle déglutit et secoue la tête, comme si elle essayait de s'éclaircir les idées.

— Viens ici, lui intimé-je en lui tendant la main.

Elle obéit parce qu'elle est encore au bord de son œstrus, son corps bouge avant que son esprit l'en empêche. Dès qu'elle est assez proche, je la tire dans mes bras et je ronronne, afin de l'apaiser suffisamment pour qu'elle puisse réfléchir. Ainsi, même si elle n'arrive pas à exprimer ce qu'elle veut dire à haute voix, je peux capter ses pensées.

Elle enfouit sa tête contre ma poitrine, son corps se détend aussitôt dans mes bras, tandis que Flamme et Faucheur l'observent attentivement. De toute évidence, ils essaient de discerner les mêmes informations que moi.

— Parle-nous de Serapina, dis-je doucement. Quel mot t'a-t-elle laissé ?

Alina garde le silence un long moment, les yeux clos. Mais elle ne dort pas. Elle cherche dans son esprit, nageant dans les souvenirs des derniers jours et s'efforçant de s'y retrouver. Cela va la sortir de ses chaleurs, mais ce n'est pas grave. C'est manifestement important.

Pourquoi n'a-t-elle pas parlé de sa sœur plus tôt ? me demandé-je. *N'a-t-elle pas confiance en nous ?*

Elle a dû entendre la question parce qu'elle déclenche

un souvenir dans son esprit – un souvenir où elle a décidé de nous demander de l'aider à la retrouver.

Dès que Faucheur sera de retour, je leur dirai, avait-elle pensé alors. Elle avait éprouvé un soupçon de culpabilité de ne pas nous avoir encore parlé de sa sœur, et s'était rendu compte qu'elle avait gardé cela pour elle. Elle avait donc décidé de ne plus taire ce secret et de le partager... juste avant que survienne la première vague de ses chaleurs.

— Chicago, souffle-t-elle maintenant.

Il y a une ville des Élites, se remémore-t-elle, la voix mentale n'étant pas la sienne mais vraisemblablement celle de sa sœur. Car Alina semble se rappeler ce que disait la note. *Trouve une ancienne carte, Lina. Cherche Chicago. Je t'attendrai.*

— *Sera,* soupire Alina, qui me regarde en battant des paupières. Ma sœur est dans la cité des Élites.

— Alors c'est comme ça que tu connais Chicago.

Ce n'est pas une question, c'est une affirmation. Mais elle acquiesce quand même.

— Où as-tu trouvé cette note ? questionné-je, méfiant.

Car d'après ce qu'a dit Hélia, même les humains de la cité des Élites ignorent son ancien nom. Alors comment sa sœur connaît-elle Chicago ? Et où aurait-elle pu s'attendre à ce qu'Alina trouve une ancienne carte ?

La ville de New York n'existe plus. Les bâtiments de Monster City sont nouveaux dans cette dimension, la technologie et l'architecture ne sont pas humaines. Je doute fort qu'il existe d'anciennes cartes.

Et pourtant, le mot disait à Alina d'en trouver une.

— Dans ma chambre, après le Jour du Choix l'an dernier. Quelqu'un l'a glissé sous ma porte. (Elle déglutit.) Je ne sais pas comment, mais je connais l'écriture de ma sœur, et ce mot a été écrit par elle.

— Je te crois, Alina, acquiescé-je.

Ses yeux s'écarquillent un peu.

— Vraiment ?

— Bien sûr.

Si elle sait que c'est sa sœur qui l'a écrit, alors c'est sa sœur qui l'a écrit. Les questions en suspens sont de savoir comment Serapina a réussi à glisser le mot dans la chambre d'Alina et comment elle est au courant pour Chicago.

— Tu as dit qu'elle t'avait passé le mot tu ne sais pas trop comment, donc je suppose que ta sœur ne vit plus dans ton village, déduit Flamme, son attention fixée sur notre compagne.

— Elle a été une Offrande il y a deux ans, répond Alina.

Elle prend un air distant tandis qu'elle rassemble les souvenirs de la cérémonie. Sa douleur devient la mienne lorsqu'elle revoit sa sœur parcourir l'allée vers son destin, sachant qu'elle ne la reverra jamais.

— Peut-être que son ou ses compagnons l'ont aidée à faire parvenir ce mot à Alina, suggère Faucheur, portant son regard sur Flamme puis sur moi. Ça expliquerait la mention de Chicago.

— Ainsi que sa suggestion de trouver une carte, dis-je en y réfléchissant. Peut-être que son ou ses compagnons savent qu'il y en a à Monster City ?

— Possible, répond Flamme. Quoique je n'en ai pas vu quand on y était.

— Moi non plus, admet Faucheur. Mais si Serapina et son ou ses compagnons vivent dans la cité des Élites, alors j'imagine que ce type, Caïn, doit être au courant. Il était bien aux commandes pendant le massacre.

Alina se fige.

— Le massacre ?

— Un truc en rapport avec les Strigoï et leur

compagnon, expliqué-je doucement. Faucheur n'a guère donné de détails.

Le Faë de la Mort hausse les épaules.

— Ce n'est pas à moi de raconter cette histoire. D'ailleurs, je ne crois pas que ce soit pertinent, si ce n'est que si Serapina se trouve dans la cité des Élites. Caïn peut probablement nous dire où et avec qui elle est.

Je réfléchis à cette question pendant un long moment.

— Tu penses qu'on peut lui faire confiance ?

Faucheur ricane.

— Confiance ? Non. Mais il a deux de nos Strigoï, et même s'ils sont là de leur plein gré, tu es toujours un Faë du Mythe de leur royaume d'origine. Ça te donne une autorité politique dans cette situation. Par conséquent, tu peux peut-être demander une faveur en échange de détourner les yeux.

— Je ne suis pas sûr que Morphée appréciera, marmonné-je.

Toutefois, Faucheur n'a pas tort. Je pourrais affirmer ma domination sur la situation, exiger une rencontre et demander où se trouve Serapina comme faveur. En échange, je proposerais de ne pas contrarier le choix des Strigoï de demeurer dans cette dimension.

Quant à Morphée, je ne pourrais faire aucune promesse en son nom.

Le mieux pour moi serait de ne pas m'impliquer du tout, ce qui inclurait de ne pas ramener les princes Strigoï au royaume de Morphée.

— Je suppose que tu as raison, reprends-je en regardant Faucheur. Je pourrais proposer de regarder ailleurs en échange d'informations sur la sœur d'Alina.

— Tu ferais ça ? demande mon Oméga en me dévisageant.

— Bien sûr, affirmé-je. Je ferais n'importe quoi pour toi.

Ses jolis yeux se mettent à briller, ses larmes tirant sur ma corde sensible.

— Merci, murmure-t-elle.

— Ne me remercie pas, Alina. Tu es une déesse maintenant. (Je pose ma main sur sa joue.) Il est de mon devoir de te servir de toutes les façons. Et je le pense vraiment.

Elle est mon cœur. Mon but. Mon *avenir*.

— Nous trouverons ta sœur, lui promets-je, mes lèvres effleurant les siennes. (Puis je me tourne vers Faucheur.) Tu sais où trouver Caïn ?

Il y réfléchit un instant et acquiesce.

— Je connais un bon endroit pour commencer.

— C'est suffisant. (Je dévisage Alina, dont l'expression me dit clairement que retrouver sa sœur a officiellement pris le pas sur son besoin d'achever son nid.) Ça te dirait d'aller à la cité des Élites ce soir ?

Elle me regarde bouche bée.

— J'y vais aussi ?

— J'ai supposé que tu voulais y aller. Tu préfères rester ici ? lui demandé-je, caressant sa pommette du pouce.

— Non, je veux y aller.

— Alors nous irons ensemble. Et nous irons ce soir.

Parce que je reconnais le besoin qui habite ma compagne, un besoin qu'elle n'a pas pu combler depuis qu'elle a trouvé ce mot.

Ce soir, nous allons combler ce besoin – en retrouvant Serapina Everheart.

CHAPITRE TRENTE-SIX
ALINA

La cité des Élites n'a rien à voir avec Monster City. Il n'y a pas d'arbres géants, de branches métalliques, ni de jungle. Il y a surtout des bâtiments. Certains sont hauts, d'autres bas. Et il semble y avoir aussi plusieurs quartiers. C'est du moins ce que je suppose d'après ce que je vois.

Nous sommes au sommet d'une tour qui doit être la plus haute de la ville parce qu'elle surplombe tout ce qui l'entoure.

Ce sont les lumières qui donnent l'illusion des quartiers. C'est plus la façon dont elles sont disposées que leurs couleurs, les regroupements paraissent avoir un but précis.

— C'est terrible, pas vrai ? dit Faucheur à côté de moi. Il n'y a plus aucune trace du vieux Chicago. Tout a été reconstruit. Mais le pire, c'est qu'il n'y a pas de pizza de Chicago. (Ça a l'air de beaucoup le contrarier.) Quand nous retournerons dans notre dimension d'origine, je t'emmènerai dans notre royaume humain pour retenter notre chance.

Flamme ricane sur ma gauche, ses longs doigts tenant

un verre en cristal qui contient un liquide pétillant. Je ne me souviens pas du nom que le prince Cage a donné à ce liquide, mais il a un goût similaire à celui d'une boisson que les mortels boivent dans leur dimension d'origine.

J'ai opté pour de l'eau. Surtout à cause de la vie qui se forme en moi, mais aussi parce que mon estomac est brassé depuis notre arrivée et qu'une boisson pétillante ne m'attirait pas.

Ce malaise ne s'est pas amélioré non plus. Au contraire, il s'est aggravé lorsque nous avons été escortés jusqu'à l'appartement du roi Caïn. Et d'être ici, à regarder par ses grandes baies vitrées, ne fait que l'intensifier.

Cela doit être lié à tout ce que je pourrais apprendre sur ma sœur. Ou peut-être au fait que je viens de passer je ne sais combien de jours à me faire baiser à mort.

Oh, ou bien ça peut être lié à ma grossesse. Ça me paraît un peu tôt, mais ce n'est pas vraiment un bébé humain qui grandit dans mon ventre − d'où la raison pour laquelle je ressens l'âme de l'enfant davantage que l'entité physique.

Je pose ma paume sur mon ventre, mon cœur s'échauffe à l'idée de la vie qui s'y développe. Cela éclipse presque la sensation maladive qui oppresse mes entrailles.

— Messieurs, lance d'une voix grave un grand homme élégamment vêtu en entrant dans la pièce. Et ma dame, ajoute-t-il en m'adressant un léger signe de tête. Toutes mes excuses pour le retard. Je ne m'attendais pas à avoir de la compagnie, car la dernière fois que j'ai vérifié, mon emploi du temps était libre ce soir.

Il jette un regard acéré à Orcus.

— Nous sommes nouveaux dans ce royaume et connaissons mal vos protocoles, rétorque celui-ci d'un ton sans vergogne. En tant que Faë du Mythe, je ne suis pas non plus habitué au concept d'*emploi du temps*.

Le prince Sabre se penche pour chuchoter à l'oreille du nouveau venu, puis se redresse et boit une gorgée de son verre. Le liquide d'un rouge foncé m'évoque du sang, ce qui me dissuade de m'enquérir de ce qu'il est en train de boire.

L'homme qui vient d'arriver se racle la gorge. Je ne sais pas trop ce que le prince Sabre lui a dit, mais il adopte aussitôt une expression polie.

— Bon, eh bien, je m'appelle Caïn, annonce-t-il, son accent ressemblant à celui d'Orcus. Vous connaissez déjà mes compagnons, évidemment.

Il désigne les deux princes Strigoï, qui tiennent chacun un verre de liquide rouge.

— Comme ils viennent de mon monde, oui, répond Orcus d'un ton recelant un soupçon de cette domination alpha qu'il privilégie.

Il rappelle aussi à dessein qu'il est un Dieu, et que cette position exige le respect.

— Bien sûr, répond le roi Caïn. Et je te connais, ainsi que Faucheur – bien que nous n'ayons pas été officiellement présentés. Cage m'a fourni quelques détails sur toi après le mariage de la semaine dernière.

Faucheur incline la tête.

— Est-ce que tous les mariages se terminent par des massacres dans ce royaume ?

Le roi Caïn sourit, un sourire qui n'atteint pas tout à fait ses yeux.

— Seulement les plus divertissants.

— Noté, dit mon compagnon Faë de la Mort.

Comment un mariage peut-il s'achever par un massacre ? me demandé-je en frissonnant. J'en ai vu quelques-uns dans notre village. C'étaient des cérémonies ennuyeuses que le vicomte supervisait car c'était lui qui bénissait l'union.

Aucun ne s'est terminé dans un bain de sang ou dans la violence.

— Hmm, oui, eh bien, comme je le disais, j'ai rencontré Orcus et Faucheur. Mais je n'ai pas eu le privilège de te rencontrer officiellement (il pose son regard sur Flamme), ni ta belle compagne.

— Flamme, se présente platement mon compagnon Faë Métamorphe. Et *notre* belle compagne est Alina Everheart.

Le roi Caïn acquiesce.

— Pardonne-moi. Je ne m'en suis remis qu'à l'autorité d'Orcus puisqu'il semble vouloir jouer la carte de Dieu aujourd'hui. (Il reporte son attention sur mon Alpha.) C'est le but de cette visite impromptue, n'est-ce pas ? Affirmer ta domination ?

Orcus l'étudie un long moment.

— En fait, non. Nous sommes ici pour nous renseigner sur la sœur d'Alina.

Le roi de la cité des Élites bat des paupières et se tourne vers les princes Strigoï. Ils paraissent aussi surpris que lui.

— Ceci dit, si tu veux que je joue ma *carte de Dieu*, je peux le faire, poursuit Orcus. Mais j'ai l'impression que mes Strigoï sont maintenant *tes* Strigoï – par choix. En ce qui me concerne, ma priorité est leur sécurité. Cependant, si tu préfères que je retourne dans mon royaume pour discuter de leur sort avec mon cousin Morphée, je serai heureux de te rendre ce service.

Ma connexion à l'esprit d'Orcus m'informe de la menace sous-jacente à ses paroles, que j'ai également perçue dans son ton. Il est en mode alpha.

— Je ne crois pas que ce sera nécessaire, dit lentement le roi Caïn.

Son regard s'étrécit d'une manière suggérant qu'Orcus

a touché une corde sensible – et pas celle qu'il aurait dû pincer.

Flamme pose son verre et passe son bras au bas de mon dos en un geste protecteur que Faucheur reproduit de l'autre côté.

— Oh, je savais que ce serait amusant, intervient une voix féminine dans un écran qui apparaît sur le mur adjacent aux fenêtres. Je suis curieuse de savoir qui a la plus grosse… (Elle s'interrompt, esquisse une moue.) En fait, je m'en fiche. Ce qui est une constatation étrange mais rafraîchissante.

La femme brune regarde alors sur le côté, et retrousse aussitôt ses lèvres fardées à ce qu'elle voit hors champ.

— Hélia, dit le roi Caïn d'une voix encore plus grave. Comme c'est gentil de nous interrompre.

Hélia, relevé-je. *Comme… la reine de Monster City.*

Oui, répond Orcus, bien que je n'aie pas besoin de sa confirmation. Je me suis rappelé son nom mentionné lors de discussions précédentes. Mais j'ignorais que c'était à *ça* qu'elle ressemblait. Magnifique. Une peau sombre. De longues jambes. Vêtue seulement d'un peignoir en soie.

Et l'un de mes compagnons l'a rencontrée la semaine dernière.

Je fais la moue. Je n'aime pas du tout ce rappel.

Elle ne fait rien pour moi, Alina, me dit Orcus, son esprit confirmant que c'est la vérité. Mais cela m'apaise à peine, d'autant qu'elle semble étudier chacun de mes compagnons avec intérêt maintenant.

— Ce n'est pas une interruption quand on est invité à rejoindre un appel, mon cher, dit-elle finalement, ses traits frappants plissés par l'hilarité. C'est ce que Bernard a dit, en tout cas. Quelque chose à propos d'un besoin potentiel ?

Le roi Caïn jette un coup d'œil à une porte, les yeux mi-clos.

— Je vois.

— Tout comme ton assistant, reprend-elle. (Ses mots n'ont aucun sens pour moi.) Les corbeaux sont plutôt doués pour ça, il paraît.

— Vous faites bien trop de commérages tous les deux, grommelle le roi Caïn.

— Jaloux qu'il ait découvert mes nouveaux compagnons avant toi ? demande-t-elle, battant des cils avec coquetterie.

— Pas vraiment, non. J'ai été trop occupé pour me soucier d'autre chose que de mon propre compagnon.

La reine Hélia sourit, de fines rides se formant aux coins de ses yeux.

— Sous ton nez depuis tout ce temps.

— Ne commence pas avec moi, rétorque-t-il.

Elle lève les mains.

— Je n'en rêve même pas.

Il y a une note d'humour dans son ton qui fait soupirer le roi Caïn. Il marmonne dans sa barbe quelque chose que je ne saisis pas vraiment, mais elle si sans doute, car elle s'esclaffe. Puis il dit plus fort :

— Orcus aimerait en savoir plus sur la sœur d'Alina. En échange, je crois qu'il propose de laisser mes Strigoï tranquilles. (Il se tourne vers mon Alpha.) Ai-je bien résumé la situation ?

— Tout à fait.

— Génial. Hélia ? l'invite le roi Caïn en arquant un sourcil.

— Pourquoi tu me demandes ? On dirait un arrangement entre vous deux, non ?

— Et pourtant, tu t'es jointe à notre réunion, réplique-t-il.

Elle sourit.

— Oui, et j'ai aussi préparé du pop-corn.

Elle étire ses longues jambes à la peau noire sur sa méridienne, ce qui fait remonter son peignoir sur ses cuisses athlétiques. Le roi de la cité des Élites grimace.

— Je pense que tu trouveras le spectacle plutôt ennuyeux, Hélia. (Il se tourne vers Orcus.) Je suppose que l'humaine vient du même village qu'Alina ?

— Oui, confirme Orcus. Le village de Nightingale.

— Je suis parfaitement au courant.

Vraiment ? songé-je, surprise par son commentaire. Je supposais qu'il n'avait aucune idée de qui j'étais, mais cette affirmation me donne l'impression qu'il en sait peut-être plus que je le croyais.

Le roi Caïn fourre ses mains dans les poches de son pantalon au pli impeccable, ne révélant rien de plus. Il demande simplement :

— Comment s'appelle la sœur ?

— Serapina Everheart, répond Orcus, ce qui me tord désagréablement l'estomac.

Je m'attendais à ce que mon malaise diminue maintenant que je sais que le roi de la cité des Élites a accepté de nous aider à localiser Sera. Mais pour je ne sais quelle raison, je me sens encore plus mal. Comme si mon énergie déclinait à chaque seconde.

Est-ce que tu vas bien ? me demande Flamme mentalement. *Tu es toute pâle.*

Je pense… Je pense que je suis juste bouleversée. Je… je n'ai pas vu ma sœur depuis plus de deux ans. Je croyais ne jamais la revoir. Mais maintenant… Je déglutis. *Maintenant, il y a de l'espoir.*

Cela ne devrait-il pas m'aider à me sentir mieux, et non plus mal ?

— Donnez-moi un instant pour sortir son dossier, dit le roi Caïn en quittant la pièce.

Le prince Cage se racle la gorge.

— Tu pensais vraiment ce que tu as dit ? demande-t-il à Orcus. Que tu ne nous empêcheras pas de rester ici ?

— Je ne vous empêcherai de rien en général, répond mon Alpha. Mais quant à rester ici, tant que c'est un arrangement volontaire et que vous vous sentez en sécurité, je ne me sens pas du tout obligé de faire quoi que ce soit.

— Et à propos de Morphée ? s'enquiert le prince Sabre.

— Je ne peux pas parler en son nom, répond Orcus. Toutefois, je peux essayer de lui parler quand je retournerai dans notre royaume. Mais sachez que je n'ai aucun contrôle sur sa réaction. Je ne peux que formuler des suggestions.

Le prince Cage incline la tête.

— Nous apprécierions beaucoup, Dieu Orcus.

— Tout comme nous apprécions de nous avoir aidés à organiser cette rencontre si rapidement, prince Cage, répond Orcus d'un ton réfléchi.

Les Faë du Mythe n'ont pas à remercier qui que ce soit pour quoi que ce soit, mais Orcus fait preuve de respect en exprimant sa gratitude. Être connectée à son esprit m'apporte beaucoup plus de connaissances et m'offre un aperçu de la mentalité des Faë. C'est un monde… déroutant. Mais je suis impatiente de mieux le connaître.

— On n'avait pas vraiment le choix, remarque le prince Sabre avec un sourire en coin. Faucheur nous a dit de programmer la rencontre, sinon nous serions renvoyés dans l'Au-delà.

— Je crois que j'ai employé le mot *pourrait* quelque part dans cette phrase, intervient Faucheur près de moi, son amusement réchauffant notre lien. Ce n'est pas ma faute si tu as pris ma demande pour une exigence.

— Tes premiers mots concernaient la facilité avec

laquelle tu entrais dans nos chambres sans prévenir, grogne le prince Cage.

Faucheur hausse les épaules.

— C'était juste un commentaire en passant sur le manque de sécurité dans cette tour.

— Et puis tu as dit qu'Orcus n'aurait aucun mal à se téléporter dans nos chambres lui aussi, poursuit le prince Cage.

— Eh bien, oui. J'étais en train de déterminer la logistique de notre rencontre. (Faucheur affiche un sourire tout en dents.) Je ne te fais pas peur, Cage, dis-moi ?

Ses tatouages bougent le long de ses bras nus, la menace contrastant fortement avec le ton innocent de sa question.

— Arrête de flirter avec les Strigoï, intervient Flamme. Tu es un Faë accouplé maintenant.

Il serre ma taille, ce qui me fait glousser. C'est une agréable échappatoire aux nausées qui me brassent les entrailles.

— C'est une bonne chose qu'Alina ait trois compagnons, répond sèchement Faucheur. Parce que si tu crois que c'est du flirt, alors notre fille aura besoin de moi et d'Orcus pour lui montrer le contraire.

— Je suis plus que capable de faire plaisir à notre compagne, grogne Flamme.

— Faire plaisir et flirter sont deux choses totalement diff–

— Voilà, l'interrompt le roi Caïn en rentrant dans la pièce, muni d'une sorte d'appareil de poche. Hélia, je vais diviser ton écran.

La femme dans l'écran s'assoit sur sa méridienne, et la lumière provoque une sorte d'éclat violet sur sa peau noire. *Ou est-ce la couleur réelle de sa peau ?* me demandé-je, admirant la nuance violette. Mais ce miroitement disparaît quand son image est décalée sur un côté, réduite maintenant qu'un document occupe le reste de l'espace.

— Serapina Everheart, dit le roi Caïn. Elle a été sélectionnée comme Offrande il y a deux ans, mais elle est allée au complexe Nightingale, pas à la Nuit des Monstres.

Le complexe Nightingale ? me répété-je dans ma tête. *Qu'est-ce que c'est ?*

— Le centre d'élevage, dit Orcus, comme une affirmation et non une question.

Élevage. Mon estomac se tord violemment. *Qu'est-ce que... ? Qu'est-ce que ça veut dire ? Élevée par des monstres ?*

Élevée pour *les monstres,* me répond mentalement Orcus d'un ton sombre. *Le complexe Nightingale est l'endroit où vont les humains pour procréer.*

CHAPITRE TRENTE-SEPT

ALINA

— Oui, le centre d'élevage, confirme le roi Caïn. Cette année-là, il y a eu douze Offrandes en provenance du village de Nightingale. Seules deux d'entre elles sont allées à la Nuit des Monstres. Les autres ont été envoyées au complexe pour créer des compagnes et compagnons plus idéaux.

Le roi Caïn clique sur son petit appareil, ce qui fait apparaître d'autres informations. Mais je suis trop perdue dans ses déclarations – ainsi que dans les commentaires mentaux d'Orcus – pour lire les mots sur l'écran.

Ma sœur est allée dans un centre d'élevage ? Pour créer... créer plus... d'Offrandes potentielles. Est-ce que... est-ce que c'est aussi grave que je le pense ? m'inquiété-je, me sentant malade à crever.

Flamme enroule son bras autour de moi, et sa voix soudain dans ma tête me dit que ça va aller. Mais ça ne va pas du tout.

Ma sœur... Mais comment... ? Comment a-t-elle... ? Je ne comprends pas. Ça n'a aucun sens. Je... Je...

— En effet, c'est là qu'Alina et sa sœur ont aussi été

fabriquées, dit le roi Caïn. (Entendre mon nom me ramène à la discussion.) Elles ont été placées chez des humains du village pour être élevées avec plus de soin, car leur génétique les désignait comme des Offrandes idéales.

— C'est ce dont je te parlais la semaine dernière avec le programme de placement : les Offrandes idéales sont confiées à certains humains pour être éduquées, ajoute la reine Hélia. Ces humains sont récompensés de leurs efforts par la suite en se voyant accorder un accès à la cité des Élites.

— Oui, il semble que c'est ce qui s'est passé avec les tuteurs d'Alina.

Une autre fenêtre s'affiche qui montre mes parents. Sauf que… sauf qu'ils disent que ce ne sont pas mes vrais parents, mais mes *tuteurs*.

— Leur mort au village est survenue il y a un peu plus de dix ans. Ils vivent désormais ici, en ville.

L'image les montre dans une sorte de patio, vêtus d'une tenue similaire à celles de la Nuit des Monstres.

—Je vois.

Le ton d'Orcus ne trahit rien, mais je le sens dans mon esprit, caressant mes pensées et évaluant mon état émotionnel. Je n'ai aucune idée de ce qu'il trouve en moi parce que je ne sais pas ce que je ressens.

Des vertiges ? Oui. Des nausées ? Oui aussi. De la confusion ? Assurément. De la colère ? Un peu. Ou peut-être… peut-être *beaucoup*.

Mes parents ont simulé leur mort ? Je n'avais même pas dix ans quand ils sont morts. Serapina n'en avait que huit.

— Comme je te l'ai dit, nous ne gouvernons pas les villages. Ce sont les familles Élites qui s'en chargent, murmure la reine Hélia. Que nous soyons d'accord ou non avec cette pratique est hors de propos. Mais je dirais qu'elle a bien fonctionné, comme en témoigne ton accouplement avec Alina Everheart.

Orcus ne dit rien. Cependant, je l'entends concéder ce point dans son esprit. Mais il déteste être d'accord, car rien de tout cela ne lui paraît juste.

Et pas seulement parce que je commence à crier dans ma tête l'injustice de cette folie.

J'ai été créée dans un complexe. Mes parents sont vivants... et ce ne sont pas mes vrais parents. Sera se trouve maintenant dans le même complexe. Pour y être élevée. Et créer... plus de compagnons idéaux.

Faë, je vais être malade. C'est trop. Trop accablant.

— Si elle est dans le complexe, comment a-t-elle passé un mot à Alina ? demande Faucheur. (Sa question me fige.) J'ai supposé qu'elle avait des compagnons qui ont réussi à le glisser par magie dans la chambre d'Alina. Mais on dirait que ce n'est pas du tout le cas.

— Quel mot ? s'enquiert la reine Hélia, ce qui me noue encore plus l'estomac.

Flamme me serre plus fort. *Tout va bien, petite panthère. Il nous faut ces informations pour retrouver ta sœur. Il y a quelque chose qui ne va pas.*

Bien que je sois d'accord avec lui, je... je ne me sens toujours pas bien. Le monde commence à tournoyer autour de moi. Tout est sens dessus-dessous. *Je...*

La voix de Faucheur qui répète le mot de ma sœur interrompt mes pensées. Mais tout ce que j'entends, c'est la voix de Sera dans ma tête.

Il y a une cité des Élites. Trouve une ancienne carte, Lina. Cherche Chicago. Je t'attendrai.

— C'est comme ça que ta compagne a su pour Chicago, relève la reine Hélia.

— Oui, répond platement Orcus.

— Mais ça n'a aucun sens.

La déclaration de la reine Hélia est celle que je me

répète mentalement depuis ce qui me paraît des heures, mais n'a duré en réalité que quelques minutes.

Ce n'est pas non plus la même chose. Parce qu'elle parle de la note et que je pense à toute cette situation.

— Il est non seulement impossible que Serapina ait transmis ce mot, mais il n'a pas non plus d'objectif logique, poursuit la reine Hélia. Alina n'aurait pas pu se rendre à la cité des Élites, même si elle avait trouvé une carte portant l'ancien nom de Chicago.

— Si une telle carte existe, marmonne le roi Caïn. Je n'ai pas entendu ce nom depuis plus de trois siècles.

— Exactement, opine la reine Hélia. Alors à quelles fins servait cette note ?

— Nous avons d'abord supposé que c'était pour inciter Alina à se rebeller, afin d'obtenir plus d'inscriptions dans le pool de sélection des Offrandes, explique Orcus. Mais je commence à comprendre que ça ne peut pas être la raison, parce qu'on dirait que tous les humains sont sélectionnés sur des bases génétiques, et non par tirage au sort.

— C'est exact. Le duc Nightingale choisit toujours les Offrandes avant la cérémonie, répond la reine Hélia.

Ses paroles me font l'effet d'un coup de poing dans le ventre. Car elles signifient que je n'ai pas été choisie au hasard. J'ai été choisie à dessein.

Et ma sœur aussi.

— Le Jour du Choix n'est qu'une occasion pour le vicomte du village d'affirmer son autorité et d'inspirer la peur, ajoute le roi Caïn. L'un des anciens ducs Nightingale pensait que la peur était une excellente motivation pour s'assurer que les villageois coopèrent et restent obéissants.

— Encore une fois, ça marche, dit la reine Hélia. Que nous soyons d'accord ou non…

— Est hors de propos, achève Orcus à sa place. Oui, j'ai bien compris que tu ne te soucies pas vraiment de la façon dont les humains se traitent les uns les autres dans ce royaume. C'est un excellent moyen d'ignorer ta responsabilité en tant qu'espèce supérieure.

La reine Hélia fronce les sourcils.

— Nous choisissons de ne pas interférer avec le destin.

— Pourtant, tu profites de ce destin et tu récompenses les humains responsables de fournir ledit destin, réplique Orcus. Mais je ne suis pas ici pour une leçon de morale sur le bien et le mal. Nous sommes ici pour notre compagne et sa sœur. Tu as indiqué que Serapina se trouvait dans le complexe Nightingale. Je sais que c'est près d'ici. Où est-ce exactement ?

Le roi Caïn et la reine Hélia gardent le silence.

— Si vous me dites qu'on ne peut pas s'immiscer dans le processus de reproduction de Nightingale, alors je suppose qu'on va entamer une conversation sur l'éthique morale, reprend Orcus. Et en tant que Dieu, je gagnerai cette discussion.

Son esprit me dit que *conversation* et *discussion* ne signifient pas *parler*. C'est une question de *pouvoir*. Il se battra pour la liberté de ma sœur parce que c'est la bonne chose à faire. Et il détruira beaucoup d'infrastructures pour faire place à cette bataille.

Pour moi, m'émerveillé-je. *Il dit qu'il détruira ce monde… pour moi.*

C'est… une prise de conscience grisante, qui fait manquer plusieurs battements à mon cœur. Car Orcus pourrait mettre sa menace à exécution, et il le fera si la reine Hélia et le roi Caïn ne se mettent pas à parler bientôt.

L'esprit de Faucheur me dit qu'il est plus que prêt à voir Orcus en action, et qu'il se prépare à se battre à ses côtés.

Tandis que Flamme a déjà décidé qu'il se transformera

pour me protéger pendant que les deux autres iront au combat.

Ces Faë… ils sont tout. *Mon* tout.

Le roi Caïn crispe sa mâchoire, et son regard croise celui de la reine Hélia sur l'écran. Puis il fait apparaître une autre fenêtre avec le nom de ma sœur inscrit en haut.

Serapina Everheart.

Complexe Nightingale.

Deuxième étage.

Chambre 37.

Marqueurs génétiques…

Je parcours une série de codes qui n'ont aucun sens, et pose mon regard sur la photo en dessous.

Je cligne des yeux. Puis fronce les sourcils en voyant la rousse aux yeux noisette à l'écran.

— Ce n'est pas ma sœur, lâché-je, interrompant ce que le roi Caïn était en train de dire – quelque chose à propos de la nécessité d'accompagner Orcus pour en savoir plus sur la note.

Mais je me fiche de ce qu'il veut dire ou sous-entendre. Je me fiche aussi des convenances de la conversation. Parce que cette femme n'est pas ma sœur.

— C'est bien son nom. Mais si c'est censé être une photo d'elle, alors ce n'est pas le dossier de Sera parce que ce n'est pas ma sœur.

J'imagine ma sœur dans mon esprit, j'essaie de montrer à mes compagnons à quoi elle ressemble. Il faut qu'ils m'entendent, qu'ils comprennent que cette femme n'est pas Serapina.

— Elle est… elle n'est pas ma sœur, répété-je, encore plus étourdie.

Le monde se brouille devant mes yeux tandis que j'imagine Sera. Ses cheveux blonds. Ses yeux bleu vif. Son sourire doux. Sa petite taille semblable à la mienne.

Je ferme les yeux, je veux qu'elle existe.

— Alina, l'entends-je prononcer.

Tout cela est tellement réel. Comme si elle se tenait juste à côté de moi.

Je soupire, exaspérée que mes compagnons ne m'aient pas répondu. Et irritée par l'écran qui affiche une autre femme.

En fait, non, je suis furieuse.

Toutes ces informations. Tous ces mensonges sur le Jour du Choix, le stress inutile de la cérémonie, le fait que mes parents ne sont pas vraiment mes parents, qu'ils ont simulé leur mort et m'ont laissé faire mon deuil avec Sera.

Pour créer des compagnons monstrueux.

Tout… *tout* est pour la Nuit des Monstres.

Ce monde… c'est un endroit horrible. Je veux le quitter. Que mes compagnons m'emmènent dans leur monde d'origine, où les humains ne sont pas soumis à des destins aussi hideux.

Mais je dois d'abord retrouver ma sœur. Et pour cela, il faut que j'ouvre les yeux et que je m'engage à nouveau dans cette conversation. Pour exiger que ce *roi Caïn* me dise où trouver Serapina.

Je redresse le dos, ouvre la bouche pour donner un ordre et bats des paupières. Mais cet ordre meurt en un instant alors que je fixe les yeux familiers de ma sœur.

Elle me regarde bouche bée. Je lui rends la pareille.

— Es-tu réelle ? murmure-t-elle.

— Quoi ?

Je jette un coup d'œil circulaire au jardin où nous semblons nous trouver. *Suis-je tombée et me suis-je cogné la tête ?* m'étonné-je. *Comment… ?*

— Alina, dit-elle. (Ça me fait réaliser que je l'ai déjà entendue prononcer mon nom. Parce qu'elle se tenait vraiment à mes côtés.) Tu es réelle ?

— Oui, lui réponds-je. Je… je pense que oui ?

À moins que ce ne soit qu'un rêve. *Un rêve très réaliste et très perturbant.*

Sera fait un pas timide en avant, lève la main pour effleurer mon bras. Lorsque sa paume entre en contact avec ma peau, ses yeux s'écarquillent.

— Oh mes monstres, souffle-t-elle en me tirant vers elle. Tu es là. Tu es vraiment là !

Soudain, elle me serre dans ses bras, m'étreint d'une force qui ne peut pas être un rêve. Parce que je la *ressens.*

— Sera… murmuré-je, les yeux clos.

— Lina, murmure-t-elle en réponse, me serrant plus fort.

Je l'embrasse à mon tour, ravie de la sentir à nouveau dans mes bras.

Ma sœur. Ma famille. Ma *Sera.*

Mais quelque chose… quelque chose ne va pas.

C'est une démangeaison dans mon esprit qui m'empêche de profiter pleinement du moment présent. *Il me manque quelque chose.*

Non, pas quelque chose. *Quelqu'un.*

Mes compagnons. Je rouvre les yeux. Les cheveux clairs de ma sœur se fondent dans le jardin qui nous entoure. *Je ne sens pas mes compagnons…*

CHAPITRE TRENTE-HUIT

FAUCHEUR

C'EST QUOI CE BORDEL ?

Alina était juste à côté de moi. Ma main était posée au bas de son dos. Et maintenant… maintenant elle a disparu. Évaporée. Nulle part en vue ni *sentie*.

Je tourne en rond à sa recherche, tandis que le grondement d'Orcus fait trembler toute cette foutue tour. Son angoisse est un coup de poing au cœur dont je n'ai pas besoin en ce moment, alors qu'Alina vient de l'écraser en disparaissant.

Où es-tu, ma chérie ? Mon âme menace de tuer tout le monde dans ce royaume pour la retrouver.

Flamme est tout aussi furieux près de moi – juste là où se tenait notre compagne –, sa bête est positivement féroce.

Je suis à peine conscient des alarmes qui retentissent au-dessus de ma tête. Tout comme je remarque à peine que la reine de Monster City est sortie de l'écran et est entrée dans la pièce.

C'est le chaos. Tout le monde crie.

La veste en cuir et la chemise d'Orcus gisent par terre en lambeaux, ses ailes ayant explosé dans son dos.

Flamme est sur le point d'arracher également ses vêtements pour révéler sa bête.

Et moi… je fais tourner une lame, tout en me concentrant sur notre compagne. Son essence. Je peux encore la sentir. *Ces délicieuses fraises…* C'est un fil dans l'air que je suis avec mon âme, ce qui me rend incorporel tandis que j'erre sur le plan entre la vie et la mort.

Où es-tu, ma chérie ? me demandé-je de nouveau.

Elle est toujours dans cette dimension. Ce *monde.*

Je flotte dans la pièce, tapi dans les ombres, le couteau encore en main, totalement consumé par la présence persistante de ma compagne.

Elle n'est pas dans cette tour. Elle n'est pas non plus en ville. Mais une bribe d'elle demeure, reliée à un toron enduit d'une magie unique. Je penche la tête sur le côté en m'agenouillant pour inspecter l'étrange sort en forme de corde. Il est éthéré, comme moi. Mais il n'est certainement pas de la nature des Faë de la Mort.

La magie des Faë du Mythe, réalisé-je en reconnaissant l'indice d'un enchantement d'apparition. Elle est similaire à la magie des portails d'Orcus, bien qu'elle soit très spécifique. Elle est conçue pour atteindre certains esprits. *Comme les esprits d'Omégas.*

Je plisse les yeux. *Qu'est-ce que tu es ?* Je tends la main pour tirer sur la corde, mais celle-ci zappe mon esprit et me repousse contre un mur proche, provoquant une fissure.

Non, pas un mur. Une fenêtre.

Et je suis de retour dans mon corps.

Flamme grogne, sa bête déchiquette son jean et son t-shirt tandis qu'il se transforme en jaguar. Le Strigoï à côté de moi – Cage – se retrouve coincé sous ses griffes massives.

Sabre s'élance, prêt à arracher le Faë Métamorphe à

son amant, mais je m'interpose, l'empêchant de commettre une erreur fatale.

— *Stop !* crié-je.

Mes mèches mortelles jaillissent de ma peau et s'enroulent autour de tous ceux qui sont près de moi, Flamme y compris.

Ses rugissements éclatent en réaction. Auxquels je réponds par un grondement en *serrant*.

— Tout le monde *s'arrête.*

Quelques-uns obéissent.

Mais Orcus... il a des vues sur Hélia et Caïn, ses yeux rouges et ses ailes déployées me disent qu'il est sur le point de commettre de sérieux dégâts. Il se fiche qu'ils soient eux-mêmes royaux ou puissants. Il est un Dieu, et il va leur montrer ce que ça signifie.

Alors je fais la seule chose qui me vient en tête et je crie :

— *Monstre !*

Il se fige, le mot de sécurité ayant été gravé dans son esprit par notre compagne. Son côté alpha sait ce que ça veut dire. Il sait qu'il ne veut pas l'entendre. Il sait que c'est *important.* Et c'est juste assez pour qu'il se fige et me regarde.

— La magie est celle des Faë du Mythe, lui dis-je. Je peux la voir dans le plan intermédiaire. Et elle vient d'essayer de me jeter par cette putain de fenêtre.

Il me fait face.

— Explique-toi.

— J'aimerais bien. Mais Alina est ici quelque part. Dans ce monde. Je peux la sentir.

— Pas moi, grince-t-il entre ses dents. C'est comme lorsque les Omégas ont disparu la première fois.

— Quoi que ce soit, c'est lié aux Faë du Mythe. (J'en

LEXI C. FOSS

suis sûr maintenant.) J'ai besoin que tout le monde se calme pour que je puisse me concentrer.

Je n'attends pas leur accord, je m'éclipse à nouveau de l'existence et me mets en chasse.

Alina n'a disparu que depuis deux ou trois minutes, même si j'ai l'impression que ça fait plus longtemps à cause de toutes les émotions des autres. Mais mon âme comprend mieux les lignes temporelles que la plupart des gens.

Tout est une question de temps. La vie. La mort. La vie après la mort. La renaissance. C'est un cycle auquel je suis *très* sensible.

Les âmes sont ma raison d'être, dans laquelle je puise maintenant pour traquer de nouveau l'essence d'Alina. Elle a presque entièrement disparu, mais cette étrange magie plane toujours dans l'entre-deux. S'attarde. Attend. *Observe.*

C'est une incantation bizarre, qui est là depuis très longtemps.

C'est clairement de la magie d'apparition, décidé-je en m'approchant prudemment du subtil chatoiement. Je n'aurais même pas remarqué son existence s'il n'avait pas caressé les restes de l'esprit d'Alina. Mais maintenant que je l'ai senti, je peux capter le bourdonnement de l'énergie étrangère partout dans cette pièce.

Non, réalisé-je en m'éclipsant dans la rue. *Elle est partout dans cette ville.*

Soucieux, je me rends à la cabane qu'Orcus a construite et j'étudie une fois de plus l'entre-deux.

Rien. Pas d'impression bizarre d'être observé. Pas de sensation d'attardement. Juste… de l'air pur et l'effluve de notre nid. L'essence d'Orcus réside également ici, sa création ayant nécessité beaucoup de magie d'apparition. Mais celle-ci paraît nouvelle. Puissante. *Masculine.*

Je retourne à la tour et fronce le nez en inhalant l'ancien sortilège qui entache le plan intermédiaire. Il n'est pas impressionnant. Pas nouveau. Et certainement pas masculin.

Alors, qui a mis ça ici ? m'étonné-je. *Et quand ?*

Parce que nos mondes ne se sont jamais croisés, mais les éléments d'apparition sont clairs dans la façon dont le sort paraît bouger. Très peu d'êtres peuvent créer une telle puissance.

À moins qu'il n'y ait quelqu'un ou quelque chose dans ce royaume qui soit plus fort qu'un Faë du Mythe.

Je me réincorpore, prêt à interroger le roi et la reine sur les autres entités, mais je fais halte quand je les vois tous fixer l'écran, où passe une sorte de vidéo.

Orcus est le plus proche, ses ailes repliées dans son dos, les bras croisés. Flamme est à côté de lui, une serviette autour de la taille – qui, je suppose, lui a été donnée lorsqu'il a repris sa forme humaine. Sabre, Cage et Caïn se trouvent tous à l'autre bout de la pièce, et Caïn tient une télécommande. Hélia est entre eux au milieu de la pièce, ses yeux sombres scrutant l'écran.

— Ça date de la nuit où Serapina Everheart est arrivée au complexe, m'informe Hélia, qui a dû sentir ma réapparition.

Je ne sais pas trop ce qu'elle est, mais du pouvoir émane d'elle. Toutefois, il n'est pas aussi puissant que l'aura d'Orcus. Donc elle ne peut pas être à l'origine du sort d'apparition. Mais elle pourrait nous aider à découvrir qui est derrière tout ça. Car je soupçonne que cette incantation persistante a tout à voir avec la disparition de notre fille.

— Tous les complexes sont sous surveillance, précise-t-elle. Les trains aussi.

— En quoi c'est important ? demandé-je, ne sachant

trop pourquoi nous regardons quelque chose qui s'est passé il y a deux ans.

— Je veux voir quelle version de Serapina est arrivée au complexe, répond Orcus sans me regarder. Alina a dit que la photo du dossier n'était pas celle de sa sœur. Alors quand l'échange s'est-il produit ? Et est-ce que c'est lié à ce qui vient de se passer ?

Je disparais pendant cinq minutes et l'Alpha a repris son self-control. C'est impressionnant, compte tenu des circonstances. Mais c'est aussi tout Orcus. Il est à la fois furieux et dévasté. Et ces deux émotions mènent à un résultat primordial : la détermination.

Je comprends cette réaction parce que je ressens la même chose, et je suis sûr que c'est aussi le cas de Flamme.

— C'est le fils du duc Nightingale sur l'estrade, dit Caïn entre ses dents serrées, l'aversion qu'il éprouve pour cet homme transparaissant dans son ton. Il a dirigé le complexe Nightingale.

— A dirigé ? relève Flamme.

— Il a été récemment démis de ses fonctions.

C'est une affirmation catégorique, qui me fait hausser un sourcil.

— Donc il ne sera pas joignable pour une discussion si on a besoin de lui poser des questions ? demandé-je.

— Quelque chose comme ça, marmonne Cage, aussi répugné par ce type que Caïn.

Il n'y a qu'une seule raison pour que ces deux hommes qui se connaissent à peine puissent considérer ce *fils de duc* comme un ennemi : il a blessé leur compagnon. Je ne cherche pas à savoir les détails. Ils ont manifestement réglé le problème.

Et j'ai une tâche bien plus importante à accomplir maintenant : retrouver Alina.

Mais je suis d'accord avec Orcus que cette information pourrait être utile, si les deux sont liées.

L'énergie mystique est-elle là aussi ? songé-je en regardant les portes du train s'ouvrir juste devant les grilles de l'enceinte. *Est-ce que le toron magique a fait quelque chose à Serapina également ? L'a-t-elle fait disparaître peu après son arrivée ?*

Je vais pour demander des prises de vues à l'intérieur de l'enceinte – la disparition d'Alina n'a pas été immédiate, ce qui laisse supposer que celle de Serapina ne l'a pas été non plus – quand un groupe d'humaines descend du train. Aucune d'elles n'est la femme que j'ai vue dépeinte dans l'esprit d'Alina, mais je reconnais immédiatement celle de la photo.

— Elle a été échangée avant son arrivée, remarque Orcus, exprimant les mêmes mots que ceux qui se forment dans mon esprit. Qui avait autorité sur ce train ?

Caïn ne répond pas de suite, concentré sur l'écran où il fait apparaître d'anciens enregistrements de trains et d'itinéraires.

— Tous les humains sélectionnés le Jour du Choix au village de Nightingale prennent le train pour Monster City, mais ils sont séparés très tôt afin que les Offrandes officielles puissent être correctement toilettées.

Flamme grogne à ce terme, sa version du *toilettage* étant sans doute différente de celle de Caïn.

Mais le roi de la cité des Élites n'émet aucun commentaire. Il continue simplement à parcourir les dossiers tout en expliquant le fonctionnement des trains à grande vitesse dans cette région. Je me fiche pas mal du nombre d'arrêts qu'ils font ou du fait qu'il y a plus d'une douzaine de lignes qui desservent divers villages entre ici et Monster City.

— Il n'y a qu'une seule ligne qui n'a pas d'arrêt entre les deux villes, explique-t-il. Ce qui veut dire que tous les autres doivent repartir comme ils sont venus, en passant chacun par leurs villages respectifs.

— Serapina est donc allée jusqu'à Monster City mais n'a pas participé à la Nuit des Monstres. Ensuite, elle est retournée jusqu'à son village et, au-delà, jusqu'à Chicago, répète Orcus, appliquant l'explication de Caïn au mystère qui nous occupe.

— Est-il possible qu'un surnaturel l'ait enlevée alors qu'elle se trouvait à Monster City ? demande Flamme.

Je croise les bras en attendant la réponse.

— Non. (Elle vient d'Hélia.) Je l'aurais senti.

Je dévisage la femme avec intérêt.

— Comment ?

Elle hausse les épaules.

— C'est une conversation pour un autre jour. Ça m'intéresse plus de voir les images du Jour du Choix. Est-elle au moins montée dans le train ?

Caïn se sert de son appareil pour faire glisser les itinéraires des trains sur le côté et commence à chercher dans une archive des cérémonies du Choix.

Mon regard est aussitôt attiré par la silhouette d'Alina dans la foule. Elle a beau être couverte d'un voile, je la reconnais au premier coup d'œil. Et ce ne sont pas seulement ses courbes que je reconnais, mais elle-même.

Elle reste totalement immobile pendant qu'une femme portant une robe de mariée similaire s'approche de la scène. Ses cheveux blonds ne correspondent pas du tout à la rousse sur cette photo. Nous observons tous qu'elle est finalement escortée jusqu'au train, tout comme Alina a dû l'être il y a quelques semaines.

Un homme aristocratique – que je reconnais comme étant celui de la semaine dernière – attend dans le train et sélectionne deux numéros qui correspondent à des humains, car des hommes en tenue militaire entièrement blanche s'avancent pour emmener les deux dans une autre partie du train. Puis les autres humains sont envoyés dans un endroit comportant une douche commune et pas grand-chose d'autre.

Caïn fait une avance rapide sur Serapina qui retire enfin son voile : elle ressemble au visage que j'ai vu dans l'esprit d'Alina. Il met l'image en pause et regarde Orcus.

— Voilà sa sœur, dit ce dernier. Que se passe-t-il ensuite ?

— Elle va prendre une douche puis sera escortée jusqu'à la soute, explique Caïn. Malheureusement, cette zone n'est généralement pas couverte par des systèmes de surveillance. Nous comptons sur les Protecteurs du village pour garder la cargaison.

— Tu veux dire que tu comptes sur les humains pour agir humainement lorsqu'on leur donne du pouvoir sur d'autres personnes de leur espèce, le corrige Orcus. Parce qu'il a été prouvé que ça fonctionnait très bien pour toi.

— Nous n'intervenons pas…

— Hélia, je n'ai pas envie de débattre de morale ou d'entendre des excuses, la coupe Orcus. Je veux juste savoir qui avait accès à cette *cargaison* afin de découvrir comment et quand Serapina a été échangée. Ça nous aidera à déterminer où elle se trouve maintenant. Parce que celui qui la détient pourrait bien détenir Alina.

Je suis d'accord avec son plan. Cependant…

— Avant d'aborder l'identité des personnes à bord du train, je veux savoir précisément où ce train s'arrête, dis-je. Et où se trouve le complexe Nightingale.

Car je veux voir si cette essence magique hante l'un ou l'autre de ces endroits. Si c'est le cas, il est tout à fait possible que personne dans ce train n'ait échangé Serapina. Ce serait plutôt un être au pouvoir similaire à celui d'un Faë du Mythe qui l'aurait fait.

Et cet être a probablement notre mignonne. Ou, à tout le moins, il nous donnera une bonne piste sur l'endroit où elle pourrait se trouver.

Orcus se renfrogne à ma demande mais dit :

— Donnez-lui ce qu'il demande. Mais je veux toujours cette liste de noms.

— Ce serait plus rapide si tu parlais directement au vicomte de Nightingale, suggère Hélia d'un ton neutre. C'est lui qui engage tous les Protecteurs du village. Il saura qui était dans ce train. Bon sang, il pourrait même être responsable de l'échange. C'est lui qui a envoyé Timothy à la recherche d'Alina, n'est-ce pas ?

Je me redresse à la mention de l'âme sombre que j'ai laissée à Monster City.

— Je vais interroger Timothy, décidé-je. Il faut que je passe à la tour de toute façon.

Car je veux voir si ce fil mystique se trouve aussi à Monster City.

Orcus acquiesce.

— Quand ils t'auront dit ce que tu veux savoir, va faire ce que tu sais faire le mieux. Si l'humain n'a aucune valeur pour nous, achève-le. (Il reporte son attention sur Hélia, puis sur Caïn.) Maintenant, lequel de vous deux peut me présenter à ce *vicomte ?*

CHAPITRE TRENTE-NEUF
ALINA

Où sommes-nous ? m'étonné-je, regardant autour de moi dans le jardin. *Pourquoi je n'entends pas mes compagnons ?*

C'est comme si j'étais dans une bulle. *Une bulle très colorée, pleine de fleurs et de vie.* Le soleil est chaud au-dessus de ma tête, ce qui me trouble d'autant plus qu'il faisait nuit dans la cité des Élites.

— Je n'arrive pas à croire que tu es là, dit ma sœur en se dégageant de notre étreinte. *Comment* es-tu ici ?

— Où on est ?

Elle fronce les sourcils.

— On est dans les jardins de Déméter.

Je bats des paupières.

— Les jardins de qui ?

— Le mien, dit une voix féminine à ma gauche.

Une femme aux cheveux blond pâle, vêtue de blanc, glisse vers nous. *Glisse* littéralement, comme si elle flottait dans l'air. Elle ne marche pas du tout. Ses pieds sont à quelques centimètres du sol et ses jambes ne bougent pas.

— Bonjour, Alina, me salue la femme en écartant les bras. Comme c'est gentil à toi de te joindre enfin à nous.

Je lève les yeux sur elle, parce qu'elle est grande, de la taille d'Orcus.

— Excuse-moi, tu m'attendais ?

— Oui. Depuis un certain temps déjà. Mais le duc et ces idiots de Protecteurs du village m'ont laissée tomber. (Elle lève les yeux au ciel.) Les hommes sont frustrants, comme on peut s'y attendre.

Ses pieds touchent le sol devant nous, sa main caresse une fleur proche.

— Mais tout s'est arrangé finalement. (Elle sourit.) Je savais que tu comprendrais et que tu suivrais le mot. Il te fallait juste un petit coup de pouce pour attirer l'attention du duc pour le processus de sélection. Bien sûr, tu as un peu trop bien réussi puisqu'il t'a envoyée à la Nuit des Monstres. Mais bon, ce n'est pas grave. Parce que maintenant… tu es là.

— C'est toi qui as envoyé le mot ? demandé-je, perplexe. Je croyais que c'était Serapina qui l'avait écrit.

— C'est bien elle, répond Déméter. Mais c'est moi qui l'ai glissé dans ta chambre.

— Oh. (Je déglutis.) Et tu as fait ça pour que le duc me choisisse comme Offrande. (Ce n'est pas une question puisqu'elle l'a déjà énoncé, mais j'avais besoin de le répéter à voix haute.) Parce que tu voulais que je vienne ici, ajouté-je lentement. Pourquoi ?

— Pour te cacher, bien sûr. (Elle renverse la tête en arrière en soupirant, le soleil illuminant ses traits surnaturels.) C'est très frustrant, honnêtement. Vos enveloppes mortelles, je veux dire. Vous mourez toutes si vite, ce qui m'oblige à recommencer la chasse. Ensuite, je dois endosser des rôles désagréables pour vous retrouver.

Je jette un coup d'œil à ma sœur, curieuse de savoir si elle a la moindre idée de ce que cette femme raconte. Mais elle a cette expression rêveuse sur ses traits, comme si elle n'écoutait même pas, contemplant les fleurs à notre droite.

Je fronce les sourcils lorsqu'elle s'agenouille pour cueillir un pétale flétri qu'elle entreprend d'enterrer.

— Je suis sûre que Perséphone serait ravie de te présenter ta nouvelle vie ici, dit la femme pas très saine d'esprit. N'est-ce pas, mon amour ?

— Oui, Mère, répond ma sœur, ce qui fait froncer encore plus les sourcils.

Perséphone ? Mère ? Qu'est-ce qui se passe, bon sang ?

— Excellent, approuve Déméter en joignant ses mains. Montre-lui aussi comment fabriquer un lit de fleurs. Je suis sûre qu'elle voudra bientôt se reposer. (Ses yeux bleu vif croisent les miens, un scintillement dans leur profondeur.) Bienvenue à la maison, ma chérie. Que ton âme soit à nouveau en paix.

Elle attrape mon bras pour le serrer, et je fais presque un pas en arrière, mais un choc nous traverse tous les deux et la fait s'écarter en trébuchant, les yeux écarquillés.

— Ce n'est pas possible, souffle-t-elle. (Elle regarde sa main puis revient vers moi.) *Ce n'est pas possible.*

Elle s'élance pour me saisir de nouveau, mais il se produit la même chose et elle pousse un cri de rage.

Serapina saute aussitôt sur ses pieds, l'air plus du tout rêveur.

— Non, dit Déméter, baissant les yeux sur mon ventre. *Non !*

Elle se précipite vers moi, mais ma sœur s'interpose entre nous. Déméter pousse un nouveau cri et le sol se met à trembler.

Qu'est-ce que…

Un grand *boum* retentit au-dessus et le ciel *se fissure*. Je le regarde bouche bée, puis m'écarte d'un bond quand un éclat de ce qui ressemble à du verre tombe des hauteurs.

— Alina ! hurle Serapina.

Elle file dans l'autre sens, levant le bras pour se protéger alors que d'autres morceaux du ciel chutent tout autour de nous. Je contourne un massif et cours vers elle, puis la tire derrière un arbre tandis que les cris stridents de Déméter résonnent autour de nous. Elle a disparu, mais je la *sens* aussi bien que je l'entends.

— Mais qu'est-ce qui se passe, bordel ?! insisté-je.

— Je ne sais pas ! crie ma sœur. Je…

Le chemin où nous étions il y a quelques instants à peine se déchire, nous faisant toutes deux bondir en arrière. Le monde tremble autour de nous. Les fleurs meurent. Le ciel s'effondre. Les arbres changent de couleur et de forme.

Est-ce un cauchemar ? m'affolé-je, tournant en rond dans cette confusion. *Ça paraît si réel.*

Mais rien de tout cela ne devrait être possible.

L'obscurité tombe quand le soleil disparaît du ciel, la végétation devient noire. Serapina s'accroche à moi tandis que d'autres hurlent au loin. Je ne sais pas qui ni où ils sont, mais leur terreur me transperce le cœur.

Où suis-je ? Que se passe-t-il ?

Alina ? La voix d'Orcus dans ma tête me fait ciller. *Alina, où es-tu, putain ?*

Alina ! appellent en même temps Faucheur et Flamme. *Où es-tu, ma chérie ?* s'enquiert Faucheur tandis que Flamme demande : *Tu vas bien, petite panthère ?*

Je… je ne sais pas, réponds-je en espérant qu'ils peuvent m'entendre. *Tout est sombre.*

Mais ma sœur est toujours là. Ses bras m'entourent tandis que le monde continue de gronder. Je peux la sentir… ainsi que mes compagnons.

Ce n'est pas un rêve, décidé-je. *À moins que…*

Ce n'est pas un rêve, Alina. Maintenant concentre-toi et dis-moi tout, exige Orcus.

J'étais dans un jardin, lui chuchoté-je. *Il y avait une femme. Ou quelque chose qui ressemblait à une femme. Des cheveux blonds. Des yeux bleus. Elle a dit qu'elle s'appelait Déméter, mais ma sœur l'a appelée* Mère. *Puis elle m'a touché et...*

Et je ne sais pas. Je ne peux pas expliquer ce qui vient de se passer. Alors je lui montre à la place.

Son grondement est furieux dans ma tête, faisant trembler mes jambes alors que je peine à tenir debout.

On arrive, me promet-il. *Quoi que tu fasses, ne la laisse plus te toucher. Elle pourrait vouloir faire du mal au bébé.*

Mes yeux s'écarquillent. *Quoi ?*

Fais-moi confiance, dit-il. *Où que tu sois, il faut que tu te caches. Tu me comprends, Alina ? Tu dois te* cacher.

Ses mots me font frissonner, ma gorge est soudain sèche. Car il y a une vraie peur dans son ton. Et l'avertissement concernant ce que Déméter pourrait faire à notre enfant... est bien réel.

D'accord, opiné-je. *Je... je vais me cacher.*

Seulement, je ne sais pas du tout où aller car je ne vois rien.

— Alina, souffle ma sœur.

— Chut, lui intimé-je, ayant besoin de me concentrer sur mes autres sens.

Où se cacher, où se cacher ? pensé-je en fermant les yeux pour calmer mon esprit.

Nous sommes dans un endroit sombre. Ancien. *Chaud.*

J'inspire, et fronce aussitôt le nez à l'odeur familière de brûlé. Mais en dessous, je reconnais celle des sapins. Non pas de Flamme, mais d'autre chose.

De la maison, réalisé-je avec une moue. *Ça sent le flanc de la montagne.* Sauf que cela me rappelle plus ma cabane que l'extérieur.

Je tâte le sol du bout du pied, mes chaussures de tennis m'aidant à sentir la texture. La terre ou un tapis auraient une certaine souplesse. Pas un plancher en bois ou en carrelage. Ce qui est le cas ici.

Nous sommes à l'intérieur de quelque part, informé-je Orcus. *Peut-être près du village. Mais je n'en suis pas sûre.*

Je déglutis et rouvre les yeux.

Il y a maintenant des silhouettes. Il fait encore sombre, mais pas noir comme avant. Les arbres sont maintenant des piliers en bois. Ou peut-être que le meilleur terme pour les désigner est celui de *poutres de soutien*. Quoi qu'il en soit, nous sommes dans une grande salle massive. Il y a des fenêtres le long d'un mur, qui laissent passer un clair de lune. Mais il n'est guère lumineux, c'est pourquoi la majeure partie de la salle est plongée dans l'ombre.

— Oh, Alina, lance une voix qui n'est pas féminine, mais masculine. Je savais que quelque chose était différent cette fois-ci, mais je n'arrivais pas à mettre le doigt dessus. Maintenant… maintenant je l'ai *touché*. Un lien. Un putain de lien d'Alpha.

La chair de poule me picote la peau à la colère qui sous-tend cette voix.

Je la reconnais maintenant. C'est la voix qui a hanté mes cauchemars jusqu'à ce que je rencontre mes Faë.

Le vicomte.

Je n'ai aucune idée de ce qu'il fait ici ou du rôle qu'il joue dans tout ça, mais je n'ai pas envie de rester là pour le découvrir.

Nous devons nous cacher. Comme Orcus me l'a dit.

— J'ignore comment il t'a trouvée et qui il est, mais je m'occuperai de lui quand il arrivera, poursuit le vicomte. Ensuite, je te réparerai aussi.

Mon estomac se tord à l'idée d'être *réparée*.

Je ne vois pas bien non plus comment le vicomte pense *s'occuper* d'Orcus. Il n'est qu'un humain.

À moins que… je fronce les sourcils. *J'étais humaine… avec une âme Oméga.* Et à présent, je ne suis plus humaine, mais une Faë du Mythe. Une Faë du Mythe *accouplée* avec une vie qui grandit en moi.

Rien de tout cela n'aurait dû être possible, et pourtant je suis ici.

Le vicomte est-il aussi un Oméga ? m'interrogé-je.

Le vicomte est Déméter déguisée, m'informe Orcus, qui a manifestement écouté mes pensées et peut-être même entendu ce que le vicomte m'a dit.

Déméter était pourtant une femme, rappelé-je.

Soit elle est déguisée en vicomte, soit elle le contrôle. Quoi qu'il en soit, il faut que tu te caches, Alina. Ne laisse pas Déméter te trouver. L'urgence est de retour dans son ton, me donnant envie de bouger.

Mais je ne le fais pas. Car je ne veux pas faire de bruit non plus.

— Plus de deux mille ans sans incident. Et maintenant… (Le vicomte paraît déçu.) As-tu la moindre idée de ce que ça signifie, Alina ?

Sera me serre la main, me rappelant sa présence à mes côtés. Elle ne dit rien, mais je ressens sa tension. J'ignore ce qu'elle a vécu. Peut-être que Déméter l'a gardée dans ce jardin pendant tout ce temps. Cependant, elle l'a appelée *Mère.*

Qu'est-ce que cela peut bien vouloir dire ?

Mais ce n'est pas le moment d'y réfléchir. Je dois me concentrer sur le vicomte et sa voix. Il parle de devoir tout recommencer, et son irritation est palpable.

— Si les Alphas ont trouvé cette dimension, elle n'est plus idéale, dit-il. Or ça va prendre du temps de trouver un endroit plus approprié pour repartir à zéro. Sans parler du travail nécessaire pour rassembler toutes les âmes cachées dans cette dimension.

Je me décale un peu sur le côté, ma vision nocturne est presque nette maintenant.

Le vicomte n'a pas du tout l'air d'être présent, mais sa voix provient de partout. *Un système de haut-parleurs, peut-être ?*

Où qu'il soit, Sera et moi ne pouvons pas rester là, au milieu de cette pièce. *Il faut qu'on aille dehors,* me dis-je en regardant les fenêtres. *Dans les bois.* Nous devons être dans le manoir du vicomte, situé dans la montagne à plusieurs kilomètres du village. Mais Sera et moi avons grandi dans cette forêt. Si nous sortons, nous pourrons courir.

J'amorce un pas hésitant, retenant mon souffle. Mais le sol ne produit aucun bruit. J'expire un peu et me remets en mouvement. Sera marche à pas de loup à côté de moi, suivant mon exemple.

Cela me rappelle la façon dont je conduisais Sage à travers le village pour rencontrer le Protecteur et négocier des médicaments. Elle avait l'habitude elle aussi de copier mes mouvements, s'efforçant de rester calme. Puis elle imitait mon assurance lorsque nous faisions du troc avec l'homme.

— Je te tuerai en dernier, m'informe le vicomte d'un ton égal. De cette façon, tu seras réincarnée en dernier. Ce n'est pas que je veuille te punir, chérie, mais je dois m'assurer que ton lien est brisé. Comme les autres. C'est le seul moyen pour nous de nous cacher.

Entendre le vicomte m'appeler *chérie* me fait grimacer. Mais le reste de ses paroles m'intrigue. *Se cacher ? Se cacher de quoi ?*

— Ton Alpha t'a raconté notre histoire ? demande-t-il d'un ton badin. Comment les Alphas ont tenté d'asservir notre espèce pour satisfaire leurs désirs les plus vils ? Pour nous forcer à procréer contre notre volonté ?

Mes pas ralentissent, mes yeux papillotent. *Les Alphas ont réduit les Omégas en esclavage ?*

Ne l'écoute pas, m'enjoint Orcus. *Déméter est pleine de mensonges.*

De quoi parle-t-elle ? lui demandé-je. *Pourquoi dit-elle ces choses ?*

Parce qu'elle déteste la dynamique Alpha-Oméga.

— Il y avait plus d'Alphas que d'Omégas. Leur solution a donc consisté à créer un système où les Alphas formaient des cercles — ou des *meutes* — et où chaque meute se voyait attribuer une seule esclave Oméga.

Elle ment, insiste Orcus. *Tu me connais, Alina. Tu captes mon esprit. Tu vois mes souvenirs. Sers-toi de moi pour pointer les trous dans sa manipulation.*

— Le but était d'élever les Omégas dans l'espoir d'en produire davantage. Mais les Alphas sont bien plus communs, alors en réalité, ils ont juste produit plus de monstres.

Le vicomte siffle ce dernier mot d'une voix dégoûtée.

Sera et moi avons atteint les fenêtres maintenant, mais je n'en vois pas une par laquelle nous pourrions nous glisser.

Je suis aussi… à l'écoute.

Je peux *sentir* le serment d'Orcus que Déméter ment, et je le crois. Mais le vicomte — *Déméter* — semble lui aussi croire à cette vérité. Presque comme si… c'était arrivé.

Orcus…

Cache-toi, Alina, exige-t-il. *Je sais qu'elle est convaincante. Il faut juste que tu te caches, me petite. Je t'en prie. Nous arrivons.*

Il me semble étrange qu'il ne soit pas déjà là. Il peut créer des portails à volonté. Pourquoi n'est-il pas encore là ?

Je vais pour poser la question, mais un contact froid sur mon épaule me fait pivoter – et je trouve le vicomte debout juste devant moi. Ses yeux sombres brûlent dans les miens.

— Rebonjour, Alina. Allons donner une leçon à ton Alpha, d'accord ?

CHAPITRE QUARANTE

ORCUS

— *Putain.*

Je ressens Déméter tout autour d'Alina maintenant, et je me dis qu'elle ne touche pas seulement mon Oméga mais qu'elle lui fait aussi quelque chose. Quelque chose de mortel.

— C'est qui cette salope ? veut savoir Faucheur, une faux dans une main et une épée dans l'autre. Dis-nous dans quoi on met les pieds, Alpha.

— C'est une Alpha, murmuré-je. Une Alpha folle, énervée et très possessive, qui se prend pour la mère de toutes les Omégas. C'est pourquoi elle agit comme si elle en était une elle-même, alors que ce n'est clairement pas le cas. Elle considère qu'il est de son devoir de protéger les Omégas.

— Alors elle… ne fera pas de mal à Alina ? suppose Flamme.

— Si Alina est enceinte d'un Alpha ? Si, elle lui fera du mal. Et elle va certainement essayer de me faire du mal. Elle n'aime pas la compétition, et elle ne s'entend pas bien avec les autres Alphas.

Comme le prouve le fait qu'elle a apparemment amené toutes les Omégas dans cette dimension. *Et les a cachées.*

J'ai entendu cette partie de sa conversation avec Alina. Putain, j'ai *tout* entendu. Car Alina me la retransmettait pratiquement en direct tandis qu'elle s'interrogeait sur tout ce que Déméter lui racontait.

— Elle a fait partie d'une meute d'Alphas, expliqué-je à Faucheur et Flamme. Ils avaient un mâle Oméga qui a réussi à la féconder. Leur enfant s'appelait Perséphone, une Oméga. Déméter a développé une… obsession malsaine pour sa fille.

Et d'après ce que j'ai compris de la discussion, Serapina pourrait abriter l'âme de Perséphone. Ce qui complique encore les choses.

Si j'avais le temps, j'appellerais mon frère. Mais je dois récupérer Alina tout de suite, avant que Déméter achève ce qu'elle est en train de faire à ma compagne.

— Elle va se focaliser sur moi, pensé-je à haute voix, réfléchissant à ce que nous devrions faire. Son premier objectif sera de me maîtriser. Parce que me tuer n'est pas une option. Tout comme je ne peux pas la tuer.

Les Faë du Mythe ne meurent pas. Mais nous pouvons être temporairement assommés. *Et piégés.*

— Elle est déjà affaiblie, poursuis-je. Quoi qu'il se soit passé quand elle a touché Alina, ça a détruit la prison d'Omégas qu'elle avait créée ici.

Par ici, j'entends le manoir du vicomte.

Faucheur et moi suivions nos propres pistes lorsque nous avons senti le lien se remettre en place. Il est aussitôt revenu à la cité des Élites, où Flamme et moi étions en train de nous documenter sur le vicomte. Caïn discutait avec le duc Nightingale pour organiser une rencontre.

Apparemment, Caïn n'avait pas les coordonnées du vicomte, car il vivait en dehors de la cité des Élites et était donc classé comme un humain non Élite. Il semble que son titre de village ne signifie pas grand-chose pour la cité des Élites.

Quoi qu'il en soit, le vicomte a de l'importance maintenant. Parce se cache en lui une Alpha des Faë du Mythe en colère.

Bon sang, le vicomte a peut-être toujours été Déméter. Qui peut le savoir ?

— As-tu remarqué si Timothy est possédé ? demandé-je à Faucheur, craignant que Déméter le contrôle lui aussi.

Si mon coq-à-l'âne dérange le Faë de la Mort, il ne le montre pas. Il dit simplement :

— Non. Il n'a pas besoin d'être manipulé ou possédé ; c'est une mauvaise âme par lui-même.

— Est-il encore en vie ? s'enquiert Flamme.

— À peine, répond Faucheur. J'étais en train de passer son esprit au crible quand j'ai senti Alina. Je l'ai laissé pourrir.

Donc il ne va pas durer longtemps.

— Si Timothy n'a pas été possédé, alors il y a des chances que Déméter n'ait possédé personne d'autre. Ce qui veut dire qu'on ne devrait avoir affaire qu'à elle, et peut-être à quelques humains fourvoyés.

Quoique j'ai des doutes concernant les mortels. Déméter se considère comme supérieure aux humains et ne les emploie qu'à des tâches subalternes, du genre kidnapper un autre mortel comme Alina. Pas pour combattre un autre dieu.

— Comment vas-tu t'y prendre ? me demande Flamme, bras croisés sur sa poitrine, évaluant la forêt devant nous.

Nous sommes à moins de deux kilomètres du manoir, où nous avons atterri tous les trois ensemble dès que nous avons repéré où est notre compagne. Mais je n'ai pas créé de portail pour nous mener directement à elle, je nous ai conduits ici à la place.

Un plan est nécessaire. Un *bon* plan. Parce que nous n'aurons qu'une seule chance de réussir.

J'ai entendu ce que Déméter a dit à Alina à propos du changement de dimensions. Apparemment, c'est elle qui a fait disparaître toutes les Omégas il y a plus de deux mille ans. Si elle l'a fait une fois, elle peut le refaire.

— Très bien, attaqué-je. Voilà ce que je propose…

J'explique tranquillement l'idée qui prend forme dans mon esprit, et qui joue sur l'élément de surprise.

Déméter est focalisée sur moi. Elle ne connaît pas Faucheur et Flamme. Individuellement, ils ne seraient peut-être pas capables de l'abattre. Mais si nous agissons ensemble en tant que cercle de compagnons, nous devrions avoir le dessus.

— Tu pensais qu'elle était emprisonnée à l'origine, remarque Flamme après que j'ai fini de tout expliquer – y compris comment piéger l'âme d'un Faë du Mythe.

Car c'est ce que nous devrons faire, avant de l'emmener dans mon royaume pour la mettre dans la boîte de Pandore.

— Comment s'est-elle échappée ? insiste-t-il.

— Je ne sais pas, avoué-je. Mais je suppose que ça a un rapport avec le fait de briser son cercle de compagnons.

Il y a quatre meutes alphas piégées dans la boîte de Pandore. Ces mêmes meutes dont Déméter a parlé à Alina. Elle n'a pas complètement menti à mon Oméga, mais elle a fortement enjolivé sa narration.

Les Alphas n'ont pas réduit les Omégas en esclavage. Quelques anciens Alphas fous ont *essayé* de le faire. Douze Alphas, pour être exact. L'un d'eux était Déméter, mais la naissance de Perséphone l'a changée. Elle est devenue compatissante, puis obsédée.

Pendant ce temps, ces meutes ont continué d'exploiter leurs compagnes omégas et d'abuser d'elles. Mais bientôt, une seule Oméga ne leur a plus suffi. Ils en voulaient d'autres. Or tous les enfants étaient des Alphas, sauf Perséphone. Elle était donc une Oméga très convoitée. Lorsque l'une de ces meutes a jeté son dévolu sur Perséphone, Déméter a réagi en leur disant qu'ils ne pouvaient pas avoir sa fille. Mais ils n'ont pas accepté son refus. N'ayant pas d'autre choix, Déméter s'est tournée vers une autre meute – qui chérissait et aimait son Oméga – et l'a suppliée de cacher Perséphone.

Cette meute était celle de ma mère, qui était l'Oméga dans le nid. Elle a accepté la demande de Déméter. Et c'est ainsi que mon frère a rencontré sa Perséphone.

Mais par la suite, les choses ont dégénéré : les quatre meutes voraces on fait la guerre aux autres Alphas pour tenter de s'emparer de leurs compagnes.

Puis l'espèce Oméga a disparu.

Les Alphas sains d'esprit ont supposé que les Parques étaient intervenues pour éloigner les Omégas à cause de leurs mauvais traitements.

La boîte de Pandore a été créée pour emprisonner les Alphas fautifs, dans l'espoir que les Parques pardonneraient aux autres Faë du Mythe en leur rendant les Omégas.

Hélas, cela ne s'est jamais produit. Et maintenant, je sais pourquoi : *C'est Déméter qui les a prises.*

Soit elle n'a jamais été enfermée dans la boîte de Pandore avec les autres, soit elle s'est échappée. Cette dernière possibilité me préoccupe, car elle pourrait encore nous échapper maintenant. Ou peut-être même possède-t-elle un talent qui lui permettrait de mieux nous contrecarrer.

Ce qui est précisément l'objet de la question et de

l'inquiétude de Flamme. Il demande en fait : *Si elle s'est déjà échappée, peut-elle recommencer ?*

Et ma réponse reste la même : *Je ne sais pas.*

Mais nous allons le découvrir.

— Une fois qu'elle sera maîtrisée, nous…

Les poils de ma nuque se hérissent, m'avertissant d'une présence imminente. Faucheur se redresse, sa faux levée en une posture défensive, tandis que Flamme lui prend l'épée de son autre main, tous deux prêts au combat.

Mais le miroir de verre qui se forme devant nous ne provient pas de la magie des Faë du Mythe. Il s'agit de toute autre chose.

Le visage d'Hélia apparaît, haussant les sourcils devant notre démonstration d'agressivité.

Puis elle traverse la vitre d'un pas nonchalant, suivie par Caïn.

— Tu ne pensais pas qu'on te laisserait mener une bataille sur notre territoire sans un peu d'aide, n'est-ce pas ? lance-t-elle d'un ton désinvolte. Maintenant, mets-nous au courant à propos de cette *déesse*. Et raconte-nous ton plan.

CHAPITRE QUARANTE-ET-UN

ALINA

— Qu'est-ce que vous faites à ma sœur ? s'écrie Sera. Vous lui faites du mal !

— Je suis en train de la sauver, siffle le vicomte. Tu n'as aucune idée de ce que j'ai enduré pour te protéger, toi et les autres. Aucune idée du tout. Alors reste assise et laisse-moi travailler.

— Nous protéger ? ricane Sera. Vous tirez nos noms d'un calice une fois par an au Jour du Choix et vous nous envoyez à la Nuit des Monstres. En quoi ça nous *protège* ?

Le vicomte pique un fard.

— Il y a tant de choses que tu ne comprends pas, Perséphone. Tant de choses que je t'apprendrais si tu n'allais pas mourir dans une poignée de décennies. Ou d'années, grâce à ta *sœur* ici présente.

— Je ne m'appelle pas Perséphone, corrige ma sœur.

La fille aux yeux rêveurs du jardin a bel et bien disparu.

— Nous en avons déjà parlé, ma chère. Tu…

— Je ne suis plus sous l'emprise du sort que vous m'avez jeté, la coupe Sera. Qui êtes-vous vraiment ?

— Ta mère, grogne le vicomte.

Sera ricane.

— Ma mère est morte il y a plus de dix ans.

Je grimace à ses mots parce qu'ils me rappellent ce que j'ai appris aujourd'hui sur les *centres d'élevage.*

— Ta mère mortelle est décédée deux jours après ta naissance, l'informe le vicomte d'un ton égal. Et ton père était un donneur de sperme. (Il se rassoit pour la fixer.) Et à ce propos, ta *sœur* n'est pas ta vraie sœur. C'est juste une autre Oméga. Une ingrate de surcroît.

Ses yeux reviennent vers les miens, et je peux presque voir la déesse nager dans les profondeurs de ses iris sombres, son pouvoir mijotant juste sous la surface.

Est-ce que c'est l'intensité que j'ai remarquée pendant le Jour du Choix ? me demandé-je, posant sur le vicomte un nouveau regard. *Et de nouveau quand tu as parlé au duc ?*

— Il fallait bien que tu cèdes au nœud de l'Alpha, n'est-ce pas ? me dit le vicomte en secouant la tête. (Puis il soupire et me prend la joue.) Ce n'est pas grave, ma petite. Je te pardonne. Je sais à quel point ton espèce peut être médiocre et faible d'esprit.

Médiocre et faible d'esprit ? me répété-je. *Je ne suis ni médiocre ni faible d'esprit.*

Il est vrai que je ne peux pas bouger pour l'instant à cause de la corde invisible avec laquelle le vicomte vient de m'attacher à cette chaise. Cela ne me donne pas l'impression d'être *faible*, mais plutôt d'être *prise au piège.*

Ce qui fait gronder mon âme de fureur.

Le vicomte m'a fait quelque chose au moment où il m'a touchée. Quelque chose qui m'a transformée en sa marionnette personnelle.

Il m'a dit de le suivre et je l'ai suivi.

Il m'a dit de m'asseoir et j'ai obéi.

Il m'a dit de ne pas bouger et je n'y ai même pas pensé.

Mais maintenant qu'il m'a traitée de *faible*, je ne suis pas sûre de vouloir rester tranquille. Ou d'obéir. *Ou de supporter ça.*

Je ne sais même pas pourquoi je l'ai fait, d'abord. C'est comme si j'avais perdu tout jugement, mon corps et mon esprit faisant confiance à l'être devant moi par instinct. Un peu comme je me suis sentie en présence d'Orcus le soir de notre première rencontre, quand il m'a prise dans ses bras et qu'il a ronronné.

Sauf que le vicomte n'a pas ronronné. Il m'a juste… amadouée avec des mots. Et des attouchements.

Mais il a de nouveau perturbé mon lien avec mes compagnons, rendant mon esprit silencieux. Cependant, contrairement à ce qui s'est passé lorsque j'étais dans le jardin, je peux encore les sentir.

Ils sont tout près, réalisé-je, les nuances de leurs parfums mêlés taquinant mes narines. *Une belle journée d'été.* Je ferme les yeux et inspire profondément, laissant leurs senteurs m'envahir une fois de plus. Les *miens*, me dis-je. *Mes Faë.*

L'étincelle de vie qui grandit en moi donne une petite impulsion en réponse, ravie de leur présence. *Ils viennent me ramener à la maison.* Je ressens leurs intentions, ainsi que leur colère.

Le vicomte a pris quelque chose qui ne lui appartient pas. Ou plutôt, c'est la déesse en lui qui l'a fait. Et ils viennent pour faire payer cette déesse.

Je peux quasiment capter le plan dans leur esprit, mais un cri de Sera me tire de ma connexion et me force à revenir dans la salle.

— Laissez partir ma sœur ! exige-t-elle.

J'ai raté un bout de leur discussion car le vicomte l'a plaquée contre un mur.

— Arrête, ordonne-t-il. Je dois me concentrer, et je ne

peux pas te laisser piquer une crise pendant que je suis en train de piéger un Alpha.

— Vous lui faites mal ! insiste Serapina, ce qui m'intrigue.

Parce que je me sens bien. Sauf que... sauf qu'en baissant les yeux... je me rends compte que les liens invisibles se sont transformés en autre chose. Des courants électriques zigzaguent sur ma peau tandis que de l'énergie se tortille autour de moi en vrilles d'un blanc surprenant.

Mon estomac se noue en réaction, la vie en moi vacille sous l'effet de la panique.

Le bébé, pensé-je, une prise de conscience qui me frappe en pleine figure. *Elle... c'est... quoi que ce soit, ça essaie de faire du mal au bébé !*

Serapina hurle en tombant par terre. Le vicomte se tient au-dessus d'elle et gronde des mots que je n'arrive pas à entendre.

Le monde devient flottant autour de moi. Ma vision se brouille. Il y a un bruit persistant dans ma tête. Des voix d'hommes. D'autres grondements. Je... Je ne peux pas...

Je déglutis. J'ai le ventre en charpie. Mon cœur... me fait *mal*. Et mon âme... mon âme *grogne*. Ou bien ce sont les hommes dans ma tête ? Difficile de dire d'où ça vient, mais je *sens* les grondements vibrer le long de mes membres. Je *sens* la fureur au fond de moi. Je *flaire* l'agressivité. Sa source rayonne tout autour de moi. En moi. Hors de moi. Dans l'air. Dans mon cœur. Elle réverbère dans mon esprit même.

Un instinct de possession et de protection dégringole dans mon être, me faisant me tendre dans les liens. Pousser en avant. Exiger la liberté.

Mon enfant. Ma création. Mon avenir.

La menace n'est pas acceptable. La puissance est étrangère et envahissante. L'énergie doit me foutre la paix.

Je repousse la présence loin de moi. Lutte contre les liens qui m'enserrent. Exige que l'entité *me libère*.

Quelqu'un rugit. C'est un fort aboiement masculin qui se transforme très vite en un glapissement féminin.

Je ne sais pas ce qui se passe. Je ne vois rien. Tout est blanc. Tout brûle. Tout est étouffant. Comme si je ne pouvais pas respirer. Mais je force mes poumons à inhaler un soupçon d'air rafraîchissant qui m'aide à me tirer de ce brouillard étourdissant.

Pousse en avant, m'exhorté-je. *Bats-toi !*

La vie en moi frémit, me suppliant de la protéger. Je ne peux pas abandonner. Je ne peux pas laisser gagner cette magie intense.

Mon but est de créer la vie. De protéger la vie. De m'épanouir dans un monde renouvelé.

Mes pieds atterrissent sur le sol avec un bruit sourd inattendu, et je me redresse tandis que le monde se redessine autour de moi.

Le vicomte – ou ce qu'il en reste – gît par terre devant moi en une bouillie sanglante.

Serapina contemple cette dépouille avec des yeux écarquillés.

Puis ces yeux s'agrandissent encore plus lorsqu'elle lève la tête. Je suis son regard et mon estomac se tord, car la déesse du jardin s'avance à grands pas, affichant une expression meurtrière, dardant sur moi un regard noir.

Son intention est très claire.

Je me retourne et je cours, mon instinct de fuite prenant le pas sur tout le reste.

Mais juste au moment où j'atteins la porte, elle s'ouvre à la volée sur mon Faë. Orcus mène la charge, ses ailes étendues. Quand il me voit, il fond de soulagement, avant de réaliser que je suis poursuivie.

Poussant un rugissement, il vole sur Déméter et la

plaque au sol. Faucheur arrive juste derrière lui, une faux à la main.

Mais Flamme vient à moi. Sans rien dire, il me prend dans ses bras et commence à m'emmener.

— Non ! m'écrié-je. Je dois voir. Je dois… Flamme !

Il ne m'écoute pas. Mais un cri de souffrance provenant d'Orcus le fait s'arrêter.

Flamme baisse les yeux sur moi et je lève les yeux sur lui. Il essaie de prendre une décision, ce que je peux capter dans son esprit.

— Vas-y, l'intimé-je. *Va aider Orcus.*

Il gronde. Je lui réponds de même. Puis il me remet sur mes pieds et retourne en courant dans la salle. Je le suis, l'esprit en feu, cherchant Orcus. Mais c'est ma sœur que je trouv au fond de la salle. Elle regarde la bataille faire rage en plissant les yeux.

Il manque une aile à Orcus, l'appendice gît par terre aux pieds de Sera.

Il saigne, mais tout ce que je parviens à distinguer, c'est un méli-mélo de sang, de plumes noires et de lumière aveuglante, Déméter et lui tentant de s'abattre l'un l'autre.

Faucheur est introuvable, et Flamme, sous sa forme de jaguar, grogne en cherchant un moyen de rejoindre le combat.

Faë, ce n'est pas bon, pensé-je, ne voyant pas trop comment l'aider. Je me suis libérée des liens, j'ai fait quelque chose au vicomte, mais je… je ne sais pas comment j'ai fait. Ou même *si* je l'ai fait.

— Il faut que ça cesse, *Mère,* dit froidement ma sœur.

Une lame apparaît dans sa main. Je cille, ne comprenant pas comment elle s'est matérialisée dans sa paume, mais elle est là. Et Sera la lève vers son propre cou.

— Si je meurs, mon âme restera dans cette dimension,

reprend-elle d'une voix sinistrement égale. Et tu sais ce que ça signifie.

La bagarre prend fin quand Déméter se dégage d'Orcus et porte ses yeux brillants sur ma sœur.

— Perséphone…

— Il saura que je suis ici, Mère. Il viendra me chercher. Il le fait et le fera toujours.

— Perséphone, répète Déméter d'un ton apaisant, bras tendus et mains levées. Ne fais pas ça.

— Pourquoi pas ? rétorque Sera. (Le couteau trace un filet de sang sur sa gorge délicate.) Peut-être que je suis prête à rentrer enfin à la maison.

— Tu n'y penses pas, dit Déméter, horrifiée. Tu… tu sais ce qu'il va faire…

— Vraiment ?

Serapina arque un sourcil, son assurance est totale à présent. J'ai déjà vu cette facette de ma sœur cadette à plusieurs reprises. Elle n'est pas la jouvencelle que beaucoup s'imaginent. Elle a beau être menue, elle n'en est pas moins féroce.

Tout comme moi, me dis-je.

— Peut-être que je veux qu'il fasse ces choses, reprend-elle.

— Perséphone, *non*, souffle Déméter. (Orcus prend position derrière elle en silence.) Il te fera du mal. C'est ce que font les Alphas. Ils prennent, prennent et *prennent*. Tu ne peux pas vouloir cela. Tu ne veux *pas* ça.

— D'après ce que je vois, Mère, c'est toi qui continues à *prendre*. Tu m'as kidnappée. Amenée ici. Forcée à vivre et à mourir à répétition, et tout ça pour quoi ? Pour rester avec toi pour l'éternité ? Pour me cacher de lui ? *Le compagnon de mon âme ?*

Je ne sais pas de qui elle parle, mais je vois bien la

colère sur ses traits, le brasier qui s'est allumé dans ses yeux d'un bleu liquide.

Pendant ce temps, derrière Déméter, Orcus œuvre en silence à créer d'une main l'un de ses portails. Déméter ne le voit pas, focalisée sur ma sœur, l'air dévastée.

— J'ai tout abandonné pour toi, murmure-t-elle. *Tout.* Tu ne le vois pas ?

Sera incline la tête.

— Ce que je vois, c'est une déesse égoïste qui ne fait pas confiance à sa fille pour prendre ses propres décisions.

Déméter est bouche bée.

— *Perséphone.*

— Serapina, corrige ma sœur en faisant un pas en avant, sa lame toujours posée sur sa gorge. Ta *Perséphone* est morte il y a longtemps. Ce n'est pas parce que son âme est peut-être en moi que je suis elle. Je suis ma propre personne. Je prends mes propres décisions. Et maintenant, je choisis *ça*.

Je m'élance, craignant que Sera se tranche vraiment la gorge. Mais à la place, le couteau vole dans les airs – et elle poignarde la déesse en pleine poitrine.

Déméter hoquète et trébuche en arrière, quand une faux surgit de nulle part et se plante dans son abdomen.

Puis Flamme bondit en avant, toutes griffes dehors, et balance la femme à travers le portail d'Orcus. Mon Alpha la suit, et le miroir se brise dans son sillage.

Je porte ma main à ma bouche, les yeux papillotants.

Faucheur apparaît juste au moment où les genoux de ma sœur lâchent, et la rattrape d'un bras puissant avant qu'elle touche le sol. Et soudain, ils sont à mes côtés, grâce au don d'éclipsage de Faucheur. Sera s'effondre sur moi en sanglotant, sa terreur et sa confusion déferlent aussitôt en moi. Elle était si forte, si *féroce*. Mais maintenant… ses émotions la rattrapent.

— Qu'est-ce que j'ai fait ? me chuchote-t-elle. Qu'est-ce que je viens de faire ?

— Tu as renvoyé une déesse folle dans sa boîte, répond Faucheur.

— Ma… ma mère ? demande-t-elle, tremblante.

— C'est ce qu'elle croit. Et tu nous as aidés à jouer sur cette croyance.

Je cligne des yeux, la compréhension perçant soudain mon esprit.

Tu lui as soufflé ce qu'elle devait dire, murmuré-je à Faucheur.

Ouais. Déméter croit que ta sœur est sa fille réincarnée. C'était l'idée d'Orcus d'utiliser ça contre elle, afin d'affaiblir ses défenses assez longtemps pour qu'il puisse la ramener dans le royaume des Faë du Mythe.

Je déglutis, ma main posée sur la tête de ma sœur.

Est-elle la fille de Déméter ? Cette… Perséphone ?

C'est difficile à dire. Orcus pense que c'est possible. Mais il a dit aussi qu'il n'avait jamais rencontré une âme comme la tienne. Il est donc tout à fait possible que l'âme d'une Oméga ne soit pas identifiable, juste… qu'elle se réincarne dans quelqu'un d'autre à chaque fois.

Il jette un coup d'œil à Flamme qui s'approche sous sa forme humaine. Il est torse nu mais il a trouvé un jean quelque part.

— Tu n'avais qu'une seule tâche à accomplir, lui reproche Faucheur. Protéger notre fille.

— Mon travail consistera toujours à faire ce qu'Alina me dira, et elle m'a dit d'aller aider Orcus. (Il hausse les épaules.) Je crois que j'ai bien fait mon job.

Oui, tu as bien fait, murmuré-je dans son esprit, soulagée de pouvoir de nouveau entendre et sentir tous mes compagnons sans aucune intrusion. Et il n'y a pas que ça que je ressens. La petite vie en moi palpite à nouveau avec contentement, protégée dans mon ventre.

Car nous avons survécu. *Et ma sœur est là aussi,* me dis-je en la tenant contre moi. Elle ne pleure plus mais tremble encore, comme si elle n'arrivait pas à croire tout ce qui s'est passé.

— Tu es en sécurité maintenant, lui promets-je. Et je ne te perdrai plus jamais.

Elle resserre ses bras autour de moi, mais ne dit rien. Elle m'étreint seulement. Alors je fais de même.

Tout va bien se passer, pensé-je à à son intention et à celle du bébé en moi. Et je réalise en mon for intérieur que je ne fais pas qu'y croire ; je *sais* que c'est vrai.

Parce que mes Faë sont ma vie maintenant. Et ils feront toujours tout ce qu'il faut pour nous protéger, moi, notre enfant et notre famille. Ce qui inclut aussi ma sœur.

Je me fiche de ce que cette déesse a dit sur nos parents, ou qu'on ne soit peut-être même pas vraiment de la même famille. Ce qui compte, c'est notre lien sororal.

Personne ne peut nous enlever cela. Plus maintenant. Plus jamais. Nous sommes dans le même bateau. *Jusqu'à la fin des temps.*

CHAPITRE QUARANTE-DEUX

ORCUS

ENVIRON UNE HEURE PLUS TARD…

— Eh bien, c'était divertissant, dit Hélia, quand Faucheur et moi sortons prendre l'air.

Flamme est toujours à l'intérieur avec Alina et sa sœur, les deux femmes discutant de tout ce qui s'est passé.

— Je t'avais dit qu'on n'aurait pas besoin de toi, remarque Faucheur.

— D'après toi, qui a contrôlé les Protecteurs du village et les a empêchés d'entendre la bataille ? lance-t-elle en arquant un sourcil.

— Je croyais que tu ne t'occupais pas des affaires humaines, répliqué-je.

Elle hausse les épaules.

— Quelqu'un a suggéré que les êtres supérieurs ont l'obligation morale de gérer les affaires humaines dans certaines situations. J'ai décidé que ça pouvait être l'une de ces situations.

— Hélia a juste voulu donner une leçon à certains Protecteurs de Nightingale après avoir appris ce qu'ils avaient fait à l'un de ses compagnons, intervient Caïn en s'approchant, les mains dans les poches de son pantalon de ville. Je me suis contenté de la regarder agir.

— Il ne voulait pas salir ses habits hors de prix, raille Hélia.

Mais je suis encore saisi par ce que vient de dire Caïn à propos de ses *compagnons*.

— Tes compagnons viennent du même village qu'Alina ?

— Non seulement ils viennent du même village, mais ils ont aussi été sélectionnés pour la même Nuit des Monstres, répond-elle. Peut-être que ça t'aide à comprendre pourquoi j'avais besoin de différer notre rencontre.

En effet, admets-je.

— Et peut-être que ça te permet aussi de comprendre pourquoi j'ai proposé un dîner, ajoute-t-elle avec un sourire en coin. Bartholomew et Miranda se sont inquiétés pour Alina. Je voulais calmer ces inquiétudes en leur montrant qu'elle est en sécurité.

Bartholomew et Miranda ? relève Alina dans mon esprit. *Est-ce que j'ai bien entendu ?*

J'ai dû répéter les noms dans mes pensées, permettant ainsi à Alina de saisir cette partie de la conversation. *La reine Hélia vient de les mentionner. Apparemment, ce sont ses nouveaux compagnons.*

La surprise s'infiltre dans notre lien. *Vraiment ?*

Tu veux des preuves ? demandé-je, curieux. *Parce que je peux en exiger.*

Son amusement transparaît, ainsi qu'une pointe d'épuisement. *Franchement, j'ai juste envie de me reposer.*

Hmm. De retour à notre cabane ? Dans la tour ? Ou… veux-tu rentrer à la maison ?

Elle ne répond pas de suite, son esprit soupesant les

options. Puis elle choisit celle qui me réchauffe le plus le cœur : *À la maison, s'il te plaît.*

— Nous allons peut-être devoir reporter ce dîner, dis-je à Hélia. Notre compagne souhaite rentrer à la maison.

— Enfin, putain, sourit Faucheur. Cette dimension laisse beaucoup à désirer.

Hélia et Caïn se contentent de le dévisager.

— Quoi ? fait-il. Pas de pizza de Chicago. New York ressemble à une jungle métallique. Vos humains emploient le mot *monstres* pour désigner les surnaturels de ce royaume. Ce qui est carrément grossier, soit dit en passant. Et vous avez toutes ces règles qui n'ont aucun sens. *Gardez l'âme noire en vie. Arrêtez de voler des cupcakes. Ne vous éclipsez pas dans le cachot pour torturer les humains. Bla, bla, bla.*

Le ton fort peu féminin que Faucheur a employé pour énoncer ces règles m'arrache un sourire. Il essaie manifestement d'imiter Hélia.

— Tu peux dire ce que tu veux sur notre dimension, tu as quand même trouvé ta compagne ici, lui rappelle Hélia, posant ses yeux sur moi. Et toutes ces Omégas sont ici aussi. Si j'ai bien compris cette conversation, du moins.

Elle écoutait manifestement aux portes lorsque j'ai mis Faucheur et Flamme au courant, après mon retour dans cette dimension.

— Alors ? m'a lancé Faucheur dès mon apparition.

— Comme je m'y attendais, Arès a senti mon arrivée, ai-je répondu. Il a placé Déméter en détention et s'occupe d'emprisonner son âme. (C'est son rôle principal en tant que gardien du cachot des Faë du Mythe.) Je crois qu'il était ravi d'avoir quelque chose à faire.

Bien sûr, son intérêt a été très vite piqué par l'odeur d'Oméga qui nous couvrait tous les deux, Déméter et moi. Ce qui a naturellement mené à une discussion sur la

LEXI C. FOSS

nouvelle dimension. J'ai informé Faucheur et Flamme de l'évolution de la situation et j'ai terminé en disant :

— Il faudra nommer un agent de liaison Faë du Mythe. Les Alphas vont vouloir traquer les Omégas disparues.

— Et celles du jardin de Déméter qui sont ici ? demande Flamme, évoquant la poignée d'humaines effrayées qu'il a trouvées blotties dans une autre pièce.

— L'agent de liaison désigné s'en occupera.

Cela va nécessiter plusieurs mises au point délicates, comme celles que j'ai eues avec Alina. Sauf que ces Omégas seront probablement emmenées au royaume des Faë du Mythe pour y être présentées.

— Un Faë de Mythe prendra contact avec toi, annoncé-je à Hélia. J'ignore qui ce sera, mais j'imagine que cette nouvelle liaison sera décidée très bientôt.

— Et il ou elle viendra ici ?

J'acquiesce.

— J'ai donné des instructions à quelqu'un.

Ce quelqu'un, c'est Arès. Il m'aurait bien suivi, mais il ne peut pas quitter le cachot.

— Alors je suppose que je vais rester ici pour accueillir ce nouvel arrivant, répond Hélia.

J'allais dire que je verrai avec Arès sur le chemin du retour — puisque nous traverserons à nouveau le cachot — lorsque je sens l'arrivée d'un autre Faë du Mythe.

Hélia doit le sentir aussi car elle hausse de nouveau un sourcil.

— C'était rapide.

Oui, constaté-je, les yeux plissés. *Trop rapide*. Faucheur se raidit à mes côtés, soudain en alerte. Sûrement parce qu'il ressent mon malaise croissant.

Je connais cette aura. Je fais volte-face pour regagner l'intérieur, la présence étant près de mon Oméga.

Mais Alina n'a pas l'air en détresse. En fait, elle paraît… calme. *Trop* calme.

Alina ? soufflé-je dans son esprit.

Ça va, me répond-elle.

Pourtant, je ne peux pas m'empêcher d'adopter ma forme d'Alpha en m'approchant d'elle. Mes ailes de nouveau pleinement fonctionnelles deviennent éthérées, comme lorsque je suis arrivé dans ce royaume. D'habitude, je préfère les laisser libres, ce qui m'oblige à ôter ma chemise. Mais quelque chose dans cette aura me fait me sentir… moins sur les nerfs. Plus *apaisé*.

Il n'y a qu'un seul être au monde qui m'a fait ressentir cela.

— Mère, exhalé-je en la découvrant debout à côté de ma compagne.

Ce n'est pas son âme qui s'est réincarnée, mais elle-même. *Rhéa*. La déesse Oméga qui nous a mis au monde, Hadès et moi.

Elle se tourne vers moi. Ses longs cheveux bruns sont tressés dans son dos avec des rubans dorés.

— Mon fils, dit-elle, des larmes perlant à ses yeux. Tu les as trouvées. Tu as trouvé les Omégas.

Je me précipite pour l'étreindre, et mes bras tremblent quand elle m'enlace à son tour.

Elle est vivante. Ma mère est vivante.

Les émotions d'Alina s'insinuent en moi, son cœur explose en me voyant retrouver ma mère pour la première fois depuis plus de deux mille ans. Elle ressent ce que j'éprouve et entend ce que je pense. Tout comme elle peut voir les souvenirs dans mon esprit, y compris le jour où j'ai perdu ma mère. Un désespoir comme je n'en avais jamais connu s'est abattu sur mon âme. C'était une sensation que je ne voulais plus jamais connaître.

C'est pourtant ce que j'ai fait hier soir – puisque c'est le petit matin maintenant – quand j'ai cru avoir perdu ma compagne. Or non seulement Alina va bien, mais ma mère aussi.

— Où étais-tu ?

— Cachée, murmure-t-elle. À attendre.

— Pourquoi ? demandé-je, sidéré. Pourquoi tu n'es pas venue nous voir ? Pourquoi tu ne nous l'as pas *dit* ?

— J'ai essayé, répond-elle. Mais cette dimension est tellement différente de la nôtre. Et je ne pouvais pas prendre le risque de revenir sans que Déméter s'en aperçoive. Alors je me suis cachée et j'ai fait de mon mieux pour les garder toutes à ma façon.

— Donc tu étais ici, réalisé-je. Dans ce royaume.

Elle hoche la tête.

— En quelque sorte. J'ai été… partout. (C'est une réponse énigmatique.) Mais j'ai senti ton frère récemment, et je savais que lui ou toi viendriez. Et maintenant que c'est fait, la vraie chasse peut commencer.

— Quoi ?

— Il y a tant d'autres Omégas ici, me dit-elle. Il y en a des milliers, mon fils. (Elle porte alors son regard sur quelqu'un derrière moi.) Bonjour, reine Hélia.

— Rhéa, réplique celle-ci d'un ton un brin familier. J'aurais dû me douter que tu avais quelque chose à voir avec ça.

Ma mère se contente de sourire.

— Je suppose que tu ne verrais pas d'inconvénient à ce que j'établisse la liaison entre les dimensions ?

— Comme si je pouvais t'empêcher d'aller et venir, même si je le voulais.

— Exactement ce que je pense, opine ma mère, la malice dansant dans ses yeux. Eh bien, j'ai beaucoup de travail. Et toi aussi. (Cette dernière phrase m'est adressée, car elle me regarde de nouveau.) Ton Oméga est enceinte, Orcus. Elle a besoin d'un nid. Pourquoi tu es encore là ?

Je laisse ma mère pendant deux mille ans sans un seul mot, juste pour la voir faire une apparition et me donner des ordres quelques minutes après nos retrouvailles.

Bien sûr, c'est un ordre que j'ai très envie de suivre. Quelle que soit l'histoire entre Hélia et elle, je la découvrirai plus tard. Pour le moment, j'ai une compagne à protéger et chérir.

Ainsi qu'un frère à mettre au courant, songé-je, épuisé d'avance. J'irai le voir après avoir installé Alina dans un nouveau nid.

— Est-ce que Sera peut venir avec nous ? s'enquiert Alina, le regard plein d'espoir.

Sauf que ce n'est pas à moi qu'elle s'adresse, mais à ma mère.

— Bien sûr, ma chère. Si c'est ce que désire Serapina ? (Ses yeux sombres − de la même couleur que les miens − se posent sur la petite femelle blonde blottie au côté d'Alina.) Aimerais-tu aller avec ta sœur ?

— Oui, s'il vous plaît, acquiesce Serapina.

Ma mère sourit de nouveau.

— Bon choix. (Elle revient à moi.) Eh bien, ne reste pas planté là, Orcus. Ta compagne vient de s'arracher à un intense sortilège de liens et a forcé Déméter à perdre son enveloppe humaine. Crée un portail et ramène-la chez elle.

Caïn ricane derrière moi, ce qui attire sur-le-champ l'attention de ma mère.

— Ne me fais pas m'en prendre à toi, mangeur de rêves. Tu as de nouveaux compagnons chez toi, et tu es ici pour faire quoi exactement ? Planifier qui prendra le relais comme nouveau vicomte du village ?

Il recule d'un pas lorsque ma mère s'avance vers lui, son expression contenant une pointe de consternation.

Oui, ma mère Oméga fait aussi cet effet sur les Alphas, lui transmets-je. Mais il ne peut pas m'entendre. De plus, il est un peu trop occupé à essayer d'éviter le doigt de ma mère qu'elle agite maintenant devant lui.

— Il te suffit de choisir l'une de tes amies – pas une humaine, mais un *monstre* – et de remanier la hiérarchie, poursuit-elle. Déméter a choisi un homme parce que seuls les hommes semblent avoir du pouvoir dans ce royaume. Imagine à quel point ton monde serait différent si les femmes étaient aux commandes, hmm ?

Il cligne des yeux et se racle la gorge.

—Je vais… prendre ça en considération.

— La déesse n'a pas tort, Caïn, souffle Hélia. Tu devrais peut-être transmettre cette idée au père de Scarlett.

Il ne donne pas son accord à haute voix mais hoche la tête, sans doute pour que les deux femmes le laissent tranquille.

— Tout ça été bien amusant, mais je suis prêt à partir, déclare Faucheur en cueillant notre compagne. Ouvre un portail, Orcus. Notre mignonne a besoin d'orgasmes, de cupcakes et de repos.

Flamme sourit. Serapina a l'air un peu alarmée mais se lève lentement. Alina se contente de fixer Faucheur et lui adresse un petit sourire.

— Un cupcake, ça me paraît plutôt bien en ce moment.

—Je sais, murmure-t-il.

Son ton suggère que ce n'est pas au cupcake qu'il fait référence, mais que c'est le moyen de *gagner* le cupcake qui l'attire. Puisqu'il semble les utiliser pour la remercier après lui avoir donné du plaisir.

Flamme les rejoint, peignant de ses doigts les cheveux d'Alina.

— Que dirais-tu d'un bain chaud, aussi ? lui propose-t-il. Après je te brosserai les cheveux.

Ses joues rosissent.

— D'accord.

Il se penche pour faire courir son nez le long de la mâchoire d'Alina, puis murmure quelque chose à son oreille qui la fait rougir encore plus. J'esquisse un sourire devant toute cette attention, mon Alpha intérieur est satisfait.

Notre compagne est vivante. Notre futur enfant va bien. Et bientôt, nous serons tous en sécurité.

— Bonne chance, lancé-je à Hélia et Caïn.

Car si ma mère est le nouvel agent de liaison entre les dimensions, ils vont en avoir besoin.

Sans attendre leur réponse, j'ouvre un portail miroitant et le franchis. Après m'être assuré que c'est sans danger, je fais signe aux autres de me suivre.

Puis je conduis notre compagne au royaume de l'Au-delà.

Là où elle pourra créer un nouveau nid.

Dans notre maison pour toujours.

ÉPILOGUE
ALINA

— Tu es sûre que tu vas bien ? demandé-je à ma sœur.

Elle est allongée dans son nouveau lit, admirant la vue qu'offrent les portes ouvertes de son balcon. Je m'assois à côté d'elle.

Nous sommes dans le palais d'Orcus, dans le royaume de l'Au-delà. Ce n'est pas du tout ce que j'imaginais quand Faucheur et Flamme m'ont parlé de leur maison. Je m'attendais à des cryptes et des cimetières. De l'obscurité. Des tons morbides.

Or nous sommes en haut d'une montagne qui surplombe la ville gothique en contrebas. Il y a des structures noires, des étangs d'encre, des arbres sans feuilles et des ravins brumeux. Mais au-dessus de nos têtes, trois lunes brillent de mille feux, illuminant cette vue remarquable.

Je suppose donc qu'il y a quelques tons morbides puisque tout est principalement de couleur obsidienne, mais c'est quand même d'une beauté époustouflante. Du moins pour moi.

Je ne sais pas trop ce que ressent ma sœur. Elle est

restée silencieuse depuis notre arrivée tôt ce matin. J'ai passé la journée avec elle, malgré la demande de Faucheur pour des orgasmes et des cupcakes. Je voulais juste m'assurer qu'elle allait bien.

Elle a observé sans mot dire les divers Faë qui allaient et venaient dans la pièce, apportant de nouveaux meubles, garnissant sa garde-robe, installant même quelques appareils enchantés destinés à créer n'importe quel aliment dont elle aurait envie.

J'ai testé l'un d'eux en lui préparant un cupcake à la fraise. Elle n'a pas eu l'air aussi enthousiaste que moi. Nous avons réitéré avec un cappuccino – que j'ai apprécié, mais elle… non.

Maintenant, elle contemple la vue avec mélancolie, comme si elle envisageait de s'envoler.

— Sera ?

— Hmm ?

Son ton rêveur me rappelle quand nous étions dans les jardins de Déméter.

— Je t'ai demandé si tu allais bien.

Elle esquisse un sourire en coin.

— Tu me l'as demandé sept fois aujourd'hui. Huit maintenant. Ou peut-être bien *neuf* puisque tu as dû te répéter.

— Peut-être, mais je n'ai pas eu de réponse.

— Non, je suppose que non, répond-elle, toujours souriante. Mais je vais bien, Lina. Je suis juste fatiguée. Ça a été… deux années uniques.

— Tu veux en parler ? lui proposé-je.

— Pas pour l'instant, non, murmure-t-elle. Cependant, ça se pourrait bien, à un moment ou à un autre. En ce cas je te le ferai savoir.

Je déglutis, souhaitant pouvoir faire plus. Mais si ma sœur ne veut pas parler de son expérience et de ce qui s'est réellement passé dans ce jardin, c'est son choix. Que je dois respecter.

— Tu devrais vraiment retourner auprès de tes compagnons, ajoute-t-elle. Faucheur devient nerveux.

Je fronce les sourcils.

— Comment tu le sais ?

Elle n'a pas tort. Je le sens dans ma tête, attendant patiemment que je termine ma conversation avec ma sœur. Flamme et Orcus font preuve de la même patience. Toutefois, les trois Faë veulent me présenter ma nouvelle chambre, notre futur *nid*. Mais je voulais d'abord veiller au confort de Sera.

— Il fait les cent pas là-bas, répond-elle en désignant de l'épaule un espace situé de l'autre côté de son lit, à l'opposé des portes du balcon.

— Il… quoi ? (Je jette un œil à la pièce vide autour de nous.) Il n'y a personne d'autre que nous ici.

— Techniquement, ce n'est pas vrai, intervient Faucheur qui se matérialise près de la table de nuit. C'est bizarre que ta sœur puisse me voir dans l'entre-deux et toi pas.

— L'entre-deux ? Je répète en sourcillant. Qu'est-ce… ?

— L'espace entre la vie et la mort, murmure Sera. C'est de là que Faucheur m'a indiqué ce qu'il fallait dire à Déméter.

— Quand j'ai réalisé qu'elle pouvait me voir et m'entendre, ça a rendu notre plan beaucoup plus facile à exécuter, dit mon Faë de la Mort d'un ton désinvolte.

— Alors tu… tu peux voir l'entre-deux ? demandé-je à Sera, ne sachant pas trop si cela doit m'impressionner ou m'inquiéter.

Elle hausse les épaules.

— Apparemment.

Je me tourne vers Faucheur.

— Et toi, tu vas dans l'entre-deux ?

— Souvent, répond-il. En fait, c'est comme ça que j'ai trouvé le sort que Déméter a utilisé pour t'enfermer dans sa prison d'Omégas. Elle l'a lancé sur l'ensemble de la cité des Élites, ce qui est sacrément impressionnant. C'est pour ça qu'elle t'a transmis la note afin que tu t'y rendes : elle savait que la magie finirait par te piéger.

Oui, j'ai plus ou moins compris cette dernière partie quand Déméter a mentionné la note tout à l'heure.

Pour autant, je trouve étrange que ma sœur puisse voir ce plan intermédiaire. *Est-ce lié à ce que Déméter lui a fait subir ?* Hélas, je sais que ce n'est pas le moment de poser la question. Ce que ma sœur confirme en ajoutant :

— Comme je l'ai dit, je vais bien. Va retrouver tes compagnons, Lina. Je serai toujours là demain. Et après-demain. Et le jour suivant. Nous pourrons parler à ce moment-là, d'accord ?

La dernière fois que j'ai vu Sera, elle avait huit-et-dix ans et était quelque peu effrayée par son premier Jour du Choix en tant qu'Offrande éligible. Je n'oublierai jamais la façon dont ses épaules se sont affaissées lorsque le vicomte a appelé son nom, ni comment mon cœur s'est brisé en la voyant trébucher sur les marches de l'estrade.

Mais en l'observant maintenant, je réalise que la sœur que je connaissais n'existe plus. C'est Serapina la survivante, la femme qui a planté un couteau dans le cœur d'une déesse.

Une déesse qui pourrait être sa mère – ou pas.

Je ravale cette pensée, bien décidée à m'en préoccuper un autre jour. Pour l'instant, je dois laisser à Sera l'espace qu'elle désire. Et aller remercier mes compagnons comme il se doit. Parce qu'ils m'ont tout donné, y compris en offrant cette jolie chambre à ma sœur. Sans parler de m'avoir sauvée lors de la Nuit des Monstres, m'avoir initiée graduellement à leur vie et à leurs désirs, et m'avoir à nouveau sauvée d'une déesse folle.

Ils sont le genre de « monstres » dont une fille aime rêver. Qui sont en fait des héros déguisés. Des anges quand on en a besoin. Et qui sont sauvages… *au lit.*

Mon cœur manque un battement à la perspective qu'ouvre ce dernier mot.

— D'accord. (Je me lève et m'éclaircis la gorge.) On en reparlera demain, promets-je à ma sœur.

Elle acquiesce et attrape ma main pour la serrer.

— Merci de m'avoir retrouvée, Lina.

— Je suis juste désolée que ça m'ait pris autant de temps.

— Ne le sois pas. Tu m'as trouvée, c'est ce qui compte. (Elle lâche ma main et ferme les yeux.) À demain, frangine.

— À demain, opiné-je.

Faucheur m'entraîne dans le couloir sans un mot, ses tatouages se tortillant le long de ses bras. Quand nous nous sommes éloignés d'une dizaine de pas, je lui demande :

— Est-ce qu'elle a l'air d'aller bien, à tes yeux ?

— Non, grogne-t-il. Et ça l'irrite que tu répètes sans cesse cette question.

Je lui lance un regard noir.

— C'est ma petite sœur. J'ai le droit de m'inquiéter.

— Elle a vingt ans, Alina. Tout ce qu'elle veut, c'est un peu d'espace pour guérir. (Il prend ma joue dans sa main en coupe et m'attire contre lui.) Et les cupcakes à la fraise, c'est *notre* truc, ma chérie. Choisis un autre dessert à lui offrir à l'avenir.

— Tu nous observais depuis combien de temps au juste ? lui demandé-je, plus amusée qu'agacée.

Il hausse les épaules.

— Un moment. (Il a l'air un peu penaud maintenant.)

Je… je me sens mieux quand je suis près de toi. Comme si j'arrivais à me concentrer et à m'entendre vraiment. (Il penche un peu la tête, comme s'il essayait de trouver les bons mots.) Ta présence apaise les âmes noires qui sommeillent en moi.

— Oh.

C'est… c'est plutôt gentil. Surtout venant de Faucheur. Je peux sentir sa vulnérabilité via notre lien, et le fait qu'il l'admette à voix haute, c'est comme s'il exprimait des émotions bien enfouies. Il n'est pas du genre à émettre des commentaires doucereux ou des dévotions romantiques. Mais il est sensible à sa manière.

Tout comme Flamme et Orcus. Ils ont chacun leurs propres degrés d'expression émotionnelle. Flamme montre son affection en me toilettant. Orcus prouve sa dévotion en me protégeant. Et Faucheur démontre son admiration par des cadeaux, tout en exprimant sa gratitude par la vérité.

Je presse mes lèvres sur les siennes, ressentant soudain le besoin de lui montrer ma propre version de la loyauté en initiant le contact avec ma langue.

C'est toujours lui qui me séduit. Maintenant c'est mon tour.

Il grogne en signe d'approbation, encercle ma taille de ses bras, et le monde fond autour de nous. *Littéralement.* Je sens ses vrilles de fumée qui me tirent dans l'ombre tandis qu'il nous emmène dans un nouvel endroit. Je suis encore en train de l'embrasser quand mes pieds touchent le sol, et mon cœur martèle ma cage thoracique parce que j'en veux davantage.

Mais je suis soudain distraite par une odeur familière.

Ma journée parfaite, reconnais-je, surprise de la trouver ici dans cette nouvelle pièce.

J'ouvre les yeux sur un lit massif qui m'est

extrêmement familier. Parce que c'est le lit de la cabane. *Le lit qui contient mon nid.*

Je sursaute et me dirige vers lui, surprise de voir que presque tout est déjà à sa place.

— Comment… ?

— Orcus et moi avons travaillé dessus toute la journée, dit Flamme d'une voix douce. Je suis désolé si ce n'est pas parfait. On a essayé de l'arranger comme tu l'avais fait, mais…

— On n'est pas des Omégas, achève Orcus à sa place. On a besoin de ta touche magique, notre douce déesse.

— Plus que tu le crois, ajoute Faucheur.

Il passe sa chemise par-dessus sa tête et me la tend. Je la prends d'instinct, mon âme sachant aussitôt où la mettre.

Ce besoin intrinsèque devient lentement plus normal, moins étranger, mon esprit ayant choisi de céder à mon penchant nidificateur au lieu de le combattre.

Je suis une Oméga, reconnais-je. *Et voici mes Faë.*

J'appuie ma paume sur mon ventre, sentant la vie que nous y avons créée, et je souris. Car je ne peux imaginer un meilleur destin.

Qui aurait cru que la Nuit des Monstres se terminerait ainsi ? m'étonné-je. *Offrande numéro neuf. Réclamée et accouplée par trois magnifiques hommes Faë.*

C'est ce qu'on peut appeler un heureux dénouement.

Si vous désirez connaître l'histoire de Serapina, tournez la page pour avoir un aperçu de *La Fiancée de la Mort*….

LA FIANCÉE DE LA MORT
ÉPILOGUE BONUS

SERAPINA

— Tu viens de mentir à ta sœur, dit une voix grave dans l'ombre, hérissant mon cou de chair de poule. Tu ne vas pas bien du tout, *Perséphone*.

Je frissonne. Ce nom hante mes rêves. C'est toujours *sa* voix qui le murmure, aussi. La voix que j'entends maintenant.

Mais ce n'est pas un rêve. C'est réel. *Foutrement réel.*

— Deux mille ans, reprend-il, avec une légère réprimande dans son ton. C'est le temps que j'ai passé à te chercher, ma chère âme sœur. Deux mille ans, et chaque seconde qui passe m'exaspère un peu plus.

Je déglutis, sa fureur tranquille étant comme une vague chaude sur ma peau nue.

— Ça fait un long moment pour préparer ma vengeance, poursuit-il. Pour envisager toutes les façons de torturer ma traîtresse. (Il soupire, ses traits toujours cachés dans l'ombre.) J'ai choisi ce royaume pour toi, ma chérie. Ou plutôt, *à cause* de toi. J'avais besoin d'un endroit pour perfectionner mes compétences, pour maîtriser l'art de la mort. Parce que je ne peux pas te laisser mourir trop vite, n'est-ce pas ?

Il bouge enfin. Sa robe noire se fond dans l'obscurité de la pièce alors qu'il s'avance dans l'éclat de la lune. Ses pommettes ciselées sont le premier attribut que je vois, les lignes dures de son visage lui donnant un air mortel qui me glace le sang.

Mon estomac se retourne quand je croise ses yeux sombres et intenses. Leur couleur est assortie à ses cheveux, dont les mèches flottent autour de son visage séduisant et se posent sur ses larges épaules.

Il est incroyablement beau. Son apparence est presque trop parfaite.

Et il me fixe avec de la haine dans son regard.

— Je vais te faire souffrir, ma petite fleur chérie. Casser toutes les tiges en toi. Flétrir tes pétales. Et t'enterrer dans ce foutu sol juste pour te ressusciter afin de recommencer.

Je déglutis, mon cœur manquant plusieurs battements.

Il me menace. Me dit des choses *horribles*. Pourtant… je ne le crains pas. Il m'*intrigue* plutôt. C'est une réaction idiote des plus enivrantes, une réaction que je ne comprends pas du tout.

Cependant, je ne peux pas m'empêcher de demander :

— Qui es-tu ?

Je dois savoir son nom. Le connaître. Il est magnétique. Imposant. *Dominant.*

Et quelque chose en moi pense aussi qu'il pourrait être mien.

— Tu vas feindre l'innocence ? Faire comme si tu ne te souvenais pas de moi ? (Il glousse, mais ce rire est trop mortel pour être amusant.) Comme c'est mignon.

D'un pas nonchalant, il vient s'asseoir au bord de mon lit, juste là où Alina s'est assise il y a quelques minutes.

— Je ne me souviens pas de toi, lui avoué-je, disant la vérité. Mais il m'arrive de t'entendre dans mes rêves.

Il arque un sourcil noir.

— Oh, vraiment ? Et que faisons-nous dans ces rêves, hein ?

Je me mords la lèvre inférieure, ne souhaitant pas répondre à cette question.

Parce qu'après qu'il a murmuré ce nom – *Perséphone* –, nous nous livrons à… un comportement sensuel. Nous faisons des choses coquines. Mais je me réveille toujours avant de profiter pleinement de l'expérience. Pourtant, je ne connais jamais son nom.

— Tu veux bien me dire ton nom ? demandé-je à nouveau, ayant besoin de savoir.

Il me considère un long moment, relevant un coin de ses lèvres pleines.

— Un jeu, alors, petite traîtresse ? demande-t-il d'un ton sinistrement indulgent. Très bien, ma chère fleur cassée. Je vais jouer. (Il se penche en avant, son visage soudain tout près du mien.) Mais tu dois savoir qu'il y aura des conséquences quand je gagnerai.

Je déglutis de nouveau, ne sachant pas trop ce qu'il entend par *jouer à un jeu* et *gagner*. Pourtant, je me sens hocher la tête en signe de compréhension, mon corps semblant faire ce qu'il veut en sa présence.

Ou peut-être qu'il fait simplement ce que *lui* veut.

Il se recule un peu, ses yeux sombres cherchent les miens. Puis il sourit encore.

— Je m'appelle Hadès, me dit-il. (Son nom fait vibrer une corde sensible au fond de mon esprit.) Et je viens de devenir ton pire cauchemar.

HADÈS

— Ce n'était pas très sympa, cousin, murmure une voix familière, de retour dans mes quartiers. Les Omégas sont faites pour être chéries, pas punies. Même celles qui s'égarent.

Soupirant, je croise le vif regard bleu-vert de Morphée et arque un sourcil.

— N'as-tu pas ton propre royaume à ruiner ?

— Je crois que tu veux dire *régner*. (Il pose ses pieds sur mon bureau et se prélasse dans mon fauteuil.) Mais non, je préfère de loin être ici. Près de notre Perséphone.

Les poils se hérissent sur ma nuque, ses mots provocants rampent sur ma peau tels des serpents mortels.

— *Ma* Perséphone.

Il sourit.

— Tu n'as jamais été très doué pour le partage.

— Il n'y a rien à partager. Elle est *à moi*.

— Et Maliki ? me nargue-t-il. Tu la partageras avec lui ?

Je serre les dents.

— Ce n'est pas ton problème.

— Au contraire, c'est tout à fait mon problème puisque tu t'es servi de lui pour détourner Lucifer de ce portail accablant. Mon royaume et le tien paient maintenant le prix de cette petite démonstration.

— Et tu te soucies beaucoup de ce qui arrive à ton Faë, rétorqué-je, m'adossant à mon bureau et le fusillant du regard.

— Ne change pas de sujet, Hadès. Je sais que tu as l'intention de la partager avec Maliki. C'est sa récompense pour avoir été un bon petit toutou, pas vrai ?

Je n'ai aucune envie de discuter de mes intentions avec

le dieu des Rêves. Et encore moins à propos de Maliki ou de Perséphone.

— Qu'est-ce qui t'amène vraiment ici, Morphée ?

— J'ai déjà répondu à cette question.

— Elle n'est pas à toi, répété-je.

Elle est à moi. Rien qu'à moi. Comme elle l'a toujours été. Je me fiche éperdument de ce que disent les Parques au sujet de son âme. Perséphone est mon trésor. Mon Oméga. Ma *compagne.*

Du moins jusqu'à ce qu'elle m'ait trahi.

Ma mâchoire se crispe pour une toute autre raison maintenant, les souvenirs de cette horrible journée assaillant mon esprit. *Celle où je l'ai perdue pour toujours.*

Mais je l'ai retrouvée. Ici. Dans mon royaume, mon domaine, mon *monde.* Et sa mère ne sera plus un problème, grâce à mon frère cadet.

Il ne me reste plus qu'à décider ce que je vais faire de ma sournoise petite compagne.

— Notre Oméga chérie ne sera plus la tienne bien longtemps si tu deviens son *cauchemar,* dit Morphée, me rappelant sa présence. Surtout si c'est moi qui serai dans ses rêves.

Je serre les poings, mon envie de le frapper au visage augmentant à chaque seconde.

— Reste en dehors de sa tête.

— Une demande impossible, cousin, répond-il avec un sourire. Son âme est aussi la mienne. Nos esprits sont naturellement connectés. Et en ce moment, elle est plutôt effrayée par toi.

Mon cœur se serre à ses paroles, avant tout parce que je peux également ressentir cette peur. Ce qui était tout à fait le but de ma petite apparition.

Sauf que maintenant, elle ne me paraît plus appropriée.

Cette version de ma compagne ne connaît pas notre passé, ce qui va poser problème car j'ai besoin des souvenirs contenus dans son âme pour ramener toutes les Omégas. Quelque part, au tréfonds d'elle-même, elle sait comment réparer notre monde. Et ce tréfonds d'elle-même sait aussi comment elle m'a fait du tort. Cette part d'elle doit payer. *Chèrement.*

Seulement, je ne sais pas trop comment infliger cette punition. Parce que mon cousin a raison : les Omégas sont des êtres chéris par notre espèce. Même les désobéissantes.

— Tu vois ? m'aiguillonne Morphée avec un sourire en coin. Tu devrais y retourner et t'excuser. En fait, je crois que nous devrions y aller ensemble. Pense à toutes les façons dont nous pourrions l'aimer…

— Ce n'est pas à toi de l'aimer.

— Tu as dit ça il y a deux mille ans, et vois ce qui s'est passé, Hadès. On l'a perdue tous les deux.

— Ce n'est pas pour ça qu'on l'a perdue, grommelé-je, m'écartant de mon bureau. (J'ai vraiment besoin d'un verre, de préférence avec du feu de l'Enfer.) Je n'ai pas voulu partager à l'époque, et je ne le ferai pas maintenant. Alors va te faire foutre.

— Non. (La réponse inflexible de mon cousin me fait tourner mon regard vers lui. Il est debout maintenant, ses longs cheveux argentés agités par une sorte de brise magique.) Je ne la perdrai pas à nouveau, Hadès.

— Tu ne peux pas perdre quelqu'un que tu n'as jamais vraiment eu, lui fais-je remarquer. Ce n'est pas non plus toi qui l'as retrouvée. Elle est à moi. Fin de la discussion.

— Tu ne crois pas vraiment que j'ai laissé ces deux princes Strigoï se balader dans une autre dimension, n'est-ce pas ? (Il penche la tête sur le côté.) Qui a joué avec le royaume des Rêves pour qu'ils puissent trouver leur véritable compagnon, d'après toi ?

Je secoue la tête en versant le liquide enflammé dans un verre.

— Toujours à te mêler de ce qui ne te regarde pas, cousin.

— Comme si tu étais meilleur.

Je ne le suis pas, mais ce n'est pas le sujet de cette discussion.

— Je ne te laisserai pas l'avoir, Morphée.

Il sourit de nouveau, le défi assombrissant ses traits par ailleurs angéliques.

— Trop tard, Hadès.

Sur ce, il disparaît, ses intentions étant plus que claires.

Putain. Je pose violemment sur le bar le verre qui se fêle sous l'impact. J'aurais dû savoir que Morphée sentirait Perséphone dès qu'elle reviendrait dans notre monde. Son doux parfum a agi comme un phare, un phare qui m'a rappelé mon chez moi. *Un jardin rempli de fleurs éclatantes de vie.*

Je m'éclipse dans sa chambre une fois de plus, déterminé à la haïr. Elle a tout détruit. Elle *nous* a détruits.

Mais la voir roulée en boule, seule et effrayée, me fait quelque chose. Quelque chose de terrible. Quelque chose de *puissant.*

Elle frissonne, le froid de la mort l'entoure.

Je m'avance et effleure de mes doigts sa joue de porcelaine, notant la façon dont elle se penche automatiquement vers moi, même endormie.

Ma jolie petite fiancée. Mon Oméga. La compagne de mon âme.

Oh, je serai ton cauchemar, chérie, songé-je. *Mais seulement parce que je dois l'être. Tes souvenirs sont la clé de notre survie.*

Et le seul moyen de les provoquer est de visiter les cauchemars du passé. Pour revivre sa trahison. Réparer toutes les erreurs qui ont suivi. Puis réunifier les Faë du Mythe.

Nous finirons par trouver une fin heureuse, juré-je, mon pouce s'attardant près de ses lèvres.

Un jour, je lui ai promis l'éternité. Bientôt, elle se rendra compte que je le pensais vraiment. Dans le bonheur et la santé. Dans les ténèbres et la mort.

Nos âmes sont liées à jamais.

Tu es à moi pour t'aimer. Pour te vénérer. Et pour te briser.

Si seulement elle savait à quel point cette dernière partie est difficile pour moi. Mais c'est un fardeau que j'accepte. Pour elle. Pour nous. Pour tous les Faë du Mythe.

Rêve de moi, murmuré-je dans son esprit en passant mes doigts dans ses cheveux. *Rêve de celui que tu sais que je suis, ma petite. L'Alpha qui chérit son Oméga. Parce que demain, je devrai être quelqu'un d'autre.*

Je me penche et dépose un baiser sur son front. *Je t'aime, ma Perséphone. Et je te pardonne. J'espère seulement que tu seras capable de me pardonner...*

L'histoire de Serapina se poursuit dans *La Fiancée de la Mort...*

L'OMÉGA PERDUE

SCÈNE BONUS

CHAPITRE UN
FLAMME

Je FAIS les cent pas dans la chambre, mon jaguar s'impatiente et s'agite.

Alina embrasse Faucheur. Je le sens à travers notre lien, son bonheur est un baume pour mon cœur. Mais la chaleur de son étreinte attise le feu de mon jaguar, provoquant au tréfonds de moi un besoin féroce qui chasse les émotions et réveille ma bête intérieure.

Cela fait trop longtemps que je n'ai pas pénétré ma reine.

J'ai besoin d'elle. Je la veux. J'ai trop envie d'elle.

J'avais l'intention de lui brosser les cheveux plus tôt dans la journée, mais j'ai compris qu'elle désirait rester avec sa sœur. J'ai donc pris Orcus et Faucheur à part et j'ai proposé de reconstruire le nid d'Alina.

Ils n'ont pas accepté tout de suite, surtout parce que cela nous obligeait à laisser notre compagne seule dans le royaume de l'Au-delà. Mais après une brève discussion, nous avons élaboré un plan. Un plan qu'Orcus et moi venons de finaliser il y a une dizaine de minutes.

Mes pieds bruissent sur le sol, mes pas s'accélèrent.

Alina sera bientôt là. Je peux capter son intention de…

L'air miroite, mettant mes sens de jaguar en alerte, puis Faucheur se matérialise dans la pièce avec notre compagne dans ses bras.

Elle se fige, puis se dégage doucement de lui pour étudier la pièce, portant presque aussitôt son attention sur le nid.

Je déglutis, le cœur serré. Orcus et moi avons travaillé une bonne partie de l'après-midi et de la soirée sur le nid, nous efforçant de reproduire tous ses aspects dans l'autre dimension. Faucheur a choisi de garder un œil sur Alina dans l'intention de la distraire en cas de besoin.

Mais elle a dû être occupée avec sa sœur toute la journée. Cela ne m'a pas surpris, étant donné qu'elle ne l'avait pas vue depuis plus de deux ans.

Alina s'avance, attirant mon regard sur ses longues jambes. Elles sont habillées d'un jean moulant que j'ai envie d'arracher avec les dents.

Toutefois, son expression de surprise m'intrigue tout autant.

Est-ce qu'elle aime ça ? m'inquiété-je. *Est-ce qu'on a bien fait les choses ?*

— Comment… ? demande-t-elle, scrutant le nid avec étonnement.

— Orcus et moi avons travaillé dessus toute la journée, dis-je d'une voix douce. Je suis désolé si ce n'est pas parfait. On a essayé de l'arranger comme tu l'avais fait, mais…

— On n'est pas des Omégas, achève Orcus à ma place. On a besoin de ta touche magique, notre douce déesse.

— Plus que tu le crois, ajoute Faucheur.

Il passe sa chemise par-dessus sa tête et la tend à Alina. Elle l'accepte et va aussitôt l'ajouter au nid, puis elle regarde chacun d'entre nous et ses traits s'adoucissent.

Je suis une Oméga, l'entends-je reconnaître. *Et voici mes Faë.*

Elle appuie sa main sur son ventre et sourit.

Qui aurait cru que la Nuit des Monstres se terminerait ainsi ? s'étonne-t-elle. *Offrande numéro neuf. Réclamée et accouplée par trois magnifiques hommes Faë.*

Orcus grogne d'approbation. Faucheur esquisse un sourire en coin. Et je m'avance vers elle, désirant l'embrasser.

Ses narines se dilatent en réaction, son regard est perçant. Elle a sûrement besoin de se reposer après tout ce qui s'est passé. Mais elle n'a pas du tout l'air fatiguée maintenant. En fait, elle paraît plutôt *bien* éveillée.

Malgré tout, je dois lui demander :

— Est-ce que tu as envie de dormir, petite panthère ? (Je pose ma main sur sa nuque et l'attire vers moi.) Parce qu'on peut se reposer d'abord et parfumer le nid plus tard.

— Elle a passé toute la journée à aider sa sœur à s'installer, intervient Faucheur. Elle n'a pas eu une activité très reposante, si vous voulez mon avis.

— Hmm, fredonne Orcus, qui vient presser sa poitrine contre le dos d'Alina. Comment tu te sens, douce déesse ? (Il dépose un baiser sur sa gorge, son menton effleurant mes doigts dans son cou.) Tu penses être prête à t'amuser dans le nid ? Ou préfères-tu dormir d'abord ?

— Oui, petite panthère, murmuré-je. Dis-nous ce qu'il faut faire. Dis-nous comment te satisfaire.

Elle déglutit, ses yeux aux paupières lourdes croisent les miens.

— Je… je vous veux tous. Mais je ne suis pas sûre… de pouvoir tous vous prendre maintenant.

Orcus lui embrasse de nouveau le cou.

— Merci d'être franche avec nous, mon amour. On ne voudrait surtout pas te blesser ou te pousser à bout.

— Ce n'est pas toujours vrai, remarque Faucheur. Repousser les limites peut être marrant.

— Ton confort passera toujours en premier, insisté-je, ignorant Faucheur.

Il a peut-être raison, mais ce n'est pas ce soir qu'on va tester les limites de notre compagne. Elle doit comprendre que nous prendrons toujours soin d'elle, de toutes les manières imaginables. Et de cette façon en particulier.

— Où veux-tu qu'on aille ? m'enquiers-je. Dans le nid ou… ?

Je m'interromps, ayant appris d'Orcus que le nid d'une Oméga est une terre sacrée. Elle doit nous inviter à y entrer, sinon nous empiétons sur son refuge.

Mais une fois le nid parfumé, nous aurons un accès permanent à son espace.

— Vous êtes sûrs ? murmure-t-elle, son regard allant de moi à Faucheur, puis à Orcus par-dessus son épaule. Vous… Vous n'avez pas envie… ?

— Nous avons toujours *envie*, mignonne, ricane Faucheur. Mais dormir, c'est bien. Ça rendra ton réveil bien plus amusant.

Ses joues rougissent, elle porte son regard sur lui. Mais Orcus lui coupe la parole :

— Hmm, excellente remarque, murmure-t-il. (Ses mains remontent le long de ses flancs tandis qu'il chuchote à son oreille :) Que dirais-tu d'être nouée pendant ton sommeil ?

Alina écarquille les yeux.

— Quoi ?

— Il te demande si ça te dirait de te réveiller avec un orgasme, expliqué-je d'une voix douce, caressant du pouce son pouls palpitant. Le consentement est important. Et la somnophilie est à la limite du non-consentement. À moins que… tu sois d'accord pour qu'on te réveille plus tard avec du plaisir.

— Et te baiser une fois réveillée, précise Faucheur.

— Je… Je vois. (Alina l'étudie, puis Orcus, et finit par poser ses beaux yeux sur moi.) C'est… c'est quelque chose qui pourrait me plaire.

— Ça ne va pas seulement te plaire, tu vas adorer, affirme Faucheur. Et après, je t'apporterai des fraises fraîches à tremper dans du chocolat pour le petit-déjeuner.

Elle esquisse un sourire.

— On dirait une matinée parfaite.

— Plus que parfaite, murmuré-je avant de capturer sa bouche dans un baiser résolu.

Je veux que tu imagines mon ardillon, dis-je dans son esprit. *Songe combien ce sera agréable de te réveiller avec moi palpitant au fond de toi. À te remplir de mon sperme tout en te faisant pulser autour de moi. Encore et encore.*

Elle frissonne. *Tu ne me donnes pas envie de dormir.*

— J'essaie juste de te procurer de beaux rêves, souris-je.

— Oh, ça m'a l'air amusant, dit Faucheur, qui s'avance pour prendre ma place devant elle.

Il l'embrasse comme je l'ai fait, mais remonte sa paume le long de son torse pour caresser doucement sa poitrine. La chair de poule qui hérisse ses bras me suggère qu'il murmure des commentaires sexuels dans son esprit. Et la façon dont ses pupilles se dilatent lorsqu'elle ouvre les yeux confirme mes soupçons.

— *Faucheur.*

L'amusement flirte avec sa bouche.

— Plus un cauchemar qu'un rêve, ma chérie ?

Elle se lèche les lèvres.

— Je ne sais pas.

— Alors on va le découvrir, je suppose.

Il lui mordille la lèvre inférieure, puis la tourne vers Orcus. Le Faë du Mythe lui saisit aussitôt les hanches, la fixant de ses iris bordés de cramoisi.

— Dis-nous où tu nous veux, Alina. Dans le nid ou ailleurs ?

— Pas d'idées de rêve sexy de ta part ? le taquine-t-elle.

Ses traits s'échauffent tandis qu'il répond :

— Invite-moi dans ton nid, et je me ferai une joie de te remplir l'esprit de mes idées, compagne.

Alina garde le silence un moment, sans doute perdue dans sa voix grave et l'implication de ses mots. À moins qu'il lui donne un aperçu de ses *idées*. Cette dernière éventualité devient plus probable quand elle lâche un gros soupir.

— Oh, exhale-t-elle. D'accord.

Sa douce excitation titille mes sens, et je me demande si elle va se jeter sur l'un de nous. Mais elle s'éloigne plutôt d'Orcus en direction du lit. Un instant plus tard, elle se met à jouer avec quelques coussins et autres articles, qu'elle réarrange à sa guise.

Lorsqu'elle revient vers moi, son âme oméga a pris les commandes.

— Chemise.

Ce n'est pas une demande mais un ordre. J'ôte ma chemise noire à manches longues et la lui tends. Elle la renifle et sourit avant de l'emporter dans son nid.

Orcus est le suivant, mais elle réclame d'abord son pantalon de jogging. Il s'exécute. Puis elle va chercher le jean de Faucheur, ce qui le laisse nu puisqu'il ne porte rien en dessous. Mon jogging gris est le suivant, suivi de mon boxer.

Puis elle prend ce qui reste de vêtements à Orcus et les dispose à la tête du lit.

Après une longue pause consacrée à l'étude de son

chef-d'œuvre, elle retire sa propre chemise pour la poser sur le tas. Mais au lieu d'ajouter son jean, elle s'en débarrasse ainsi que ses chaussures, ses chaussettes et ses sous-vêtements.

— Voilà une vue magnifique, murmure Faucheur, admirant notre compagne nue.

Elle ne paraît pas l'entendre, trop perdue dans ses instincts pour saisir l'éloge. Toutefois, elle vient d'abord le chercher pour le mener dans le nid, et l'installe sur le côté droit du lit.

Orcus est le suivant, Alina le guidant vers l'autre bord.

Enfin, elle se tourne vers moi.

— Tu peux te transformer ? me demande-t-elle, ce qui me fait hausser un sourcil.

— Tu veux mon jaguar ?

— S'il te plaît, acquiesce-t-elle.

Mon animal intérieur est content de sa requête, il se pavane pratiquement en moi. Pour montrer son plaisir, je ronronne, un son visant plus à l'apaiser qu'à l'exciter.

— D'accord, murmuré-je en posant un baiser sur sa joue.

Et j'appelle mon autre moitié à prendre le contrôle de notre corps.

Mes bras et mes jambes me picotent sous l'effet du mouvement, mon cœur battant la chamade d'impatience. La transformation me procure toujours une bouffée d'énergie, dont la rémanence bourdonne dans mon corps et fait hérisser ma fourrure.

Quand j'ai terminé, mon jaguar secoue son pelage et s'assoit.

Il attend. Observe. *Espère*.

Alina le gratifie d'un petit sourire avant de grimper dans le nid entre Faucheur et Orcus.

Pendant une douloureuse seconde, je crains qu'elle me

laisse par terre. C'est une pensée ridicule, mais je ne peux réfréner le désir que j'éprouve à cet instant. J'ai envie d'être invité dans le nid plus que j'ai envie de respirer.

Mais je m'arme de patience, laissant Alina prendre les devants.

— Ici, lance-t-elle.

Ce seul mot met fin à ma souffrance. Elle tapote entre ses jambes, m'indiquant où m'allonger.

J'aime qu'elle veuille que je sois tout près d'elle.

Lorsque je me blottis contre elle, elle m'offre l'intérieur de sa cuisse en guise d'oreiller.

Et c'est parfait. Tellement parfait.

Mais demain… demain sera encore meilleur.

Parce que demain, nous la réveillerons avec nos queues et nous revendiquerons notre compagne dans son nid.

CHAPITRE DEUX

FAUCHEUR

QUELQUES HEURES PLUS TARD

NOTRE MIGNONNE SENT DÉLICIEUSEMENT BON, comme des fraises mûres trempées dans de la crème.

Putain. Je suis tellement raide que ça me fait mal.

Elle est pelotonnée contre la poitrine d'Orcus, le nez contre ses pectoraux. Comme si elle le suppliait de ronronner.

Mais le regard qu'il me lance par-dessus sa tête m'indique qu'il n'est pas d'humeur à la réconforter avec son ronflement d'Alpha. Il est plutôt d'humeur à la défoncer avec son nœud.

Flamme a repris sa forme humaine, mais il est toujours entre ses jambes, comme il l'était quand nous nous sommes endormis.

Orcus lui jette un coup d'œil et adresse un léger signe de tête au Faë Métamorphe.

J'esquisse un sourire en coin. *C'est le moment.*

Notre mignonne a dormi pendant des heures, son

corps et son esprit sont bien reposés. On peut maintenant la réveiller de la plus belle des manières – avec du plaisir.

Flamme frotte son nez sur l'intérieur de la cuisse d'Alina, puis l'embrasse lentement selon une trajectoire ascendante, visant clairement un objectif précis.

Elle ne bouge pas, ne réagit pas, toujours dans ses rêves. Des rêves que nous sommes sur le point de réaliser.

Ou peut-être s'agit-il de *nos* rêves.

Quoi qu'il en soit, elle va en apprécier chaque minute. Dès qu'elle sera réveillée.

Je pose un baiser sur son épaule et fais glisser mes lèvres sur sa nuque tandis qu'Orcus commence à ronronner. Je me redresse pour le regarder et je vois que ses yeux sont rouges et son regard intense.

Il essaie de la plonger dans un sommeil plus profond, réalisé-je, intrigué. *Il veut qu'elle se réveille avec nous en elle.*

Ma bite tressaute à cette idée, approuvant largement ce plan.

— Prépare-la, me dit-il.

Il parle de son cul parce que Flamme est déjà occupé devant.

— Avec grand plaisir, souris-je.

Je murmure car mes lèvres sont trop proches de son oreille, et je ne veux pas la réveiller. Mais ce ronronnement l'emporte sur ma voix et la maintient dans un profond sommeil.

Mes doigts effleurent son flanc jusqu'à sa hanche, puis glissent sur ses fesses avant de s'immiscer entre ses jambes. Flamme s'écarte pour que je puisse introduire deux doigts dans sa chaleur mielleuse. Il l'a pénétrée de sa langue au lieu de lécher son clito.

Il ne faut pas que notre fille se réveille trop tôt, me dis-je en souriant.

Quoiqu'elle est tellement mouillée déjà. *Dégoulinante.*

Putain, ça me rend encore plus dur. Je veux plonger en elle et lui mordre le cou. La clouer sur le lit. Qu'elle se réveille avec mon nom sur sa langue.

Mais ce matin sera un peu différent. Car il s'agit de *nous*. Notre nid. Notre avenir.

Demain, décidé-je. *Demain, c'est moi qui la réveillerai.*

Nous devrons tous les trois établir un calendrier. Je suis tout à fait pour qu'on s'amuse en groupe, mais j'ai aussi envie de passer du temps seul avec ma chérie.

À discuter plus tard, décidé-je en ramenant mes doigts sur son cul.

Après une semaine de chaleurs, je suis passé maître dans l'art de préparer notre compagne. Je sais ce qu'elle peut supporter, les limites qu'elle préfère et celles qu'elle pourrait être prête à négocier avec le temps.

L'une de ces limites est que nous soyons deux à partager sa chatte.

J'aimerais le faire un jour. Peut-être avec Flamme. Je suis curieux de savoir ce que lui fera son ardillon si je suis en elle avec lui. Hélas, ce ne sera pour ce matin. *Mais bientôt*, j'espère. *Très bientôt.*

J'essaie d'en envoyer des images à Alina afin qu'elle en rêve.

Songe à quel point tu te sentirais bien avec deux bites dans ta petite chatte serrée, lui chuchoté-je. *Tu es une Faë maintenant, ma chérie. Tu peux le supporter. En fait, je crois que tu adorerais ça.*

Elle ne répond pas, trop plongée dans son sommeil pour m'entendre.

Je continue donc à fantasmer sur ce sujet tout en faisant tourner mes doigts en elle. J'en ajoute un troisième, désirant qu'elle soit bien prête. Flamme se redresse, s'agenouille au pied du lit et referme sa main humide sur sa hampe pour la caresser longuement, avec détermination.

Il tourne ses yeux sombres vers Orcus.

— Attache-la.

L'Alpha le fusille du regard, leurs auras dominantes s'affrontant pour le contrôle. Orcus a l'habitude de commander, mais le jaguar de Flamme ne s'incline devant personne.

Je sors mes doigts d'Alina et empoigne sa cuisse pour l'amener sur la hanche d'Orcus. Il se concentre aussitôt sur sa douce chaleur, que je pousse contre lui en me pressant contre le dos d'Alina.

Il jure, la mâchoire serrée, et je suis sûr qu'il grogne mon nom dans sa barbe. Mais je m'en fiche. Je veux qu'il la noue aussi. *Pendant que je prends son cul.* Et je vais commencer sans lui s'il ne bouge pas de suite. Parce que j'ai envie de notre mignonne. Putain, j'ai envie d'elle depuis la première fois que je l'ai vue. Je pense que j'aurai toujours envie d'elle. Chaque jour. Chaque minute. Chaque seconde.

Et j'ai le droit de l'avoir. Car elle est à nous, ce qui fait qu'elle est *à moi*.

Je fourre mon nez dans ses cheveux, inhalant son doux parfum. *Satanées fraises*. Je suis obsédé. Je veux lécher chaque centimètre d'elle. Mais il faut d'abord que j'apaise ce désir.

Je porte ma main sur sa hanche et la glisse vers son pubis pour trouver la marque que j'ai gravée dans sa chair. Le *F* a bien cicatrisé, mon initiale est à jamais incrustée dans sa peau pâle.

Je l'adore. J'adore *ça. Si parfaite*, lui murmuré-je. *Tu es si parfaite, putain.*

Je sais que Flamme et Orcus ressentent la même chose. Tout ce que nous voulons, c'est l'adorer pour l'éternité. Passer notre vie à la satisfaire. La protéger. Fonder une famille ensemble. Nager dans le bonheur aussi longtemps que l'univers existera.

Orcus gémit en pénétrant sa chatte trempée, un mouvement que je ressens plus que je le vois car mon visage est toujours enfoui dans les cheveux d'Alina.

Je lui laisse le temps de se positionner en elle. Au début, ses poussées sont superficielles parce qu'il n'est pas prêt à ce qu'elle se réveille. Mais son ronronnement se transforme peu à peu en un grondement sourd.

Je n'ai donc pas beaucoup de temps avant qu'Alina réalise ce qui lui arrive.

Dieux, j'ai hâte de sentir sa réaction lorsque nous la remplirons pendant qu'elle dort. Elle va se réveiller en criant, peut-être même en se débattant, puis ses instincts vont se fondre dans une danse d'érotisme et d'extase des plus délicieuses.

Rien que d'y penser fait goutter un peu de liquide séminal de mon gland. Je lâche Alina pour me caresser avec, lubrifiant ma queue en préparation de ce qui va suivre.

— Maintenant, Faucheur, grogne Orcus.

Mais je n'ai pas besoin de ses ordres. Je suis déjà en train d'empoigner ma base et de m'orienter vers le cul d'Alina.

Flamme attrape une de ses fesses et l'écarte pour moi. Son jaguar m'observe à travers ses yeux et m'encourage à me dépêcher. Il veut assouvir son rut.

Bon sang, nous en avons tous envie. Et nous allons le faire. *Dès que je serai en elle.*

Putain, elle est bien serrée ici. Elle m'enserre parfaitement, tout comme sa chatte. Je glisse d'avant en arrière, d'avant en arrière, d'avant en arrière. Je l'étire. La remplis. Sans la blesser. Parce que la dernière chose que je veux, c'est qu'elle se réveille en sursaut à cause de la douleur.

Non. Je veux que notre mignonne soit *pleine* de bites à son réveil. Pleine de *nous*.

Puis nous la remplirons de notre sperme.

Et ensuite, nous l'adorerons avec nos mains. Nos bouches. Nos *cœurs*.

Car cette femme est nôtre. Notre chérie. Notre compagne. Notre tout.

Il est temps de baiser maintenant, ma belle, murmuré-je dans son esprit. *Il est temps de parfumer ce nid…*

CHAPITRE TROIS
ORCUS

Putain, Alina est incroyable.

Dieux, quand est-ce que je l'ai pénétrée pour la dernière fois ? Hier seulement ? Avant-hier ? Je n'arrive pas à m'en souvenir. Mais j'ai l'impression que c'était il y a une éternité.

Si je pouvais vivre ici, avec ma bite dans sa douce chaleur, je le ferais. Putain, je la nouerais chaque minute de chaque jour pour l'éternité.

Et savoir qu'elle dort encore... ça me fait quelque chose. Ça me rend sauvage. Je me sens comme si elle m'*appartenait*. Comme si elle était bel et bien à moi parce que j'ai le droit de l'avoir comme ça. Elle nous a donné la permission. Elle a dit en substance qu'on pouvait la réveiller avec un orgasme.

Ce qui veut dire que je peux me servir d'elle. Me livrer à elle et me délecter de sa douceur jusqu'à plus soif. Puis la nouer rudement et la pousser à l'orgasme lorsqu'elle se réveillera enfin.

Rien que d'y penser me fait pousser mes hanches en avant, ce qui fait sursauter Faucheur derrière elle. Car nous pouvons nous *sentir* l'un l'autre à travers ses fines parois, nos bites si profond en elle que nous ne faisons pratiquement qu'un.

Elle commence à remuer, ce qui me fait ronronner plus fort, mon désir de la garder endormie un peu plus longtemps guidant tous mes instincts. Je veux qu'elle se réveille en criant de la meilleure façon qui soit, avec mon nœud qui palpite en elle pendant que je me vide de ma semence.

Je pose ma main sur sa cuisse et la serre un peu trop fort en tirant sa jambe plus haut sur ma hanche. Puis je la pénètre d'un coup, mon besoin féroce de la *revendiquer* prenant le dessus.

Un petit gémissement lui échappe, mais ses yeux restent clos, son esprit étant encore noyé dans le sommeil. Quoiqu'elle rêve maintenant. *Des rêves très vivaces.* Je capte les pensées sensuelles qui traversent son esprit, ses désirs qui s'épanouissent en un chaos euphorique.

Faucheur et Flamme se partageant sa chatte pendant que je lui baise la bouche.

Flamme la léchant pendant qu'elle le suce.

Moi qui la noue pendant que Flamme joue avec son cul.

Faucheur l'attachant avec ses rubans et taquinant sensuellement chaque centimètre de son corps avec sa langue.

Je ne saurais dire lesquels de ces fantasmes sont les siens et lesquels nous appartiennent. Sans doute un mélange des deux.

Il y a tant de choses que je désire lui faire. Tant de façons de la prendre. Mais pour l'instant, je me concentre sur mes va-et-vient dans sa chaleur addictive.

Tout du long jusqu'au gland. Puis encore au fond d'elle. De retour au bord. Et pousser de l'avant. Tellement bon, putain.

Faucheur y va doucement, sa bouche sur son cou, ses dents taquinant sa peau. Il grogne un peu à chacune de mes poussées, son propre plaisir augmentant à chaque coup.

Notre Oméga s'agite à présent, ses rêves se mêlant à la réalité de la baise. Capter ses pensées excitantes me donne envie de la prendre plus fort. Plus vite. De les basculer sur le dos, elle et Faucheur, pour que je puisse la pénétrer à fond.

Mais je veux que ce soit bon pour elle. Alors je ronronne de nouveau, bien décidé à ce qu'elle reste calme.

Dors, ma petite, murmuré-je dans son esprit. *J'ai veux rester plus longtemps en toi avant que tu te réveilles.*

Elle gémit en réponse, pas à haute voix mais via notre lien.

Fais-moi confiance pour prendre soin de toi, Oméga, ajouté-je en parcourant ses courbes de la main.

J'effleurant son flanc et ses seins et remonte jusqu'à sa nuque. Puis je continue dans ses cheveux, fourrant mes doigts dans les volumineuses mèches sombres.

Elle est si douce et si menue. Pourtant, elle est féroce et compétente. Une déesse en dedans comme au-dehors.

Tu es incroyable, lui dis-je, mon nœud brûlant de désir à chaque coup de boutoir.

Faucheur suit mon rythme, ses lèvres toujours sur son cou, où il taquine son pouls. Sa main de nouveau sur la hanche d'Alina, il pousse à fond en la revendiquant par derrière.

Le regard de Flamme nous incendie pratiquement tous les trois tandis qu'agenouillé au bout du lit, il caressant lentement sa bite en attendant son heure.

Il est patient, ce dont Alina a besoin. Faucheur est impulsif. Et moi je suis exigeant.

Cependant, le jaguar de Flamme aime parfois tester mon statut d'Alpha. D'autant plus qu'il est aussi un Alpha à part entière.

Heureusement, notre compagne peut s'occuper de nous tous. Comme elle le prouve en ce moment en prenant deux d'entre nous à la fois.

Tu es si bonne, la félicité-je. *Foutrement bonne.*

Elle soupire dans son esprit, appréciant mes paroles. Une partie d'elle semble savoir ce que je fais, mes mouvements l'amenant progressivement à la conscience.

Tu sens qu'on profite de toi ? lui demandé-je. *Tu sens à quel point nous aimons te faire ça dans ton nid ?*

Mon nœud palpite à la pensée de *son nid.* Car il est sur le point de devenir *notre* nid. Notre refuge. Notre maison. L'endroit où nous *baisons, dormons* et nous *reproduisons.*

Je tombe amoureux de toi à chaque foutue seconde, lui dis-je, le cœur sur le point d'exploser. *Tu es tout pour moi, Alina. Mon Oméga. Ma vie. Ma raison d'être.*

J'espère qu'elle ressent à quel point je le pense, ce que j'éprouve pour elle. Notre relation peut lui sembler nouvelle, mais elle est ancienne pour moi. Je l'ai aimée avant même de savoir qu'elle existait, parce qu'elle est l'autre moitié de mon âme. Et je lui transmets tout cet amour à présent, afin qu'elle *éprouve* mes émotions, qu'elle sache à quel point c'est réel pour moi. Pour *nous.*

Faucheur fait peut-être la même chose ; je ne sais pas. Il l'abreuve probablement de pensées cochonnes, provoquant la fracture de son esprit entre mon amour et son désir.

Mais l'expérience n'en sera que plus forte.

Et Flamme sera là pour l'aider à se remettre de ses émotions, sa patience et son calme étant l'antidote qu'il lui faudra pour survivre à l'intensité qui fermente en nous.

Mes mouvements deviennent de plus en plus irréguliers, mes couilles se crispent d'excitation.

Faucheur est en phase avec moi, nos poussées la frappent en tandem, provoquant une crispation de tout son corps. Je gémis alors qu'elle presse ma bite contre ses parois internes. Le grognement de Faucheur ne tarde pas à suivre, elle doit aussi serrer son cul autour de lui.

— Sacrément serrée, confirme Faucheur à voix haute. Tu vas me faire exploser, Alina.

Ses yeux papillotent au son de sa voix, ses pupilles dilatées se posent aussitôt sur moi tandis que je tape au fond d'elle.

— Oh ! s'exclame-t-elle, reculant d'un coup ses hanches, qu'elle ramène en avant lorsqu'elle réalise que Faucheur est juste derrière elle.

Un hurlement lui échappe quand ses instincts de combattante s'emparent d'elle.

Flamme la fait taire. Je ronronne. Et Faucheur la défie :

— Vas-y, Alina. Essaie de nous échapper.

Elle fait tout le contraire, son corps se fondant pratiquement en lui tandis qu'il embrasse sa gorge à pleine bouche.

— *Faucheur…*

— Alina, murmure-t-il en retour. Bonjour, ma chérie.

Elle essaie de répondre, mais je la fais taire avec ma langue et la force à rouler avec Faucheur, dont les mains agrippent ses flancs tandis que je me mets sur le dos, ses jambes chevauchant les miennes. Faucheur s'agenouille derrière elle, parfaitement au diapason de ce que je veux.

Empoignant ses cheveux, je me redresse et la force à bouger avec moi.

— Baise-la, intimé-je à Faucheur.

— Avec plaisir, répond-il en s'enfonçant en elle.

Je ressens ses poussées contre ma bite palpitante, mon nœud me suppliant de se libérer. J'avais prévu de la nouer réveillée, mais c'est tellement mieux ainsi.

Car maintenant, elle peut aussi prendre Flamme.

Grâce à ma poigne dans ses cheveux, j'incline son visage vers lui.

— Demande-lui de t'embrasser.

Elle frissonne, ses yeux mi-clos rencontrent les iris brûlants de Flamme.

— Embrasse-moi, s'il te plaît.

Tout souriant, il rampe vers nous pendant que Faucheur s'acharne dans le cul d'Alina. Ça ne lui fait pas mal. Non, ça ne lui fait pas mal du tout. Je vois bien à quel point elle aime ça, sans doute parce qu'elle ressent son désir, son plaisir comme un fil électrique qui vibre à travers leur lien.

Ce plaisir augmente lorsque Flamme prend sa bouche. L'esprit d'Alina se ravive quand elle réalise qu'il a le même goût qu'elle. La surprise et l'envie la parcourent, se reflétant dans la façon dont elle se cramponne à ma hampe.

— Tu sais pourquoi il a le même goût que toi ? lui chuchoté-je à l'oreille pendant que Flamme continue de dévorer sa bouche. C'est parce qu'il a léché ta douce chatte pour te préparer à mon nœud. N'était-ce pas gentil de sa part ?

Elle gémit, ce qui incite Flamme à l'embrasser plus fort.

— Faucheur t'a aussi préparé le cul, continué-je. Et maintenant, il se récompense en te baisant. Mais le pauvre Flamme nous regarde jouer avec toi depuis un moment, en attendant que sa précieuse petite panthère se réveille.

Elle frissonne, son esprit me dit qu'elle aime entendre ce qu'on lui a fait pendant son sommeil. Donc elle apprécie la somnophilie.

C'est clair qu'on va recommencer, décidé-je, lui permettant de capter cette pensée.

Oui, me répond-elle dans un soupir. *Oui, s'il vous plaît. Tous les jours.*

Faucheur va adorer ça, lui transmets-je avec un grand sourire.

Elle doit le lui communiquer à travers leur lien, car il dit à voix haute :

— Quelle petite diablesse en manque. Tu n'as même pas encore joui ce matin, et tu prévois déjà pour demain.

Flamme ronronne en réponse, un son qui fait tressauter Alina autour de ma bite.

— *Putain*, refais-le, dit Faucheur, qui a ressenti la même réaction.

Flamme répète la vibration, et Alina tressaute de nouveau.

C'est tellement bon, lui transmets-je. Mais à voix haute, je reprends ce que je lui disais tout à l'heure :

— Concentre-toi sur aujourd'hui, ma petite. Concentre-toi sur Faucheur et moi en train de baiser tes trous trempés. Et pense à Flamme. Il a travaillé dur pour toi ce matin, à prendre soin de cette jolie chatte.

Je relève d'un coup mes hanches pour enfoncer le clou.

— Tu es prête et mouillée grâce à Flamme et à Faucheur. Et tu n'en récompenses qu'un seul pour l'instant, bébé. Tu ne crois pas que tu devrais les récompenser tous les deux ? Tu ne veux pas tous nous prendre ?

Elle gémit de nouveau, son petit corps tendu se convulsant en réaction à mes paroles et aux images qui envahissent son esprit. *Oui*, me répond-elle.

— Oui, répète-t-elle à haute voix contre la bouche de Flamme.

Son ronronnement s'intensifie, ce son séduisant fait vibrer de désir notre compagne entre nous.

— Dis-moi ce que je dois faire, lui demande-t-il. Sois précise.

— Je veux que tu baises ma bouche, halète-t-elle. *S'il te plaît.*

— C'est si bon pour nous, la félicite-t-il. Toujours si bon, putain.

— Parce qu'elle est parfaite, répond Faucheur, dont le rythme s'est ralenti cette dernière minute. Maintenant, suce sa queue, ma belle. Laisse-nous te remplir de notre semence.

— Et tremper ce nid de notre revendication, ajouté-je.

— Tout en te noyant dans le plaisir, conclut Flamme en s'agenouillant. Viens ici, Alina. (Je la pousse de ma main dans ses cheveux pour pencher sa tête vers lui.) Et écarte ces jolies lèvres pour moi…

CHAPITRE QUATRE
ALINA

MON CORPS EST EN FEU. Mon cœur est incroyablement plein. Et mes entrailles… mes entrailles sont sur le point d'*exploser*.

Flamme, Faucheur et Orcus me défoncent de la meilleure façon qui soit. Me remplissent. Pompent en moi. Nous propulsent vers un orgasme qui va définir notre avenir.

En parfumant mon nid. Sur le point de devenir le *nôtre*.

Faë, je peux à peine respirer. Mon cœur bat la chamade, mes jambes se crispent autour d'Orcus qui va et vient en moi. Je pose mes mains sur ses épaules pour garder l'équilibre tandis que j'absorbe les poussées de Flamme dans ma bouche. Pendant ce temps, Faucheur s'empare de mon cul.

C'est intense. C'est érotique. C'est la passion personnifiée. Je me noie dans leurs désirs et émotions, leur lubricité embrasse sombrement tous mes sens.

Ce sont mes Faë. Et je suis leur déesse. *Ensemble… nous formons un tout*.

— *Tu* es tout pour nous, grogne Orcus, ses lèvres

chaudes dans mon cou tandis qu'il me maintient en place pour les bons soins de Flamme.

Dedans et dehors. Pompant. Écrasant. Me baisant à mort.

Tout en me poussant en avant… vers le haut… de plus en plus près…

Je halète. Je pleure. J'avale et je suce.

— Prête, chérie ? grogne Faucheur. Je vais te remplir le cul.

— Et je vais jouir dans ta belle gorge, ajoute Flamme.

— Tu ferais mieux d'ouvrir ta gorge pour lui et d'avaler chaque foutue goutte, dit Orcus. Parce que je vais te nouer aussi, bébé. Et t'éclater la tête.

Faë, je brûle encore plus maintenant. Comme si j'allais exploser.

Je tremble de tous mes membres. Mes entrailles se serrent. Mon bas-ventre papillonne. Et mon cœur… mon cœur *cogne fort*. Cogne pour mes compagnons. Cogne à cause de ce qu'ils me font. Cogne à cause de tout ce qu'ils ressentent et me font ressentir en retour.

Ils sont tous si près de jouir. Si *chauds*. Leurs grondements résonnent dans notre nid et dans mon esprit, leur extase augmente à chaque seconde.

Jusqu'à ce que Flamme explose dans ma gorge.

Faucheur fait de même dans mon cul.

Et puis… puis Orcus… *Oh, Faë…* Son…

Un hurlement m'échappe quand l'extase m'envahit. Le nœud d'Orcus s'accroche à mes entrailles et met le feu à mes veines.

Je craque. J'oublie de respirer.

Pourtant, je parviens à avaler, peut-être parce qu'Orcus me caresse la gorge et me rappelle comment elle fonctionne. Je ne sais pas. Je m'en fiche.

Mes compagnons prendront soin de moi. Ils le font toujours. Ils le feront toujours.

Pour l'éternité.

Je leur fais confiance. Je les aime. Je serai toujours avec eux.

Il fut un temps où je craignais la Nuit des Monstres. Je croyais qu'on m'enlèverait en tant qu'épouse non consentante. Mais ces Faë m'ont appris la vérité : la Nuit des Monstres, c'est la recherche de l'âme sœur. Ces êtres qui prendront toujours soin de leur moitié, l'aimeront, la chériront et feront de leur compagne une reine.

Ou, dans mon cas, une *déesse*.

— Merci pour ce cadeau, murmure Orcus tandis que Flamme se dégage de ma bouche. Merci d'être à nous.

Merci de m'avoir trouvée, lui répliqué-je en pensée, trop épuisée pour parler. *Et merci... d'être tout ce dont j'avais besoin sans le savoir.*

Il m'embrasse sur la joue et nous fait rouler dans une position plus confortable, son nœud pulsant toujours en moi. Flamme s'allonge de l'autre côté tandis que Faucheur se redresse sur son coude derrière lui.

Tous les trois m'observent avec des émotions diverses. Le regard d'Orcus est plein de dévotion. Les yeux de Flamme rayonnent d'attention. Et Faucheur... Faucheur a l'air d'être prêt à me baiser à nouveau.

Mais sous toutes ces expressions se cache un fil conducteur. Une émotion soulignée par l'amour. Une émotion que je ressens pour eux en retour.

J'effleure leur esprit d'un baiser, puis je ferme les yeux. *Réveillez-moi dans une heure,* demandé-je, diffusant cette pensée à mes trois compagnons. *De préférence... de la même façon.*

Comme tu veux, répond Orcus.

Demander plus alors que tu n'as même pas fini de jouir, remarque Faucheur, amusé. *Tu es parfaite, ma chérie.*

Je te lécherai pendant que tu te reposeras, me promet Flamme. *Fais de beaux rêves, petite panthère.*

Dors bien, ma petite, ajoute Orcus.

N'oublie pas ce que je compte faire de mes rubans, murmure Faucheur. *Maintenant, endors-toi. Ton compte à rebours d'une heure… commence maintenant.*

**Merci d'avoir lu *L'Oméga perdue* !
Si vous avez aimé ce livre, n'hésitez pas à laisser un commentaire,
car les commentaires sont comme des câlins pour les auteurs. <3**

**Une nouvelle version de Perséphone et Hadès
avec une touche de « pourquoi choisir ».**

Le dieu de la Mort dit que je suis sa fiancée perdue depuis
longtemps.
Son âme sœur.
Une Oméga qui l'a trahi il y a deux mille ans.

Il croit que mes souvenirs sont la clé de notre survie.
Seulement, ce sont des souvenirs que je ne possède plus.
Parce que je ne suis pas celle qu'il croit.

Je suis Serapina, pas Perséphone.
Une humaine, pas une Oméga.
Et ce nœud dont il n'arrête pas de parler ? Non, ça ne
s'approchera pas de moi.

Sauf qu'Hadès n'est pas le seul à menacer de me

revendiquer avec son nœud. Morphée, le dieu des Rêves, prétend que je lui appartiens aussi.

Sans parler de Maliki, le garde Faë sexy chargé de ma captivité.
Ce Faë mortel a un corps façonné par le péché et un sourire en coin
qui me fait douter de ma santé mentale.

Ces trois hommes veulent accéder à mon nid. À mon cœur. À mon *esprit*.

C'est ce dernier point qui m'effraie le plus. Parce que si je suis vraiment l'Oméga qui a trahi les miens, je ne suis pas digne d'être une déesse. Et encore moins *leur* déesse. Et que se passera-t-il alors ?

Note de l'autrice : *La Fiancée de la Mort* est le premier volume de la trilogie *Faë de l'Au-delà* et se termine sur un cliffhanger. Il s'agit d'une version sombre de Perséphone et Hadès avec une touche de « pourquoi choisir ».

LEXI C. FOSS

L'auteure à succès d'*USA Today* Lexi C. Foss est une écrivaine perdue dans le monde de l'informatique. Elle vit à Holly Springs, en Caroline du Nord, avec son mari et leurs enfants à fourrure. Quand elle n'écrit pas, elle est occupée à cocher des cases sur sa liste de voyages à faire. On peut retrouver beaucoup des endroits qu'elle a visités dans ses écrits, notamment le monde mythique d'Hydria, inspiré d'Hydra, dans les îles grecques. Elle est excentrique, boit beaucoup trop de café et adore nager. Tchao !

https://www.lexicfoss.com/Français

Pour être au courant des dernières nouvelles et connaître les dates de publication, abonnez-vous à ma newsletter:
https://www.lexicfoss.com/la-newsletter-de-lexi

LIVRES DE L'AUTEURE LEXI C. FOSS

Alliance de Sang

L'Esclave du Vampire

Le Vampire Royal

La Triade de l'Alpha

Le Vampire Rebelle

Le Roi Vampire

Le Vampire Cruel

Le Vampire Éternel

Dans l'univers de L'Alliance de Sang

Désire-moi - Nyx/Vesperus

Le Jour du Sang

Faë de Lucifer

La Captive des Faë de Lucifer

Le Directeur des Faë de Lucifer

Le Commandant des Faë de Lucifer

Le Prince des Faë de Lucifer

La Malédiction des Immortels

Les Lois du Sang

Des Liens Interdits

Cœur de Sang

Les Liens du Sang

Les Liens des Anges

Chercheur de Sang

Le Poids du Sang

Des Liens Dangereux

Le Roi de Sang

La Reine des Éléments

Livre Un

Livre Deux

Livre Trois

la Nouvelle Génération

La Reine des Faë de l'Hiver

La Reine des Faë de l'Hiver

La Reine des Faë de Minuit

Livre Un

Livre Deux

Livre Trois

Livre Quatre

Le Conte de Faë d'Ella - Un préquel

Les Anges Déchus

Le Commencement

La Princesse Bannie

Le Roi de la Prison

Le prince Noir

Les Loups du X-Clan

X-Clan : Origines

La Promise de l'Alpha

La Compagne de l'Alpha

Le Trône de l'Alpha

La Revanche de l'Alpha

L'île aux venins (l'histoire d'Enrique)

Les Loups du V-Clan

Le Secteur Sanglant

Le Secteur de la Nuit

Le Secteur de l'Éclipse

Le Secteur Kodiak

Hors série

L'île du Massacre

L'Oméga perdue